火苗的遐想者

致我的同代人

金理 著

上海文艺出版社
Shanghai Literature & Art Publishing House

微光
———
青年批评家集丛

"微光/青年批评家集丛"策划人语

金 理

在今天这样的时代里,尝试获取对于"文学批评"的共识,恐非易事。不过,既然我们的集丛以此为名义来召集,势必需要提出若干"嘤鸣求友"般的呼声——

首先,文学批评"能够凭借自身而独立存在"(弗莱:《批评的解剖》),其意义并不寄生于创作,批评与创作并肩而立,共同面对生机勃发的大千世界发言,"如共同追求一个理想的伴侣"——这个说法来自陈世骧先生对夏济安文学批评特质的理解:"他真是同感的走入作者的境界以内,深爱着作者的主题和用意,如共同追求一个理想的伴侣。为他计划如何是更好的途程,如何更丰足完美的达到目的。……他在这里不是在评论某一个人的作品,而是客观论列一般的现象,但是话

尽管说的犀利俏皮,却决没有置身事外的风凉意,而处处是在关心的负责。"(陈世骧:《〈夏济安选集〉序》)

其次,在理性的赏鉴与评断之外,批评本身是一门艺术,拒绝陈词滥调,置身于"陌生"的文学作品中,置身于新鲜的具体事物中。文学批评应该是美的、创造的,目击本源,"语语都在目前"。

再次,诚如韦勒克的分疏:"'文学理论'是对文学原理、文学范畴、文学标准的研究;而对具体的文学作品的研究,则要么是'文学批评'(主要是静态的探讨),要么是'文学史'。"但他尤其强调这三种方法互为结合、彼此支持,无法想象"没有文学理论和文学史又怎能有文学批评"(韦勒克:《文学理论、文学批评和文学史》)。故而,凡在文学理论的阐释、文学史的建构方面有新发见的著述,均在本集丛收入之列。

丛书名中的"微光"二字,取自鲁迅给白莽诗集《孩儿塔》作序:"这是东方的微光,是林中的响箭,是冬末的萌芽,是进军的第一步……"借用"微光"大概表示两个意思:微光联系着新生的事物和谦逊的态度,本书是一套为青年学者开放的集丛;态度谦逊但也不自视为低,微光是黎明前刺破黑夜的第一束光,我们也寄望这套书能给近年来略显沉闷的学界带来希望。

此外,"微光"还让我们联想起加斯东·巴什拉笔下的"孤独烛火",联想起巴什拉在《烛之火》中描绘的一幅动人图画:遐想者凝视孤独烛火,这是知与诗、理性与想象的结合。"在所有的形象中,火苗的形象——无论是朴实的还是最细腻的,乖巧的还是狂乱的——载有诗的信息。一切火苗的遐想者都是灵感丰富的诗人。"(《烛之火·前言》)——在这一意义上,"微光"献给"一切火苗的遐想者"。

集丛第一辑的六位作者皆为一时俊彦自不待言,我们也期待有更多志同道合的师友加盟后续的出版计划。最后，集丛出版得到上海文艺出版社陈征社长的鼎力支持，胡远行先生与林雅琳女史亦献策出力，尤其远行先生本是集丛策划者，但他甘居幕后不愿列名，这都是我们要特为致谢的。

2017 年 5 月 14 日

目　录

引言　"同代人批评"：对象、关系、视野与方法 / 3

第一辑　时间的废墟

　　时间的废墟：青年一代的记忆诗学 / 19
　　当代青年遭遇都市：青春文学与城市书写的一个现象
　　　考察 / 51
　　宅女，或离家出走：当下青春写作的两幅肖像 / 64
　　"80后"写作的三重研究视野 / 88
　　为什么我们看不见他们 / 105
　　青春文学的重生 / 125

第二辑　有风自南

　　小说之心：田耳论 / 137
　　有风自南：葛亮论 / 149
　　通向天国的阶梯：孙频论 / 177

焦虑感，或"青春文学"的再生：郑小驴论 / 204
自我的搏斗：甫跃辉论 / 228
"不合拍"的风景与"慢"的人：毕亮论 / 239

第三辑　尘世落在身上

尘世落在身上：《出家》/ 255
"命悬一线"中的不绝生机：《北鸢》/ 270
死灭，或"青春的重返"：《可悲的第一人称》/ 283
诗意世界与脱序时刻：读作品记 / 314

第四辑　无能的力量

无能的力量 / 331
炼金，追鱼，或捕风 / 338

附录

做同代人的批评家 / 347
什么是"80后"文学 / 370

后记 / 391

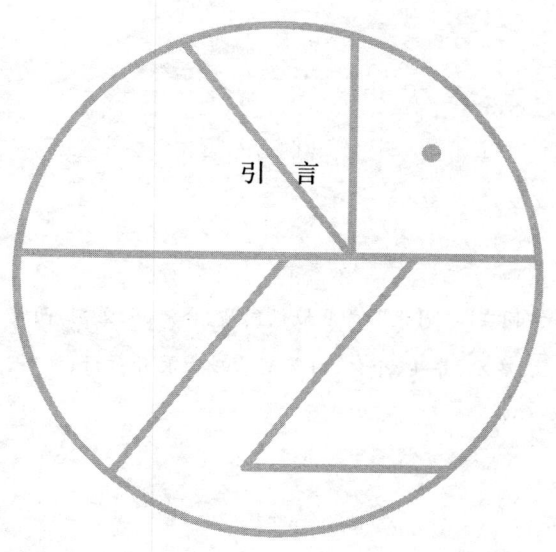

引 言

所谓的"同在"、"同代",并非假设同质、合流、无差别,而是预期在众数、多元、异质、个体、对等的基础上展开对话、参与、"不齐而齐"……

"同代人批评"：对象、关系、视野与方法

在一次会议上，听一位文坛前辈发言，他讲着讲着开始提到韩寒郭敬明，提到脑残的粉丝群体。就在他吐槽的时候，我听到背后传来一声嘟囔："谁说的！"——虽然声音细微却分明表达着一丝对前辈发言的不满。回头一看，听众席上的一位旁听者，看年纪是我的同龄人。我就身处这两种声音之间，那一刻非常惭愧。一个从事文学批评的人，原该在上述这两种声音之间架起沟通的桥梁，但我们既没有去告诉前辈为什么他们眼中不入流的作品恰恰有可能拨动当下青年人的心弦，我们也没有对同代人的创作及时提供学理性的阐释，借此与流行视野拉开距离，提示年轻的读者们：其实在韩寒、郭敬明之外，还有不少态度认真、创作扎实的同龄作家。类似这样的"刺激"，促使我近

年来把目光投向"同代人批评"。

一

"同代人批评"关乎"对象",要求将研讨对象转移到文学新人上来。李健吾是众所公认的批评大家,当他埋首经营《福楼拜评传》《司汤达研究》时是一位学者;只有拿起《边城》《鱼目集》《爱情三部曲》时,他才成为一位文学批评家。在我看来,"同时代性",正是文学批评的一条"起跑线"。

近年来我自己在从事文学批评写作时,关注的对象大多是我的同代人。"出生于同一时期、具有共同的历史经验,因而显示出相类似的精神结构和行为式样的同时代人"[1]。在社会学家看来,当我们试图理解社会和精神运动的结构等问题时,"代际"或者"世代"的考察视角无疑是必不可少的向导[2]。因了共同承受的历史事件、社会变革,同代人会形成此一代际所特有的社会心理、文化品格、精神结构乃至群体意识。这一"特有"和代群内的"共享",自然会显影于文学创作;我们也可以借用雷蒙德·威廉斯的概念,把这种情形指认为"感受结构",其对应的"与其说是一个阶级或一个社会,倒不如说是一代人","文化上的一代人似乎常常是伴随十年左右的共同生活形成的。如果把 1930 年代作为一个例子,可以在一系列青年作家中追溯到一种特

---

[1] 陈映芳:《世代论与青年研究》,收录于《在角色与非角色之间:中国的青年文化》,江苏人民出版社 2002 年版,第 32 页。
[2] 参见卡尔·曼海姆对"代问题"的研究,收录于《卡尔·曼海姆精粹》,徐彬译,南京大学出版社 2005 年版。

定感受结构的出现"[1]。

在今天,"30后"的王蒙先生老当益壮、推出长篇新作,由此屈指算来,"同时代"的时空中,至少并存着五六代作家。当然,生活在同一时期、经历相同历史事件的人们,因所处年龄阶段的不同,形成不同的体验、感受、记忆和文学,如同曼海姆所谓"同时代人的非同时代性"。我所说的"同代人",主要是指同龄作家;本书的讨论对象,具体而言,是指"80后"、少数1970年代末期生人及"90后"的写作者。以十年来计算世代只是习惯使然,尤其是临界点之间往往模糊不清,实则没有鲜明的差异。而在社会学家的研究中,往往将"70年代末期或者90年代初期出生的人口涵盖在80后一代人之中,更为强调这一批社会群体有着共同的经历"[2]。与以十年为计量单位相比,以重大社会事件来界定世代更能体现社会结构视角,从生命历程研究的视角而言,"80后"是指出生于特殊生育政策环境、成长于改革开放背景中的一代人。所以,我的"同代人",除去理所当然的"80后"之外,还包括部分"70后"与"90后",不完全是纯粹生物学意义上的代群。这不仅是因为这拨作家可以宽泛地并称为当代青年作家,而且在社会结构意义上,他们指向在特定结构中处于相似位置的群体。与此前比如"60后"作家相比,我的"同代人"既未获得社会学命名(比如"第四代人"),也未获得文学史命名(比如"晚生代");他们在特定社会结构或文学结构中位置的近似还表现为,经常蒙受相同的指责,例如他们的写作每每被指

---

[1] 雷蒙德·威廉斯:《政治与文学》,樊柯、王卫芬译,河南大学出版社2010年版,第146页。

[2] 李春玲主编:《境遇、态度与社会转型:80后青年的社会学研究》,社会科学文献出版社2013年版,第134页。

认为"缺乏历史感",甚至"历史虚无主义"一代(真的如此吗?)。

当然,生活在当今同一现实时空中、甚至归属于同一世代中的人们,在精神上未必是"同代人"。我对"同代人批评"的界定,还拟从以下几个方面展开。

二

"同代人批评"意味着"关系",即同代人之间的精诚合作。无疑,即便共同于一段时空而存在于世界上,人与人之间也不可避免形形色色的差异。不妨汲取彼得·伯克的提议,"世代"应该被处理成"想象的共同体","每一代的成员分享某种经历和记忆,……他们可能没有共同的信仰或价值观,但他们以不同的方式回应着相同的境遇"[1]。诚如钱锺书先生《谈艺录》中提醒"同时之异世、并在之歧出"现象[2],所谓的"同在"、"同代",并非假设同质、合流、无差别,而是预期在众数、多元、异质、个体、对等的基础上展开对话、参与、"不齐而齐"。正因为知觉到差异甚至是鸿沟的存在,故而"必须为理解或沟通搭建一条可行的桥梁。这样的桥梁一旦建成并且被踏上,大家就有了成为广义的'同代人'和'同世界者'的基础"[3]。1933年,鲁迅在新文化运动的退潮期写过一首诗:"寂寞新文苑,平安旧战场。两间余一卒,荷戟独彷徨。"以此表达当年的战友"有的退隐,有的高升,有的前进"之后

---

[1] 彼得·伯克:《历史学与社会理论》,姚朋等译、刘北成修订,上海人民出版社2010年版,第182页。
[2] 钱锺书:《谈艺录》(补订本),中华书局1984年版,第302~304、613、614页。
[3] 董启章:《答同代人》"序",作家出版社2012年版。

"布不成阵"的寂寥,显然在鲁迅的追忆中,"五四"的辉煌、文学与文化喷薄的创造力,离不开那代知识分子的通力合作,同代人在精神的旗帜下集结,建成了一座元气淋漓的"桥梁"。同样,19世纪的俄罗斯之所以是文学的黄金时代,在于杰出作家和批评家的比肩而立。文学尽管是"个人的事业",但同样需要同代人的嘤鸣激荡之声,相互应答、分享、承担和创造。1980年代的文学环境之所以让人缅怀,原因之一是同代人的集结,创作和评论构筑起一个健康、温暖的共同体,其间有一针见血的相互批评,也在困境中肝胆相照。据作家李杭育回忆,1984年,当其"葛川江小说"陆续发表时,没有一个权威评论家对此发言。在焦虑中,他等到了程德培的来信,"还在我获奖之前,上海的一位年轻评论家程德培已经写出一篇洋洋万言的评论我的文章"[1]。在那个年代,新锐作家和评论家惺惺相惜,招呼着共同上路的故事不绝如缕地发生。这样的故事在今天是否得到延续?

"同代人批评"不仅意谓着个体与个体的关系,也指向个体与时代之间的关系。阿甘本在论述"同时代"时,强调的是主体对所身处的时代保持批判性的警觉,"也就是一种与自己时代的奇异联系,同时代性既附着于时代,同时又与时代保持距离","真正同时代的人,真正属于其时代的人,是那些既不完美地与时代契合,也不调整自己以适应时代要求的人……但正是因为这种境况,他们才比其他人更有能力去感知和把握他们自己的时代"[2]。既"附着"、内在于时代,又不是泯然陷落在时代中;有能力保持对时代黑暗的凝视,还要有能力感知黑暗

---

[1] 李杭育:《我的1984年》,载《上海文学》2013年第11期。
[2] 吉奥乔·阿甘本:《何为同时代?》,王立秋译,载《上海文化》2010年第4期。

中的光,如鲁迅所言,"自在暗中,看一切暗"(《夜颂》)。

三

"同代人批评"指向当代"视野"。这是最遭误解的地方,以为"同代人批评"放弃了"经典的关怀"。同时代人"是在划分和插入时间的同时,有能力改变时间并把它置入与其他时间的联系的人。他能够以意料之外的方式阅读历史并根据在任何方面都不是出于他的意志,而是出于一种他不能不作出回应的紧要性来'征引历史'"[1]。具有强悍"征引"能力的批评家可以把李白、莎士比亚置换为当代人。当艾略特谈起"过去的现在性"之时,从荷马开始,所有的文学先辈,纷至沓来、林立于当代人眼前。雷蒙德·威廉斯也曾饱含深情地谈起,随着时代危机的持续,前人的坦诚、责任感及多元化观念,不仅未曾局限于其所在时期而显得过时,反而"更像是共同奋斗的同代人所发出的声音",在面对很多"共同问题"时,"我们仍然在和他们一起寻求答案"[2]。结合前文对"感受结构"的引述,威廉斯一方面沉着地将"早期作家"的声音转化为"同代人所发出的声音",另一方面兢兢业业地在当下"活跃的青年一代所完成的创造性作品"[3]中捕捉特定的"感受结构"——多么并行不悖的辩证视野。同样在阿甘本看来,同时代性必然以考古学的形式出现;然而"这种考古学不向历史的过去退

---

[1] 吉奥乔·阿甘本:《何为同时代?》,王立秋译,载《上海文化》2010年第4期。
[2] 雷蒙德·威廉斯:《文化与社会》"1987年版前言",高晓玲译,吉林出版集团2011年版。
[3] 雷蒙德·威廉斯:《政治与文学》,樊柯、王卫芬译,河南大学出版社2010年版,第149页。

却",征引历史是为了携带着"不能不作出回应的紧要性"来回应当下,来关注"未被经历之物"。

文学研究有不同面向和追求,"同代人批评"将视野转向当代,只是意味着确立准入标准,并非价值标准。我们记得波德莱尔的申明:"问题在于从流行的东西中提取出它可能包含着的在历史中富有诗意的东西,从过渡中抽出永恒。"[1]当代性是"同代人批评"的题中应有之义,但不能仅凭其"当代"就获得合法性与价值的自明性,将眼光从"历史"转向"当下",其根本任务是,立足于此时此地、瞬息万变、泥沙俱下、充满偶然与碎片的当下,在每一个不断更新的时刻中开启通向永恒与终极的可能。

当然,"永恒与终极"并非一劳永逸、一成不变,还是艾略特的告诫,新鲜的艺术品在加入一切早于它的艺术品所联合起来形成的"完美的体系"后,"整个的现有体系必须有所修改","在同样程度上过去决定现在,现在也会修改过去"[2]。也就是说,"同代人批评"必然内涵着历史与当下、传统与创新的辩证。"面对伟大的传统,成为当代,意味着要具有足以与传统相提并论的、在真理质素方面的新拓展与延伸。而这才是当代之所以要创新的深层原因"[3],这并非对已有话语、经验、方法的简单重复,毋宁说是对仍属未知的前沿、对"未被经历之物"的触及,所以才不惜将自身暴露给变幻莫测、充满震惊的未来

---

[1] 波德莱尔:《现代生活的画家》,收录于《1846年的沙龙:波德莱尔美学论文选》,郭宏安译,广西师范大学出版社2002年版,第424页。

[2] 艾略特:《传统与个人才能》,收录于《艾略特文学论文集》,李赋宁译注,百花洲文艺出版社1994年版,第3页。

[3] 杜曦云:《当代艺术的话语规范及其症结》,载《上海文化》2009年秋季增刊。

(下文详述)。正是在这一意义上,"同代人批评"之旅,等同于先锋探索。

四

"同代人批评",还意味着一种身处局限性中、特殊的研究姿态,它需要具备文学史的视野,然而其追求、主旨及工作方式与文学史研究毕竟不同。打个比方,文学如同不绝长流,如果我们要考察这道"流水",那么有各种不同的方法。比如,可以占据一个高处,登高望远,河流的九曲十八弯尽收眼底,于是来龙去脉似乎也了然于胸;或者,站在岸边"弱水三千只取一瓢",也不妨捡拾退潮后留下的时代"遗物",带回实验室作定量、定性等分析。上述几种工作方式类似于文学史研究或处理历史人物,因为确定了潮流"结局"的绝对性、"置身事外"的客观性、以及认识对象的固定化,有可能对研究对象的整体思考逻辑、历史贡献以及所处时代状况作全面的洞察与把握,有可能提供信而有据的文学史脉络,其间顺接、递进、转折、突变等重要关口似乎清晰可辨。"如果我们把一九一七年以来的新文学史,比做一条涛涛奔流的长河,那么在详细欣赏两岸风光之前,须先做一全面性的鸟瞰:首先看清源头,其次看看奔流的方向,然后再试行划分阶段。"[1]——这是司马长风在其《中国新文学史》导言开篇的第一句话,尤能见出颇具代表性的、文学史家心态之自信与眼光之宏阔。而文学批评的工作方式大有不同,那是将自己化作置身于此一河段中的石头,"在水里研究水",感

---

[1] 司马长风:《中国新文学史》(上卷),昭明出版社1980年版,第1页。

同身受水流的实感。因为丧失了后见之明的支撑,文学批评的判断很可能与文学史后来给出的"结局"不一致,"在同时代史的认识中,不可避免地要包括预测的成分。……把对象置于总体当中,在流动性当中加以把握"[1],这当然是一种审美与智性的冒险,"预测的落空,是进行同时代史研究不可避免的命运",但这种工作表明了认识主体在具体、实际而流动的状况中进行选择、判断的高度紧张感,这一紧张感暗示着批评者"同在"于时代,就好像置身于长流里的石头,切身感受着河水的流动、砥砺、温度,它奔腾时的冲击力,或涓涓细流时亲密的爱抚,并且将自身的生命信息与能量传递给河流,以生命信息和精神能量的传递、集结与聚合来回应时代……也许以上两种研究姿态都不可或缺,但我心意中的"同代人批评",更多指向后者。

在方法上,这种文学批评试图在创作"可能性的萌芽状态"中预期未来"更好的途程"。"作为生活在历史当中的人,总是要谋求比现状更好的结果,并且觉得这种要求是有可能实现的;这样的期待会贯串研究过程的始终。那种认为还有更好的结果,试图在各种各样可能性的萌芽状态中绝不遗漏地寻找的欲望",构成了文学批评的方法与活力之源。"君为李煜亦期之以刘秀"[2],始终以建设性的态度,扩张、

---

[1] 孙歌:《文学的位置》,山东教育出版社2009年版,第166页、167页。这是孙歌对日本历史学家远山茂树研究方式的评述。我参引过来表达对文学批评的理解。下一节那段"作为生活在历史当中的人……"同样出自此处,不再注出。

[2] 参照陈思和先生对文学批评的理解:"我明知当时的创作至少在作家主观上并没有达到我所想象的程度,但我总是愿意把我认为这些创作中最有价值的因素说出来,能不能被作家们认同或有所得益并不重要,我始终认为文学评论家与作家本来就应该站在同一起跑线上,用不同的语言方式来表达对同一个世界的看法。"陈思和:《笔走龙蛇》"新版后记",《笔走龙蛇》,山东友谊出版社1997年版,第424页。

敞亮创作者在追求"艺术真实"的过程中原先构想的"微弱的影子"[1]。下面这段陈世骧先生的话,最能见出我心目中,"同代人批评"与创作的理想关联:"他真是同感的走入作者的境界以内,深爱着作者的主题和用意,如共同追求一个理想的伴侣,为他计划如何是更好的途程,如何更丰足完美的达到目的……"[2]"同时代"的批评不同于文学史研究或处理历史人物,在后者的场合下,不妨对研究对象的整体思考逻辑、历史贡献以及所处时代状况作全面的洞察与把握。然而,"同代人批评"的立场决定了,"我"作为一个评论者,并不能占据后来者的优势,因了然文学史的脉络与人物的结局而自命"客观"、信心十足地褒扬贡献、指点欠缺;而更应该预测其去向的丰富,"计划更好的途程"——也期待这种未来的丰富性能够摇曳多姿,也惊喜于"预测的落空"。

不管是创作还是批评,其实都是对生活发言,以"不同的方式回应着相同的境遇"。说到底,探讨同代人的创作,既是追踪文学可能出现的"新变"因素,也是理解我们这代人的生命经验。

五

诚如上文所言,"同代人批评"之旅,等同于触摸未知的先锋探索,

---

[1] 雪莱说过:"流传世间的最灿烂的诗也恐怕不过是诗人原来构想的一个微弱的影子而已。"见雪莱:《为诗辩护》,收录于《西方文艺理论名著选编》(中),伍蠡甫、胡经之主编,北京大学出版社1986年版,第78页。
[2] 陈世骧:《〈夏济安选集〉序》,收录于《陈世骧文存》,辽宁教育出版社1998年版,第194页、195页。

这一路上,时时敏感于"预测的落空",时时以新发现纠正旧观念。且举一例说明。

2011年,我与友人(中国人民大学杨庆祥、华东师范大学黄平)作过一次关于"80后"写作的三人谈,当提及郭敬明的作品时,我表达了反感和忧虑:郭敬明的小说由一系列"典型人物"和"典型环境"——有车有房、名校名企、大都会、英俊爱人,充满时尚的中产阶级生活——构成,这样一种叙述直接塑造了年轻读者对于世界、对于生活理想的理解("我要成为那样一种人")——甚至就是"最初的理解"(从"源头"上俘获人心),最危险的是恐怕也会成为"最终的理解"。而设若多年以后,后来的研究者对21世纪初叶中国的青春文学发生兴趣,选取那一时段中占据市场份额最大的小说(我们经常会迷信数字的)——比如郭敬明的《小时代》系列——来寻访当时的青年形象,就是说以郭敬明式的文学以及衍生产品为镜像、管道来理解我们这代人,那实在是件恐怖的事情!总之,我觉得郭敬明的写作是遮蔽现实、歪曲历史的,尤其危险的是在他的背后有着一条完整可复制的产业链和庞大的集团力量。后来,在给复旦大学本科生开设的一门"当代小说选读"课上,我现场作调研,问在座可有"小四"的粉丝,随即教室里爆发一阵哄堂大笑,我似乎很欣慰于这样的笑声,也许其中包含着我认可的态度:对于自己不喜欢的东西,就应该秉持鲁迅先生的姿态,"连眼珠也不转过去"。

2013年,我读完一个"90后"的长篇,篇幅一共二十多万字——冬筱《流放七月》。并不是说小说写得多好,其实里面集中了不少当下青春写作的通病。然而特殊之处在于,小说采用了两条推进线索,一方面写当下年轻人的生活,另一方面是在探究历史之谜——文学史上的七月派,当时的年轻诗人们如何在抗战烽火中聚集,如何在1950年代被投入炼狱……小说单行本的封底照例印着一些推荐语,其中一位推荐人这样说:"我在冬筱身上看到了他与现下'90后'作者非常不同的地方。他选择了一个较为严肃的题材与青春衔接,那就是'历史'。在创作上,他不盲目追逐流行,而是沉下心,回望了一段沉痛的历史和一群在历史中伤痕累累的诗人。"说得很贴切。由此我会原谅这个年轻作者笔法的煽情甚至滥情,当理性的历史反思能力可能还不成熟的时候,他只能选择以一种创伤性的体验去沟通、共感他的前辈们在历史迷雾中的累累伤痕。这个"90后"作者本人就是七月派的后人,联想到相近的时间段里牛汉、化铁先生的辞世,感觉好像是文学传统的薪尽火传。但我们需要注意的是,《流放七月》最初是在《最小说》上连载,单行本由"最世文化"、长江文艺出版社推出,我上面引述的那段推荐语,就出自郭敬明。

2015年,我读到一篇科幻小说《单孔衍射》,作者刘洋巧妙设计了时空传输和时间壁垒,在极限情境中,人类社会迅速实现了"世界大同",资本主义的历史一夜之间终结。小说给我很大震撼,因为在目前一般主流的文学刊物中已经很少看到对于人类社会"远景"的想象。这篇小说原发刊物是《文艺风赏》,由笛安主编、郭敬明推出的主题书(mook 类出版物)。我赶紧买来这一期翻阅,更大的震撼随之而来——这一页上在肆意鼓吹《小时代Ⅰ》《小时代Ⅱ:青木时代》"闪耀大银幕",不由得让人感慨资本的力量无孔不入;旁边一页上一位年轻的科幻作家正激进地想象着如何终结资本主义的历史。如此针锋相对的两股力量悖谬地扭结在一起!而扩展一点看,当下中国科幻年轻一代的作家中最优秀的几位——比如飞氘、陈楸帆、宝树——都是郭敬明旗下签约作家。

  我上面举证的小说，就题材而言，一篇关于历史，一篇指向未来，在"过去与未来之间"，郭敬明不断在刷新我的文学想象。他真的那么简单？犹如一位君王，郭敬明傲然统领庞大的国土，重峦叠嶂路转峰回，但这也许并不是单一、均质的空间，甚至内部孕育着对冲的力量，而"他的国"与其他国家毗邻处暗流涌动。肯定有朋友会觉得我少见多怪：郭敬明是商业资本的代表，商业资本肯定吞噬一切的，什么东西"为我所用"就吸纳招安什么。是不是结论到此为止？对于郭敬明个人的文学风貌我依然维持原先的判断，甚至这里感兴趣的不是郭敬明帝国疆域的高低起伏，或者他的"统治术"，而是在面对"他的国"时，我们自己的选择，我们文学批评的立足点在哪里？能不能抛弃先前简单的成见，在森然的对峙之外，勇于"入室操戈"。尤其是，当冬筱这样的作者出现的时候，当那些写作科幻的年轻人在商业市场和个人探索之间寻找一块回旋的余地的时候，能否感知到他们在多方博弈的间隙里、那种"借水行舟"的尝试？我们经常喜欢把文学分类，精英文学/通俗文学、严肃文学/类型文学……其实重要的是，这些文学板块的内部以及板块的缝隙间，存在着产生新意义与可能的空间，尽管目前这些空间也许还很暧昧、不稳定[1]，但我想，这正是"同代人批评"在今天的出发点。

2017 年 9 月 27 日

---

[1] 我在《最小说》的网络论坛上发现，许多郭敬明的粉丝并不怎么接受冬筱向历史致敬的写作风格。这就是个值得追踪的话题：接下来，是郭敬明式的趣味成功改造冬筱的小说；抑或，冬筱的小说拓宽年轻读者的阅读视野？

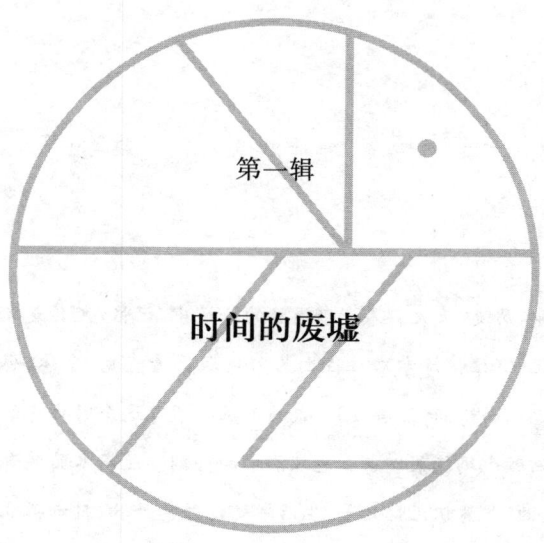

第一辑

时间的废墟

在革命、历史、宏大叙事渐渐退隐的语境中,记忆,尤其是文学呈现的记忆(记忆诗学),往往因为密切联系着直觉、个体、感性、日常经验,而得到"此消彼长"式的关注。所以这个时代中的人们一再回顾小玛德莱娜点心泡入茶水的一刻。然而本雅明却提醒,私人的、非意识记忆只是"生活中处处疏离外物,日渐孤立的个人品质之一",也就是说,"记忆的微光"往往昙花一现,故而个人的记忆要回复到群体的环境中去,通过主体间的交互活动,来完成记忆话语的修订、商兑、叠加和整合……

时间的废墟:青年一代的记忆诗学

题解

彼黍离离,彼稷之苗。
行迈靡靡,中心摇摇。
知我者谓我心忧,不知我者谓我何求。
悠悠苍天,此何人哉?

《毛诗序》为《黍离》提供的解释是:"黍离,闵宗周也。周大夫行役,至于宗周,过故宗庙宫室,尽为禾黍。闵周室之颠覆,彷徨不忍去,而作是诗也。"诗人与某处废墟邂逅,禾黍盛长,稷苗凄凄,时间的失落与大自然的循环往复在内心引发巨大的不安和激情,终至流连忘返。这处废墟"不是通过可见可触的建筑残骸来引发观者心灵或情感的激荡:在这里,凝结着历史记忆的不是荒废的建筑,而是一个特殊的可以感知的'现场'"[1]。诗人,或者说是文学技艺,从遍地野生的黍子中打捞起古周都的废墟和其衰败的历史,从"即目可见"中发现了已然陷落的"不可见"。本文试图举证如那片青葱的禾黍一般的时间废墟,由这些"特殊可感的现场",打开记忆的通道。

我们要寻访"青年一代"发现的时间废墟,本文讨论的对象,是若干位"80后"与"90后"作家的创作。这个群体,与此前比如"60后"相比,既未获得社会学命名(比如"第四代人"),也未获得文学史命名(比如"晚生代"),尤其是,他们的写作经常被指认为"缺乏历史感",甚至被斥为"历史虚无主义",真的如此吗?此外,这几代人的成长过程伴随着现代科学技术的高速发展,技术为人的生活提供巨大便利,但也引发深重的异化。数字技术作为数据存储的理想手段,为人们提供了更长久的记忆,记忆方便了,但人类的记忆能力、记忆意愿却明显下降,"技术化就是丧失记忆"[2]。也由此,这些青年作家与记忆展开的博弈,尤为惊心动魄。

每个人的生活都是由无数不连续事件组成的,"在很大程度上,一个个体是什么或要成为什么,并不仅仅通过这些事件组成,还要通过

---

[1] 巫鸿:《废墟的故事:中国美术和视觉文化中的"在场"与"缺席"》,肖铁译,上海人民出版社2012年版,第24页。
[2] 贝尔纳·斯蒂格勒:《技术与时间:爱比米修斯的过失》,裴程译,译林出版社2000年版,第4页。

这些事件的相互解释以及在以后的生活中如何利用这些事件而形成。我们'是'发生在我身上的事物，或者说我们'是'由发生在我们身上的事物所生产出来的"。记忆的作用也由此彰显，在从特洛伊返回伊萨卡岛的旅途中，奥德赛什么都记得，他对家的记忆具体而持续，"记住伊萨卡岛就是记住他'是'谁"[1]。故而，记忆是认识自我、型塑自我的重要渠道。此外，有关过去的知识很大程度上会参与到我们对当下的体验，"记忆不是对过去的事实的简单描述，而是一种对事实的构建以及积极地对世界重构的形式"[2]，在这一意义上，探讨青年一代的记忆诗学，也正是为了表达我们对世界的想象、对未来的规划。

记忆的重要性不言而喻，但是其所涉及的领域，许多无法通过科学测定、实验观察和心理学研究来把握，而文学恰可大展身手，"讲故事是支持记忆、保存过去、激活以往体验乃至构建集体认同的一个根本要素"[3]。本文拟考察文学这一虚构媒介所展现的记忆内容，以及媒介本身所涉及的运作方式，这两方面结合起来，大致可谓"记忆诗学"。

一

郑小驴以《1921年的童谣》为代表的一系列创作，从题材来看，抗

---

[1] 大卫·格罗斯：《逝去的时间：论晚期现代文化中的记忆与遗忘》，和磊编译，收录于《文化研究》，第11辑，社会科学文献出版社2011年版，第37、38页。
[2] 阿斯特莉特·埃尔：《文学作为集体记忆的媒介》，收录于《文化记忆理论读本》，吕欣译、蔡焰琼校，北京大学出版社2012年版，第229页。
[3] 安格拉·开普勒：《个人回忆的社会形式》，收录于《社会记忆：历史、回忆、传承》，哈拉尔德·韦尔策编，季斌、王立君、白锡堃译，北京大学出版社2007年版，第93页。

战、解放、土改、反右、"文革"……几乎构成一幅庞大的现代史画卷。这是一位"80后"作家早年的学习阶段,其小说也许还未成熟;然而特殊之处在于,郑小驴固执地将记忆置回到现代中国历史的创伤情境中。这种态度,一方面体现出勇气,尤其对于历史深渊中斑斑血痕的凝视,内化为创作主体的一种"历史意识"和"精神质素",类乎"苦难记忆":"作为历史意识,苦难记忆拒绝认可历史中的成功者和现存者的胜利必然是有意义的,拒绝认可自然的历史法则";"作为主体的精神质素,苦难记忆不容将历史中的苦难置入一个与主体无关的客观秩序之中,拒绝认可所谓历史的必然进程能赋予历史中的苦难以某种客观意义,拒绝认可所谓历史发展之二律背反具有正当性。苦难记忆要求每一个体的存在把历史的苦难主体意识化,不把过去的苦难视为与自己的个体存在无关的历史"[1]。然而另一方面,一次次被梦魇所攫住而无法摆脱,显然说明理解之无力。这是非常典型的创伤经验的"病态症状"。问题是,郑小驴为什么如此痴迷于先于个体经历的、在自身经验范围之外的历史创伤?不妨对照一下,在当下的青年写作中,存在较多的书写模式是"现代自传",以个人日常生活的一亩三分地为框架,"他们认为自己的过去仅仅是从自己出生时才开始的。他们相信,他们有力量完全按照他们'自己'和他们同代人的决定来安排自己的生存。现代自传的主体把自己的过去仅仅局限于自己在世上生存的时间",希尔斯在《论传统》中指出这完全是一种谬误。郑小驴的写作无疑站在上述态度的反面,他深知"我自己的生活史总是被纳入我从

---

[1] 刘小枫:《苦难记忆》,收录于《这一代人的怕和爱》,华夏出版社2002年版,第34页。

中获得自我认同的那个集体的历史之中的,我是带着过去出生的"[1],这是一种纠偏"现代自传"的写作,即便不是事件亲历者,但自觉为历史遗产继承者,无法绕开那段历史,故而在历史生活的整体回路中,沿途追溯造就自我的多种根源。

在这系列中《鬼子》是较为特别的一篇。写日本鬼子屠杀中国百姓,但却又"节外生枝"地多出一个视角:

> 那天我看到一个年轻的鬼子正在聚精会神地看一张照片。他看到我走来,神色慌张地望了我一眼。他说,有火么?我赶紧掏出洋火,替他将嘴上的纸烟点上。他又拿起照片,我看到这是一张合影,可能是他们家的全家合影,一家四口,他旁边站着的可能是他姐姐或者妹妹。他指着照片让我看。我看到穿着和服的日本人正在朝我微笑,面目和善。……他冷冷地说道:他们上星期,全部被原子弹炸死啦!

> 但是,远去的鬼子里面,有一个年纪与我相仿的年轻鬼子又转身返回来了。他跑到我身前我才发觉,吓了我一大跳。他没有理我,径直走到我娘面前,哈地弯腰向我娘鞠了一个躬。我以为又要拔刀子了,可是,他没有。他的眼里堆满忧伤,几乎是要哭了。

---

[1] 马克·弗里曼:《传统与对自我和文化的回忆》,收录于《社会记忆:历史、回忆、传承》,哈拉尔德·韦尔策编,季斌、王立君、白锡堃译,北京大学出版社2007年版,第11—14页。

……我摇摇头,一句话也听不懂。他显得很失望,掏出一张照片来,指着上面一个年迈的女人让我看。我心里很害怕,不敢细看,更不敢笑。鬼子指着我娘让我和照片上的女人比较,嘴里哇哇叫。我心里更是慌。照片上的女人穿着和服,一脸慈祥,年纪与我娘相仿。

以上两段描绘肯定会让一些人看了不舒服,非议可能来自这样的声音:用滥情的人性论掩盖了民族界限,或者说,还轮不到我们去替侵略者反思战争的罪恶。其实,早在丁玲《我在霞村的时候》就曾借贞贞的视角,观察到"那些鬼子兵都藏得有几封写得漂亮的信。有的是他们的婆姨的,有的是相好的,也有不认识的姑娘们写信给他们,还夹上一张照片,写上好些肉麻的话,也不知道她们是不是真心,总哄得那些鬼子当宝贝似的揣在怀里"。在非虚构作品中也有类似记录,一份抗战时期的回忆录曾观察日本兵"有时闲谈,自怀中取出其妻照片,给人阅看,称道其家庭乐事"[1]。以上这些细节,在一般流行作品中都是被删除的。创伤记忆是一种典型的感情记忆,创伤所唤起的记忆,往往携带着明确的情感预期。以美的方式表现美,以丑的方式表现丑,以英雄的方式表现英雄,以恶魔的方式表现恶魔,"这是当下中国记忆书写惯常套用的模式。在此模式的影响下,记忆主体的情感投射也对记忆客体的选择产生了巨大的反作用——哪些必须被牢记,哪些则不得不被掩藏;哪些可以直接表达,哪些则要经过变形和加工——其实,在

---

[1] 张怿伯:《镇江沦陷记》,1938年初版,转引自卜正民:《秩序的沦陷》,潘敏译,商务印书馆2015年版,第31页。

国人的期待视野里,总的记忆形态已经被潜在地规定了"。这一"潜在规定"最明显地体现于当下影视媒介中的抗战题材:这些影视剧大多展现日本侵略者的野蛮行径和抗日志士手撕鬼子的快意,实则在"政策安全"的掩护下将创伤记忆蜕变为文化市场上的商品,以娱乐至上的方式完成"激进民族主义的想象性复仇"[1]。在此情况下,文学理应与流行作品拉开距离,承担起严肃反思战争与人性本质的功能。

历史记忆应当允许存在多种声音,抑或需要在排除纠结后确保某种超历史的惟一尺度(比如大屠杀记忆)?人类是否能够不动感情地记下他们的历史经验,如果确认感情记忆的无可避免甚至重要性,那么那些牵动民族认同的感情记忆,在经历仪式化和图腾化之后,会否将历史简化为政治或意识形态的工具?记忆的权力与正当性实在纠缠难解[2],具体到国人的抗战记忆,我想不妨听取孙歌的建议:"当中国的知识人不再仅仅把受害者的愤怒理解为感情记忆的惟一内容时,包括这种愤怒在内的感情记忆才会成为我们的思想资源,而我们才会真正进入自己的历史——那将不再仅仅是属于中国人的历史,它将属于我们与其他民族所共有的世界史。"[3]

那么,记忆突破了预先框定的情感范围、容纳了"受害者的愤怒"之外的内容,其合法性在哪里?从文学的角度,凝视创伤与不删减文学的丰富性如同一架不时倾斜的天平,考验着作家的能力。昆德拉曾经批评奥威尔的《一九八四》"把一个现实无情地缩减为它的纯政治的

---

[1] 赵静蓉:《文化记忆与身份认同》,三联书店2015年版,第110、114页。
[2] 参见张汝伦:《记忆的权力和正当性》,载《读书》2001年第2期。
[3] 孙歌:《实话如何实说》,收录于《主体弥散的空间》,江西教育出版社2002年版,第40页。

方面":"我拒绝以它有益于反对专制之恶的斗争的宣传作为理由而原谅这样的缩减,因为这个恶,恰恰在于把生活缩减为政治,把政治缩减为宣传。"[1]同样,以反对不义之战的名义,是否也会缩减生活与人性的丰富性、缩减作家的思辨与感受力?如同布罗茨基认为,巨大的悲剧经验、"叙述一个大规模灭绝的故事",往往会限制作家的能力与风格,"悲剧基本上把作家的想象力局限于悲剧本身,……削弱了,事实上应该说取消了作家的能力,使他难以达到对于一部持久的艺术作品来说不可或缺的美学超脱。事件的重力反而取消了在风格上奋发图强的欲望"[2]。以此来衡量,年轻的郑小驴正尝试同"事件的重力"搏斗。从伦理的角度,战争记忆应当以社会正义为问题意识,向普通受害者倾斜。而为了履行这样的记忆伦理,我们必须反复追究暴力、肉体折磨与精神恐惧背后的根源,了解罪恶"并不意味着纵容它们。但是,我们要想知道是什么原因使它们产生、使它们扩张,并且想找出救治的办法,就非了解它们不可"[3],"如果我们不能理解敌人,我们就不能有效地谴责他;除非我们理解自己,包括自己的弱处和罪过,否则我们就不能理解他"[4]。而文学恰好描绘的是具体的人,一个对于流

---

[1] 米兰·昆德拉:《被背叛的遗嘱》,孟湄译,上海人民出版社1995年版,第207页。
[2] 布罗茨基:《空中灾难》,收录于《小于一》,黄灿然译,浙江文艺出版社2014年版,第235页。
[3] 埃里希·弗洛姆:《人类的破坏性剖析》,李穆等译,世界图书出版公司2014年版,第14页。
[4] 艾略特:《致〈新英语周刊〉》,转引自陆建德:《烈焰的火舌——略说欧美二战文学》,收录于《击中痛处》,上海书店2013年版,第90页。普里莫·莱维曾认为我们无法、也"不可以"去理解希特勒、艾希曼和大屠杀,"因为理解几乎等同于为它正名",布鲁玛批评这种意见"其实是在淡化责任问题"。参见伊恩·布鲁玛:《罪孽的报应:德国和日本的战争记忆》,倪韬译,广西师范大学出版社2015年版,第245、246页。

动的状况有着瞬间反应能力的个体。上引郑小驴作品中的两段,给出的就是这样的瞬间。郑小驴设置的这一"看照片"的情节,滋生出移情、共感与自省:从鬼子这一方面来说,是"我"(曾经)也是人,有家庭老小、七情六欲;从小说叙事人"我"这一方面来说,则蕴含着"我"也可能变成鬼子吗的自问,这一自剖其心的伟大传统,上承《狂人日记》,"我未必无意之中,不吃了我妹子的几片肉"……也就是说,只有还原到一个具体的人、甚至是具有主体性的人,我们才能真正认识到人性的复杂构成:鬼子并不是天生的魔鬼,那些"年纪与我相仿"、"上唇才刚刚冒出淡黄色的胡须"、"眼里堆满忧伤"的年轻人是在特殊的制度与境况中被催生的;反过来,正因为普通人都有可能在特殊的机缘下变成魔鬼,所以恶魔性未必只存在于"他们"身上;而正如果戈理的遗嘱所申明的:解剖"自己心中的黑暗",可能正是反思"天下的黑暗"的最坚固、可靠的基石[1]。郑小驴的这部作品以冒犯阅读成见的形式挣脱了人物形象的脸谱化,尽管限于篇幅原因,作者对"看照片"的双方未能作更深一步的掘进。它启发我们文学所提供的反思方式,如何通向战争、暴力、灾难的根柢处:如何警惕每个人心中(而不是只有"鬼子"心中)都可能潜存的恶魔性,文明如何发展才能为人性寻觅到健康舒展的空间。由此形成的反思契机,才有助于我们通向孙歌所谓"我们与其他民族所共有的世界史"。

二

在记忆与遗忘的问题上如何选择,决定我们会成为什么样的人;

---

[1] 参见何怀宏:《道德・上帝与人:陀思妥耶夫斯基的问题》,新华出版社 1999 年版,第 97 页。

然而个体记忆本身并非自明,一个人记住的过去,很大程度上是被社会参与建构的,只是其所在社会早已挑选出来需要社会成员记住的那些价值、事件。不过,个体对记忆未必完全丧失了支配权,"在个体记忆与社会记忆的关系上,虽然个体记忆在某种程度上易于被社会地中介,但并不必然会被社会地决定。仍然还有空间可以运作。所有的我们都拥有主导的心理图式之外的残余的图式框架,这会有助于我们看到主导图式所不允许我们看到的生活的其他方面。由此,我们就可以突破由主导图式所决定的僵化的、传统的记忆,使我们在恢复我们自己的过去中赢得属于我们自己的空间"[1],"如果历史学家被聘为官方记忆政治的官员,那么回忆任务就转到了文学身上"[2]。

接下来要探讨的小说恰好为上面这句话作出表率:这位作家之所以不想让一段历史因为被赋予禁忌色彩而成为一代人的"意义黑洞",可能是觉得尽管自身并不是直接当事者,但是这一事件的历史记忆和情感态度所遗留的症结其实很难彻底消除。青年一代对于自我主体的想象、甚或今天依然身陷其中的价值困境,未必不和当初相关,尽管当年只是旁观者。比如当下青年人创作中一再出现单薄、狭隘、没有回旋空间的个人形象,与当年知识分子广场意识与启蒙精神膨胀到极点的溃败后,再无法凝聚起批判能量,未必没有关联。

文珍短篇《我们夜里在美术馆谈恋爱》安排主人公"我"和"你"在夜晚的美术馆分手,还剩下十多分钟,"我"就将踏上赴美留学的行程。

---

[1] 大卫·格罗斯:《逝去的时间:论晚期现代文化中的记忆与遗忘》,和磊编译,收录于《文化研究》,第 11 辑,社会科学文献出版社 2011 年版。
[2] 阿莱达·阿斯曼、扬·阿斯曼:《昨日重现——媒介与社会记忆》,陈玲玲译,丁佳宁校,收录于《文化记忆理论读本》,北京大学出版社 2012 年版,第 42 页。

然而,在这个"现在"通往"未来"的临界点上,记忆一再侵入、缠绕……

他们是一对恋人,更像是一对病友,进而互相诊断——"你的自身早已丢失在某处",多么一针见血。这个"某处"指向一起造成严重伤害性的事件——"最关键的那一夜全校师生倾巢而出,而你不在最前也不在最后,只盲目地混迹于热情的民众中",这起创伤事件"可能关系到身体、心理或者是精神,它引发了主体在认知、情感以及价值判断方面的相对反应,并对后者的生活造成了不同程度的影响"[1]。这种影响在小说中表现为,"你"有一种不断返回原始创伤情境、体味创痛的冲动,就如"我"对"你"的诊断"你的自身早已丢失在某处",这恰好说明了"某处"对当下强大的辐射,而此后的一切生活都只是行尸走肉。如果创伤必须解释为"病态的症状",那么"与其说这是潜意识的症状,不如说是历史的症状。受创者携带着一个无法面对、无以言状的历史"[2]。这个"无法面对、无以言状的历史"给"你"造成了巨大的后遗症:

你嘲笑我的天真和使命感,种种不切实际的愤怒。你说我之所以愤怒,只是因为无知和廉价的正义感。真正的正义是并不存在的,你微笑地说:"而所谓的民族、家国、信仰,更是一种虚幻……"

你莞尔:"我们?不,我们不是体制的一部分,我们只是大体

---

[1] 赵静蓉:《文化记忆与身份认同》,三联书店2015年版,第92页。
[2] 卡西·卡露斯(Cathy Caruth)语,转引自王斑:《全球化阴影下的历史与记忆》,南京大学出版社2006年版,第110、111页。

制下无足轻重的个体。类似沧海一粟，或者当你俯身时看到的地面上的蚂蚁，就是那种感觉。"

"只有傻瓜才相信自己能够改变这个世界。"你说，"你只能选择被或不被这个世界改变。"

在失败感中所产生的对于个人和体制的对立性理解，反感一切类似"正义"、"信仰"、"民族"、"国家"等崇高字眼，回避公共生活和任何乌托邦想象，个人能动性和生活热情的消退……这一切都预示着"你"置身于创伤记忆的环抱之中，事件不仅引发了"你"在"认知、情感以及价值判断方面的相对反应"，而且意味着历史甚至精神史的某种转折。

同样，"我"也是个病人，且具有双重病症。一方面，如王斑曾指出，在历史与记忆的错综关系中，现代中国的创伤经验大致有两种，除去历史浩劫的后遗症之外，"另一种是目前在国际资本入侵和社会人际关系全面商品化的情境下，旧有的生活秩序和经验世界一夜间的崩溃而造成的震惊"[1]。与"你"相比，"我"依然葆有着"天真和使命感"，似乎在精神世界中与过往的有生机、有意义的价值世界保持着联系，但同时又沉溺于世俗社会而无法拒绝物质生活的浮华，比如"我"去香港时专门买来古琦腕表要求"你"戴上。上述矛盾和分裂不断撕扯着"我"的生活。另一方面，"我"身上有一种与重大历史事件擦肩而过而引发的自我命名的焦虑，尤其是在与"你"的比照中："你不过只是比我大九岁。这九岁却变成一道年代的鸿沟，中间绝无可以沟通的可能。你总是笑着说：'这事你们80后不能够了解。'而你呢，这方面你

---

[1] 王斑：《全球化阴影下的历史与记忆》，南京大学出版社2006年版，第6页。

是骄傲的,经历过十年浩劫尾声、七六年以及八九年夏天的 70 后北京男人。"卡尔·曼海姆和哈布瓦赫都论证过"重大的公共事件在直接参与者的心灵中留下了深刻的印记"[1],开普勒讨论"同代人记忆"时也指出,一定的突出历史事件甚至由此引发的精神创伤,都会在同一个年龄段的人群中"打上共同的烙印"[2]。这一烙印,既在代群内部制造亲和感,也会产生对其他代群的排斥,就仿佛"你"在"我"面前特有的骄傲,而"我"在面对这种骄傲时的无能为力,反过来迎合了这种重大历史事件型塑群体的逻辑,作为"历史终结"之后的后来者,"我"及"我"所代表的这一群体,因为缺失了重大历史事件的参与机会,而再也无法获得命名[3]。

"我"是一个病人,但又体现出某种程度的清醒。"我"的逃亡所要告别的是自己的国家、城市和恋人,这三重对象的集合与滑动,"决定了对'逃离'这一行为解释的暧昧性,可以说是抵抗体制和官方意识形态,可以说是小资产阶级抵抗庸常生活模式的单一想象,但最后最说得通的是爱情的厌倦,这就是一个非常非常通俗的故事了"[4]。针对每一个对象,"我"都给出了离开的理由:"在这个什么事情都可以议价的国度里",我"将永远无法成为这个国家、这个城市的主流";离开"当下让人崩溃的日常秩序"、"只是为了寻找关于生命的一个真实";"我

---

[1] 刘易斯·科瑟:《导论:莫里斯·哈布瓦赫》,收录于《论集体记忆》,莫里斯·哈布瓦赫著,毕然、郭金华译,上海人民出版社 2002 年版,第 52 页。
[2] 安格拉·开普勒:《个人回忆的社会形式》,收录于《社会记忆:历史、回忆、传承》,哈拉尔德·韦尔策编,季斌、王立君、白锡堃译,北京大学出版社 2007 年版,第 91 页。
[3] 重大历史事件是否是代际命名的唯一依据,其实值得深思,比如我们可以借鉴鲁迅的"中间物"意识。
[4] 刘欣玥语,《寻找文学的新可能:联合文学课堂》,北京大学出版社 2015 年版,第 145 页。

时常嫌你温吞。嫌你胸无大志,凡俗庸常"。但是,一层层地设定理由,又一层层地拆解掉这些理由:"我"承认自己"耽溺浮华,追逐物质生活的幻象",承认自己的选择"和哈佛或者耶鲁无关,和民主与自由也无关,只是一个女人在青春的尾巴梢上的最后狂想",进而自问"何必要给离开一个如此慷慨激昂的理由",甚至预期到此番行程不免是"另一场更让人绝望的虚幻"。这种自我剖析是多么纠结,你可以说这是无效的,但至少"我"诚恳地面对自身的处境,这种孱弱的反抗和可贵的自省,是不是也可以为等待命名的自我注入些许意义呢?

在整部小说中,"我"强烈地感受到我们之间的关系被撕裂了,"我如此孤单,和我所爱的男人一起待在夜晚空无他人的美术馆里,可是我仍然无法靠近你",借用张爱玲的话("人们只是感觉日常的一切都有点儿不对"[1])来讲,有某种"不对"的东西,横亘在你我之间,"不对到恐怖的程度",使得我们无法结合,这种"不对"的东西,可以理解为集体性的文化创伤。集体创伤可能涉及具有相同创伤经验的群体,也可能涉及代群之间创伤经验的传播,当"你"一次次在"我"面前呈现过来人的"骄傲",当"我"苦思冥想以何种方式来应对这种"骄傲"之时,历史事件就变成了无法消散的创伤,在无穷无尽的重复中,从"你"身上延续到了在时间与地理上原都不在现场的"我"的身上,由此也对共同体内部彼此交往的生活肌理形成致命打击。"当个人和群体觉得他们经历了可怕的事件,在群体意识上留下难以磨灭的痕迹,成为永久

---

[1] 张爱玲:《自己的文章》,收录于《张爱玲文集》,第 3 卷,时代文艺出版社 1999 年版,第 252 页。

的记忆,根本且无可逆转地改变了他们的未来,文化创伤就发生了。"[1]《我们夜里在美术馆谈恋爱》恰可视作集体性文化创伤显形的故事,"你"不断地闪回到"那一夜"的原初情境中,而"我"不断地纠结于"你"对"那一夜"的忠诚或背叛,这种纠结关涉着公共责任和社会道德,关涉着"我"对当下生活的选择。这是你我之间"永久的记忆",它割裂了你我之间的纽带,我们无法"再作为一个组织躯干上相连的组件或联系的细胞那样存在"[2]。由此我们可以进一步理解上文提及的作者将"我"的告别安置在三重对象之间滑动,这或许不是一种推诿,而是有意超越个人遭遇或移情,将"我"的病症生产出公共性,展现个人创伤背后所潜藏的集体记忆、社会因素与意识形态。

最后我们来回答这个问题:为什么是美术馆?文珍的小说素来有浓郁的文艺青年气息,把地点安排在美术馆,恰好能发挥作者的专长。我们也可以把美术馆理解为艺术的金字塔,隔绝现实的困顿与伤害,只有躲到这个塔里面才能成全片刻的温情。然而我想还有另外一种解释——美术馆象征着"记忆之场"。"人们之所以这么多地讨论记忆,是因为记忆已经不存在","记忆的内在体验越是薄弱,它就越是需要外部支撑和存在的有形标志物"[3],这些将记忆物态化的外部符号空间,就是"记忆之场"。与博物馆一样,美术馆所陈列的艺术品都是过去时光的象征,它们让时间回到过去。当然,这一过去是通过对艺

---

[1] 杰弗里·C. 亚历山大:《迈向文化创伤理论》,王志弘译,收录于《文化研究》,第11辑,社会科学文献出版社2011年版。
[2] 王欣:《创伤、记忆和历史:美国南方创伤小说研究》,四川大学出版社2013年版,第8页。
[3] 皮埃尔·诺拉:《记忆与历史之间:场所问题》,收录于《记忆之场》,诺拉主编,黄艳红等译,南京大学出版社2015年版,第3、12页。

术品的"选取"和对艺术品陈列秩序的"解说"来加以重建的[1],美术馆"致力于对纷杂无序的历史遗存进行整理,将其纳入具有内在逻辑的叙事表述"[2],这一呈现出规律性、方向感和内在逻辑的表述,教化给参观者某种群体历史和群体身份。恰如诺拉所言:"如果不是历史控制了记忆并使其发生变形和改造,使其成型并僵化,这种堡垒也不会成为记忆之场。"[3]由此来看,偏要选择在美术馆愁肠百结地抒发爱欲,或正是从内部爆破"成型并僵化"的记忆堡垒,呼唤个体进行回忆的责任,"只有当统一叙述的历史不再侵占个体的记忆,我们才有可能置身于一个'均匀曝光的世界'中,抵达日常经验的历史"[4]。

三

"90后"作家王苏辛《白夜照相馆》的迷人之处在于,它缠绕在人类生存境遇的普遍性寓言和中国现实的特殊性观照之间。就前者而言,小说探讨的记忆、身份等议题,不妨作某种形而上的超越。就后者而言,我们可以极为"现实主义"地将小说读入到当下社会生活中:城市化加速,人口流动频繁,乡土中国等传统共同体趋于消亡,"而城市需要新鲜血液,优胜劣汰",小说中登场的这些新移民就在上述夹缝中挣扎。出于种种需要,驿城的新移民时不时需要出具新的身份,而白夜

---

[1] 赵静蓉:《文化记忆与身份认同》,三联书店2015年版,第227页。
[2] 巫鸿:《美术史与美术馆》,《美术史十议》,生活·读书·新知三联书店2016年版,第32页。
[3] 皮埃尔·诺拉:《记忆与历史之间:场所问题》,收录于《记忆之场》,诺拉主编,黄艳红等译,南京大学出版社2015年版,第11页。
[4] 伍勤:《记忆之场:历史在加速消失》,载《新京报》2016年4月2日。

照相馆的特殊业务应运而生,两位照相师赵铭、余声根据客户提供的要求和细节,拍摄出关于故乡或亲人等的照片,修复如旧……也就是说,为了满足当下的需求,转而修饰过往、伪造记忆。《白夜照相馆》由此表达着多重讽喻:故乡与亲人是人们心灵的港湾,是远方游子永恒回返的终点;但在今天却变成了可以随时重建的草台班子。没有稳固的过往,人的成长脉络是不清晰的,记忆"把那些发生的事件组织成各种有秩序的序列,从而使我们意识到我们在时间中保持着延续性,让我们意识到我们的生活是怎样积淀成的。没有记忆,一个人的自我感就会变得混乱起来,不会拥有真正的自我感,也不会有认同感"[1],显然,记忆以护持生命延续性的方式塑造着人的自我认同,所以小说中的师傅作为传统的范导者形象,曾经要求弟子们"必须告诉他一切";然而是什么样的时代,会强制个人删减生命的连续性,而促成断裂式的成长?每个人都心照不宣的自造历史,如同李琅琅和刘一鸣的见面,前者甩出一叠照片放在餐桌上,同时向后者宣布"你的照片,我也要看",久而久之,不就变成鲁迅笔下一群"做戏的虚无党"……

最值得玩味的是小说的核心意象——照相,照相是现代性、"真相价值"与科技力量的强势象征,作为一种再现形式,照相复制的是一个不能被否定的真相,如罗兰·巴特所言:"我把真相和现实融合于一个独特的情感中,我也在这里看出摄影的性质和精髓,因为没有一种绘画的肖像——就算它如何'真实'——可以说服我而去相信那个所指

---

[1] 大卫·格罗斯:《逝去的时间:论晚期现代文化中的记忆与遗忘》,收录于《文化研究》,第11辑,社会科学文献出版社2011年版,第41页。

是一定存在的。"[1]宾杰明·维乌科米尔斯基在自传《童年回忆残片(1939—1948)》中写道:"我早期的童年回忆,主要基于留在我的照相式记忆中的精确画面以及我为它们保留的那些感觉……"维乌科米尔斯基自信地指出,当他描写自己的童年画面时,必须且可以"放弃条理逻辑即成年人的视角。这种视角将只会歪曲所发生的事情"。这样,自传者就担保当前正在进行回忆的自我,决不干预被回忆的自我的早期童年经历,"在过去那个自我和当前这个自我之间没有任何桥梁。回忆始终处于原始和封闭状态。正因为如此,这样的回忆宣称自己具有当之无愧的直接性和真实可信性"[2]。他将记忆比喻成照相,上述"自信"依据的乃是摄影这种媒介所具有的自明性:"准确地说,摄影并不是在生产什么现实图像,而是仅仅保留了对现实的一种复写。"摄影被视为直接的因而是没被歪曲的现实复写的完美化身。"然而时至今日,模拟相机已被数码相机取代,而且我们在对图片进行处理方面已经拥有了无限可能性。随着这种技术变革,上述比喻的说服力也从根本上发生了动摇"[3]。正由于直接复制现实,现实的独一无二性恰容易被混淆,照相恰容易沦为篡改、操控现实的工具;而记忆等同于摄影的比喻也再不允诺着真实性,转而暗示记忆是一种可变、创造的行为。出入白夜照相馆的顾客们,正是通过镜头后的"表演"以重新构造他们

---

[1] 转引自彭丽君:《哈哈镜:中国视觉现代性》,张春田、黄芷敏译,上海书店2013年版,第75页。

[2] 宾杰明·维乌科米尔斯基:《童年回忆残片(1939—1948)》,转引自阿莱达·阿斯曼:《回忆有多真实》,收录于《社会记忆:历史、回忆、传承》,哈拉尔德·韦尔策编,季斌、王立君、白锡堃译,北京大学出版社2007年版,第64页。

[3] 阿莱达·阿斯曼:《回忆有多真实》,收录于《社会记忆:历史、回忆、传承》,哈拉尔德·韦尔策编,季斌、王立君、白锡堃译,北京大学出版社2007年版,第65页。

往昔的记忆,进而服务于当下所需要的现实。由此,再现真实一变而为再造真实。从个人往外环顾,与个人的记忆清除一起发生的,是外部空间的记忆清除,或者说,改造、销毁记忆的载体,"摧毁一个人身处的环境,对一个人来说可能就意味着从熟悉的环境所唤起的记忆中被流放并迷失方向"[1],"头头们忙着建新城区,一栋栋高楼在驿城逡巡",王苏辛的小说描述的是这样一个时代;拆除建筑、旧城改造、人口流动频繁、城市化加速,我们也身处这样一个时代。

与真实一起消逝的,也许还有个性与身份认同——它们往往与人类经验的延续性有密切关系,容不得剧烈而频繁的隔断、推倒重来,诚如洛克把人的个性界定为"长时间获得的一种意识的一致性,个体的人与他通过对以往的思想行为的记忆获得的持续的一致性相联系"[2]。不过且慢,史学家告诉我们,20世纪出现了对记忆机制的重新思考,在城市化、工业化及人类生活方式移动性加速进展的情况下,自我的型构不再取决于"记住"、保全一个稳固、本质、核心的"我","人并不是只有一个身份、一个自我,自我是流动的、多元的。人应当有多种发展的可能性,而要做到这一切,一个人首先必须是个遗忘者,避免把自己禁锢在单一的固定化了的身份束缚中"[3]。恰如安东尼·吉登斯的提醒:现代社会向人们承诺,身份是由选择而构成的。社会运行从"固态"转变为"液态",人们的生存方式从扎根定居转变为游牧流

---

[1] 罗伯特·贝文:《记忆的毁灭:战争中的建筑》,转引自赵静蓉:《文化记忆与身份认同》,三联书店2015年版,第87页。
[2] 转引自伊恩·P·瓦特:《小说的兴起》,高原、董红钧译,三联书店1992年版,第15页。
[3] 大卫·格罗斯:《逝去的时间:论晚期现代文化中的记忆与遗忘》,收录于《文化研究》,第11辑,社会科学文献出版社2011年版,第50、51页。

浪,这是"流动"的现代生活,现代人似乎无法持守从一而终、稳固内在的身份认同,也许恰好与记忆的本质相契——记忆就是根据现实需要而不断对过往进行筛选、重组和再造。如此看来,"记忆"与"遗忘"正是一枚硬币的两面,那些热衷照相的新移民,通过"遗忘"来摆脱"身份束缚",通过表演来超越、型塑流动的自我,岂非正在朝向现代性的途中狂奔?诚然如此的话,照相所引发的虚与实、悲与喜,值得深思。

小说中有意的留白增添了些许惝恍迷离的气氛:比如小说结尾的大火,比如赵铭和余声在多年前"让师傅失踪了",此后才接手照相馆——刻意掩盖的谜团却欲盖弥彰:这两个为别人再造记忆的照相师本身也需要再造记忆,更准确的说,强迫遗忘——这桩必须被遗忘的事情中显然不乏罪孽和恐惧。人们总是很好奇他俩为什么不是夫妻,原因很简单,"无法原谅对方的邪恶",也就是说,一段创伤记忆永远延宕了他们的幸福。由此来看,再造记忆有效么,断裂式的生长究竟可能么,人们真的可以随随便便就"脱胎换骨"?

照相指向逼真、客观的现实主义,如果作为一种文学观的隐喻,那么《白夜照相馆》中对照相术的辩证思索,似乎暗示年轻作者不安于单一的写实手法。王苏辛在创作谈中将小说理解成"寓言"——这是本雅明偏爱的、在一个破败碎片的时代中的现代美学方式。我下面将要探讨的"文坛陌生人"吕袭明的短篇小说《原蜃》,或许更为形神兼备地体现了本雅明在寓言这一体式中的寄托。"寓言在自然的颓败意象和人为的书写中来回摆动。它有象征表意的野心,但深知历史书写无法弥补历史断裂,欲说还休,不说又不罢休"[1]。《原蜃》提供精确的现

---

[1] 王斑:《全球化阴影下的历史与记忆》,南京大学出版社2006年版,第69页。

实逻辑,但又不时闪现奇幻之物(原屋、永动机);小说在虚实之间游弋的姿态,兴许是张望词与物之间巨大鸿沟后的无奈,然而"不说又不罢休",勉力通过书写来打开回望历史的通道。

三十多年前,人们发现了原屋,"据说那是永远不会消失的屋景,其他的屋景不过是它的影子",整个学术界研讨原屋的意义,结论是:"原屋可能是某种具有永恒性的、能启发人类智慧、揭示人类命运的存在。包括科学家在内的人类精英们应该把握机会,联合起来研究它,从而脱离愚昧、庸碌以及将来可能存在的覆灭"。"所有的人们不分昼夜聚集在海滩上,眺望远处海面上的原屋",看到种种引人入胜的奇景:"采珠人从珊瑚礁上采走失意贝壳的心,垂钓者用乌云从天空里钓起淡雅的彩虹,被夜莺歌声点燃的森林把夜烧成白昼般的灰烬,而林中野兽的眸子宛如沸腾的宝石"……这一切看似虚幻,但是又很熟悉,"原屋"提供着意义、秩序和方向感,其所隐喻的对象在小说语境中已呼之欲出,吕袭明打开了历史记忆的通道,似乎带着读者在重返一个特殊年代。

随着原屋的消失,老冯的事业开始暗淡;他所在研究所的食堂"每月有固定菜谱,严格按周循环",不习惯意外;"她"孤身处于偏远的军用机场,工作是每天记录飞机的起降时间,而"飞机每天来此只是为给她送给养",多么荒诞而徒劳,她想尝试"找点别的事情做,这样至少能暂时从这种荒谬中脱身",但"没有找到值得一干的事情"……这就是小说所展现的原屋消失之后的生活场景:疲沓、失落、单调循环、意义的空洞化。当原屋还存在的时候,老冯曾有过隐忧——"这些屋景一旦被拆穿,此后的生活会不会就像只能从魔术师背后看魔术一般了无意趣",不幸一语成谶。如果我们把创伤理解为对"文化的表义和象征体系"的冲击,该体系本是"人们赖以安身立命,了解感知周围世界的生命线"[1],那么小说如寓言一般展示了象征体系被摧毁之后的景象以及人们的创伤体验。

　　读者于此肯定心有戚戚焉,我们同样生活在一个原鼋消失、乌托邦终结的时代,"日益被要求在现状或某种更加糟糕的东西之间做出选择。其他的替代物似乎根本不存在。我们已经进入了一个默认的时代,在这个时代,我们很少期望未来将会脱离目前的轨道",就像小说中那群教授"肠胃早已习惯了规律的饮食"而拒绝食堂更换菜单,"我们就这样来建设自己的生活、家庭和职业"。在小说结尾,老冯舒一口气,"抬头看看辽阔的天,这才注意到,天边亮起的并非月光,而是原鼋"……在一片亦真亦幻的氛围中原鼋重临,表达着这位年轻作者谨慎的期待,他并不是要我们回返到历史记忆中那个过往的、实存的年代(所有人聚集在海滩上被原鼋所陶醉,未必是美好的时代),而是希望我们提取那个年代中的某种精神或信念,借用雅各比的话,"即认为未来可能要从根本上优于现在的一种信念。我指的是如下这种观念,即生活、工作,乃至爱情的未来特征可能同我们今天所熟悉的这些事物甚少相似之处。我将如下看法同这种观念联系在一起:历史包含着自由与快乐的诸种可能性,它们几乎还不曾为人叩击"[2]。在历史转折的关口,我们对上述正面资源没有充分提取、转化,就将之同那个过往的时代一起埋葬了。

---

[1] 王斑:《全球化阴影下的历史与记忆》,南京大学出版社2006年版,第81页。
[2] 拉塞尔·雅各比:《乌托邦之死》,姚建彬译,新星出版社2007年版,第1、2页。

四

"天仍旧阴着",还有大片的雪花,她与他重逢,"十八年没见了",或许是一次"等待很久"的重逢……被噩梦魇住,他们不想闪避,执着地叩开被压抑的记忆,这注定是一段晦暗而危机四伏的长旅,他们能够撑到终点么,到那时,天会不会亮了……这是长篇《茧》的开头[1],张悦然自述故事继承自父亲:"钉子的故事发生在我爸爸的童年,在他的童年烙下深刻的印记,也必将以某种方式在我的童年中显露出痕迹。那些历史,并不是在我们觉察它们、认出它们的一刻,才来到我们的生命里的。它们一直都在我们的周围。"[2]新书发布会上,梁文道指出"'80后'是第一代真正没有经历过'文革'的人",现在,这一群体中的代表性作家开始叙述"文革",以"间接见证者"的身份来构建继承而来、并非亲身经历的过去。继承、分享记忆由此成为一种责任与伦理,"在今天的中国,没有人可以用'缺乏"文革"直接经验'为借口来推卸自己那一份在群体内的记忆责任。如果他不记忆,那不是因为直接记忆者已经死绝,没法再记忆,而是因为他拒绝接受自己那一份隔代但不断代的记忆分工"[3]。

出于由"柏林墙"记忆中艰难痊愈的同理之心,自1980年代后期开始,中德两国学者合作尝试将精神分析理论引入对"文革"的观察研

---

[1] 张悦然:《茧》,原载《收获》2016年第2期;单行本由人民文学出版社2016年8月推出。
[2] 罗皓菱:《张悦然:曾经青春沧桑十年破〈茧〉而出》,载《北京青年报》2016年7月31日。
[3] 徐贲:《人以什么理由来记忆》"序",《人以什么理由来记忆》,吉林出版集团2008年版,第11页。

究,他们发现:"'文革'的心理创伤不仅持续地影响着亲历者,还对其子女乃至后世数代人产生了代际传递。"[1]某种意义上,《茧》提供的就是一部关于创伤记忆"代际传递"的小说。主人公李佳栖与程恭,一位是负罪者,一位是复仇者,因袭着巨大的创痛,既徘徊在历史边缘,又主动与周围世界疏离。他们有过密切交往,曾经心心相印,因为分享着一个共同的身份:"文革"创伤记忆的代际传递者与见证人。见证不仅指涉创伤者自身的经历,也意味着创伤记忆的传播、交流、分享;或者说,这里的见证指向"后记忆",这一术语用来"描述幸存者的后代的文化或集体创伤与他们父母的经验之间的关系,对于这些后代而言,父母们的经验只是被他们作为成长过程中的故事与意象而'记住',但是,这些经验是如此强大、如此深远,乃至独立地建构了记忆",同时,"创伤只能在随后几代人中被目睹与解决——他们并未亲身经历创伤,却在事后经由前代人的叙事、行为与症状而感受到了创伤的效应"[2]。

效应的显现,在于创伤记忆影响着身为后来人的李佳栖与程恭的自我认知与身份认同。先来说李佳栖。据心理学家的研究,在创伤记忆的隔代传递中,首先被传递的往往是暴力。"我把竹签插进鸽子瘦小的身体,紧实的肉被刺穿的时候,会有噗的一声响,那个声音令我着迷。"类似这样的细节在李佳栖(还包括程恭)的自我陈述中所在多有,她着迷于某种看破世事后的冷酷与残忍。虽然未曾目睹身历创伤的

---

[1] 范承刚:《寻找"文革"隐伤》,载《南方周末》2013年7月18日。
[2] 玛丽安娜·赫尔希:《投射记忆》《幸存图像》,转引自陈绫琪:《遭遇历史幽灵:第"1.5代"的文革"后记忆"》,康凌译,收录于《文学》(2015年春夏卷),陈思和、王德威主编,上海文艺出版社2015年版,第119、129页。

第一现场,但是这段创伤如梦魇般缠绕,甚至在"一遍又一遍的回忆"中持续发酵、渲染,梦魇中见证者所承载的人性,就如李佳栖一般被这样几种元素所凝固:冷酷与残忍,孤独、恐惧与原罪感的锁闭,"颓废厌世的情绪"。恋人唐晖曾经对李佳栖有过一段诛心之论:"你非要挤进一段不属于你的历史里去,这只是为了逃避,为了掩饰你面对现实生活的怯懦和无能为力……"到底是因为被深重的原罪感所拖累而无法顺畅走入现实生活,还是将当下的不如意挂靠到父辈"溃烂的疮疤"上,以此掩饰没有能力在现实生活中自建存在价值?或许,上述疑问正是一枚硬币的两面。在李佳栖式的自我放逐之外,"后灾难见证者"的人性状态其实还有另外一种可能的发展:"在人道灾难之后,我们生活在一个人性和道德秩序都已再难修复的世界中。但是,只要人的生活还在延续,只要人的生存还需要意义,人类就必须修补这个世界","打破这种孤独和恐惧,并在与他人的联系过程中重新拾回共同抵抗灾难邪恶的希望和信心"[1]。以此丈量,李佳栖显然还不具备"修补世界"的能力。

再来看程恭。这是一个更加复杂的创伤传递者。与李佳栖相比,程恭的暴戾有过之而无不及。强烈的报仇意愿是他唤醒记忆的唯一动力。某种程度上,程恭确实是"文革"的间接受害者,当然没有理由要求受害者忘记过去忘记伤害(这已非肉身凡胎的普通人所能承受的限度);但是在遗忘(不"记"过往)之外,受害者还有另一种面对过去的立场(不"计"过往)——宽恕。宽恕不是忘记,并非将不义的过去一笔

---

[1] 徐贲:《见证文学的道德意义:反叛和"后灾难"共同人性》,收录于《人以什么理由来记忆》,吉林出版集团2008年版,第224页。

勾销,"不应当以抹去罪行为前提","宽恕是一种有意识的决定行为,因此可以改变人的态度,真正克服愤怒和仇恨"。当然,我们并没有"义务"去宽恕施害者,"我们对其他人不欠有宽恕,但我们对自己欠有宽恕。或者,可以说对我们自己负有义务。这种义务源自我们不想生活在愤恨和复仇的状态中"[1]。宽恕并不仅见于理论设想,南非在废除种族隔离政策之后成立了"真相与和解委员会",曼德拉总统和图图大主教践行"没有宽恕就没有未来",他们意识到在受害者对加害者的反攻清算中,新生的家园只会被重新撕裂成废墟。宽恕与和解不是软弱,而是对个人与共同体未来的深远慧见,使得"一群人压迫另一群人"的悲剧不再发生。而对程恭式的个体来说,宽恕才有可能终止暴力的恶性循环。当程恭面对陈莎莎倒在地上翻滚抽搐而无动于衷时,他自己也走到了悬崖边。

个人和家族的所有失意,都被推到"文革"中爷爷受到伤害这一"源头",程恭的自我意识由此推衍:因为"我"受到了伤害,所以应当索取报偿;进而发展出一种二元对立的执念——干净的"我"和肮脏的"世界"之间的对立,至于被"我"伤害的陈莎莎则是服务于复仇目的的手段("既然她带来麻烦,就应该被抹掉"),且无损于"我"的清白;因为"我"是清白的,所以有资格审判他人,"我心里变得很静,像是被带到一个很高的地方俯瞰着人间",一位超越如上帝般的审判者君临人间……程恭的意识结构显然有诸多盲视。比如,这种善恶对立、黑白分明的人性图景其实无法触及"文革"发生的具体背景,制度、客观环

---

[1] 阿维夏伊·玛格利特:《记忆的伦理》,贺海仁译,清华大学出版社2015年版,第183、189、197页。

境与人性、人的能动性如何互动,不同利益代表者如何各怀心事又集体投入到浩劫中,宏大的运动如何与具体个人深陷在对当下生活的即刻关注、尤其是他们各自的情感和利益考虑发生耦合?这位高高在上的审判者也不会去换位思考:设若"我"身临其境,是否一定能保全"义人"、"完人"的姿态呢?关于"义人",《传道书》这样说过:"时常行善而不犯罪的义人,世上实在没有。"程恭也没有耐心去倾听真正的幸存者殷正的发言:"每个人的灵魂里都有肮脏和丑恶的部分,跟善良和美好的品质混杂在一起,是没法切除的,承认它们,指出它们,可能是唯一和它们分离的办法。"他疾言厉色的判词中也不会给大斌、陈莎莎这样的卑微者留下生存的余地,受害者的经历未必必然通向智慧与正义。他一次次在记忆里重返浩劫却根本不理解浩劫中"苦难"的分量:"苦难对于人性的毁灭,它之所以可怕,在于人人无法幸免,只是时间的迟早和程度的差别而已。……苦难是一种把人拖下非人深渊的可怕力量。那种不损及人性,甚至还能帮助提升人性的苦难,其实算不上真正的苦难。"[1]矗立在废墟上的,与其需要指天画地的审判法官,毋宁是一位体贴人性多面性的观察者,诚如维塞尔所指出的:"在人心的深处,人不单纯是刽子手,不单纯是受害者,不单纯是旁观者。人是这三者的合一。"[2]

与张悦然此前的作品相比,《茧》的结尾更多显露出作者的善意。这部小说如同病历档案,同时也提供了一份康复记录。小说由十八年

---

[1] 徐贲:《为黑夜作见证:维塞尔和他的〈夜〉》,收录于《人以什么理由来记忆》,吉林出版集团2008年版,第221页。
[2] 徐贲:《见证文学的道德意义:反叛和"后灾难"共同人性》,收录于《人以什么理由来记忆》,吉林出版集团2008年版,第241、242页。

后的现在开始叙述，然后启动回忆，涉入时间的长流，最后回到当下，挣扎着上岸，衣袂上还淅淅沥沥落着水滴吧，终章却干脆利落地结穴于一份炸酱面"倒入洁白剔透的碗中"，并不拖泥带水……说实话，张悦然对笔下主人公也许有点偏爱，或者说，这一刻，小说人物某种潜意识的心理渴求渗入了作家笔端，"在心理安慰中，结束的重要性不能小视。虽然生活很少提供干脆利落的结束，讲述者却愿用故事提供真实生活不能提供的结局"[1]。作者与叙述者似乎分享着这一对结局的渴求。再回到叙述者层面。自传式的回忆——或者说，从纠缠其中、并延续到现在的伤痛中表达并传递故事，能够讲述自我故事的发生、转变——这一讲述行为本身常常意味着创伤的逐渐治愈。在自我故事的讲述中，有可能发展出和自己、和他人、和世界的新的关系，有可能将创伤记忆重新整合到经验之中。小说的章节安排表明，回忆是在李佳栖和程恭的对话中展开的，此前闭锁在历史创伤中的孤独个人渐次走向与他者共存，见证不是孤寂中的独白，"见证者是和某人交谈：对一个他们等待很久的人谈话"[2]。其实，在李佳栖与程恭之间的对话之外，小说还隐藏着一个更加内在的对话结构——两位主人公各自心灵内部的对话、辩难。记忆在展开的过程中免不了渗透进现实的需要和当下的向度，正因为如此，我们在小说中能辨析出两个"我"在交流，一个是往日/记忆叙事内部的"我"，一个是当下/记忆叙事外部的"我"。记忆的展开就是两个"我"之间的往复对话，我们尤其需要重视

---

[1] 安·韦伯：《关于破裂关系叙述的本质和动机》，转引自王欣：《创伤、记忆和历史：美国南方创伤小说研究》，四川大学出版社 2013 年版，第 54 页。

[2] 王欣：《创伤、记忆和历史：美国南方创伤小说研究》，四川大学出版社 2013 年版，第 58 页。

的,是当下之"我"对往昔之"我"的质询——尽管这样反身自省的时刻在小说中表现得并不充分,惟因稀缺就更值得珍视。比如,此前对世界抱持紧张敌意的程恭,终于"感觉这个世界好像和原来有点不一样了,它似乎对我抱有极大的善意"。在体认世界的善意的同时,程恭也需要与自己内心的恶不断抗争。正视自己内心的黑暗,在自我对抗中遏制恶,伴随着这一持续的抗争过程,程恭才能走出梦魇、重获自由。恢复"我"对他人、对世界的健康认识,恢复"我"和他人、和世界之间的健康互动关系;而这一恢复过程,同时就是一个自我教育的过程。从纳粹集中营九死一生地走出来,克里玛曾一度"着迷于报仇的思想",但随即意识到"极端的经验可能使我们的判断力倾斜",下面这段自省,应当提示给为创伤记忆所纠缠的、程恭式的复仇者们:"在这个世纪,我们作为个人和作为团体成员所经历的非同寻常的经验,可能使得我们迷失得更远。想要从我们的受苦经历中得出结论,会被导向致命的错误,不是把我们引向我们想得到的自由和正义的境地,而是把我们引向相反的方向。对于这些人本身来说,极端的经历并不打开通向智慧的道路。和自身的经验保持一定距离,我们才能得到我们想要的东西。"[1]

记忆是对往昔的追溯与耽溺,也是对现在的救赎与重建。小说终章,"天已经亮了,风停住了",是的,"雪还在下"(想起《以赛亚书》:"你们的罪虽像朱红,必变成雪白"),程恭和李佳栖一起站在雪地里,听着远处的各种声音,"一个早晨开始的声音"……经历了这一段黑暗羁旅之后,读者尽管将信将疑但至此也不免松一口气:一个新的早晨开始

---

[1] 伊凡·克里玛:《布拉格精神》,崔卫平译,广西师范大学出版社 2016 年版,第 27 页。

了,是否预示着"修补世界"的能力正在潜滋暗长呢?

结语

本文试图显影小说中"记忆的微光",它"可能出现在个体记忆遭遇集体记忆之时,也可能出现在个体记忆的喃喃自语之时",在社会学家看来,"文学领域内关于记忆的体察大多体现在作家们的小说中,其之细碎足够称得上'微光'"[1]。在革命、历史、宏大叙事渐渐退隐的语境中,记忆,尤其是文学呈现的记忆(记忆诗学),往往因为密切联系着直觉、个体、感性、日常经验,而得到"此消彼长"式——与前述"退隐"相比照——的关注。所以这个时代中的人们一再回顾小玛德莱娜点心泡入茶水的一刻。然而本雅明却提醒,私人的、非意识记忆只是"生活中处处疏离外物,日渐孤立的个人品质之一"[2],也就是说,"记忆的微光"往往昙花一现,所以个人的记忆要回复到群体的环境中去,通过主体间的交互活动,来完成记忆话语的修订、商兑、叠加和整合。本文敞亮青年一代作品中隐秘的记忆细节,也正是为了召唤出上述沟通的平台。

最后我们回到开篇引及的《黍离》,这类怀古主题可能与某个事件或地点相关,"但它的意旨并不在于讲述特殊的故事或描绘特定的地方";同样,捕捉"记忆的微光",也不仅是为了引领读者追溯某个特定历史事件,而是要唤醒那"转瞬即逝与绵绵不绝,毁灭与存活,消失与

---

[1] 刘亚秋:《从集体记忆到个体记忆》,载《社会》2010年第5期。
[2] 转引自王斑:《全球化阴影下的历史与记忆》,南京大学出版社2006年版,第93页。

可视可见之间的张力"[1]。这一张力,无疑契入了记忆诗学之诗学再现机制。记忆能否从整体上重建往昔呢?创伤所指涉的经验,往往超过一般人的承受和把握,对再现造成压抑和阻隔。研究者曾经区分过两类回忆:"普通回忆总是倾向于提出关联、结论和尽可能的和解态度,而深层回忆却总是无法言表的和无法阐述的——即作为一种没有克服的精神创伤,它始终是某种永远不能被赋予任何含义的东西。"[2]我们借此可以比较,1980年代以余华《一九八六年》、格非《迷舟》等为代表的小说和当下青年一代的创作,同样表现历史记忆,前者深入到了深层回忆,而后者大多停留在普通回忆。在形式上,前者试验了大量现代和后现代的小说技巧,反讽、荒诞、零碎片段,叙述的连贯性总是被停滞的瞬间所扯断,在这个瞬间,因深感将过去重建为现实之无能为力,记忆也陷入了停顿……而后者往往秉持着传统的现实主义,现实主义在此意味着一种自信和权威:"我"开启尘封的隐秘,"我"记取湮没的血痕,"我"写出往事并不如烟,"我"代理受难者的冤屈和呼告。这也关联着叙述者的区别:前者徘徊在废墟上,笼罩着无以言状的震惊,深感任何重述都困难重重,在敞开叙述的同时也侦测到叙述的限度——伤痕是无法被完整把握进而通过叙述彻底偿还的;后者跨过深渊后隔岸静观,以后来人的姿态曲终奏雅……"深层回忆"并不意味着更高级的回忆,也不是要抬举先锋小说的形式或技巧,而是为了提醒我们记忆诗学的两难之处:文学自当承担追忆过去、书写

---

[1] 巫鸿:《废墟的故事:中国美术和视觉文化中的"在场"与"缺席"》,肖铁译,上海人民出版社2012年版,第28页。
[2] 詹姆斯·E.扬:《在历史与回忆之间》,收录于《社会记忆:历史、回忆、传承》,哈拉尔德·韦尔策主编,季斌、王立君、白锡堃译,北京大学出版社2007年版,第20页。

创伤的职责,但又岂能毕现无遗。正如王德威所言:"正因那历史的创痕是如此的深沉痛切,我们怎能奢求完全用文字救赎不义,疗伤止痛?正因受难者的冤苦与抗议已随他们的躯骸永劫不复,我们又何忍以发言人自居,代理他们沉默的冤苦、抗议与消亡?历史创痕是不能经由事后的权宜形式来弥补的;死难者不因一座纪念碑、一篇哀悼文死而复生。任何'重述'创痕、'重启'回忆的努力,都只能以片断的、裂散的方式,显现这努力本身的局限性。"[1]如何体贴记忆诗学在再现与沉默间的辩证,青年一代任重道远。

2016 年 8 月 16 日

---

[1] 王德威:《回忆的暗巷,历史的迷夜》,载《联合文学》1994 年 4 月号。

当代青年遭遇都市：青春文学与城市书写的一个现象考察

一 "宅女"和"吃货"的面具

这一天，"京漂"的"我"，行走在楼群的峡谷间和立交桥下，对着丛林一般的建筑群，对着"52层高的京广大厦和有300米高、88层的望京大厦"，幻想着"用手指轻轻一弹，那些高楼大厦就会沿着马路像多米诺骨牌一样依次倒下去"（邱华栋《沙盘城市》，1994年）……

这一天，倪可们爬到作为上海象征之一的和平饭店顶楼，"我们知道一条翻过女厕所的矮窗，再从防火楼梯爬上去的秘密通道"，"在这积满历史尘埃的顶楼上"，"在饭店老年爵士乐队奏出的若有若无的一丝靡靡之音里",开始宽衣解带(卫慧《上海宝贝》,1999年)……

这些年轻人,不满于都市生活的压抑,表达出对抗与征服,尽管或许出于幻想,或许还谈不上"征服",但无疑有一种冒犯、撒野的兴头。"这一天"的这个时刻,借用特里林的描述,从属于"19世纪小说发展历程的伟大传统"[1]:青年遭遇都市。在这样一脉文学传统中,我们可以看到巴尔扎克、司汤达、亨利·詹姆斯、德莱塞、福克纳……这些大师笔下的青年人大多具备如下性格特质与生命状态:当庞大的都市在面前展开时,他们内心充满野心与狂想,身上迸发出"一股兴冲冲的劲儿",欲与未知的世界角力。尽管这场角力以及背后不断膨胀的欲望往往会在某个时刻功败垂成,但是他们之所以来到城市,正源于在欲望的鼓励下追寻一个"可能的自我"。

可是,这样一种"张牙舞爪"、不驯服的姿态,连同那股粗粝的、"兴冲冲的劲儿",以及焦虑对峙中焕发出的"辉煌能量",正在渐次消逝。青年主体在对现实的反应中自主性明显弱化,两者的关系处于相互整合之中;到了新世纪的今天,明显反映出这一"整合"过程完成、连摩擦痕迹都不复存在的,是青春文学中的两类青年形象。

一类是郭敬明式的小说中"拒绝成长"的"孩子"。无须让生命悸动的痛感来提醒自己,也无须在黑暗的长旅中左冲右突,铺天盖地的广告、传媒早已告诉了那个"孩子"成人世界的秘密与真相。郭敬明笔下这个"只想呆在自己世界里的孩子",以持守纯真的自恋姿态来暗享"豁免权"(当"抄袭"事件闹到法庭并被炒得沸沸扬扬的时候,记者问

---

[1] 莱昂内尔·特里林:《卡萨玛西玛公主》,收录于《知性乃道德职责》,严志军、张沫译,译林出版社2011年版,第150～152页。

及郭敬明是否在意,郭的解释是:"我不想参与到成人世界的争斗中,我只想呆在自己的世界里。");同时又在早已熟稔成人社会游戏规则的前提下,将成长过程"压缩",一出场就"定型"。从表面上看,这个"孩子"的形象刻意呈现出一种"中性"(去意识形态化、去精英化)化的生活姿态,这种姿态很容易俘获大批读者,似乎在都市生活中游刃有余。但是伴随着摩擦、焦灼一起消逝的,还有任何对抗性实践的可能性;大量自我封闭、拒绝成长的形象背后,恰恰受制于消费主义的意识形态,是对市场社会主流价值的全面认同,从而不断再生产着既存体制下的权力关系。

当代青年遭遇都市,他们在今天文学中的另一类形象,是平抑了欲望,甚至消解了绝望后,外表淡漠、心如死水的人。他们不同于郭敬明笔下的人物,因为物质条件优渥,似乎实现了充分的选择可能,于是对什么事情都提不起劲。他们之所以外表淡漠、心如死水,其实有着更深刻的根源。孤身"漂"到城市,"方圆几公里都找不到一个励志故事"[1],如果"睁了眼看",无奈、无力甚至绝望感可能每天都会侵扰你。不是"不想",而是知道"想了也没用",转而寻觅自慰、化解的渠道。

前段时间我读到一位朋友的小说,从人物塑造、叙事技巧和小说完成度而言,没有任何问题。我略为不满的是小说主人公所指向的生活态度,那种面对社会压迫机制时的保守性——基本欲望在社会环境的高压下磨砺而成的、屈从的生存之道。小说写的是一个"宅女"的故事,失业后待业在家,"不爱出门不爱动","在家待的时间越长,她对外

---

[1] 韩寒:《青春》,收录于《青春》,湖南人民出版社2011年版,第14页。

界的兴趣就越小",逐渐变得"无欲无求"……当代青年遭遇都市,在日益膨胀的社会消费面前,被鼓荡起强烈的欲望,却由于社会地位的渺小与无助,摒弃在利益集团之外,也无力与坚固的社会结构正面抗衡,由此产生无奈与积怨,这原该是种复杂的情绪。但是在"宅女"的故事里,我更多看到的是上述情绪被顺利的转化、稳妥的解决。而问题正在这里,似乎一种自我劝慰的逻辑正在掌控青年人的言行:"我"和"我"的欲望投射物之间鸿沟过于巨大,算了,不要有"非分之想"……想也不要想了吧。

小说中的"宅女"又恰恰是个"吃货",请注意:"宅女"和"吃货"正是当下都市青年中最流行的两张面具。关于"吃货"之于个人的意味,诗人王小妮曾与她的学生做过探讨:"也许'吃'是唯一能最快最直接带给他们存在感的方式。'吃货'及时地帮助他们补上了'存在'这个空缺,也得以超越感官本能,上升到了某种精神寄托的层面","除了好吃的真的美味",现在的年轻人"愈发觉得什么都不可靠","只有吃到肚里的东西才可靠"。"吃货"暗示着这代人无奈而又清醒的认知——"一个是要多强大有多强大的社会,另一个是渺小的孤零零的自己,碰到抗不过的强大阻力后,他自然退却,直截退回靠饱胀感去知会的这个自身"[1]。

越是困难重重的生活,消解、转化焦虑的途径也越多。吊丝的自嘲、自晒"囧""糗"的段子,已然成为"衰人"(loser)、弱势群体的自我表达,藉此将愤怒、失望、沮丧与无奈转化,同时也消弭了自身诉求反抗的可能性。某种程度上可以说,"宅女"和"吃货"的流行,暗示着"无欲

---

[1] 王小妮:《上课记2》,中国华侨出版社2013年版,第4、6、154页。

无求"、拒绝参与社会、拒绝公共世界的趣味,这也是一种虚幻而犬儒的化解危机之道。千野拓政教授在一次访谈中提及:日本政府近四十年来每年进行舆论调查(类似我们这里的"你幸福吗?"),在2010年以20—29岁年轻人为对象的调查中,当被问到"是否对现在的生活感到满足"时,有65.9%的男性、75.2%的女性回答"满意现在的生活"。这一代年轻人被称为"达观世代",出生于1980年代,他们"不开车,不想要名牌衣服、不做运动、不喝酒、对恋爱也很冷淡","社会的闭塞感不断增强,即使抱有梦想和目标,能否实现也无法确定",由于"在事前就会早早预测自己的行动会带来什么结果",于是"没有过高的期待和要求"[1]……日本社会学家这样分析此现象:"对将来还留下可能性的人,或者对以后的人生还持有'希望'的人回答'现在我不幸福',不算否定自己……反过来说,当感到自己不会更幸福的时候,人只好回答'现在我幸福'。"这位社会学家的研究报告题为《绝望国家的幸福青年》[2]。只有那些觉得社会结构已经闭合,万难改变的青年人,才会认命,终于心平气和,选择"幸福感";相反,那些还有能力去想象一个更加理想、更加美好的生活世界的人,依然觉得改变当下是有可能性的人,才会焦灼、感到不满足。在今天的中国也一样,大多数人选择了前者。巴赫金说:"强烈感觉到可能存在完全另一种生活和世界观,绝不同于现今实有的生活和世界观(并清晰而敏锐地意识到)——这是

---

[1] 古田真梨子:《达观世代没有欲望的年轻人》,载《新鲜日本》第113期(http://share.snacktools.com/AA899D7EFB5/fh56krr4)。
[2] 转引自千野拓政、吴岚:《文学的"疗救"、纯文学、轻小说》,载《中国图书评论》2013年第7期。

小说塑造现今生活形象的一个前提。"[1]正因为我们已经弃绝了"完全另一种生活和世界观"的想象力，所以今天的都市社会上、青年文学中才会流行"宅女"和"吃货"的面具。

二 高加林的"分身"及其不同际遇

有两类人会非常满意"宅女"和"吃货"所暗示的那种青年人自我劝慰——放弃"不切实际"的"非分之想"，自己"想通"——的逻辑。一是每年毕业季的时候粉墨登场的各类专家，他们谆谆劝告高校毕业生们"不要待在一线大都市里"；二是房地产商，比如任志强就有一句名言——"富人才有资格购买商品房，而中低收入群体靠经适房或廉租房来解决"。社会学家孙立平曾引述过马拉松式与金字塔式社会结构的差异：人们在金字塔中虽然占有不同的社会/空间位置，但始终处于同一结构之中，而马拉松的游戏规则是不断地使人掉队，"被甩到了社会结构之外"，在这个意义上，参与游戏的与被淘汰的处于结构性的"断裂"之中[2]。专家和房地产商们一致在说服那些没有能力加入马拉松比赛或者在比赛中奄奄一息的人们接受这个"合理"的现实。可是这个现实真的"合理"吗？在上者通吃一切，青年人却被自我抑制得"无欲无求"，纷纷躲进"宅女"和"吃货"的面具。

要追问的是，为什么在这样的时刻，青年一代对欲望的自我治理

---

[1] 巴赫金：《关于福楼拜》，收录于《巴赫金全集》，第 4 卷，晓河等译，河北教育出版社 1998 年版，第 98 页。
[2] 孙立平：《我们在开始面对一个断裂的社会》，载《战略与管理》2002 年第 2 期。

会显得意味深长。黄平曾经将路遥的《人生》视作中国城市文学的"一个很有意味的起点"[1]。这个判断颇有见地,值得继续加以探讨。

回顾历史,在集体化时期,每个人的生涯都受到制度性规范的限制,几乎没有选择空间,成分好坏决定政治前途,出生地限定了个人是城镇居民还是农村居民(这显然和一系列差异巨大的福利相关联),即使在日常生活中,穿戴、交友、婚恋等都有一套意识形态的潜在指导标准。伴随着改革启动,一种"进取的自我"[2]开始出现,年轻一代以积极主动的姿态来为自我发展开辟道路,为自我争取更多选择的可能,也愿意为此付出冒险的代价,投身未知的领域。尽管这一"进取的自我"要到1990年代中后期才开始在社会上蔚为大观,但是路遥笔下的高加林、孙少平显然发出了先声。2013年,方方中篇小说《涂自强的个人悲伤》发表之后,孟繁华先生敏锐地将涂自强接续到高加林所开启的人物谱系中[3]。涂自强离开农村,步行进城,读大学、找工作,如仪式般展现了"进取的自我"的奋斗轨迹。

高加林是一个性格复杂的人物,极具多面性,一个饶有意味的问题是:高加林在今天演绎出不同的"分身",而这些"分身"的际遇却大相径庭,他身上某种性质正渐渐消失,而另一种性质却日益大行其道。

有天晚上,高加林和刘巧珍"第一次亲密接触",在短暂的意乱情迷之后,高加林马上开始懊悔,"他后悔自己感情太冲动,似乎匆忙地犯了一个错误。他感到这样一来,自己大概就要当农民了。再说,他

---

[1] 黄平:《一个上海,各自表述》,载《民治·新城市文学》2014年第2期。
[2] 孙立平:《我们在开始面对一个断裂的社会》,载《战略与管理》2002年第2期。
[3] 孟繁华:《从高加林到涂自强》,载《光明日报》2013年9月3日。

自己在没有认真考虑的情况下就亲了一个女孩子,对巧珍和自己都是不负责任的。"请注意:高加林后悔的内容有两点,而这两点在他心目中是有先后排序的,他首先意识到巧珍有可能拖累自己,"这样一来,自己大概就要当农民了";在警醒巧珍是其发展前途上的障碍之后,他再后悔"没有认真考虑的情况下就亲了一个女孩子",有点不负责任。通过这个细节我们可以去触摸高加林的性格:这是一个冷静而理性的人,步步为营,小心筹划,一直在为自己的未来人生作规划,不断提醒、反省自己不要走错。高加林这种冷酷而理性的性格,显然引起争论。也许感受到了舆论压力,路遥在一些场合曾经为自己和高加林(人物身上当然凝结着作家自身的体验)辩护:"像我这样出身卑微的人,在人生之旅中,如果走错一步或错过一次机会,就可能一钱不值地被黄土埋盖;要么,就可能在瞬息万变的社会浪潮中成为无足轻重的牺牲品。"[1]在《人生》中,高加林的"官二代"同学黄亚萍可以错、张克南可以错的,唯独高加林是不能错一步的,他付不起这个代价,没有办法挽回。所以,当县委机关大院的通讯干事这个机会闪现的时候,当黄亚萍出示着两人未来美好蓝图走进他生活中的时候,高加林是不会拒绝的。所以,路遥才会将柳青的话——"人生的道路虽然漫长,但紧要处常常只有几步,……你走错一步,可以影响人生的一个时期,也可以影响一生。"——作为《人生》开篇的题词。这种冷静而理性地规划人生,在必要时舍得放弃先前所有(比如与巧珍的感情)的性格,在此后的青年形象中不绝如缕。比如近年来大红大紫的《致青春》中的陈孝正,他的名言是:"我的人生是一栋只能建造一次的大楼,所以我错不

---

[1] 转引自程光炜:《关于劳动的寓言》,载《现代中文学刊》2012年第3期。

起。"——这恰是高加林的另一个"分身"。这个"分身"还有一个特征：在赤裸裸的"都市丛林"中，往往必须以"暗黑"的方式来确保不被淘汰出局。其实《人生》中已经"预演"过这一幕，大队书记为了安插儿子而将高加林逐出校门，高加林在失望之余立即写出一封求告信要求在部队当副师长的叔叔给他找工作。这是他所选择的反抗方式——在遭到权势的打击之后乞求更具强力的权势来与之抗衡。完全可以设想，间接借助退伍后位居劳动局长的叔叔，高加林成了县委通讯干事，但他获得这一职位是不是也有可能同时踢掉了另一个"高加林"？在高加林进取的过程中，不公正的"人情政治"、阴暗的手段没有终结反而不停得到复制，而高加林是完全默认、领会甚至能娴熟操弄这套伎俩为自身利益服务。

前文提及的"19世纪小说发展历程的伟大传统"之所以成立，是因为在个人和社会之间具有健康的连动感：社会的开放性激发人的能力和抱负，个人被激发而出的创造性和能动性裹挟着生气勃勃地投入生活……然而到了今天，日趋惨烈的现实早已告诉青年人：集体世袭、贫富悬殊、上升通道壅塞、整个社会结构已经闭合，自力更生打拼出一片天地的几率微乎其微。这个时候，高加林的两个"分身"面对着不同的命运：涂自强们依然在积极进取，但是他们终究无法踏上阳光下按部就班、光明正大的"坦途"，涂自强固守着高加林原先残存的道德感，而这也许会成为今天成功道路上的障碍，必须加以突破；于是陈孝正们粉墨登场，算尽机关、该放弃时痛下杀手、甚至不惜动用"超常规手段"，才能完成几乎"无法完成的任务"。

只有陈孝正们才有可能在都市丛林中实现微乎其微的"暗黑逆袭"，而涂自强们则倒在个人与社会之间正常的连动感被撕裂的关口——这是高加林的"分身"在今天的不同际遇。

三 突破"角色化"

近期很多报刊都发文批判当下青年人的"暮气沉沉",在指出这一客观存在的现象的同时,我们还应去探究"暮气沉沉"背后的社会特征和规训机制。整个现代社会的特征是合理性,强调在一个可以操控的范围内稳妥运行。青年人有意无意地服从这一合理性,同时被剔除掉反抗性与批判性。这其实是一种"角色化"——内化来自外部的期待和规定。有人在感慨当下"寂静的青春"时,往往会缅怀《青春之歌》这样的作品,那似乎是激进而火红的青春岁月。不过仔细想想,林道静的成长,也不过是按部就班的天路历程。也就是说,从"激进的青春"到"寂静的青春",其实都是一种"角色化"的书写。

中国的"青年"在梁启超"少年中国"的振臂一呼中诞生。自晚清、新文化运动以来,统治团体、政治社会化的担当者以及知识分子、普罗大众都在不断树立各种各样理想的、模范的青年形象,"少年中国"的国民召唤、"新青年"式的范导想象、"社会主义新人"的打造……青年形象史的生成、延续,伴随着各种政治力量、社会势力对于"青年"所寄予的角色期待和青年自身具备的角色意识(呼应社会期待而扮演相应的角色)。"角色"是社会学的核心概念,其定义是"在社会结构中占有特定地位的人士应有行为的模式或规范"[1],这种"应该成为什么样

---

[1] 彼得·伯克:《历史学与社会理论》,姚朋等译、刘北成修订,上海人民出版社2010年版,第49页。

的人"的期望经常出自同时代的人或社会群体。"新青年"、"五四青年"之所以能够在现代中国获得特殊地位,并成为占据主流的青年角色模型,并不仅仅出于青年自身的反抗精神和行动成就,也并不仅仅出于其集中表达了年轻人对权利、自由(恋爱、婚姻的自由,经济独立,自己筹划生活等)的强烈诉求(这一切诉求只有被纳入到"青年"的意义结构之中,才可能在中国社会获得正当性的源泉,而提供这一正当性的文化和思想资源,"主要不是来自于年轻人内部,而是来自于中国传统文化和西方近代思潮中既有的对知识人和青年的角色规定"[1]),也是因为青年们呼应或者说迎合了社会对年轻人的角色期待。我们在此涉及两个维度内的"青年":作为现实社会中的年龄群体;被历史地、社会地建构起来的形象。而文学显然是参与这一建构的最重要的文化式样——在青年文学中,寄托着成年人和社会力量的期待和意义规定,充斥着关于"青年是什么"、"青年应该成为什么"的观念意识,这些都点点滴滴内化至青年内部中。不妨说,是青年的"角色化"提供了年轻人新的身份,因为这样的理由和身份,"青年"才在现代中国获得存在的正当性,而青年文学、青春主题也在 20 世纪以来的文学史上占据特殊地位。

这也就是为什么在中国青春文学的展演中,我们更多看到的是"角色化的生成",而很少"主体性的成长"。台湾学者黄金麟在身体史学的视野中提出"身体生成"这一概念:"这个概念指称的并不是一种身体的生物性诞生或创造,而是指称一种在肉体既存的情况下所进行

---

[1] 参见陈映芳:《在角色与非角色之间:中国的青年文化》,江苏人民出版社 2002 年版,第 56~60 页。

的政治、经济、军事、社会或文化模造。这种社会加诸自然条件上,从而产生的身体改变,是身体生成这个概念想要凸示的景况",这样一种存在于特定历史背景下,"因随着国族命运的更动而被积淀、型塑出来的"生成形式,逐渐变成"一个普遍、共通的身体开发形式"[1]。而文学可以作为上述普遍、共通的形式在一特殊领域内的显现,小说中青年形象的塑造也受到政治、经济、思想教育等外力规约,诚如研究者在讨论现代中国的成长小说时所发现的:"成长主人公摆脱传统伦理与封建秩序的专断统治后获得身体的管理权和属己性,他们离开礼教之家后,身体在社会空间里的漫游、位移过程中,亡国灭种的巨大民族危机、国家危机使他们不得不接受身体工具化和国家化的改造式生成。"[2]在小说中的表现则是(这往往也成为我们分析这类成长小说的固定视角):个人时间依附于巨型、线性的历史时间而存在,身体欲望处于社会理性的调适和监控之下,"象征之父"的权威性介入,成长作为民族国家的寓言……青年是建设国家、推动社会进步的主力军,青春意象与情怀也是20世纪中国文学史一再书写的主题,但这一表面上风光无限、热力四射的群体和文学形象更多是被外力召唤出来的,这种召唤又着眼于"青年"社会角色的功利性,冯至在建国后写的诗句"你让人人都恢复了青春"[3]恰表现出青春文学的悖论:青春固然美丽,但却不是本己的属性,而是被种种"大他者"("你是党,你是毛

---

[1] 黄金麟:《历史、身体、国家——近代中国的身体形成(1895—1937)》,新星出版社2006年版,第2、3页。
[2] 顾广梅:《中国现代成长小说研究》,人民出版社2011年版,第337、338页。
[3] 冯至:《我的感谢》,原载《光明日报》1952年7月。收录于《冯至全集》,第2卷,河北教育出版社1999年版。

主席")所给予、派定的。

　　只有充分正视青年人的特性、欲求、内在权利、精神自由以及生命原初意义，真正的青春文学才会诞生，真正属于青年人的城市书写才会到来。

2014 年 5 月 23 日

宅女,或离家出走:当下青春写作的两幅肖像

文学所呈现的"肖像",联系着作家的气质、认知和审美想象,也联系着一个时代的历史条件、社会现实和意识形态。本文选择的这两篇小说[1],不仅是同代人创作中能够打动我的作品,而且它们特别能见出:当下青年人在自我想象和自我塑造的过程中,上述多种因素互动的复杂性。解读这两篇小说也提供给我"揽镜自照"的契机:面对今天中国的现实,自己纠结难解的困惑,以及自身与时代纠结难解的关系。

---

[1] 马小淘:《毛坯夫妻》,载《大家》2011年第3期;张悦然:《家》,收入《鲤·逃避》,江苏文艺出版社2009年版。

一 "宅女"是如何炼成的：马小淘《毛坯夫妻》

温小暖失业后待业在家，"不爱出门不爱动"，"在家待的时间越长，她对外界的兴趣就越小，甚至能在卧室完成的事，她都懒得去客厅。没有什么十分强烈的理由驱动，很难劝她出门"。《毛坯夫妻》讲述的正是这样一个"宅女"的故事。

分析温小暖这个人物形象并不是件易事。从表面上看，她可爱、纯朴，但实则其心理很难穿透（与之形成对比的是沙雪婷，符号化的人物塑造，从出场就被读者一眼望穿）。但这个"不透明"的人物，终于在小说提供的几处有限的情境里真实地袒露出幽微心迹。当年的同窗们来家做客，"他们已经按部就班地在轨道上运转"，可读书时专业成绩更优异的温小暖却被"世界遗忘"，按常理，这是一个心绪不宁的时刻，不过温小暖依然一副"边哼歌边擦桌子的愉快模样"。只是到了深夜，她却克制不住地"湿了眼眶"……可惜这一次真情流露却没有导出任何实质性行动，温小暖依然"不着调"，"她不睡觉，她不起床，她不工作，她不学习，她不懂善解人意，她看不出眉眼高低，她压根不是成年人"……正当读者积蓄着不满时，小说高潮来临，在与沙雪婷及其豪宅的对峙中，温小暖一举逆转胜出……

温小暖从市郊来到沙雪婷位于四环内的联排别墅，这是一个经典的"文学时刻"——个人进入都市、或与豪宅相遇。该时刻附属于"19世纪小说发展历程的伟大传统"："在小说中起决定作用的主人公通常都是来自'乡村地区'的'年轻人'"——不一定来自"字面意义上的乡村"或"外省"，而主要着眼于社会阶层——他们走出家门，进入城市，或"被引荐进入豪宅",由此开始寻找自我的历程[1]。在这样一脉文学传统中,我们可以看到巴尔扎克、司汤达、亨利·詹姆斯、德莱塞、福克纳……这些年轻人,不满于现代生活的压抑,在幻想中表达出对抗与征服——也许谈不上"征服",但无疑有一种冒犯、撒野的兴头,往"新意识形态"所"精心制作的甜点上撒了令人不快的胡椒"[2];另一方面,充分张扬自然天性与基本欲望(这是人类生生不息的动力之一),真切表现出在追逐扩张过程中引发的生命创痛。福克纳在《谷仓燃烧》中描写过一位这样的人物,特里林是这样评价的:"施努泼塞斯的身体在面对西班牙少校住宅那种传统的典雅时并未'矮了一截……仿佛它已经达到了邪恶和贪婪的极点,以致不会有任何东西可以使它再矮下去了'。这种粗粝的、金属般刺眼的、密不透水的存在甚至具有一种道德意味,并给人一种道德的满足感。"[3]特里林精准地点出了这类人物的性格特质与生命状态:当庞大的都市在面前展开时,他们内心充满野心与狂想,身上迸发出"一股兴冲冲的劲儿",欲与未知的世界角力。尽管这场角力以及背后不断膨胀的欲望往往会在某个时刻功败垂成,但是他们之所以来到城市,正源于在欲望的鼓励下追寻一个"可能的自我"[4],"为了生存而艰苦地奋斗能勃发出多么辉煌的

---

[1] 莱昂内尔·特里林:《卡萨玛西玛公主》,收录于《知性乃道德职责》,严志军、张沫译,译林出版社2011年版,第150～152页。

[2] 陈思和:《现代都市社会的"欲望"文本——以卫慧和棉棉的创作为例》,收录于《谈虎谈兔》,广西师范大学出版社2001年版,第220页。

[3] 莱昂内尔·特里林:《文学体验导引》,余婉卉、张箭飞译,译林出版社2011年版,第153页。

[4] 理查德·利罕:《文学中的城市》,吴子枫译,上海人民出版社2009年版,第267页。

能量"[1]!

可是,这样一种"张牙舞爪"、不驯服的姿态,连同那股"粗粝的"、"兴冲冲的劲儿",以及焦虑对峙中焕发出的"辉煌能量",都在温小暖身上消弭于无形;再者,人与城市、豪宅相遇,往往联系着冒险,甚至转化出复仇主题[2],这些也在《毛坯夫妻》里暂付阙如。小说聚焦"城市青年的生存焦虑",在日益膨胀的社会消费面前,他们被鼓荡起强烈的欲望,却由于社会地位的渺小与无助,被摒弃在既得利益集团之外,也无力与坚固的社会结构正面抗衡。由此产生的无奈与积怨,在雷烈身上稍有显露,却被温小暖"稳妥"地解决了。而问题正是出在这一"稳妥地解决"。这种解决问题、处置欲望的方式让我联想起《哦,香雪》:香雪是台儿沟唯一考上初中的女孩,在"十五里以外的公社"中学里,香雪的女同学们会故意"一遍又一遍"地让香雪意识到"她是小地方来的,穷地方来的":她们用的是可以自动合上盖子的泡沫塑料铅笔盒,而香雪没有;她们一天吃"三顿饭",而香雪及台儿沟的人们吃"两顿饭"……正是在同学们"一遍又一遍地盘问"之下,"香雪的心再也不能平静了",她开始渴望拥有铅笔盒。读者往往会忽略一个问题,铅笔盒对于此时的香雪来说并非匮乏之物,她本来就拥有铅笔盒——"当木匠的父亲为她考上中学特意制作"了"独一无二"的铅笔盒,只是在同

---

[1] 莱昂内尔·特里林:《文学体验导引》,余婉卉、张箭飞译,译林出版社 2011 年版,第 152 页。

[2] 关于该主题,参见吴福辉:《都市漩流中的海派小说》,湖南教育出版社 1995 年版,第 160、161 页。关于个人和大宅子相遇的最激进的叙述,也许来自毛泽东:"土豪劣绅的家里,一群人拥进去,杀猪出谷。土豪劣绅的小姐少奶奶的牙床上,也可以踏上去滚一滚。"见《湖南农民运动考察报告》,《毛泽东选集》,第 1 卷,人民出版社 1991 年版,第 16 页。

学们的盘问之下,在与泡沫塑料铅笔盒的对比之下,香雪原先拥有的满含父爱深情的小木盒才"显得那样笨拙、陈旧"。我们习惯于将香雪投诸铅笔盒的欲望和凤娇们投诸发卡、纱巾的欲望区别开来,将前者理解为追求"现代文明"的象征。实则这其中没什么区别,都是受到种种客观制约的后发个体对尚未得到之物的欲望[1]。当温小暖走进沙雪婷的别墅,本来也有可能产生这种欲望,但是被克制住了,巨大的情感波澜被转移得无影无踪。这究竟是我们今天的青年人变得聪明了,开始正视"自身现实",还是这欲望的投射物和自身实在鸿沟巨大(当年香雪换回铅笔盒也支付了巨大代价——四十个鸡蛋,但毕竟这还是可以实现的),只能强行回收自己的欲望,"想也不要想了"。

这原该是个触目惊心的问题,但《毛坯夫妻》处理得云淡风轻。年轻的女孩子初遇豪宅,在涉世、成长小说中往往会成为"天真丧失"的开始,比如张爱玲《沉香屑·第一炉香》中,葛薇龙踏进"香港山头华贵的住宅区"的那一刻。但是温小暖不但全身而退,而且逆袭胜出。尽管沙雪婷"表情威仪",尽管她的别墅美轮美奂,但是那里充斥着"气壮山河的矫情"、"不便宜的庸俗气息";而温小暖尽管"显得不够豪气",但是环绕着"一种更高洁、单纯的人的气场"。在与一个僵硬而符号化的沙雪婷的对峙中,温小暖一举获胜。但这场胜利实在来得太容易。其实对于欲望的处置有各种方式,有的得到漫长的形上传统的支持,比如我们会对欲望进行分级:理性的、精神的代表了真正、高级的存在;感官、本能、物质的位居次一级甚至被忽略;或者更通俗一点,将人

---

[1] 关于这个问题的讨论,参见拙作《"青春"遭遇"远方的世界"——〈哦,香雪〉与〈妙妙〉的对读》,载《中国现代文学研究丛刊》2012年第7期。

的欲望分为必需的、基本的和被生产/诱导出来、不必要的。《毛坯夫妻》就运用了这种策略,温小暖的胜利,是天真、纯朴对矫情、做作的胜利。温小暖热衷于"不知是法国南部还是美国西海岸"的餐点,这被处理成自然而来自本心的爱好,而沙雪婷披着披肩及其壮观的衣帽间,就被理解为"不是正常人",虚伪、做作。问题是,谁有资格来裁定一个人应该具备什么,应该放弃什么,什么是必需的,什么是非分之想?(其实《毛坯夫妻》里已对此产生微弱的质疑,雷烈就怀疑也许沙雪婷"一直是本色演出")就像如果当年我们去劝说香雪——"你本来就有铅笔盒的,所以不要虚荣了,这样在同学们的盘问下就能不为所动"——这样的劝说,这样的处置欲望的方式,是否合理?

温小暖获胜的武器是自然人性。从表面上看,拒绝有规律地组织自我的日常生活(可与张悦然《家》中出走前的裘洛作比较,后者从早九点到晚九点的生活都被安排在刻板的日程表上),拒绝工作纪律的约束,她似乎要从生产要求的时间表、资本社会的"合理性"中挣脱出来,当真回返一个"高洁、单纯"的"自然人";此外,对于饮食的控制让人联想到对身体的规训[1],而温小暖还是一个"吃货"。这一切似乎都会强化人物与自然人性的联系。但这样的"自然"背后,实则暗藏着"自我治理"、恰恰是对欲望的反向压抑。这是一种斯多葛学派的处理方式,"以深思熟虑的理解为名要求我们改变自己的欲望,而不是试图改变现实的秩序","那不是自由意志,不是好像我们能从很高处俯视世界在可能性之间做出选择的那种权力;也不是存在于某种改造世界

---

[1] 参见布莱恩·特纳:《饮食话语》,收录于《后身体:文化、权力和生命政治学》,汪民安、陈永国编,龙冰等译,吉林人民出版社 2011 年版。

的能力当中。我们已经了解这世界完全是被决定的,万事万物绝对不取决于我们"[1]。温小暖受制于如此强大的弗洛伊德意义上的"超我"——"伴随着人类发展的进程,外部性的强制逐渐内化了,作为一种特殊的心理代理,人的超我接管了这种强制……在一个文化单元中,这样的人数量越多,文化就越安全,外部施压的手段也就越能够被免却"。但是正如特里林所言,"在我们尽一切可能认识到超我在创造并维护文明社会时所发挥的基本的、有益的作用之后,我们也不能忽视它那该遭到谴责的非理性和残忍"[2]。我们必须透过温小暖这个看似嘻嘻哈哈的人物,触摸到一代青年人内化规训机制、阉割自我欲望的真相,而这是应该"遭到谴责的非理性和残忍"!

这并不是温小暖个人的问题,通过她倒是可以把很多症结历史化、问题化。"个体遭遇的困难,看似主观层面的紧张或冲突","许多最触及个人私密的戏剧场面",往往隐藏着"社会世界深层的结构性矛盾"。小说掩卷之余,我们需要唤回"社会学的想象力"——"在具体情境中的个人烦恼和社会结构的公共议题之间建立联系、在微观的经验材料和宏观的社会历史之间进行穿梭的能力"[3]。要追问的是,为什么在这样的时刻,青年一代对欲望的自我治理会显得意味深长。回顾历史,在集体化时期,每个人的生涯都受到制度性规范和意识形态潜

---

[1] 吕克·费希:《什么是好生活》,黄迪娜等译,吉林出版集团有限责任公司2010年版,第191、213页。

[2] 莱昂内尔·特里林:《诚与真》,刘佳林译,江苏教育出版社2006年版,第148、149页。前引弗洛伊德对"超我"的论述原出弗洛伊德著作:《一个幻觉的未来》,转引自《诚与真》。

[3] 郭于华:《作为历史见证的"受苦人"的讲述》,《倾听底层》,广西师范大学出版社2011年版,第24、25页。

在指导标准的限制。伴随着改革启动,一种"进取的自我"[1]开始出现,尽管这一"进取的自我"要到1990年代中后期才开始在社会上蔚为大观,不过路遥笔下的高加林、孙少平可谓发此先声。但另一方面,以市场为导向的改革实则伴随着一个国家脱卸曾经承担的责任的过程,迫使个人自我依赖、积极竞争、担负风险。这又内化到青年人的主体想象中,孙少平式的忍苦耐劳哲学正体现了这一点:习惯于将克服"匮乏"的途径放在默认"匮乏"的前提之后的个体奋斗与自我完善之上;习惯于将"不平等"待遇看作自我提升所必须经历的严酷考验(与此同时,转移开对"匮乏"与"不平等"的历史性、制度性与结构性障碍的关注);习惯于将个人的成败、进退归结于个人责任[2]。特里林在讨论年轻人进城的故事时指出,该传统中的小说,往往具备一条"浪漫传奇故事的线索","必须有一只巨大而有力的手伸向世界",打破常规、选中一个主人公——皮普在沼泽地里撞见了马格韦契,于连青云直上,拉斯蒂涅只是伏盖公寓的普通寄宿者却能渐渐走进巴黎的中心,詹姆斯·盖茨来到百万富翁的游艇边摇身一变成为了不起的盖茨比……这些转变"稍稍有些夸张","但它们却代表了日常生活中那些真实情况。从十九世纪末到二十世纪初最初的几年里,西方的社会结构特别适合——或许可以说其出发点就在于——发生神奇而浪漫的命运转折","足以鼓励年轻人跨越阶级鸿沟"[3]。由此我们才可以看

---

[1] 关于"进取的自我"的讨论,参见阎云翔:《中国社会的个体化》,陆洋等译,上海译文出版社2012年版,第366、369页。

[2] 关于孙少平人物形象的讨论,参详拙作《在时代冲突和困顿深处:回望孙少平》,载《文学评论》2012年第5期。

[3] 莱昂内尔·特里林:《卡萨玛西玛公主》,收录于《知性乃道德职责》,严志军、张沫译,译林出版社2011年版,第152、153页。

到：社会的开放性如何焕发人的能力和抱负,个人如何被激发而出的创造性和能动性裹挟着生气勃勃地投入生活……同样,尽管高加林的人生处处被动,但他之所以愿意冒险,正是因为受到那只"伸向世界"、"巨大而有力的手"的感召,那时的"世界"还允诺着希望兑现的可能性。这种可能性在孙少平的故事中已经渐渐开始萎缩,所以只能内向处理。而到了今天,日趋惨烈的现实早已告诉青年人:集体世袭、贫富悬殊、上升通道壅塞、整个社会结构已经闭合,自力更生打拼出一片天地的几率微乎其微。这反过来强化了那种不假外求、自我归因的年轻人的失败感。温小暖式的"没有斗志,没有欲望"、"宁肯不吃,也不想出去觅食"的状态,在今天的青年人身上触目可见,不正清晰地显示出那道从"进取的自我"受挫败、被逼退回"宅男宅女"的轨迹?

小说的结尾,尽管在充斥着"庸俗气息"、"暮气沉沉"的大房子里,温小暖"显得不够豪气",然而在小说呈现的视野里"那不是穷,不是寒酸,是一种更高洁、单纯的人的气场。他仿佛看见她额头上闪着青春的光,她不会属于这种,她不在乎眼前微薄的一点亮,她属于天空,属于梦想"。通过对立人物的丑化、扁平化处理,通过天真/单纯/自然人性与虚荣/矫情/"没有人性"的对抗,温小暖胜利了。太容易的胜利掩盖了太多的问题。为什么穷比富更能提供价值优势?通过这样一种幻化的价值优势来消弭"不想"与"不能"之间的界限,这种救赎尊严的方式与精神胜利法有何区别?当然小说强调"那不是穷",而是"一种更高洁、单纯的人的气场","属于天空,属于梦想"。也许,这只是为了抚慰蜗居毛坯的人坐井观天,用想象中的"高洁"来治愈现实中"梦想"破碎的伤痛吧。

《毛坯夫妻》对青年群体在房产市场上挣扎而产生的愤怒与积怨

的"消化",恰恰类似任志强们提供的逻辑——"富人才有资格购买商品房,而中低收入群体靠经适房或廉租房来解决"。社会学者孙立平曾引述过马拉松式与金字塔式社会结构的差异:人们在金字塔中虽然占有不同的社会/空间位置,但始终处于同一结构之中;而马拉松的游戏规则是不断地使人掉队,"被甩到了社会结构之外",在这个意义上,参与游戏的与被淘汰的处于结构性的"断裂"之中[1]。《毛坯夫妻》似乎在说服那些没有能力加入马拉松比赛或者在比赛中奄奄一息的人们接受这个"合理"的现实。可是这个现实真的"合理"吗?"天之道,损有余而补不足",偏偏"人之道"却背道而驰。今天的社会里,在上者通吃一切,温小暖们却被自我抑制得"没有欲望"。那么多专家告诫吊丝们不要买房、不要漂在大都市,就好像小说告诉读者不要变得像沙雪婷那样"物质上贪得无厌"。可是,沙雪婷根本不足以成为温小暖的反面教材,卑微的物质欲求离"贪得无厌"相去不可以道里计,雷烈们(名牌大学的毕业生)的梦想只是"一个装修过的卧室",过分吗?

"有过青春的人,把曾经的青春,变成了一个投射焦虑、迷茫、愤懑、压抑心理的对象,而正在经历青春的人,则通过各种消费主义的、审美的符号和社会残酷的一面拉开距离。"[2]《毛坯夫妻》也近似这样的一类"审美符号"。这部小说启人深思之处在于,它不仅"炼出"了一个宅女形象,而且暴露出这个"炼造"过程背后社会的压迫机制以及个体面对这一机制时的保守性。所谓"保守"并不是指作家自觉自愿地

---

[1] 孙立平:《我们在开始面对一个断裂的社会》,载《战略与管理》2002年第2期。
[2] 石勇:《青春:中国的现在和未来》,载《南风窗》2013年第12期。

充当现存秩序的辩护士,而是指折射出的一种保守[1]的自我姿态——基本欲望在社会环境的高压下磨砺而成的、屈从的生存之道,一种绝望后的自我劝慰(上文所谓的阉割自我欲望)、自我解脱,彻底放逐乌托邦的远景想象。"我们称之为乌托邦的,只能是那样一些超越现实的取向:当它们转化为行动时,倾向于局部或全部地打破当时占优势的事物的秩序";而当感觉到"占优势的事物的秩序"万难摧毁、"一切都已完成"之后,"乌托邦的消失带来事物的静态,在静态中,人本身变成了不过是物。于是我们将面临可以想象的最大的自相矛盾的状态,即:达到了理性支配存在的最高程度的人已没有任何理想,……乌托邦已被摒弃时,人便可能丧失其塑造历史的意志,从而丧失其理解历史的能力"[2]。"宅女"的本质,即"达到了理性支配存在的最高程度"、丧失远景想象、丧失塑造历史意志与行动能力的人。

当社会制度与生存环境还亟待改进的时候,"宅男宅女"的大规模涌现并不是件乐观的事。"方圆几百里内没有一个励志故事",这般糟糕的现实又没有改善的希望,于是年轻人很容易产生无奈感、无力感、甚至绝望感;于是被逼退回"内在城堡",拒绝公共事务、拒绝投身社会的变革;而如果像青年人这样从来作为改天换地的主力军的群体都不对社会作为,那么真的是死寂一片,再也没有改善的可能;而这种持续的恶化总会在某个时刻从负面刺入青年人的生活——即便是温小暖这样满足于在窘迫下寻觅小温馨、"小清新"的卑微生活。越是一个层

---

[1] 关于都市叙事中保守主义意识形态的讨论,参见王宏图:《都市叙事、欲望表达与意识形态》,收录于《都市叙事与欲望书写》,王宏图著,广西师范大学出版社 2005 年版。
[2] 卡尔·曼海姆:《意识形态与乌托邦》,黎鸣、李书崇译,商务印书馆 2000 年版,第 196、268 页。

层剥夺人的自主能力、让人活得越来越被动的时代,越是需要思考一些根源性的问题;越是被压抑得艰于呼吸,越是需要摆脱"宅"的生活状态,打开家门……怀着这样的期待,我们可以进入张悦然《家》的讨论。

二 "家"的内外:张悦然《家》

每天深夜,当雷烈入睡之时,温小暖却正"看书看电视看网页",这是一个退入"黑夜"的人[1]。"黑夜"关联着私我、个人隐秘;与之相反,"白天"象征着公共性、社会生活。很巧,《家》开始于一个阳光普照的清晨,"裘洛醒得特别早"。在这个似乎带来希望的时刻,"觉醒"后的个人经验将被引向何处?

裘洛"在床上躺了很久才起床",洗澡、煮咖啡、烤面包、取报纸;整理物品,渐渐"失去耐心";看书,"匆匆收场";接下来是超市、干洗店……冷漠的叙述语调都在告诉读者:主人公是多么厌倦她目前的刻板生活。沿着文学史脉络我们往前追溯,莎菲女士同样在清晨醒来,煨牛奶、看报,"顺着次序看那大号字标题的国内新闻,然后又看国外要闻,本埠琐闻……",这一切令人"生气了又生气"。尽管身处不同时空,但小资产阶级女性所共感的焦虑一脉相承,她们气质忧郁、热爱文

---

[1] 黄平兄曾提示我,可在与王小波作品的对读中来把握退入"黑夜"的意象。这是很有创见的提议。比如《我的阴阳两界》,同样涉及空间的区隔、被抛入"地下室"的个体,而且,王二的性失能,并非生理原因,而是他妻子、周围环境以及社会建构的控制欲望的权力制度的异化结果。这种"病态"的生成逻辑与温小暖很像,并不是她无动于衷"不想要",而是社会禁锢了她"想要"的可能性。

学,有着超乎常人的敏感(老霍女儿一句寻常的问话"你为什么不进去呢?"竟然引得裘洛怒火中烧)以及细腻而繁复的精神世界,而无论是从一双人造双眼皮而推定"这个世界从一开始就在说谎",还是假想井宇的背叛,显然裘洛们对于身边的世界缺乏基本的信任感。因为有稳固的同居爱人,裘洛更合适的类比对象,也许是丁玲笔下的美琳(《一九三〇年春上海(之一)》),美琳"有一个卧室和一个客厅,还有一个小小的书房",并且雇用了做饭的女仆——多么相像,标准的资产阶级核心家庭。裘洛整理出行的皮箱时手足无措,"放进去,又拿出来",这个细节似乎在暗示:物质需求已得到极大满足,选择的自由似乎也充分实现,但反而无所适从。未来的生活一眼望穿(像袁媛和老霍太太,只有物质而没有灵魂),"她在憎恶一种她渴望接近和抵达的生活"。美琳"每天穿了新衫,绿的,红的",看着满街的人,"心里总不愉快,总不满足……觉得谁都比她有生存的意义"。"生存的意义",也正是裘洛和井宇们魂牵梦系的词汇。在自由恋爱基础上建立起来的核心家庭,召唤出"自由地支配自身、行动和财产并且彼此处于平等地位的人们"[1],然而从美琳到裘洛的经历告诉我们:"幸福的家庭"里享有自由的个体,依然面临着意义匮乏的焦虑。资产阶级核心家庭不仅是一套压迫性机制,而且也是一种意识形态机器,母爱、浪漫爱情和家庭生活是核心家庭的基石,而它们又都围绕着与社会公共领域相隔离的私密性建立起来。对于这一整套规范,裘洛表示了不满:她没有子女;与井宇的感情日渐淡薄(甚至丧失了基本欲望,临行前夜"他们没有做

---

[1] 恩格斯:《家庭、私有制和国家的起源》,《马克思恩格斯选集》,第 4 卷,人民出版社 1972 年版,第 76 页。

爱"),渴求出门寻找"崭新的生活"[1]。

内部的焦虑已经涌动而出,如何在百无聊赖中重建生活的意义,现在还需要一种来自外部的救赎力量。这个时候,地震发生了,离家的裴洛和井宇不约而同地奔赴救灾现场。恰如杨庆祥的分析:"一场历史的灾难成全了无数个体解放的渴望,……地震提供了这样的一个历史现场,在这个现场里面,个体突然意识到自己的主体性和真实的存在感,他们不再是躲在空房间里面的可以被随时替代的虚假的主体,他们也不是被日程表和物质符号所控制的'单向度的人'。"[2]

2008年汶川地震是"80后"的社会评价发生巨大转变的标志性事件,"80后"在救灾中的表现赢得广泛赞誉,一举颠覆先前人们对这一群体的消极认识[3]。当然,张悦然非常诚恳,拒绝对个人参与救灾作任何意义的"升华",恰如井宇的信所表达,志愿者是"抱着自救的目的

---

[1] 在资产阶级核心家庭内部,男女之间关系受到性别角色分工的严格限制,丈夫在外挣钱养家,妻子居内料理家务,如恩格斯所说"在家庭中,丈夫是资产者,妻子则相当于无产阶级"。裴洛身上也有这种依附性,但她切身的焦虑,并不来自家庭内部的主-奴结构,在本文所讨论的两部青年女作家的作品里,女性主义的议题是阙如的。《毛坯夫妻》中"劳动妇女"的背影一闪而过,而《家》强调的是男女双方共同面临的困境。
[2] 杨庆祥:《从小资产阶级梦中惊醒——从张悦然的〈家〉谈起》,载《文学评论》2013年第2期。以下对该文的引用不再注出。
[3] 2006年,《中国青年报》社会调查中心与两大门户网站(搜狐新闻中心、新浪女性频道)合作开展一项网络民意调查,共有3 457名"80前"网友参与。在他们眼里,"80后""永远以自己为中心"(61.4%)、"不愿意承担责任"(53.1%)、"总是高估自己的能力"(64.2%)(《"80后"——请别误读这两亿青年》,《中国青年报》2006年4月3日)。而在汶川地震和北京奥运会之后,对"80后"的社会评价明显趋于正面、积极,类似"感动中国"、"撑起中国的脊梁"等字眼纷纷占据媒体视野。

而来"[1]。其实在张悦然此前的写作中,少女出走是反复演绎的主题(比如《毁》、《霓路》等)——或者出于和成人世界的无法沟通,对理想或未经历的生活的幻想;或者就是青春期没有理由的理由——这些"出走"没有明确方向(《霓路》的结尾不乏反讽:女孩被其追随的偶像送上了回家的火车),没有被宏大叙事所赋予的正当性,出走的女孩们恍若迷途羔羊般的流浪者,对于身处的历史变迁毫无所知,也缺乏改变现状的能动性。终于,《家》和一次历史性事件相遭遇,豢养在日常生活里的裘洛、井宇们被解放出来,成为行动的主体,在介入社会与历史的过程中获得救赎。

当然,这个"解决"的方式其实很"偶然",很"传统",作为消解问题的轻便道具,地震的功用近乎《毛坯夫妻》中那个符号化的沙雪婷。在冯小刚导演的电影《唐山大地震》最后,那对姐弟也是在地震救灾中离奇偶遇,亲人相认,最终治愈了心灵伤痛、弥合了母子间的裂痕。匪夷所思之余,我们没有办法回答借助历史偶然性所留下的后遗症:地震结束之后怎么办?从叙事学的角度分析,张悦然讲述的是一个遭受挫败的个体在拯救社会的过程中发现真爱、治愈创伤,重获生命完满的故事。这一类型故事的传统版本中,个人和"元社会"(叙事学理论中所谓的"元社会",是指故事中陷于困境或危机之中的某个村庄、部落、城市或国家等所代表的人类社会[2])间有着无保留的认同;而其现代

---

[1] 井宇的信显然代表着当时出现在北川现场的张悦然的心声,她在博客中写道:"这场参与救援的经历,之于志愿者自己的意义,也许远远大于对外界的。这更像是一段自我洗涤,洁净灵魂的路途。当他们怀着奉献和担当的虔意,在这条路途中忙碌着的时候,他们的灵魂正在抖落厚厚的尘埃,渐渐露出剔透晶莹的本质。"张悦然:《在汶川之二》,http://blog.sina.com.cn/s/blog_3de20b1801009itc.html。
[2] 戴锦华:《电影批评》,北京大学出版社2004年版,第82页。

版本,个人和元社会之间的关系充满张力,其认同带有极大的间隙。尽管在文本内外张悦然诚恳表示救灾只是"自救",但是家庭/家国的同构性,以及家庭重组(至少《家》结尾暴露的重组可能性)、治愈疾病(心灵的隐疾)、治理天灾所构成的重建失衡社会的隐喻,依然会引发读者联想:个人与家国同时"康复",达成和谐状态。尽管张悦然是"80后"写作中比较精英、纯文学的代表,但《家》其实某种程度上具有类似冯小刚电影这般大众文艺的特征——在个人与集体、社会之间建立协调、整合的途径,它反映了主流社会的价值与危机,同时通过巧妙的情节安排为危机提供想象性的解决,这种想象性的和解转移了地震或以地震为表征的社会危机。

《家》收入在张悦然主编的《鲤》杂志中,那一期主题叫"逃避"。"卷首语"中张悦然写道:"因为命运在逼迫我,让我逃也逃不远,避也避不久,终究还是必须面对和解决问题。……对逃避的觉知,致使你在逃避中挣扎,无法安然度日,最终只好站出来面对。那些没有觉知的人,在逃避中活得很好,也就很自然地在那里栖身,安家。对于知道逃避是个梦的人来说,应该做的是快些醒来……"[1]此前井宇和裘洛身陷"家"中的日常生活,原是对"意义"的逃避,需要一个"觉知"的时刻,从梦中"醒来",直面自身的软弱和失败;然而地震废墟上的自我救赎,是浓墨重彩的新生,抑或轻描淡写的转移? 会不会是另一种"逃避"? "逃避"了对根本问题的关注。只有勘破结局的脆弱,正视危机的"未解决",对于《家》的读法,才能通向杨庆祥所谓的"我们这个时代最有症候性的命题,那就是,在社会结构没有发生根本性改变之时,任

---

[1] 张悦然:《卷首语》,《鲤·逃避》,江苏文艺出版社2009年版,第1页。

何个体的解放都可能是有限度的"。

这种"限度"同样体现在小菊这条线索上。小菊这个人物无法停留在抽象的背景中,而必须结合其钟点工的身份、阶层才能得到理解,这个人物征之于张悦然此前的创作脉络,体现出作家的新意和勇气。如果把"家"理解为生活常态,把任何对生活常态的偏离都称为"出走",那么当裘洛离家出走,小菊在前者家中"鸠占鹊巢"的那段日子,其实也是一次无意间的"出走"。从在裘洛家干活开始,小菊就受到了某种意义上的同化:近距离地接触雇主的生活,小菊褪去了初来时身上那种"穷困的味道",学会了做披萨、煮咖啡,"很爱打扮",喜欢裘洛的衣服;而当独自享用裘洛的家时,小菊以洗热水澡来庆祝新生、看影碟、喝红酒……自然而娴熟地去拷贝中产阶级的生活,这一切的幻梦,终于被"没有人支付给她工钱"这个"很现实的问题"以及接踵而至的老家地震所一击打破。同样的一个"家",对于裘洛来说意味着囚禁,对于小菊来说"意味着自由",她们处于人生的不同阶段,在马斯洛的理论中,她们追求的目标分属高低不同的层级。在给丈夫发的短信里,尽管小菊模仿着井宇的遣词将"这么过下去没什么意思"改成了"这么过下去没什么意义",但是"生活的意义"这样的追问对她而言也许虚无缥缈,她需要对付的是最实际的"工钱"问题。裘洛的"出走",意味着对原先生活的偏离;而小菊的"出走",会使她最终明白:必须放弃委屈和幻想,回到原先生活的轨道。出走,似乎给了裘洛新生的可能(尽管如上文所言这种"新生"很虚幻),"从小资产阶级梦中惊醒";但是小菊的生活依然毫无转折的契机,她需要再一次地信守资本主义的伦理信条:"天道酬勤",努力劳作,相信自己可以得到应得的报答。张悦然依然纯熟于裘洛式的人物塑造,但是当面对小菊们,作家确乎没有想象力。但显然,这并不是作家本身能力的问题了。

三 纠结难尽的辩证

"家"的辩证

将《毛坯夫妻》与《家》结合起来讨论,我曾经是怀着某种预期的。温小暖自觉地从社会公共领域撤离,退回到以"家"为表征的"内在城堡",安于做一个"宅女",困居在个人小天地中。所以,裘洛从家庭的私人空间出走是带来积极意味的,当一个个的井宇、裘洛们集结起来,是不是有可能凝聚成影响政治社会进程的力量主体?

不过,对上述预期我还是心怀犹疑。温小暖喜欢在夜晚活动,在这篇小说里,"家"与"夜晚"具有同构性,象征着与"公领域"相对的"私领域"。洪子诚老师在其"阅读史"中指出:《组织部新来的青年人》"由两个部分(场景)构成:'严肃而紧张'的工作、斗争的'白天',和'私生活'的'夜晚':'其展开的特征是借助白天/黑夜这一二项对立关系的场景分布'。在'白天'部分,有工作的争论、困惑,紧张的情感思绪,而在'夜晚'的场景中,笔调放松下来,人物(和叙事者)的感觉敏锐、细致、温情"。对外界漠不关心、只专注于个人生活的"宅女"是让人忧虑的;但是,当代史上也一再发生将国家、社会与个人生活对立起来,割裂其间有机联系,前者不加节制地侵入、改造后者的悲剧,就像当年对《组织部新来的青年人》的批判所显示的,"要求将'私领域',将个人'日常生活'全部组织进'白天'的斗争之中"、而"夜晚"沦为"需要时刻保持警惕,并不断加以清除的赘瘤"[1]。家庭不仅是一个经济生产单位,或提供政治支援的社会单位,它也是个人和社会、国家之间特殊的中介组织,一道不可轻易拆除的屏障,如同"夜晚"是"白天"的必要区隔。家庭是一个由亲密关系构成的情感空间,它维护着个人生活的权利和尊严。无论如何,那间粗糙的毛坯房中温小暖与雷烈之间的抬杠与亲昵,总是让人倍感温馨。

温小暖在失业之后曾经"回老家住了一个月",此后当然无奈地回到北京。原子式个人被割断了与任何传统意义上共同体的联系,这个时候,如果没有"家"——尽管是"毛坯"——所提供的身心安栖空间,温小暖们如何去面对冰冷而残酷的城市与市场?本文写作之际,正值媒体爆出"北京井底人"的新闻,"井底人"王秀青说:相比于外面的冷,井底还是暖和的。

青年主体重建的辩证

本文讨论的两篇小说,都来自于好友杨庆祥的推荐(特此致谢!)。在庆祥《80后,怎么办?》一文中,他指出:此前历史与个人生活的一体性、同在性,在"80后"这里被撕裂了,这是一代"历史虚无主义者",我们"需要重新回到历史的现场"[2]。

"重新回到历史的现场"显然有着自己鲜明的反拨对象。今天我们对于这些"对象"是否有充分的把握?到底是在什么样的历史时刻,

---

[1] 洪子诚:《"组织部"里的当代文学问题》,收入《我的阅读史》,北京大学出版社2011年版,第236、237页。
[2] 杨庆祥:《80后,怎么办?》,载《今天》2013年第3期。

面对什么样的疑惑,虚无主义重临,"地下室人"被召回?是什么样的历史动能,让喊着"世界,我不相信"的一代从历史和共同体中"回收自我"(借庆祥的用语)?如果今天"80后"的立场是"重回历史",那么:首先,我们如何看待此前那代青年人"出走"的姿态?他们在刘索拉、王朔、王小波、朱文、卫慧等人笔下不绝如缕地出现,他们心怀质疑,在主流价值观边缘上徘徊,对于这些"问题青年"所呈现的意义,今天可以一笔勾销?是因为他们打开了潘多拉魔盒,选择了错误的姿态,以致我们今天要承担这笔历史性的"债务"?我们今天要重回的"历史",就是他们曾经试图告别的"历史"吗(是一个东西吗?)?其次,我们如何看待今天的现实?到底是"80后"拒绝进入世界,还是世界拒绝、闭合了"80后"的进入?借用黄平的用词,当"参与性危机"[1]无法解决之时,我们如何去应对一代人"孤零"而又直接的生命体验?

叶永蓁作《小小十年》,"这是一个青年的作者,以一个现代的活的青年为主角,描写他十年中的行动和思想的书",鲁迅赞誉该书"描出了背着传统,又为世界思潮所激荡的一部分的青年的心",同时也犀利指出其中缺陷:"从旧家庭所希望的'上进'而渡到革命,从交通不大方便的小县而渡到'革命策源地'的广州,从本身的婚姻不自由而渡到伟大的社会改革——但我没有发见其间的桥梁。……在这里,是屹然站着一个个人主义者,遥望着集团主义的大纛,但在'重上征途'之前,我没有发见其间的桥梁。"[2]必须从"内部自然"的实感出发,依照着年

---

[1] 参见黄平:《反讽、共同体和参与性危机——重读〈顽主〉》,载《中国现代文学研究丛刊》2013年第7期。
[2] 鲁迅:《叶永蓁作〈小小十年〉小引》,《鲁迅全集》,第4卷,人民文学出版社2005年版,第150页。

轻人的生存条件、思想背景与性格逻辑所规定的方式,来摸索"外部自然";任何外在、整体性的召唤,必须具体地组织进、实现在青年的生存条件、思想背景与生命实感所规定的方式与进程中。1990年代以来,在文学的青春表达中,此前对时代政治、文化主流、社会群体的依附渐次解体,还原到个体生命与内心世界的维度。不少作家甘于"在边缘处叙事",或将个体心灵融入广大民间世界。在此情况下,倡导重返共同体或历史现场,更应该考虑"其间的桥梁"。联系这里讨论的两部小说,从温小暖到裘洛们,多少闪现着一道打开"心门"与"家门",重回公共世界的轨迹,所以才会被理解为"小资产阶级的幻灭和新生"。问题是,在什么样的思想资源感召下被唤醒,"新生"后的实践被引向何方?我们记得,现代文学史上最后一代小资产阶级代表汪文宣在众人庆祝抗战胜利的时刻死在锣鼓喧天的街头,而曾树生则孤零零地消失在凄清的寒夜(巴金《寒夜》)。在家庭崩解之后,不觉醒的小资产阶级无处安身。而同样是在离家之后,今天的裘洛与井宇在一片废墟上重聚(那个"和裘洛长得很像的人"是不是裘洛其实已不重要,我们知道在那个救灾的现场肯定有不少类似井宇和裘洛的青年人)。当裘洛们的身影汇入志愿者的人流中时,我们依稀看见无数现代文学史上个体获救的经典场景:

美琳终于从家里走到了大马路上,融入到"五一"飞行集会的大众之中(丁玲《一九三〇年春上海(之一)》);梅女士加入了"五卅"轰轰烈烈的大游行(茅盾《虹》);林道静喊着"打倒日本帝国主义"的口号,与"英勇无畏的青年游行者"们一起组成"无穷尽的人流"(杨沫《青春之歌》)……

以上经典的场景呼应着"五四"以来家庭叙述的主题:个人从家

庭、宗族的纽带中分离出来,服从于国家和社会政治的动员;个体经历动荡,最后进入历史时刻,获得救赎。然而让人生疑的依然是"其间的桥梁":就像美琳的投身革命不脱小资产阶级浪漫根性——将革命视作解决爱情危机的一条出路;今天的裘洛们参与救灾与其说是小资产阶级"从梦中惊醒",毋宁理解为在新的合法性名义下的"自救"。张悦然诚恳地表示,在年轻一代的写作中,不可能再期待"那种完整的画卷",而"集体的概念已经被解散,随即出现的,是更小的自我"[1]。裘洛汇入志愿者人流中的那一刻,也许依稀让人想起林道静汇入游行队伍的那一刻,但前者只是一次"偶然的脱序"。小说中主人公及小说作者张悦然在汶川地震后的救灾行为,并非重回左翼传统、共产主义的道德价值体系,而是遵循人道主义的自我求证,以及公民社会中为官方与民间所共享的新的伦理规范——志愿者精神、公民责任。这背后,是新世纪以来,市民社会以及以小资、白领、中产阶级为社会中间/中坚的主体想象[2]。对于穿梭奔波在救灾现场、于全国哀悼日聚集在广场挥洒泪水挥舞拳头高呼"四川挺住！中国挺住！"的青年群体,王晓明先生曾追究过其认同感形成的途径:"它的至少一个重要来源,是其主体人群对经济持续发展、消费水准逐渐提高、国家诸种硬实力

---

[1] 张悦然还表示:"上一代人的全局观来源于他们对集体的了解,他们更在意一个人在集体中的位置,到了我们这里,我们的集体概念瓦解了。"参见王琨、张悦然:《"我们这一代作家是由特写展开的"》(访谈),张悦然:《雅各的角力》,俱刊于《小说评论》2013年第6期。

[2] 近年来,面对中国社会内部的阶级分化,执政党提出了"和谐社会"等意识形态表述,实则不乏通过以中产阶级为主体的社会想象来统和主流意识形态的目的;中产阶级的想象与话语为社会各阶层所分享;而朝野之间共同倡导公民权利、中产阶级道德、志愿者精神,也成为消弭社会断裂的黏合剂之一。参见张慧瑜:《"非诚勿扰"被整顿与"主流价值观"的形成》,收录于《影像书写》,张慧瑜著,三联书店2012年版。

明显壮大等物质状况的切身体会。这是不是意味着,这个人群所代表的对于'中国'的新认同,正内含了一种对于'改革'的总体的肯定?"[1]也就是说,此时"崛起"的青年人,其思维与视野未必超越了全球性资本主义所确立的模式。还必须注意到汶川救灾过程中企业家(尤其民营企业家)与志愿者的结合(我们不妨想象《家》中老霍们在地震发生后有可能采取的举措),这被钱理群先生在"民间力量兴起"的框架中予以解读[2]。也就是说,如果我们以地震"唤醒"为契机去想象一个美好社会,那么我们必须对这个未来社会的复杂性有所把握。

对于今天的年轻人成为"历史虚无主义"的一代,庆祥是表示痛惜的。鲁迅说"虚无主义者"是屠格涅夫"创立出来的名目"(并因此成为俄国以及世界现代思想史上的专有名词),即指《父与子》中的巴札罗夫,这是"一个不服从任何权威的人,他不跟着旁人信仰任何原则,不管这个原则是怎样认为神圣不可侵犯的"[3]。鲁迅由此区分两种虚无主义:俄国的"虚无主义者""不跟着旁人信仰任何原则",通过"否定"来"复归那出于自由意志的生活",导出真正精神性的生命价值坚守与意义创造;而中国"做戏的虚无党""善于变化,毫无特操"[4]。当面对"头上有各种旗帜,绣出各样好名称"、"头下有各样外套,绣出各式好花样"的"无物之阵"时[5],"虚无",恰恰可以在积极意义上,指向

---

[1] 王晓明:《今日中国大陆的国家认同——从川陕甘地震谈起》,收录于《横站:王晓明自选集》,人间出版社(台北)2013年版,第69页。
[2] 钱理群:《毛泽东时代和后毛泽东时代:另一种历史书写》(下),联经出版事业股份有限公司(台北)2012年版,第312页。
[3] 屠格涅夫:《父与子》,巴金译,人民文学出版社1979年版,第288页。
[4] 鲁迅:《马上支日记》,《鲁迅全集》,第3卷,人民文学出版社2005年版,第346页。
[5] 鲁迅:《这样的战士》,《鲁迅全集》,第2卷,人民文学出版社2005年版,第219页。

一种主动否定现有环境秩序、正面质疑美丽而空洞的教条的力量。

  对于今天我们青年一代来说,其实并无现成的资源可以捡拾,唯如鲁迅所言,必须"于一切眼中看见无所有;于无所希望中得救"。当然,"无中生有",通达真正生命意义的自由创造,这是至难的事情,必须出以卓绝的洞识、付出艰险的精神承担。也许,一切才刚刚开始……

2013年12月6日初稿,12月21日改定

"80后"写作的三重研究视野

与其他代际符号一样,"80后"这个概念在学理上并不具备太充分的正当性。它最早的出场,和商业炒作、文学批评命名的无力、对于"断裂"的渴求等密切相关,而现在也许更能看清楚当时这场华丽的出场仪式其内部的混乱、暧昧与尴尬。尽管最初在这面旗帜下集结的年轻写作者暴得大名,尽管在市场上一度风生水起,但"80后"这一代迄今依然没有在清晰而有效的美学经验上,落实其文学贡献。这其中,研究者同样难辞其咎。本文的写作,结合笔者近年来对同龄人写作的关注、追踪与思考,既是陈述,也是检讨;我要讨论的主题是:如何征用三重研究视野,来拓展我们理解"80后"写作的空间。

一 文学批评的视野

曾看过一篇报道,据说被认为最真切地表达出"80后"生活状态和经验的作品是《奋斗》《蜗居》,赢得万人空巷的效果(电视剧在今天的成功毋庸置疑)。其实这些作品的作者、编剧、演员都不是"80后",有网友总结过这样一个等式——"50后导演+60后编剧+70后演员=80后生活"。我当然不是说"80后"的经验只能由"80后"来表达(文学经验原是可以在不同代际间渗透),而是奇怪为什么有如此强大市场号召力的写作者,在某种程度上仍然是一个被命名、被代言的群体?这实在是一个悖论:一方面"80后"写作如泡沫般膨胀,但同时这样的写作是否将自我一代人的经验有效表达了出来?何以没有获得更大范围的认同?其他方面我不敢置喙,从自身来讲,文学专业读者和年轻的研究者在很长时间里并不太在意同龄人的文学。

有一次参加新书推介会,会上颜歌、周嘉宁问我,为什么你们同龄人的批评家不写写我们呢?我们"80后"为什么没有自己的批评家?我想这一追问点到了问题关键:批评和创作其实是一枚硬币的两面,彼此关联在一起,一个时代文学的繁荣,离不开批评家和同代作家的共同成长、通力合作。19世纪的俄罗斯之所以是文学的黄金时代,在于杰出作家和批评家的比肩而立。文学尽管是"个人的事业",但同样需要同时代人的嘤鸣激荡之声,相互应答、分享、承担和创造。1980年代的文学环境之所以让人缅怀,原因之一是同代人的集结,创作和评论构筑起一个健康、温暖的共同体,其间有一针见血的相互批评,也在困境中肝胆相照。据作家李杭育回忆,1984年,当其"葛川江小说"陆续发表时,没有一个权威评论家对此发言,"当年文坛核心圈的权威评论家,也就是阎纲、陈丹晨、刘锡诚、曾镇南这些人,在当年都是很有话语权乃至话语霸权的,许多青年作家都称他们为老师,很希望得到他们的评论和赏识,我那时也不例外"。在焦虑中,他等到了程德培的来信,"还在我获奖之前,上海的一位年轻评论家程德培已经写出一篇洋洋万言的评论我的文章"。在那个年代,新锐作家和评论家惺惺相惜,招呼着共同上路的故事肯定不绝如缕地发生着,于是,"到了1985年前后,众多评论界新锐趁着阎纲们失语的两年扎下了营盘,站稳了脚跟。从那时起,一个刚冒出来的作家有没有被阎纲评论不重要了,《文艺报》追捧谁或者打压谁不重要了,甚至中国作协的评奖也渐渐地不重要了。权威被搁置,核心圈被分化,意识形态语境被冻结……"[1]。再举个例子,前段时间因为一个偶然的机缘,我看到李敬泽、李洱、邱华栋等几位前辈在1990年代推出的一本对话录[2],对话围绕的主题就是他们这代人的文学。我发现,当年他们努力辨析的几个关键词,比如"个人化写作"、比如"日常生活",从今天来看,不但已经成为描述那代人美学经验的标识,而且进入了文学史成为"文学史概念"。也就是说,这拨"60后"作家的经典化,其实离不开同代批评家群体的有效阐释。

我最近在编自己的一本批评集,大概从2004年前后,当代文学批

---

[1] 李杭育:《我的1984年》,载《上海文学》2013年第11期。当然,李杭育也指出,"那个时代的文坛诸神大都还是蛮正派的",并不是说"打压",而是"对我不感兴趣"。而这种"不感兴趣"、"失语",可能正出于创作的更新逾越了权威的审美规范与知识结构,这也反证出同代作家和评论家合作的必要性。

[2] 李敬泽等:《集体作业:实验文学的理论与实践》,中国广播电视出版社1999年版。

评的写作成为我的一项基本作业,但是我发现,我最初的讨论对象,都是王安忆、贾平凹、莫言、余华……这些已经完成初步经典化的人物,我很少会去关注比如韩寒、张悦然、笛安……我想原因一方面是当时还没有确立追踪同代人创作的自觉,另一方面也出于某种功利意识:如果我以这些年轻人为讨论对象,文章很难发表。最近我还碰到一位朋友,她读现当代专业的研究生,论文开题,她提出的研究主题是"80后"写作,结果导师建议她换个题目,导师的意思是:即便我这里能通过,这样的论文也无法在你日后去高校找工作时作为一块有分量的"敲门砖",用人单位的学术委员会一看你研究的是"80后",第一感觉就是含金量不够啊!这确实是很多前辈、专家、理论刊物编辑们的一个共识:"80后"写作只是一个时髦的话题,但它具备研究的可能吗?在惯常的理解中,文学批评是文学史或者说经典化的第一道"滤网","80后"文学值得研究者积极地"跟进"吗?

我觉得这里面有双重的误会。首先从研究者自身的意识来说,文学批评其实是"一种独立的艺术",并不就完全以服务文学史为终极目的。我们都承认《咀华集》是批评史上千古不磨的珠玉。在评《鱼目集》的一文中,针对《断章》中著名的句子"明月装饰了你的窗子,你装饰了别人的梦",李健吾下了评断:"还有比这再悲哀的,我们诗人对于人生的解释?都是装饰……但是这里的文字那样单纯,情感那样凝练,诗面呈浮的是不在意,暗地却埋着说不尽的悲哀……"[1]这番意

---

[1] 李健吾:《鱼目集》,收录于《咀华集》,花城出版社1984年版,第113页。

见立即被卞之琳指为"显然是'全错'","我的意思也是着重在'相对'上"[1]。我翻阅案头几部常见的文学史著述,在提到《断章》的章节内,基本上都围绕"相对相亲、相通相应"展开,很少会顾及《咀华集》所提供的判断。也就是说,李健吾的批评意见,也许并未进入后来文学史的主流叙述,但是,有谁能否认《咀华集》的地位呢?没有转化为文学史有效积累的文学批评,依然有可能是杰作。文学批评最重要的特征就是"同时代性",它携带着新鲜的问题意识,关注创作中"可能性的萌芽状态"。这样的工作方式,最适合去追踪年轻人的创作。

而从客观形势来说,"80后"写作初起时的轰动效应早已不在。据一份数据显示,在2004年巅峰时期,"80后"作家群体接近1 000人,其中,处在一线和二线的有近100人,如今已大为萎缩;一些将"80后"作家的文章结集推出的出版社,也已遭遇砸在手里卖不出去的悲剧[2]。也就是说,先前笼罩在"80后"这样一个有着明显炒作痕迹的概念之上的光环,已渐渐消退,攘臂争先抢一杯羹的跟风者开始瓦解,也许这反而为那些态度严肃的作家提供了更多空间。这番情形很像"70后"作家的遭际。刚开始是炒作"美女作家"这个概念,刊物推出的专辑还特意配发玉照,就好像今天一些年轻读者购买"80后"作品主要原因是书中奉送了精美照片。但现在看来,在"70后"作家中真正成熟的,与当年炫目的美女作家相比往往显得低调,甚至自觉远离媒体视线,在文学的年轮中默默成长,在积累、沉淀之后给人水到渠成、春来草自青的

---

[1] 卞之琳:《关于〈鱼目集〉》,收录于《咀华集》,李健吾著,花城出版社1984年版,第116、118页。
[2] 参见赵丰:《青春中国——走进"80后"》,科学普及出版社2007年版,第160、161页。

感觉。开始执笔写作并不意味着一个作者就找到了他/她文学的起点,经过一段时潮淘洗后,"80后"的文学季节也许才真正来到了。这个时候,研究者的袖手旁观就是一种冷漠。

由于文学批评的不作为,学理性的阐释无法及时跟进,很长一段时间以来,人们往往是通过传媒话题、娱乐新闻、粉丝心态的方式去理解"80后"。这里面会产生很多误解。比如《鲤》杂志曾经策划专题问卷调查,发动"80后"作家和读者集体回忆自己的父辈,据说结果是全面否定了上一代作家的影响。这个似是而非的结果和媒体为"80后"贴上的标签高度吻合,于是一度被炒作成热点,甚至涵盖一代人的态度和立场。但是很少有人会去注意笛安在《西决》中的这个细节:小叔在课堂上讲解"最没意思的语法",他告诉年少的学生们"现代汉语的规则从哪里来,于是他就开始说刘半农,说赵元任,说胡适,说新文化运动","我只是想让你们明白:知识这个东西,其实就像我们每个人的生命。从萌动,到发育,到成长。有童年时代,有青春发育的时候,也有成熟期。也会生病和衰老。这里面有很多的故事,有很多了不起的人付出思想最精粹的部分,付出心血,甚至感情。"这是一个"80后"作家借笔下的人物表达对文化传统的尊敬与温情。

二 文学史的视野

前段时间有位媒体的朋友就"80后"写作来采访我,他拟好的提纲里有一个问题是:当下"80后"作家群,似乎比他们的前辈们更具备市场意识:关注作品的销量,在作品大卖后还会跟进一些衍生品。我的回答是,这一点不新鲜,如果回到现代文学史上,文学青年们利用、经营现代出版的经验,比如巴金、施蛰存、赵家璧等等,足以让今人汗颜的。只不过随着时代发展、科技进步,今天可供利用的阵地更新颖、多元,比如韩寒会推出APP阅读应用"ONE·一个"。如果上面提到的那几位文学巨匠在今天这个时代重生,我想他们也会利用网络、微博发表诗歌、推广小说,一点不稀奇的。关键的问题是,当你在介入这个市场的时候有没有自己的文化理想?是仅仅满足于获取利润,还是借此传播、扩散自己的人文理想和精神能量。

程光炜先生曾指出过文学史研究视野的缺乏所带来的遮蔽性:"在一些批评家的文章中,'新世纪文学'被认为是'全球化'、'外国资本'和'跨国公司'一手包装的东西,他们也许没想到,就在上世纪二三十年代,出现在上海的'新感觉派小说'、'左翼文学'等等,也可以用同样的话语形态、批评方式称之为'新世纪文学'的。至少在学理上,这种联想大概不会犯错。……凡作家'新作'出来,或'新现象'涌现,当代批评都要'跟踪'、'描述',这应当是当代文学的学科任务之一。不过,在这一过程中,也有一个如何将对象尽量'沉淀'的必要,即,不仅把它当做'从未出现'的现象,同时也当做是一个'曾经有过'的现象,用'历史'眼光将它解剖,照出纹路肌理,揭示其内在关联。"[1]

艾略特说过,新鲜的艺术品在加入一切早于它的艺术品所联合起来形成的"完美的体系"后,"整个的现有体系必须有所修改","在同样程度上过去决定现在,现在也会修改过去"[2]。在讨论今天的"80后"

---

[1] 程光炜:《当代文学学科的认同、分歧和建构》,收录于《文学史研究的兴起》,福建教育出版社2008年版,第6、15~16页。
[2] 艾略特:《传统与个人才能》,收录于《艾略特文学论文集》,李赋宁译,百花洲文艺出版社1994年版,第3页。

写作时,论者往往关注的是异质性的"修改"(比如借助网络等新兴媒体,以及畅销书式的生产流通方式,与先前"作协—文学期刊"的体制有很大区别等);但艾略特告诉我们,"修改"只有置于与"整个体系"的关系中才能得到描述,其实就是提醒我们文学史视野的重要性。对"一时代有一时代之文学"我们应该有充分的敏感,但同时也不要迷信代际的标签;一方面,通过具体的批评实践来及时追踪、把握年轻人创作中的"新变"因素,与此同时,将此"新变"置于文学史的整体框架中来辨识它的文学源流、确认其价值。经由上述两方面辩证地理解"80后"文学的"变"与"不变"。

谈到"变"与"不变",我想介绍一下自己近年来正在展开的一个研究课题——20世纪中国文学史上青年形象的流变[1]。我们知道,青春文学是20世纪中国文学的重要主题,"在一定意义上可以说,现代文学的形象世界,主要是青年的世界"[2]。晚清小说中的革命少年、鸳蝴派笔下多愁善感的少男少女、"五四"新文学中的"青春崇拜"、社会主义成长小说中的"新人"形象、知青的"青春祭"、王朔笔下大院里的孩子、苏童笔下阴郁颓靡的南方街道上黏稠的"少年血"、"像卫慧那样疯狂"的上海宝贝、韩寒、郭敬明、张悦然等笔下的"80后"……青年人的形象与声音在文学史上不绝如缕地回响着。由此我想集中讨论这样一个问题:青年人形象在文学中的建构,或者说,青年人如何通过文学来想象自我。这就需要借助文学史的纵向比较、前后沟通的视

---

[1] 该课题的初期成果,可参见拙著《历史中诞生:1980年代以来中国当代小说中的青年构形》,复旦大学出版社2013年版。
[2] 赵园:《艰难的选择》,上海文艺出版社1986年版,第220页。

野:哪些问题值得往前追究?这些问题在当时如何发生?如何愈演愈烈地延续至今,或者今天的青年人(比如"80后")创作中出现了什么新现象?

举个例子,韩寒的《1988:我想和这个世界谈谈》,可与余华的成名作《十八岁出门远行》作有趣的对照:两位不同年代的青年作家初登文坛时都选择类似"公路小说"的形式来表达"成人礼"的主题。首先,两部小说所呈现的"自我发现",其实都萦绕着挥之不去的创伤体验。韩寒的小说里,"我"少时的偶像丁丁哥哥"死于那个六月"。而余华讲述的是十八岁的"我"遭遇了荒诞、暴力和背叛,最终在退回内心世界的过程中发现了自我。在"陌生环境的恐慌旅程"中不断遭受巨大的震撼冲击,这也许可以上溯到中国现代意识的起源时期;比如在米列娜、唐小兵等学者看来,在历史创伤与恐惧中形构主体意识,恰恰是吴沃尧《恨海》(1906年)这样的作品为中国现代小说所确立的典范意义[1]。

其次,在创伤体验中诞生的自我意识很有可能走向困局。以《十八岁出门远行》而论[2],这一"自我"生成中内置的危险是:当"我"最终蜷缩在卡车里体会着"暖和"的内心世界时,很有可能,一个行动的主体也消散了,同时萎缩的,还有这个主体在现实世界中实践自由意

---

[1] 唐小兵:《创伤与情愫:〈恨海〉的范式意义》,收录于唐小兵著《英雄与凡人的时代:解读20世纪》,上海文艺出版社2001年版;米列娜:《晚清小说情节结构的类型研究》,收录于《从传统到现代:19至20世纪转折时期的中国小说》,伍晓明译,北京大学出版社1991年版,第49、50页。米列娜指出:《恨海》所讲述的悲剧性主题"个人被社会环境的邪恶力量彻底击败","预示着中国现代文学中许多小说的主题"。
[2] 关于余华这篇小说的讨论,参见拙作《"自我"诞生的寓言——重读〈十八岁出门远行〉》,载《文艺争鸣》2013年第9期。

志、展开行动的决心和勇气。外部世界充斥着荒诞、暴力和背叛,"我"曾经做过抗争,很不幸失败了,这一次失败就封存了主体继续行动与抗争的意义,"我"只有退回到自己的内心之中,在那里也只有在那里,"我"才是安全的。也就是说,与退回内心同时发生的,也许是萦绕着创伤记忆而对公共生活不由自主的回避;这道退守的轨迹,似乎预示着1990年代围绕着个人意识的社会精神生活的转折。不过,这只是隐伏的"走向"之一,并未"终局",余华这部小说精彩之处在于,即便是在小说文本的脉络中,依然潜藏着个人意识、"自我理解"再度开放的可能性。小说结尾写道,"我知道自己的心窝也是暖和的。我一直在寻找旅店,没想到旅店你竟在这里",我们一般把"旅店"理解为暂时栖身之所("旅店"毕竟不是"家"),只要当"我"在"旅店"中安抚好伤口,重新上路,重新置身尽管荒诞但也必须"姑且走走"的现实世界之时,新的可能性又诞生了。可以参照的作品是李广田出版于1947年的长篇《引力》,也是一部现代成长小说,其主人公对"住店"就作出了精彩的隐喻式解读:"今天她对于这个宽阔安静的房间竟有这么深的感觉,对于'店'的情调竟是如此浓烈啊!她暗暗地想道:大概以后也还是住店,大概要永远住店的吧?古人说'人生如寄',也就是住店的意思,不过她此刻的认识却自不同,她感到人生总是在一种不停的进步中,永远是在一个过程中,偶尔住一次店,那也不过是为了暂时的休息,假如并没有必要非在风里雨里走开不可,人自然可以选择一个最晴朗的日子,再起始那新的旅程,但如果有一种必要,即使是一个暴风雨的早晨,甚至在一个黑暗的深夜,也就要摒挡就道的吧。"[1]再延伸到韩

---

[1] 李广田:《引力》,宁夏人民出版社1983年版,第203页。

寒,《1988:我想和这个世界谈谈》中不断重新上路的姿态,以及对当下大行其道的幽闭自我的反抗,恰恰接续了余华小说中辩证的一面。

第三,如果打开文学史的视野就会发现,现代文学传统中的经典主题——"行路"与"出走"——如血脉一般,贯通着余华、韩寒这两部小说。莎菲、静女士、梅行素、觉慧、蒋纯祖……一代代青年人以"出走"、"在路上"来表达时代浪潮裹挟下自觉的人生追求。现在是韩寒登场了,这就是《1988:我想和这个世界谈谈》中那则寓言所要表示的:这么多年来,"我"一直以为自己是株植物,脚下的流沙裹着我,时不时提醒"我",你没有别的选择,"我对流沙说,让风把我吹走吧。流沙说,你没了根,马上就死。我说,我存够了水,能活一阵子。流沙说,但是风会把你无休止的留在空中,你就脱水了。……我说,让我试试吧。流沙说,我把你拱到小沙丘上,你低头看看,多少像你这样的植物,都是依附着我们。我说,有种你就把我抬得更高一点,让我看看普天下所有的植物,是不是都是像我们这样生活着。流沙说,你怎么能反抗我。我要吞没你。我说,那我就让西风带走我。于是我毅然往上一挣扎,其实也没有费力。我离开了流沙,往脚底下一看,原来我不是一个植物,我是一只动物,这帮孙子骗了我二十多年。作为一个有脚的动物,我终于可以决定我的去向……"借鲁迅的话说,"走异路,逃异地,去寻求别样",只有不断否定自己熟悉的世界,与原先的秩序整体"脱嵌",摆脱"父法",经过出走与受难,才能发现具有反思性的"内在自我"。

青年形象的流变这个课题之所以吸引我,正在于它需要在"过去"和"现在"之间持续进行"对谈":一方面,以置身现场的鲜活的批评感受和问题意识来导源、激活学术研究;另一方面,将捕捉到的文学"新变"的可能性回置到文学史脉络中,考辨源流,揭示内在关联,进行潜心、细致的、"历史性"的检讨与反思。这个课题永远"未完成",借艾略特的说法,"新"与"旧"、"过去"与"现在",处于不断的互相"决定"与"修改"中。

三 世界文学的视野

2012年,在一次"'80后'作家群研讨会"上,我听到上海译文出版社赵武平先生的发言,赵先生运作出版了一系列国外年轻人的文学,让他很觉奇怪的是,在国外"80后"作家(我估计应该是指一些欧洲的作者)的写作中,对于人的命运、对于终极关怀的思考十分常见,他们不迎合出版社、不讨好市场,因为有公共图书馆、学院和大量基金会都能够给他们提供写作资助,这为他们的独立写作提供了良好基础……听着赵先生的发言我心头一震[1]。人必须借助多面镜子才能认清楚自己。不妨选择欧美、日本等为借镜[2],与当下中国的"80后"文学对照,从出版、阅读、创作、文学生态等角度,来进行比较,尤其能照见我

---

[1] 赵先生的发言本身就能引发很多有趣的议题。比如是不是可以作如下推论:在西方世界、发达国家,个人的故事只关乎个人,而非杰姆逊所谓的"民族国家寓言",他们自由而专注地书写着"宗教"、"形而上"的主题;而当下中国的文本,依然必须在社会镜像、至少是互文的意义上得到理解。这个推论也值得讨论。

[2] 我曾约请两位术业专攻的朋友一起参加此项课题研究,目前的初期成果有:拙作《多重视野中的"80后"文学》、康凌:《"系统时代"中的欧美"80后"文学》,吴岚:《乱相取真:社会转型中的日本新生代作家概况》、千野拓政、吴岚(对谈):《文学的"疗救"、纯文学、轻小说》,这组论文刊发于《中国图书评论》2013年第7期。有兴趣的朋友不妨参看。此外,本文第三部分的一些观念与讨论,主要根据《多重视野中的"80后"文学》一文改写,特此说明。

们自身的"长与短"。

首先,这样的"比较"是具有充分现实依据的:近年来,国外"80后"作家纷纷涌入大陆出版市场,比如意大利"80后"乔尔达诺(《质数的孤独》、《人体》)、英国"80后"邓索恩(《潜水艇》)、美国"80后"黑利·特纳(《到莫斯科找答案》)、蒂亚·奥布莱特(《老虎的妻子》)、加拿大"80后"伊恩·里德(《一只鸟的选择》)、法国"80后"布拉米(《无他》)、日本"80后"青山七惠(《一个人的好天气》)、绵矢莉莎(《梦女孩》)、金原瞳(《裂舌》)、韩国"80后"金爱烂(《老爸,快跑》)……以上提及的小说皆有热销的中译本。这些国外"80后"不但在今天进入大陆阅读市场、抢得一杯羹,未来也会成为中国"80后"诺奖、布克奖的竞争者。但这里需要做一个概念的辨析工作。在国外,当年轻的优秀作家——比如麦卡勒斯、杜鲁门·卡波蒂、萨冈,其实代不乏人——出现时,人们一般理解为这是文学代际变迁中自然的"改朝换代"。一时代有一时代之文学,因为历史经验、感知结构、知识趣味与文化修养的更新自然会在文学创作中呈现出新貌,但这并不足以构造出一个具有"断裂"意味的"80后"概念,他们一般不会用一种"断裂性"的视野与感受框架来面对1980年代出生的写作者。近年来,出版市场在翻译、引介国外青年作家时大打"80后"、"90后"牌,类似"小说涵盖了'蜗居族'的日常生活和生命状态"、"《你好,无聊》是一本描写法国'90后一代'青春迷惘的小说"的宣传语,很容易和我们自身的阅读经验"无缝对接",使国人沉浸于"共享"的幻象中。但同时研究者应该清醒意识到:这是出版方在推出国外作品时,借助国内一度形成的市场热点而重新"组装";往青山七惠、邓索恩们身上贴标签其实是种"概念返销"策略。

其次,这样的"比较"其意义在于,在全球化的今天,为中国当下的写作建立一个世界文学的参照系,正如有识之士的提醒:"基本上,中国的批评家只能在中国当代文学史的脉络上来评价和定位中国当代作家和作品。在'全球化'已无远弗届的今天,如果我们的文学批评和文学判断尚无法征用'世界文学'这一参照系,这多少是一种缺憾吧。"[1]自"五四"以来,中国作家对于外国文学的学习是成绩斐然的,当代作家甚至毫不讳言师承。就如同当年莫言、余华们兴奋地谈起川端康成、福克纳、马尔克斯、博尔赫斯……今天的"80后"同样兴奋地在谈杜鲁门·卡波蒂、安吉拉·卡特、村上春树、珍妮特·温特森……不过,在中外文学交流的"同步态"之外,由于中国社会环境的特殊性,我们经常遇到的却是"错位态","当世界文学反映出充满当代性的焦虑时,中国的新文学还只能从西方的古典文学中去汲取去寻觅古老的武器"[2],于是,中国作家总是在国外前代作家所提供的精神"余粮"中咀嚼营养。莫言在"学习时代"曾将马尔克斯和福克纳视作"两座灼热的高炉";等到功成名就之后,他表示已能够和大江健三郎、帕慕克、阿摩司·奥兹、马丁·瓦尔泽进行平等对话。莫言获诺奖尤其提醒他的后辈:一方面自然应该"取法乎上",人类一切伟大的文学传统都是值得我们汲取的资源;但另一方面也必须有意识地建立一个同时代的、世界文学的视野,国外的同代作家,理应是我们平等的对话者、交流者,应该勇于向困扰着人们的共同的精神困境发言。随着年轻一代作家外语水平的普遍提升(已有不少"80后"作家能出版译作,他们也有

---

[1] 王侃、陆建德:《文学这东/西》,载《当代作家评论》2012年第4期。
[2] 陈思和:《中国新文学整体观》,上海文艺出版社2001年版,第31页。

更多的机会在西方生活、学习,比如参加各种国际写作坊),同步意识确实在增强。今年七月底我在张悦然主编的《鲤·旅馆》上读到爱丽丝·门罗的《杰克兰达宾馆》(恕我目力有限,这是我第一次读门罗),几个月后我们知道诺奖给了门罗,于是国内媒体纷纷邀请张悦然介绍这位她所钟爱的作家,这里面就彰显着一个年轻的中国作家对世界文学的择取眼光。张悦然主编的主题书系《鲤》(迄今已出版16本)是一则非常值得研究的个案,每期由不同作家围绕一个主题展开叙述,比如有一期的主题是"嫉妒",安排了帕慕克、尤迪·海尔曼、苏童、棉棉、冯唐、葛亮、周嘉宁等以不同的体裁,深入剖析嫉妒情绪的各个侧面。在一个共同主题的平台上,围绕人性作"对话",这可以见出中国"80后"作家与世界文学"同步"的某种期许、自信与追求。

那么,以世界文学为背景,我们可以思考些什么?芥川奖、川端奖得主青山七惠在我国的阅读市场上日渐走红,其作品系列已译介出版近十种,成为畅销品牌。她的流行就值得我们去研究:是不是意味着某类文学主题、技巧、格调已经成为当下年轻人跨国界共感的因素[1];我们的年轻人到底在何种意义上接受,是不是意味着面临共同困境:社会结构的稳固、生活圈的缩小,年轻人的绝望、闭塞与自我抚

---

[1] 也许因为学术传统的关系,日本学者的研究一直具有很强烈的"连带感"。比如早稻田大学的千野拓政教授近年来一直以"东亚城市文化上共通存在的问题"为背景,考察年轻人阅读趣味的转向等问题。目前我能看到的中文成果包括:《我们将走向何方?——关于现代文化的诞生与终结的一些考察》,载《华东师范大学学报》2005年9月;《我们跑到哪里去?——东亚诸城市的亚文化与全球化,并论现代文学的诞生和终结》,收录于《当代东亚城市:新的文化和意识形态》,王晓明、陈清侨编,上海书店出版社2008年版;《亚文化与青年感性的变化——在东亚城市文化所能看到的现代文化的转折》,载《扬子江评论》2010年第5期。东京大学的藤井省三教授自2008年开始主持名为"东亚与村上春树"的研究课题。

慰……而由异域输入的阅读趣味,是不是已经影响到我们自身的创作。

这些他山之石,对于建设我们自身的文学生态也可以提供不少启示。去年上海书展期间,同为"80后"的周嘉宁与英国作家邓索恩有过一场有趣的对话:周嘉宁20岁出版短篇小说集《流浪歌手的情人》,两年后出版第一部长篇小说《陶城里的武士四四》,其后五年内连续出版七本书,包括长篇、小长篇和短篇集。这样一份漂亮的成绩单让邓索恩惊羡不已:"在20岁时出版第一本书,这种情况在英国几乎是不可能的。"[1]这里其实可以引申出许多话题:写作是马拉松事业(门罗的获奖更让人意识到这点),中国的"80后"不乏一夜成名却小成即堕的例子,很多年轻人一度成为热点人物现在已不知去向;国外的同龄作家不像我们这样在起步阶段发猛力,却依靠着成熟的制度保障,更有可能收获长线成功。这就提示我们:市场化之外,我们还能为年轻作家提供哪些积极的扶助,不管是"有形的手"还是"无形的手",总得让年轻人看到有一只"手"在为他们的写作创造稳定的空间。

说到文学的生态环境,还必须提到文学奖。对文学事业真正起到推动作用的奖项,首先必须有延续性,比如日本的"芥川奖"与"直木奖",自1935年设立,迄今共举办149届。这么多年来,获奖者中包括我们耳熟能详的井上靖、安部公房、大江健三郎、东野圭吾等,近年来成功登陆我国阅读市场的青山七惠、金原瞳、绵矢莉莎等"80后"作家最初都是通过"芥川奖"脱颖而出。其次,不同的文学奖项应该有不同

---

[1] 吴越:《"80后"周嘉宁与同龄英国作家乔·邓索恩共话"成名后"困惑》,载《文汇报》2012年8月27日。

的立场与诉求,"芥川奖"与"直木奖"分别针对"纯文学"与"通俗文学"两种类型,而日本的 MEFISUTO 奖专门奖励有"前卫"写作意识与追求的新人。文学奖是年轻人重要的"出场仪式",国内文学"新人奖"逐渐涌现,希望能从近邻的经验中得到启发。

最后,我们有时会将"西方"、"世界"这样的概念想象成一个明确、整一的已知量,对其间的内在差异与变动不居欠缺感知。其实,参照的"镜子"越多、观察的视角越细致,我们得到的关于自身的信息就越丰富。我就特别希望,不久能够读到来自俄罗斯、东欧、非洲"80 后"们的创作。当然,以上这些意见并不是为了助长某种"全球焦虑"或"从边缘走向中心"的渴望,更不是忽视经验的"本土性"和自身传统,诚如鲁迅所言,"外之既不后于世界之思潮,内之仍弗失固有之血脉",唯有自觉到"我们"与"他们"的息息相关,才可能在全球化的境况中更深刻地理解我们自身的现实。

2013 年 10 月 5 日写,11 月 10 日改定

为什么我们看不见他们

一　不完整的文学地图

近年来我主持复旦中文系"望道"读书班(现当代专业),十多位本科生参与,每半个月组织一次讨论会。在读书班创建的时候就和学生有过一个约定,我们不去关注那些已然完成经典化、能够用文学史坐标体系标定的作家,而是追踪新人新作。2017年我们集中讨论了一批年轻作家的作品,主要以各大纯文学刊物推出的青年创作专号、"90后"小说专辑为依据。阅读之后大家普遍的感受是不太满意,用学生的话来说觉得这些作品并不能够代表他们这个代际群体当中最有创造力的文学，所以反过来我请他们推荐人选，于是我第一次听到了大头马、陈志炜等名字。我渐渐意识到，学生们心目中"青年文学"的版图，和我心目中的不完全一样，他们在提醒我更新阅读视野。

记得李敬泽先生打过一个很形象的比喻："80年代的变革是要抢麦克风，这个麦克风要拿到。现在就是，行了，这个麦克风你把着吧，我不要了，我另外拉一个场子去讲。"[1]在1980年代，一个热爱文学、有才华的青年人，在他出场的时候先要做一件事就是抢话筒，那个时候"话筒"比较单一、稀缺，可能就掌握在占据文坛中心位置的人手上；但是今天这个时代不一样，年轻人一看你是麦霸，得了，"这个麦克风你把着吧，我不要了"，他们自行跑到另一方天地里载歌载舞。这另一方天地，比如"副本制作""联邦走马"等独立出版推出的作品集，比如围绕在"黑蓝"周围以及围绕在本文讨论对象之一陈志炜主持的"押沙龙短篇小说奖"周围的文艺同人圈……借用批评家何平的话，他们提供"褒有那么多充沛的探索和冒犯精神的青年写作"[2]。

今天的研究者纷纷抱怨青年写作暮气沉沉，这未必不是有的放矢，但也兴许这样的悲观判断只是受限于研究者自身过于"传统"或"主流"的视野。而那些最具探索精神的青年人很可能正在"另外一个场子"里风生水起、载歌载舞。一方面，置身于固化的文学生产机制、接受保守文学惯例规训的"新作家"们纷纷写出的是"旧文学"；另一方面，真正敢于冒险的青年人却长期处于"我们"这些专业读者、研究者

---

[1] 李敬泽、姜晓明：《如何面对复杂的时代经验》，载《南方人物周刊》2017年5月1日。
[2] 这是2017年10月14日，何平先生在复旦大学召开的"双城文学交流工作坊"上的致辞。该工作坊由何平与我召集，第一期以"青年写作和文学的冒犯"为题，研讨那些在主流文学机制之外的青年写作。

的视野之外。然而如果我们不把这些青年人的创作纳入视野,就可能永远只是面对一张残缺、陈旧、不完整的文学地图;如果只是面对这样一张地图而对中国当代文学现状发言,那么不管讲得多么振振有辞,发言的有效性都是需要被质疑的。

问题来了,为什么我们看不见他们?

二 形式的辩证

2014年《收获》杂志推出"青年作家小说专辑",我认真拜读了全部作品,兴奋之余(这样权威的刊物集中呈现二十三位"80后""90后"作家新作并召开开放式论坛,对于更多普通读者认识青年文学,对于创作与批评之间的良性互动等,都会起到巨大推动作用),也有疑惑、遗憾。这些作品的面貌如此单一,仿佛传统现实主义(机械反映论的现实主义)联展。我不由得想起1980年代中后期《收获》推出的先锋文学专号。那几期杂志"向读者展示一伙陌生的作者"(马原、余华、苏童、格非、叶兆言、孙甘露……),同样是青年人的出场,他们的叙述风格对于主流文坛来说极具挑战和冒犯性,以致一度传出"有关方面决定改组《收获》编辑部"的风声。很多年之后,有人问余华:"为什么你超过四分之三的小说发表在《收获》上?"余华回答:"因为其他文学杂志拒我于门外,《收获》收留了我。其他文学杂志拒绝我的理由是我写下的不是小说……"[1]原来差异在这里:二十多年前《收获》发现的是一批来历不明的家伙,是其他杂志的"弃儿";而今天的这些年轻作者

---

[1] 余华:《1987年我们那时的写作不讲文学规矩》,载《北京青年报》2014年3月21日。

中不少已是声名在外的文坛"香饽饽",大多数人的创作很像"小说"、太像"小说"。

2015年,中国文坛一度大张旗鼓地纪念"先锋文学三十年",这是一种"闲坐说玄宗"般的缅怀、悼亡。我看到前辈们作出如下判断:"到世纪末的青春写作、类型写作等大众文化范畴的文学出现之时,先锋文学也就彻底终结了。"[1]我上面对"青年作家小说专辑"的观感似乎也在验证着类似判断。然而理查德·切斯提醒我们:"宣布先锋派消亡已经成了一种惯例。但事实似乎是,在现代状况下,先锋派是永不停息的运动。"[2]这是两种截然相反的意见,在今天的语境里,指认先锋派"永不停息"过于草率,但写下"彻底终结"的悼词可能也为时尚早,折中的态度不妨先自问:具备先锋余绪、探索精神的写作,是客观上不存在,还是我们看不到?

看不到的原因很多,在我们和他们之间横亘着障碍。无疑,今天的现实和文坛风习都不鼓励文学形式上的探索。大众阅读发生在地铁等交通工具里,通过手机等智能设备,浏览的内容多来自微信朋友圈这样的传播平台,这种"无难度阅读"和形式探索格格不入。布罗茨基认为,巨大的悲剧经验、"叙述一个大规模灭绝的故事",往往会限制作家的能力与风格,"悲剧基本上把作家的想象力局限于悲剧本身,……削弱了,事实上应该说取消了作家的能力,使他难以达到对于一部持久的艺术作品来说不可或缺的美学超脱。事件的重力反而取

---

[1] 张清华:《谁是先锋,今天我们如何纪念》,载《文艺争鸣》2015年第10期。
[2] 理查德·切斯:《先锋派的命运》,周韵译,收录于《先锋派理论读本》,周韵主编,南京大学出版社2014年版,第40页。

消了在风格上奋发图强的欲望"[1]。今天当然不是悲剧时代,但是社会巨大的结构转型同样会产生巨大的"事件重力",人们感慨"现实超越艺术",言下之意是艺术只要"如实"摹写现实就已足够,由此"取消了在风格上奋发图强的欲望"。艺术摹写现实的方式多样性、作品的想象性结构和社会环境之间的联系,面对这些课题,作家们往往懈怠了,"越是缺少创造力的作家越是经常性地满足于不加转换地描绘自己的个人经验,而其作品中对社会现实和集体意识的直接方面的再现也就越常见"[2]。

先锋写作总是和青年一代联系在一起,为什么今天的青年人都不屑于形式创新?请别误解,我并非主张回返"形式主义",不过,那句老话还是值得重提——"形式不仅仅是形式":在根本上,形式的变革是一种观察、理解世界的方式与视野的更新。文本形式上的陈旧、无挑战,往往与思维上的保守密不可分;文学先锋意识的死亡,通常关联着意识形态的终结和指向"另一个世界"的想象力的枯竭。当下青年人的文学中充斥着匍匐、逼仄与单薄的经验,满足于现实的简单复制,失败青年的形象反复登场,或者如病态般提前进入暮年,利用对青春的回忆与"乡愁"来反向补偿……上述症候的出现,意味着文学沦为了一种从属于生活的被动产品。现实中或许不如人意事常八九,"方圆几百公里内,连个现实的励志故事都没有"[3];但是失败的现实和失败

---

[1] 布罗茨基:《空中灾难》,收录于《小于一》,黄灿然译,浙江文艺出版社 2014 年版,第 235 页。
[2] 戈德曼:《文学史的发生学结构主义方法》,转引自陶东风:《文学史哲学》,河南人民出版社 1994 年版,第 105 页。
[3] 韩寒:《青春》,收录于《青春》,湖南人民出版社 2011 年版,第 14 页。

的经验就只能被动地、毫无转化地带入文学中？文学固然基于对现实状况的描摹，但同时又具有不被现实派定的条件、状况所辖制，而超越现实给定性的动能与想象力。文学理当是一种辩证处理"现实感"与"乌托邦"的特殊机制，就如鲁迅所言"世界岂真不过如此么？我还要反抗，试他一试"[1]，彻悟到绝望的现实感，但还要纵身一跃，"于无所希望中得救"。总之，文学不应该机械被动地反映现实，而当焕发出强劲的能动性以参与到历史进程中；哪怕身处闭合的社会结构、静止的生活秩序，青年人的文学更加需要召唤出拒不臣服的想象力，"试他一试"。

上面谈了文学的能动性，更进一步，文学形式在现实面前也当具有能动性。我们都承认，文学作品的形式技巧与社会环境之间有着密切联系，但这一联系绝非机械式的，也就是说，一方面，形式技巧和文本结构的变化反映了社会结构的变化；但另一方面，文学形式之于使其得以成型的历史语境，又能产生某种类似逆袭的效果。川合康三先生论中唐文学的新变（破坏固有的文学秩序和固定的形式，"把奇怪的东西果敢地写入诗中"），将创新的萌芽溯源至杜甫，并引了吉川幸次郎的话："杜甫不是被动的诗人，而是能动的诗人。不是顺从的诗人，而是叛逆的诗人。作为所谓现实性的文学家，他具有令人吃惊的写实能力、描绘能力，而另一方面，在他纵横的笔力之下，并不一定原封不动地顺从地描写作为素材的存在事物。即使对自然他必加以变形，或者他自己能动地创造出新的自然。"[2]再举一例，巴赫金生活在苦难

---

[1] 鲁迅致许广平信，《鲁迅全集》，第11卷，人民文学出版社2005年版，第491页。
[2] 川合康三：《终南山的变容》，刘维治等译，上海古籍出版社2013年版，第41、43、44页。

的时代,一生命运多舛[1],他的乐观、自信和蓬勃的创造力,某种程度上源于对文本形式的孜孜开掘。巴赫金在陀思妥耶夫斯基的小说中看到,"所有的主人公都激烈地反驳出自别人之口的对他们个人所作的类似定论。他们都深切感到自己内在的未完成性,感到自己有能力从内部发生变化,从而把对他们所作的表面化的盖棺论定的一切评语,全都化为了谬误。只要人活着,他生活的意义就在于他还没有完成,还没有说出自己最终的见解。……人是自由的,因之能够打破任何强加于他的规律"[2]。巴赫金为何钟情于众声喧哗的复调形式,因为这一形式背后寄托的理想是"自己有能力从内部发生变化",每一个人都可以通过自己的行为来改变、丰富、创造这个世界[3]。这就是文学的能动和形式的逆袭,"心夺造化回阳春"。

今天的社会生活和文学场域的共识也许并不鼓励先锋实验性的写作,重复以上这番"文学常识"无非是要表明,形式的探索依然有其意义。这也是为我接下来的讨论对象作足铺垫,陈志炜创作风貌最突出的特征就是形式实验,其实创作量并不小,门类囊括中短篇、长篇、剧本和翻译等,然而在文学期刊上发表作品聊聊不足十篇。在此先回应我上面提出的那个问题:具有探索精神的青年写作者客观上是存在的,我们需要看见他们。

---

[1] 关于巴赫金的生平与遭际,参见钱中文:《理论是可以常青的——论巴赫金的意义》,收录于《巴赫金全集》,第1卷,河北教育出版社2009年版。
[2] 巴赫金:《陀思妥耶夫斯基诗学问题》,白春仁、顾亚玲译,收录于《巴赫金全集》,第5卷,河北教育出版社2009年版,第75、76页。
[3] 参见李茂增:《现代性与小说形式》,东方出版中心2008年版,第160、161页。

三　陈志炜：悬而未决的"边界"

古怪的情节逻辑、取消日常生活细节、悖离传统现实主义美学规范……陈志炜的作品有着鲜明的风格特征。我这里想讨论的——借作者的话来讲——是一组既"重视手艺"又"呈现生活"[1]的超短篇。

不妨从《水果与他乡·比椰子更大的是商人》[2]谈起。椰子商人从亚热带飞往热带，发现亚热带的商业社会逻辑不管用了，手机屏幕冒起了烟，笔记本电脑同样。因为"在热带，精细的电子设备一般是无法运转的"；机器表面上可以运作，内里却都是由热带的巨人们用人工来推动，比如出租车没有发动机，由巨人蜷在驾驶室里用双脚搭配轮子来转动，飞机也是由巨人来助推，连亚热带销售的椰子，都是巨人们从热带投掷过来的……巨人这个奇特的形象，站在工具理性、技术扩张和利润最大化的反面，让人们想起卢梭（小说不仅空间上从亚热带向热带位移，叙述时间也是倒流的，似乎应和着卢梭式的回返自然）和西西弗，"我看到他从赤裸裸的生活中逃离……像巨人用推力与地心引力做抗争"，焕发出一种迥异于现代生活的健康和野蛮[3]。陈志炜在他的创作中，着力塑造了一类来自古典世界的人：除去此处的巨人，还包括《白暂》中的"我"，告别"海水深处"的故乡，在"搭上一艘货轮

---

[1]《当小说作为烟时——青年小说家陈志炜访谈录》，这是一篇陈志炜自己"创作"的访谈，未刊。

[2] 以下讨论的陈志炜作品包括：《水果与他乡》，未刊；《白暂》《卡车与引力通道》，载《青春》2014年第10期。陈志炜的创作有多种类型，本文主要讨论他的一组超短篇。

[3] 具体可参见"望道"讨论会上王子瓜的解读。《隐藏"密钥"的写作：关于陈志炜小说的讨论》，微信公号"批评工坊"2017年10月24日推送。

的同时被"砍掉了多余的手和脚",然后来到工业码头,又一直担惊受怕再"被斩掉蛇颈,永远无法回到海水的深处",也就是说,"我"的离乡之旅,伴随着原初的完整性的不断丧失。

偷偷抽着小说家烟斗的鹦鹉躲在机器后面,锈迹斑斑的传送机正在运转,小说家写完书稿就塞进传送机。机器发出滴滴声把书稿传送到出版社,审稿意见是"写得不好也不坏",不过此时"出版社的侦探小说家失踪了,情感小说家正好离婚了"(多么反讽!),所以决定赶紧印刷,"出版社做了校对,觉得语法太严谨,不像是一本正规出版物,就帮小说家增加了语病和错别字;又从库存里撕来几页滞销漫画,做封面和插图"。印好的新书将由快递公司的卡车司机,通过"引力通道"的技术,"把长篇小说呀、短篇小说集呀、诗集呀"送到各个宇宙各个星系……陈志炜这部短篇《卡车与引力通道》不足两千字,以荒诞而反讽的笔墨,勾勒出文学作品创作、生产、消费的整个链条,这一文学和链条服务于"霸权"的顺畅运行,我们可以在葛兰西的意义上来理解此处的"霸权",即将支配性的价值观推广到社会各阶层(小说中是"宇宙各个星系")的过程,它不仅借助古老的传统(由传送机的锈迹斑斑暗示),而且获得最新科技的加持("引力通道"是项"伟大"的技术),不仅内在于政治和经济制度中,而且以经验和意识的形式内在于一般社会思想中,这是多么坚固而恒远的堡垒。但是且慢,这根整体性的链条似乎不会天长日久的严丝合缝,总会有"偶然"和"意外"发生,比如这一次,卡车司机选择了收音机快进,一连串的阴差阳错,导致收音机中喷出火舌,最后小说家的书溜出引力通道,飘向宇宙深处……你肯定会觉得这种建立在小概率事件上的"弱者反抗"过于浪漫,顶多表达一种姿态罢了。不过我们还是要注意一下小说末了,望着小说家的书飘向宇宙深处,卡车司机拍拍衬衫、点起一根烟:"追不回来咯。"这番神情,完全颠覆了我在上面关于"霸权"的阐述,原来在社会民意的内部存在这么多缝隙,在这么多细碎却又客观存在的缝隙上建立起来的所谓霸权和共识,真的稳固吗?也许只是在等待一次意外发生?这么想来,近乎开玩笑的姿态或许就孕育着抵抗的可能。《卡车与引力通道》中那根链条,维系着小说在社会空间中的生产、传播和接受,按照比格尔的说法,先锋派起源于对18世纪资产阶级社会发展出来的一整套"艺术体制"的摧毁,那么,陈志炜是在续写这个寓言吗?

由此可见,陈志炜在陌生化的形式、疏离现实逻辑的情节下,完全讲述着一个现实的故事。我们同样可以把《白皙》读入到当下语境中,与现时代的弱势青年生存状况关联起来。朝气蓬勃的青年往往和高科技空间联系在一起,但是《白皙》却将我们带入一片"废土"般的世界:日夜不停"振动与轰鸣着的工业码头,银盐粉似的钢屑从巨型垃圾大厦顶端喷出"。这处码头用来接收、处理垃圾,产品的消费与垃圾的回收,已然构成跨国资本主义世界体系的隐喻,欢迎来到第三世界的"垃圾大厦"。"我"来此寻找堂弟,堂弟和"我"一样,"从海水里出来",然后加入"码头上的居民",在毫无防护措施的情况下从事着血汗劳动。为什么说毫无防护措施,你看——"银盐粉似的钢屑"抹在"每个人的眼睑上",即便清理之后,"眼睑也会变得红肿,角膜也随之凹凸不平",于是"每个人的眼睛都因此变得巨大",于是"用变形后的眼睛承载更大量的钢屑",甚至把钢屑扫在一起,做成厚饼充饥,"胃穿孔的伤口上都是钢屑"……陈志炜以夸张的形式将一个"不可见"的群体推到我们面前,除非他们以工伤事故或自杀弃世等极端方式呈露存在感,一般情况下我们看不见这个群体,"他们有舌头,却没有声音"(陈志炜再三写到码头居民的沉默),他们的沉默和我们的无视是同构的。现在,你肯定"认出"了他们,背井离乡,不仅遭到高强度的劳动剥削("现在已是夜间,工业码头仍没有停止振动与轰鸣"),而且忍受着残酷的工业伤害,他们没有未来……"我"找到了堂弟,还好他"没有被斩掉蛇颈,被堆在防波堤上",居然还神情淡然,面对没有未来的未来,堂弟就安居于"垃圾大厦"之中。小说的结尾非常诡异,"我"作为外来者去到码头,原本是为了寻找堂弟,但是最后居然变得和码头居民一样,感到心跳的节奏"顺应了码头的振动而跳跃",这莫非暗示着内心空间的被殖民,外来者"我"最终也被"垃圾大厦"俘获,古典的人被现代的码头规训了?

不过且慢,我在上文的解读,将对立性的品质、命运、情境处理为明暗分判的两端("海洋"/"垃圾大厦"、古典/现代),但是陈志炜小说中的实际情形并不是那么清晰、绝对;我们还可以发现,类似"码头"这样的空间以及跨界行为(《水果与他乡》中椰子商人从亚热带来到热带、《白皙》中"我"从海底来到码头)在陈志炜小说中反复出现,也许我们可以理解得复杂一些。海港、码头甚至楼梯井等边界空间,都被霍米·巴巴视作"一个象征性互动的过程,一个构建高低、黑白之间差异性的联结性组织。……使任何一端的身份都不可能安于基本的两极对立状态。这一在变动不居的身份认同中的间隙性过渡,开启了文化混杂的可能性。它包容了种种差异,不存在假想的或被强置的等级体系"[1]。边界空间的作用,正在于搁置传统的、固定的、官方的分类,

---

[1] 霍米·巴巴:《边界:现代的艺术》,赵静蓉译,收录于《当代批评理论》,张永清、陈奇佳主编,人民出版社 2013 年版,第 7 页。

将对身份的诉求安放在各种差异和矛盾中进行不断协商,由此浮现临时而新异的主体。进而,边界上这一主体形象的怪诞也是顺理成章的,在小说中,"我"具备冗余的手脚和"白皙而水肿的蛇颈",怪诞形象"力求打破规定的价值等级秩序","破除世界及其一切角落的习以为常的图景","破坏一切习惯的联系"[1]。这样看来,堂弟和"我"都是越界者,个人情感、文化和身份认同在跨越界线的过程中不断游移、塑形。"我"一直担心堂弟迁居码头之后会受到伤害,没想到堂弟比"以前更健硕了,白皙而水肿的蛇颈上,没有沾染一丝一毫的钢屑",甚至可以分身为二,"堂弟的身边,还有另一个堂弟,一个与堂弟一模一样的堂弟"。读者于此不免猜测,堂弟面对"垃圾大厦"而能完好无损,是否与这种开玩笑一般("产生于压迫、强制和恐吓条件下"的世界图画是"开不得玩笑的"[2])的分身术有关呢?在"压迫—异化"的单向路径之外,越界经验释放出另类身份认同的可能性,这或许也是一种弱者反抗的游击术。总之,"我"和堂弟们的冒险之旅,与其视作被工业世界所征服,毋宁理解为一段险峻而又朝向未知的临界体验;边界地带依然凶险,贯彻着由上往下的统治意志,甚至成为驯化异类的前哨,但也可能因为不可预见的流动性而对统治意志形成干扰。一切悬而未决。

---

[1] 巴赫金:《长篇小说的时间形式和时空体形式》,白春仁、晓河译,收录于《巴赫金全集》,第3卷,河北教育出版社2009年版,第358、366页。
[2] 巴赫金:《1962—1963年笔记》,潘月琴译,收录于《巴赫金全集》,第4卷,河北教育出版社2009年版,第385页。

四　大头马：虚无尽头，"海水曾经被分开"

《不畅销小说写作指南》[1]虚构了一个写作班和一场奖金三千万的写作比赛，8位不同身份的参赛者各自提交作品，由此衍生出8部短篇。其中《阿姆斯特丹旅行指南》写"我"和朋友杰西卡·李借助米其林旅游指南，在阿姆斯特丹寻访妓院，但发现男性侍者们并不提供性服务，只是把"我"带到不同的房间，借助神奇的唇膜和耳机，"我"进入了电子游戏般的情境体验……当"我"无法分辨真实与虚幻时，惊心动魄的一幕发生在了侍者J和杰西卡·李的对话间。这是经典成长小说中常常出场的情节——"我"作为成长状态中的价值客体，有待去获得自我本质属性，在此过程中，代表不同世界观、价值观与思想路线的两种力量介入其中，争夺对价值客体的领导权，上述"对话"正是一场争夺战。J通过迷幻剂给出各种奇瑰体验，指示着逃离日常生活、"人生有无数可能"、"探索世界的野心"；杰西卡·李代表真实的世界，也意味着一成不变的生活轨道、静灭的湖面泛不起一丝涟漪。现在，一个存在主义式的选择难题搁在了"我"面前："你愿意选择过那种终生生活在幻觉里，被药物控制大脑的所谓体验式的生活，还是愿意过一种艰难、枯燥但真实的生活"。随着情节发展，我们发现，这一番选择原来也处于子级的嵌套之中，阿姆斯特丹之旅依然源于上一层级的迷幻剂的演绎，如果"我"无法产生"自反性"，意识到这是虚幻的旅程，那

---

[1] 以下讨论的大头马作品包括：《不畅销小说写作指南》，湖南文艺出版社2017年版；《谋杀电视机》，四川文艺出版社2015年版。

么就将"永远地困在这个旅程里"。幸好"我"最终"记了起来","回到真实世界"。小说的结尾是不是终局?"我"曾经依靠药物麻痹完成"自己对虚无的拯救",那么走出梦魇之后,如何在"无趣的生活"中重建生命的意义?

我被这篇小说所打动,因为在表面上的颓废背后,我感触到奔涌而出的求生意志,"貌似的颓废,实在只是猛烈的求生意志的表现;与东方式的泥醉的消遣生活,绝不相同。所谓现代人的悲哀,便是这猛烈的求生意志与现在的不如意的生活的挣扎"[1]。这挣扎在小说结尾并未止息,到底凭借什么,我们才能最终脱离如贪吃蛇般的循环和《盗梦空间》式的嵌套结构?关于小说中"我"面临的选择,诺齐克早就假设过一台提供快乐、美好、成功等任何所欲的体验机,"你会愿意进入这一机器的生活,编制你生命的各种体验吗"?有没有比这个更重要的东西?"一个人通过自己的努力形成一种自己的全部生活的图景和现实,并按照这一全面的人生观行动在道德上是有意义的。"何怀宏先生于此作了一个非常重要的补充:"甚至这个人在自己的人生中屡经挫折,不很快乐,甚至他最后也没有取得预期的成功也是有意义的,因为他过了他自己的一生,这是他作为一个人所主动选择的,尽管前面有种种挫败,他最后也许还是会感到欣慰。"[2]"我"跳出了虚幻的旅程,再无需其他的信靠,这一自我决断本身,理当照亮我们哪怕晦暗的余生。

《不畅销小说写作指南》在结构上非常有意思。在小说的正文部

---

[1] 周作人:《三个文学家的记念》,收录于《谈龙集》,河北教育出版社2002年版,第16页。
[2] 何怀宏:《何以为人,人将何为》,载《探索与争鸣》2017年第10期。

分,作者戴着颓废、反讽的面具穿行于种种流行文化元素之间,但是到了后记,终于素面朝天,收去嬉笑怒骂,脸色一凛,正颜相告:"这将是最接近真相的作者后记"。这篇后记是我近年来读到的、难得一见的好文章,情辞俱胜。"我跋山涉水远赴世界的尽头,希望可以因此获救;体验最为极致的迷幻,希望可以看见终点的答案。"你看,这位求解者从《阿姆斯特丹旅行指南》中蹀躞行来,他/她曾经想象"大师的存在"、"真正的智慧","然而你不能否认这一切恐怕只是你的想象。然而你不得不痛苦地承认这一切最大的可能大概也许甚至应该必须只存在于你的想象"。自然,接下来只能是"上帝已死","因而你试着学习聪明者游戏人间,效仿利己者掌握游刃有余的技法"。但还是不甘心,"这就是结局吗"? 然后由沙漠中总被路人忽略却深不可测的一口井,"我"想起曾"看见过意义"、"目睹过爱"、"感受过柔软"。最后,仿佛耶和华吩咐摩西"举手向海伸杖",仿佛《银翼杀手》中逃脱的人造人首领罗伊说:"我曾经见过人类难以置信的景象"(《银翼杀手 2049》中萨伯·莫顿临终前也对 K 说:"你从未见证过奇迹"),仿佛从炼狱中挣扎生还的报信人——"我将告知你我所知晓的一切真理:如果海水曾经被分开,它必将再一次被分开。如果虚无曾经被意义所击碎,它不得不终生屈服于意义的又一次显像"……这篇后记的题名叫《我听说海水曾经被分开》。我反复读这篇后记几近泪下,但是正文和后记的关系又让我迷惑不解。正文中的各篇小说,发生于生活、写作与世界遭遇时的困顿中,然而到后记中却如天路历程般求得正解。我的疑虑是,正文中无法畅快表达、压在纸背后的意思,终于却也只能在后记中卒章显志般的淋漓爆发;这是不是意味着,后记中"如是我闻"的经训,实则无法开枝散叶般遍在于、内在于小说正文,后记的立地成佛如此简练干脆,反而形成反向的拉扯，使得后记无法收束正文，甚至反照出正文中"求生意志"的挣扎一直无法妥善地安放，而真理的世界与生活的世界依然断作两截，可爱者不可信，可信者不可爱。又或者，作者正是以反讽的方式，在正文里先行摧毁所有一度确定着我们生活的信条，通过这种否定，"白茫茫一片大地真干净"，再于后记中迎受恩典的降临。尽管有这样那样的疑虑，我却无法不被年轻作者穿越虚无的艰难尝试所打动。阅读大头马的旅程，恍若卡尔·巴特所言："在最后的和最深的怀疑主义中，可能存在着一些破碎的东西，那是关于上帝，关于上帝本身的回忆……只有在人们被迫与处于深渊的人为伍时，他才能达到信仰成就的真正高峰。"[1]

大头马的创作风格驳杂，从书名《不畅销小说写作指南》来看，当是在致敬科塔萨尔，小说集中涉及的庞大书单——《斯通纳》《中国套盒》《悠游小说林》、福克纳、菲茨杰拉德、塞林格、索尔·贝娄、奈保尔等——也显现出纯正的文学教养；但其中又时时掺杂着摇滚、嗑药、好莱坞大片等时尚文化、青年亚文化因素。我们经常把实验性、先锋性的艺术探索比喻为"诗的孤立区"，似乎特定的审美经验与其环境之间并无关系，其实"没有什么人的活动，甚至是最自由或最无偿的活动，能在真空或完全忽视其时代的历史现实条件下展开"[2]。尤其今天的先锋更不能设想成一种过于"纯净"的写作，它理应与最时尚的经验、最前沿的技术(比如《阿姆斯特丹旅行指南》中的迷幻剂完全可以置换成 VR、人工智能)进行互动(协商/反抗)。

---

[1] 转引自凯伦·L.卡尔：《虚无主义的平庸化》，张红军、原学梅译，社会科学文献出版社2016年版，第101页。

[2] 雷纳托·波吉奥利：《先锋派三论》，周宪译，收录于《先锋派理论读本》，周韵主编，南京大学出版社2014年版，第75页。

一方面是作家自身风格的驳杂,另一方面我们今天置身于"乱花渐欲迷人眼"的文化状态中——由于中国特殊的语境,主导文化、精英文化和大众文化早已不是铁板一块或截然分裂,而是存在着互渗、互动,这一切都对评论者提出挑战。我在豆瓣上看到有读者对大头马的小说提出批评,认为不过是"游戏性、叙事快感、玩世不恭和小圈子饭桌上抖机灵的戏谑",完全将其归入流行文化式的写作,不值得严肃去对待。"时尚倾向于把一种新的或陌生的形式变成若干可接受或可仿效的形式,一旦它广泛流传并普及进而成为法语所表示的程式化,或英语所说的'俗套'时,就提供另一种形式来展开类似的变化和转变",故而借庞德的话,先锋是"一种俗套与另一种俗套之间短暂的喘息"[1]。困难就在于,我们评论者是否能在时尚的连续性中感受到"喘息"的停顿;当我们对当下年轻人的创作进行考察时,必须既内在于流行视野又与之拉开一段距离,入乎其中,出乎其外,感知到种种"俗套"背后更为真实的存在。比如我们在上文论及,陈志炜貌似古怪的形式与离奇的情节背后,隐藏着严肃的关切,大头马亦然。我们不妨再回想一下《阿姆斯特丹旅行指南》中"我"面临的抉择,逃离日常生活去"探索世界的野心"指向人天然的激情这感性一面,而拒绝迷幻体验则指向实践自由意志这理性自觉一面,那么有意义的生活到底如何来调节自然与德性?这依然是一个非常古典而恒远的主题。再比如,大头马在她的创作中大规模地驱遣反讽叙述,反讽是我们这个时代最具魅惑力的文学姿态,它能提供一种安全感(就像戴着面具生活能够给我们提供一种

---

[1] 雷纳托·波吉奥利:《先锋派三论》,周宪译,收录于《先锋派理论读本》,周韵主编,南京大学出版社 2014 年版,第 62、65 页。

安全感),所以被传统写作、流行文化和社交网络等所共享。但是,在大头马反讽叙述的间隙,会有"意义从现实虚无的地平线上涌起的瞬间",尽管一闪而过,但只有感知到了这样宝贵的瞬间,我们才能看到一位年轻的创作者从困顿中起步,"呼唤着匿迹的意义再度显形,并且,不在凌驾于现实残骸的无限性之中,而在我们惨淡经营的世俗里"[1]。

我在这里讨论大头马的写作,更是想召回一种批评的方法论。在1990年代,以韩东、朱文为代表的青年作家自居社会边缘,激烈反抗文坛主流和文学传统,引人侧目,在一般的评论意见中很难得到负责的理解。当时陈思和先生在其主编的《逼近世纪末小说选》中多次选入韩东、朱文的小说,各卷序言中也不惜篇幅地加以解读。陈思和这样解释他的"钟爱有加":"我之所以不强调小说里的放浪形骸因素,也不是不看到,只是觉得这些因素对这些作家来说并非是主要的精神特征。'无名'的特点在于知识分子对某种历史趋向失去了认同的兴趣,他们自觉拒绝主流文化,使写作成为一种个人性的行为。但个人生活在社会转型过程里仍然具有自己的精神立场"[2]。在"放浪形骸"中提取出含藏其间的锐气,这多少得冒一点火中取栗的风险,"我愿意把这些作品中一些隐约可见的创意性因素发扬出来,愿意看到这一代作家潜藏在自己内心深处的真正激情被进一步发现,而不愿意看到一些似是而非的理论去助长新生代创作中的平庸倾向"[3]。我觉得陈思

---

[1] 蕻弦:《北京城里的蝙蝠侠——读大头马的短篇小说》,收录于《文学》2017年秋冬卷,陈思和、王德威主编,上海文艺出版社2017年版。

[2] 陈思和:《"无名"状态下的90年代小说——答〈小说界〉编辑问》,收录于《豕突集》,汉语大词典出版社1998年版,第285、286页。

[3] 陈思和:《碎片中的世界与碎片中的历史——〈逼近世纪末小说选(卷三)〉序》,收录于《不可一世论文学》,人民文学出版社2003年版,第195页。

和先生在此示范了一种非常宝贵的文学批评的方法,"君为李煜亦期之以刘秀"[1],始终以建设性的态度,扩张、敞亮创作者在追求"艺术真实"的过程中原先构想的"微弱的影子"[2],进而将批评者主体的理想中的"应当怎么样"放入具体分析。今天我们的研究者在面对新一代的青年作家时,也应该拨开"乱花迷眼"的形势,在表面的放浪形骸下感知作家独立的精神立场和"潜藏在内心深处的激情"。

结语

结束本文的时候,还有一些未尽之意。首先,必须承认,我上文对两位年轻作家的解读(尤其对陈志炜的解读)过于光滑、明晰,其实他们的创作实景比我的解读更为晦涩、层峦叠嶂;可能出于为形式的辩护,我给出的描述似乎更侧重于主题社会学。其实我只是为了强调,这些有先锋探索精神的青年作家,根本不是象牙塔中的自闭者,不仅仅为追求形式上的奇巧(在经历一拨又一拨的现代主义洗礼之后,我们对任何小说都已见怪不怪),而是站在时代风雨中,铸炼一种切身的文学技艺,去安放、处理现代社会错综复杂的感受和经验。

---

[1] 陈思和曾这样来表述其文学批评的关怀:"我明知当时的创作至少在作家主观上并没有达到我所想象的程度,但我总是愿意把我认为这些创作中最有价值的因素说出来,能不能被作家们认同或有所得益并不重要,我始终认为文学评论家与作家本来就应该站在同一起跑线上,用不同的语言方式来表达对同一个世界的看法。"陈思和:《笔走龙蛇》"新版后记",收录于《笔走龙蛇》,山东友谊出版社1997年版,第424页。

[2] 雪莱说过:"流传世间的最灿烂的诗也恐怕不过是诗人原来构想的一个微弱的影子而已。"见雪莱:《为诗辩护》,收录于《西方文艺理论名著选编》(中),伍蠡甫、胡经之主编,北京大学出版社1986年版,第78页。

其次，先锋文学原先"所针对的敌人象征着停滞的力量、过去的专制和旧的思维形式"[1]，然而今天的写作者如入无物之阵，举着投枪却找不到方向。更可怕的是，这个时代有着充分的宽容和余裕去接纳、消化先锋们的冒犯。情形就如同大头马笔下的《谋杀电视机》："我"因痛恨电视而加入一个入室砸毁电视机的团伙，他们计划着潜入电视台制造爆炸，没想到最终被告知，"我"其实是被真人秀节目偷偷相中，团伙内的队友不过是工作人员的饰演，在他们指导下的种种越轨行为不过是节目组的策划，多么恐怖的"楚门世界"：这个支配性的社会结构和意识形态，完全可以灵活接纳一切挑衅性的力量，一方面提供安全的位置，另一方面暗中纵容后者打扮出一道另类而无害的风景，布置在消费时代的幻象中。小说中，"我"在得知真相震惊之余，依然选择实施爆炸计划，如同鲁迅所言"但他举起了投枪"；但是现实中有志于先锋写作的青年人，日夜身陷"各种旗帜，绣出各样好名称"[2]的无物之阵，他们期待的可能不应该是一次性的戏剧场景。如何将从内部爆破的冲动，转化为更为清明、成熟和坚韧的心智，汇入创作，去揭示时代的隐秘；如何以"边界"的站位，跳出两极对立，在等级体系的间歇与缝隙处积累越界的潜能，这才是当务之急。

2018 年 1 月 17 日

---

[1] 马泰·卡林内斯库：《先锋派的概念》，顾爱彬、李瑞华译，《先锋派理论读本》，周韵主编，南京大学出版社 2014 年版，第 112 页。
[2] 鲁迅：《这样的战士》，《鲁迅全集》，第 2 卷，人民文学出版社 2005 年版，第 219 页。

青春文学的重生

一

设若多年以后,后来的研究者对 21 世纪初叶中国的青春文学发生兴趣,选取那一时段中占据市场份额最大的小说——比如郭敬明的《小时代》系列——来寻访当时的青年形象,这位研究者肯定经常会遭遇到这样的青年人:

> 我回过头,看见提着 LV 包包、踩着 GUCCI 小短靴的顾里朝我们走过来。

我看着我面前重新出现的顾里，精致的妆容，一件 COMME des GARCONS 的小白裙子让她像一朵刚刚开放的山茶花，而我身上的那件 only 连衣裙，让我显得像是街边插在塑料桶里贩卖的塑料花……并且还有点褪色……

　　而我，一个穿着 Zara（并且还是打折品）的小助理，坐在他们的对面，生活平稳，无所牵挂，除了刚刚失去了一个谈了好多年的男朋友和死了一个刚刚开始交往的新男朋友之外，我的生活真的很好，没什么好值得担忧的。

郭敬明的文学提供了关于"中国梦"的叙述，尤其是以《小时代》为代表的作品，由一系列"典型人物"和"典型环境"——有车有房、名校名企、大都会、英俊爱人，充满时尚的中产阶级生活（郭敬明并不是上海人，他一直在努力地抹去四川小城出身的印记，不断地扮演着"上海人"，因为那种小城是偏离"中国梦"的，所以他会说只有看到豪宅落地窗外的黄浦江才能心安）——构成。这样一种"中国梦"直接塑造了"新人"对于世界、对于生活理想的理解（"我要成为那样一种人"）——甚至就是"最初的理解"[1]，最危险的是恐怕也会成为"最终的理解"。而这样一种理解，与1990年代以来在社会生活中占据主流的"新意识形

---

[1] 有一次从广播电台听到这样一个广告：父亲和子女的对话情景，孩子都很年幼。小男孩说："爸爸，我要开宝马！"小女孩说："爸爸，我要住别墅！"其实是一则房地产广告（买别墅附送宝马）。问题是：在这则广告的视野中，为什么年幼、原该天真的小孩子心目中的理想就被别墅和宝马所塑造了？这样的小孩子长大以后才会说出"宁可在宝马里哭不愿意在自行车上笑"的荒唐话。对于幸福、生命意义的理解真的这么早就固定了？

态"[1]、家长们的言传身教甚至学校教育输导的一些内容完全合拍。有些新生代打工者可能目前生活拮据,但他心目中奋斗神话的目标可能也就是郭敬明所指示的那类"成功者"的生活。

郭敬明的小说里,资本体系的评价逻辑已经坚硬地充斥每个角落(上面引文中提到的那套"行头"即是对人的评价体系之一种)。"我"所秉持的逻辑与"资本"社会的运行逻辑是一样的,一切以商品的价值来衡量。奢侈品不仅代表着一个人的财富占有,更延伸到个人的身份认同、尊严……这与我们对这个时代的初步判断是吻合的:当下是一个"诸神归位"的时代,对于年轻人来说,选择哪条路已经不是问题,问题是在这条路上走多远、挤掉多少人、超过多少人。举目所见都是价值观稳固、静态而不再成长的"奋斗者",而绝少村上春树所谓"可变的存在","价值观和生活方式尚未牢固确立","精神在无边的荒野中摸索自由、困惑和犹豫"[2]。其实文学史上真正拨动人心弦的,反倒是后者那样在生存环境中左冲右突而又无所归依的"边缘人",他们才能提供"可能性",比如鲁迅笔下的孤独者、郁达夫笔下的"零余人"、张承志《黑骏马》中的白音宝力格、朱文小说里的穷酸书生、甚至贾樟柯电影里游手好闲的小武们……

当郭敬明式的文学充斥我们四周的时候,我是不甘心的。我们年轻人对生活、生命的理解就被他和他所代表的那些东西给确定了?当这种文学以及他背后的支撑力量畅通无阻的时候,我们有没有勇气站

---

[1] 参见王晓明:《半张脸的神话》,收录于《在新意识形态的笼罩下》,江苏人民出版社2000年版。
[2] 村上春树:《海边的卡夫卡》"中文版序言",收录于《海边的卡夫卡》,林少华译,上海译文出版社2010年版。

在他的反面,我们有没有能力创制出一种"从'幻城'中让'小时代'的孩子们醒来"[1]的文学?

二

关注青春文学,关注这种文学样式背后我这一代人的经验,其实是扪心自问,最终想逼出这样一个问题:我这代人能够提供什么样的文学?"构建一种什么样的主体来表达我们对这个世界的想象和规划"[2]?

从一个网络热词说起吧。2011年10月中旬,正当大洋彼岸的美国年轻人气势汹汹地"占领华尔街"时,在中国大陆的网络上,一个新词"吊丝"悄然诞生。4个月后,这个词不但频繁现身于微博、贴吧、社交网站、纸媒、口语,还"占领奥巴马",美国总统的Google+主页被大量自称"吊丝"的中国年轻人,以"围观"、"盖楼"、"抢沙发"等方式强力"围观"。"物质贫乏、生活平庸、未来渺茫、感情空虚,不被社会认同"(详见"百度百科",这个词还于2012年11月3日登上了《人民日报》十八大特刊[3]——吊丝就是这么一类人自嘲性的称呼;所谓"吊丝的逆袭",指出身底层的弱势青年通过奋斗"最终完成翻盘,迈入成功殿堂"。据说已有专家从亚文化的角度解读这又一场"语言狂欢"背后的

---

[1] 黄平语,参见杨庆祥、金理、黄平:《"80后"写作与"中国梦"》,载《上海文学》2011年第6期。

[2] 金理、杨庆祥、黄平:《以文学为志业——"80后学人"三人谈》,载《南方文坛》2012年第1期。

[3] 见十八大特刊评论:《激发中国前行的最大力量》,载《人民日报》2012年11月3日。

症候。我对这句流行语有新的理解(也许并不完全等同于流行语境中的意义),源自一次课堂教学。

　　我在一门当代小说鉴赏的课上讲《人生》,有个本科生发言说因为内容涉及同样的爱情困惑("三角恋"),是否可以把路遥当年的小说和目前很流行的电视剧《北京爱情故事》结合起来讨论。我觉得这是很好的建议。《北爱》中最让我过目难忘的是这样一个"关节点":拜金女杨紫曦与她所依傍的富二代产生矛盾,决意与吴狄重温旧梦。吴狄手握求爱戒指在楼下等候,这时一辆宝马驰来,富二代跳出来,嚣张而自信地告诉吴狄和石小猛:他只要上楼和杨紫曦说一句话,杨就会乖乖地跟他走……当杨选择重新投入富二代怀抱之后,吴狄伤心地把戒指投入湖中。这时站在一旁的石小猛大喊一声:"我们应该让这个世界知道我们是谁?我们应该让他们知道我们能够干些什么?"这是一个让我心潮澎湃的时刻:吊丝们要开始行动了,"新人"由此诞生,"新的故事"即将展开……可结果让人倍感绝望,石小猛全身心投入到"这个世界"中,以更为娴熟的手法操弄原先为"他们"所掌控的规则,甚至变本加厉。这哪里是"逆袭"呢?在我的理解中,所谓"逆袭"不仅通向"翻盘成功"(从这个意义上石小猛倒是一度成功了),更是在必然性的现实铁律之外想象出别样的世界,暂时搁置原来那套逻辑,甚至以针锋相对("逆"!)的方式寻获"另辟蹊径"的成功。其实20多年前在《人生》中已经"预演"过这一幕,大队书记高明楼为了安插儿子而将高加林逐出校门,高加林自然要奋起反抗,但他选择的反抗方式却令人失望、不安:立即写出一封求告信给部队当副师长的叔叔……在遭到权势打击之后乞求更具强力的权势来与之抗衡、为其出头。我们完全可以设想,借助退伍后位居劳动局局长的叔叔,高加林成了县委大院的通讯干事，但他获得这一职位是不是也有可能踢掉了另一个"高加林"？从这段人生轨迹来看，不公正的制度、或者说腐朽的"人情政治"没有终结反而不停在复制，而高加林是完全默认、领会、甚至能娴熟操弄这套伎俩为自身利益服务。从高加林到石小猛，多少年过去了，"吊丝的逆袭"就完全只能依靠强势群体制定的规则、先前那套不合理的逻辑来谋求自身利益，这里不存在"逆袭"，反倒是固化了原先那个世界的统驭性，而社会环境却无净化的可能。这真是让人绝望的一幕！支配性的社会结构和意识形态，其强大之处在于没有多少人能跳出其手掌心。它的"再生产"顺理成章（一代代青年接受规训）；然而在与它搏斗的关节点上，很多有理想、有才华的青年人功亏一篑、溃不成军，甚至在试图"逆袭"的那一刻被其"反噬"。

文学艺术诚然"胜不过事实"，但文学从来不应被现实所压服，即便"铁幕"已严丝合缝，文学难道不应该在这严丝合缝上打开一个口子、搅动出新的希望吗？我想有必要重访鲁迅的"铁屋子"：曾经一度清醒、天真的个人，当面对"万难破毁"的困境，是否只有一种选择——重新安排自己进入原先的世界，从"昏睡入死灭"；抑或辩证对待必然性与能动性，"有没有可能，通过有目的性的活动，来逃脱那囚禁我们的社会历史结构"[1]？

自然，人无法绝对"自由成长"，按照福柯的说法，主体是被"规训"出来的，这种规训力量隐藏在学校、语言、日常生活等等背后，组织成一道对人体的各种姿态、行为和心理进行精心操纵和重新编排的权力

---

[1] 安德鲁·琼斯：《鲁迅及其晚清进化模式的历险小说》，王敦、李之华译，载《现代中文学刊》2012年第2期。

机制,使个体不仅在"做什么"方面,而且在"怎么做"方面都符合其愿望。在被规训的环境中,是否可以"能动的生成"——"个体在构造客观性活动的过程中,以独立的个性理解世界的经验存在,进而以一种积极探索与突破的精神重构世界(生活世界、科学世界或哲学世界)的秩序,最后完成了独一无二的生命存在史"[1]? 我们切莫忘了中国现代文学的"诞生之作"《狂人日记》讲述的就是一个能动主体临世的故事。尽管是以精神分裂的"疯"的形式[2],但一个独异"新人"的长成并进入历史实践,是有可能的。这是鲁迅特有的"绝望"中的"希望"。同样我们不要忘了,狂人并无固定的职业,也谈不上成熟的思想体系,年龄约在三十多岁[3],这是一个青年反抗者形象(在"从来如此,便对么"的质问中,现代青年的反抗者形象在文学史上登场:狂人、觉慧、蒋纯祖……);《狂人日记》是一部典型的拥有成长主题的青春文学。而青春文学自来就具备先锋、"逆袭"的品格。从"五四"新文化运动起,不断有先锋思潮兴起[4],虽然每个先锋思潮经历的时间可能很短暂,但都会在短时期内集中能量,批判政治上的平庸、道德上的守旧和艺术上的媚俗,同时从边缘向常态的主流文学发动进攻,而青春文学在

---

[1] 樊国宾:《主体的生成:50年成长小说研究》,中国戏剧出版社2003年版,第257页。
[2] 关于"疯"的意义,林毓生这样认为:"假如中国人在思想上与精神上是那样地病入膏肓,以致不能认清在他们'吃'别人的时候正是他们被别人'吃'的时候;假如他们的心灵是如此地'昏乱'以致使他们在自我毁灭的过程中不但不谋自救,却反而津津有味地压迫着别人;那么,一个在同样环境中被教育出来的,不可能不与他的同胞同样拥有中国人性格的中国人如何可能是一个例外? 答案是:他不能,除非他'疯'了。"林毓生:《鲁迅思想的特质及其政治观的困境》,收录于《现代中国思想的核心观念》,许纪霖、宋宏编,上海人民出版社2011年版,第653、654页。
[3] 根据小说开篇"今天晚上,很好的月光。我不见他,已是三十多年……"可以大致推定。
[4] 参见陈思和:《试论五四新文学运动的先锋性》,收录于《海藻集》,广西师范大学出版社2007年版,第224、225页。

每一次进攻中充当了有力武器,产生巨大影响,所以成为文学史上持续受到鼓励的主题。现代文学史上的青春文学和他们的创造者们,同样身处主导性文化的严密限制之中,但却通过足够强大的艺术才能、"绝望中抗战"的勇气、韧性的战斗精神,创造出"冲决罗网"的文学空间。

三

瞩望有"逆袭"品格的文学,同时也要求,这必须是一种"文学"。借用卢卡契的话,以"深刻历史性"与"惊人的艺术性"相结合,来创造另一个"新世界"[1]。不仅是在"内容"上以"深刻历史性"与现实、历史的逻辑相抗辩,可能更重要、更繁难的是,以"惊人的艺术性"来作用于人的感性世界,诉诸人们对世界的想象。原先的阅读与期待中,免不了充塞着坚硬的现实、历史逻辑,需要文学以充沛的感染力来化解、对决。其实文学史上这种"以虚击实"的文学不乏其例。福楼拜的《包法利夫人》出版后遭致有伤风化的指控,然而起诉人无法解答如下问题:在小说展示的具体情境中,竟然没有一个人可以判定爱玛有罪。"如果在这部小说里所描述的人物中,没有一个能压倒爱玛,如果没有道德准则能有效地以某人的名义判定她有罪,……如果这些从前有效的社会标准:'舆论',宗教情感、公共道德、良好教养等不再足以达到

---

[1] 卢卡契:《关于文学中的远景问题》,《卢卡契文学论文集》(一),中国社会科学院外国文学研究所、外国文学研究资料丛刊编辑委员会编,中国社会科学出版社1980年版,第456页。

一种裁决的话,那么,在这种情况下,什么法庭能对'包法利夫人'的案件予以判决呢?"福楼拜创造出崭新的艺术形式,提供给读者"新的现实"——将人类从自然、宗教和社会束缚中解放出来的美好远景,这一现实"从先在的期待视野中是理解不了的";但是文学提供了艺术合理性充分自洽的逻辑,它以足以抗辩、扭转"从前有效的社会标准"的力量,更新视野,再造出人们对人性、对世界的理解,"并逐渐为这个包括所有读者的社会舆论所认可"[1]——这是"惊人的艺术性"。

按照陈思和老师的解释,"五四"新文学是带有先锋性质的革命性文学运动,它开启了一个生机勃发的文学青春期,反传统、反权威、与现实环境紧张对抗、艺术革新——这些本就是青春与先锋共享的特征。"五四"新文学的先锋精神最初诞生于一个颓靡、涣散的"无名"时代[2],民初转型期的混乱与先前共和理想的破灭,使得统一的时代主题无法显现。当时文学思潮并立(南社、鸳鸯蝴蝶派等),但其中任何一支都只反映了时代精神状况的某一方面而无法拢住整体的人心走向,就在这种涣散无主的状态中,"五四"新文学的先锋们感到了不满,他们结合启蒙精神,在认清社会文化潮流的基础上(陈寅恪所谓"预流")推出崭新的时代主题(民主与科学、白话文等)与崭新的文学("为人生的文学")。从上面这个简要考察来看,先锋精神必得具备顽强的战斗力与惊人的预见性,它与"无名"时代处于奇妙的博弈状态:一个

---

[1] 参见汉斯·罗伯特·姚斯:《文学史作为向文学理论的挑战》,《接受美学与接受理论》,周宁、金元浦译,辽宁人民出版社1987年版,第54~56页。
[2] 按照陈思和的阐释,所谓"无名"是指当时代进入比较稳定、开放、多元的社会时期,那种重大而统一的时代主题往往拢不住民族的精神走向,于是出现了价值多元、共生共存的状态。关于共名与无名的理论阐释,及由此角度对20世纪中国文学史的考察,参见陈思和:《共名与无名》,收录于《陈思和自选集》,广西师范大学出版社1997年版。

涣散、无主名的时代必然给人感觉是怠懒、惯性延宕、自然生成;没有占据统治地位的力量、立场,在冲突之外更多的是妥协、合谋;甚或在看似轻松的环境中随波逐流、无可无不可;创作者往往意志消磨而难以聚敛精气,或如置身无物之阵难以找到掷出投枪的靶子……这一切都不利于先锋的诞生;但另一方面,也许正是这样的时代才能真正诞生经受得住考验的先锋。

今天,我们又身处一个颓靡、涣散的"无名"时代与走向未明的文学"中年期",不过源头活水也许正孕育其间。一方面,历史转型期看上去暧昧浑沌,实则波澜不惊的时代表象下龙蛇起陆的迹象暗流涌动;另一方面,主观上在很多年轻人的意识、思想空间里"历史远未终结"。这理应是一个产生新鲜的文学意识和新鲜的审美表达的时代。尽管从目前来看,"吊丝的逆袭"只是一句流行语,宣泄不认同,在自嘲的同时,伴以临时的化解与轻描淡写的抚慰。不过我们不妨屏息期待,期待一种具有先锋精神与"逆袭"品格的青春文学的重生……

2012 年 12 月 22 日

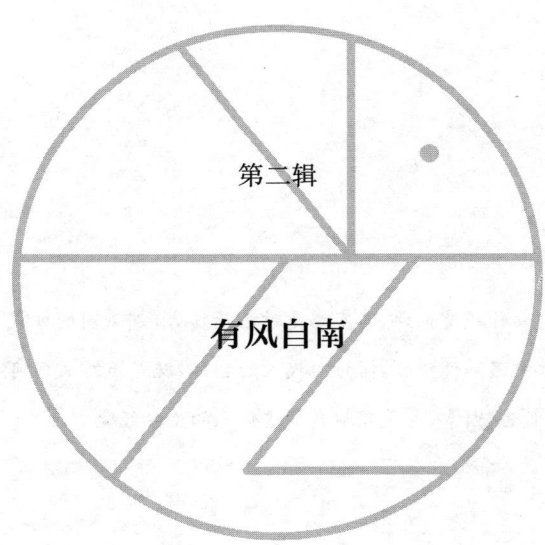

第二辑

有风自南

不管是创作还是批评,其实都是对生活发言,以不同的方式回应着时代境遇。说到底,探讨同代人的创作,既是追踪文学可能出现的"新变"因素,也是理解我们这代人的生命经验。

小说之心：田耳论

> 我团着身子，一朵花慢慢展开花瓣。但
> 我的心没有展开。它紧缩着，如一块秤砣。
> 它让我安稳地立在冰面上。[1]

桑克的这首诗中，"花瓣的展开"与"心的紧缩"奇特地展示为同一个具有紧张感的过程。田耳的小说犹如这个过程，文本外部的触角探向、卷入纷乱而无限的世界，但同时向内地"紧缩"成"秤砣"般、沉默而

---

[1] 桑克：《滑冰者》。对这首诗的解读，参见姜涛：《嘟囔的仪式——读桑克近作》，收录于《巴枯宁的手》，北京大学出版社2010年版，第75、76页。

"安稳"的心。这个小说之心是什么呢?

一

我从《衣钵》开始记住了田耳这位作家[1]。小说叙述了一场"成长仪式",道士的儿子李可留在乡里子承父业,情节不复杂,可要将故事讲得入情入理其实不简单。从时潮来说,这是一个都市化的时代,李可的同龄人们攘臂争先地漂往城里;从个人意愿来说,面对群山四合,李可早就有心"离开周遭一切,走出去"。那么到底是什么留下了李可?在村里,人们不知道佛道的历史渊源和现实区别,做道场的时候,和尚道士一起上阵,"做和尚的做道士的脱了衣便和别人毫无二致地种地养家娶妻生子"。20世纪初叶,在一片拔除宗教、改革陋习的声浪中,鲁迅为田夫野老、蚕妇村氓举办"赛会"、信奉"神龙"辩护:"宗教由来,本向上之民所自建,纵对象有多一虚实之别,而足充人心向上之需要则同然。"故而"人心必有所冯依,非信无以立,宗教之作,不可已矣。"[2]知识分子看不上的、"四不像"的民间宗教活动,实则同农人生活,以及扎根于此生活背后的情感寄托、精神想象有着切身而实在的联系。乡间生活中的生死病痛,"都少不了请道士",通过父亲潜移默化的影响,李可领受道士这份职业的意义,且将此意义点点滴滴落实到了一己生命的血肉真实之中。此外,我注意到田耳特别写了李可看月亮的情形,月亮"纠缠的光芒在地上结了一层白茧,给了他一

---

[1] 本文对田耳的讨论主要依据其中短篇作品。
[2] 鲁迅:《破恶声论》,《鲁迅全集》,第8卷,人民文学出版社2005年版,第29、30页。

种从未有过的宁静,就像在他体内某个最为柔和的地方抚摸他",他甚至不忍出声,怕"一出声就会弄破整片月光"。同样是看风景,如果和当年路遥笔下高加林看高家村的风景作比照,况味完全不同。其实,"风景"一词在中国文学史上有过耐人寻味的词义迁变过程,据小川环树先生考证,"风景"最早见于晋文,其初义"本来并非单指目中所见之物而已,还包含有温暖的感觉这层意义",据《说文》,"景"字本义原是"光"。但中唐以后,"风景"的词义发生变化,"景"字完全失掉了光明的涵义,仅仅成为景象、景致的同义词,当时的诗人们使用"清景"、"诗境"、"幽景"等词,"这意味着和外界隔绝而自成范围的一个孤立的世界。这里所称的外界就是官场、尘俗的世界。这一群诗人把自己关闭在这孤立的世界里,与此同时,也就不管世间俗务,独来独往,专从大自然挑选自己喜爱的'景'并以此构筑诗章"[1]。这群关闭在孤立世界里的诗人,可能就是柄谷行人所谓"内在的人"的雏形,也是高加林的先辈;我敢肯定李可不同于此,他站在"风景"的源头,那是一片光明辉映、互相拥抱的"温暖感觉",那是李可对乡土的热爱与尽责。

田耳的才华是多方面的,从其天性来说可能也不喜欢强攻创作的单一面向。在我的记忆里,他早年的中短篇,如《衣钵》这样的温暖亮色并不普遍,晦暗、反浪漫、拒绝抒情倒是让读者过目难忘。

我们每个人都有可能像《围猎》中参与"围猎"的那群人一样,无意识中聚拢为群体,赏鉴一幕人性恶的发作。田耳的高超之处在于进一

---

[1] 小川环树:《风景的意义》,收录于《论中国诗》,谭汝谦等译,中华书局2017年版,第15、43页。

步指出,旁观者也会刹那间转变为受害者,他人即地狱。对于《最简单的道理》中的小丁而言,打架的社会青年之外,连老师、同学甚至父亲,都意味着暴力和欺骗。更进一步,每个人都面对着整体性的暴力循环,依据即时的强势或弱势地位,扮演施暴者或受害者,比如徐老师在被体育生们揍了一顿之后,转而将内心淤积的愤怒和不满情绪发泄到了更为弱小的小丁身上。如何突破这一无尽的暴力循环呢?传统社会主义时期自上而下型塑青年人三观的力量早已被瓦解,田耳的小说中也从来不存在含混不清地回返"革命年代"以寻获精神乌托邦或想象性解决的方式。那么本该维护正义和秩序的体制力量呢?考虑到《事情很多的夜晚》中将椅子踹散放火取暖的警察,尤其是《独舞的男孩》中"毛茸茸的警察"追查反标时,那只探向姚姿胸口的、"硬得像一把鞋刷"般的手,你就知道田耳对这样的力量完全不抱信任,他甚至还要在《一个人张灯结彩》的末尾给多行不义的刘副局胸窝子插上一把刀以实现"诗性正义"。当然我们不应忘了老黄,不过他的存在就好似暗夜风中明灭的孤灯,既要和刘副局保持距离,又要时时提醒小蔡等青年警员不走歪路。《最简单的道理》中,从来没有主动伤害过别人的只有小丁,他是突破循环的希望吗?在小巷里听到"呼叫的嗓音"时,小丁选择"软软地站着。除了抽自己两三个耳光,他什么也不能做"。这是一个耻辱的时刻,我想起电影《非常夏日》(路学长,1999)中也有类似桥段:主人公在面临绝境中求助的少女时出于胆怯而无所作为,此后一直忍受自责的煎熬。直到再一次面临生死考验,主人公从被囚的汽车后备箱里赤手拧开螺丝,伸出血肉模糊的手,最终使得自己和少女获救,"完成了以自己的血肉为祭祀品的成长仪式"[1]。《最简单的道理》本也可以视作一部成长小说,但是田耳并没有给出壮烈的自我救赎,结尾处小丁躲在卫生间陶醉地尝试社会青年"教他的那个方法",完全是一副鲁迅所谓"坐稳了奴隶"的模样。

在《寻找采芹》里,五十二岁的廖老板高踞财富、权力的金字塔顶,睥睨天下,甚至要教诲被他污辱与损害的李叔生"你他妈应该愤怒一点",后者"眼仁子里压抑着的东西"暗示出残存的尊严,但这并不导向任何道德的自省,李叔生以接受廖老板十万元的方式,如合谋一般巩固了金字塔原先的等级秩序,没有一丝改变的可能。有意思的是,采芹似乎是个毫无内心生活、空具丰满肉体的女子,然而小说中廖老板唯一一次感受到冒犯,恰恰来自青春肉体,"当一个二十岁的女孩问'我是不是老了'这样的问题时,一个五十多岁的男人应作何回答?"不过,唯有以自然生命的平等来反抗社会性的不平等,这到底是一种策略还是无奈呢?

二

谈田耳的中篇,《一个人张灯结彩》无论如何不能错过。在这部小说中,每一个细节无不得到层叠的铺垫、坚实的展开。比如那顶帽子,是老黄破案的转折点,也是局中人走向迷途的引线;帽子联系着小于、钢渣和于心亮,三个孤苦的人凭借着帽子抱团取暖,却也最终因此铸成惨剧。我读这篇小说仿佛看见一棵树,内部密实的细节汁液饱满、生气灌

---

[1] 陈旭光:《第六代电影:青年文化的表征》,收录于《存在与发言》,北京大学出版社 2015 年版,第 242 页。

注，所以整体上亭亭如盖、枝叶扶疏。我所说的细节，不仅是指帽子这般贯穿始终、直接推动情节发展的细节，还包括那些隐微闪烁于字里行间却"带着电"的细节。《战争与和平》里的一幕，皮埃尔被法军俘虏，即将面临枪毙，排在他前面的是一个十八岁的瘦削男孩，被蒙着眼睛，但是就在行刑前，"他整了整后脑勺的结，让它稍微舒服一点"。这个带电的细节击中了詹姆斯·伍德，好像是被"闪电点着了一样"，他感兴趣于"托尔斯泰这位决定论者"对这个看似"诡秘无意义"的动作所设定的意图：男孩在临死前去拨弄眼罩，"是在行使自由的最甜蜜犒赏呢，还是在对那个不舒服的结做出无奈的反应？无论是哪一种方式，另一个人的绝对个人中心，必然给了自负的皮埃尔以启示。在这段经历之后，他对他人之间差异性的感知开始增强。那位男孩调整了他的蒙眼布然后死了；皮埃尔，形象地说，调整了蒙住自己眼睛的东西然后活了下去"[1]。

老黄和小于最后一次照面，小于怀揣积蓄去骗子那里买一张"A级特赦证"，小于"似乎不信——她脸上毫无喜悦。但看情况，仍打算扔几千块钱买这注定没用的A证"。就在交易之际，警察赶到，老黄把小于带了出来，放她走，此时，小于"怨毒地盯老黄一眼"……读到这个细节的时候，真是悚然一惊，同样恍若被闪电击中。整篇小说里，哑巴小于都处于他人的观察与窥视之下：老黄刮脸的时候会睁眼看"小于俊俏的脸"；钢渣"坐在窗前往对街看去，哑巴小于老是在眼前晃悠"；警员小蔡也曾爬到理发店面对街的楼顶上，监视小于的日常生活和周围情况……当然你会说这实不足怪，我们每个人都处于他人目光的环视下，"你站在桥上看风景，看风景人在楼上看你"。但哑巴小于的情

---

[1] 詹姆斯·伍德：《私货》，冯晓初译，河南大学出版社2017年版，第184、185页。

形依然是不同的。比如老黄和钢渣也曾被对方观望,"老黄要走时不经意瞥了钢渣一眼,就像超市的扫描器在辨认条形码,迅速读取了钢渣的信息。那一瞥,让钢渣咀嚼好久,从而认定老黄是胶鞋(警察——引者注)",电光火石的眼锋交错之后,老黄和钢渣都"读取"到了对方的信息,这是一种基于等势的对峙,"老黄终于看到钢渣,钢渣也一眼瞥见老黄",被观望者对自身处境有清醒认识,同时在潜意识中给观望者预留了一个位置,双方处在互动、平等的行为关系之中。这种关系在小于那里几乎不存在,她每每在不知情的情况下置身于视觉单向性的窥视下。在哥哥于心亮的葬礼上,小于又被老黄瞥了一眼,"她好半天才回瞥一眼,认出这是个老顾客",迟钝的反应也暗示着被动。"老黄目光厉害,说像照妖镜则太多,说像显微镜那就毫不夸张",钢渣也有同样"厉害"的目光,在他们的注视下,小于的心迹无所遁形。当警察们设计带着人像拼图专家去找小于时,老黄甚至心起怜悯:"小于太容易被欺骗了,太缺乏自保意识,甚至摆出企盼状恭迎每个乐意来骗她的人。既然这样,何事还要利用她?"上面的这些列举,只是为了回到小于"怨毒地盯老黄一眼"这个细节。我甚至觉得,田耳在全篇中刻意写那么多视觉的交锋和布局,只是为了小于最后怨毒的一眼,这是主动的、自由的、完全逆转了不平等关系的一眼,这是这个沉默的女人对于孤独决绝的抗争,哪怕是意识到失败的抗争,我简直要说这是惊心动魄而壮烈的。老黄那"厉害"如"显微镜"一般的目光,也断然无法招架小于"怨毒的一眼";作个类比,就像鲁迅笔下的"我"无法招架祥林嫂那一声关于"灵魂有无"的逼问。

由小于这"怨毒的一眼"过渡到小说末了"山顶太黑,风太大,忽然露出一间挂满灯笼的小屋"才顺理成章。这个结尾让我想到田耳的乡贤沈从文,《边城》的结尾是"这个人也许永远不回来了,也许明天回来!"这里的语序排列和标点选用都在提示读者:并非无望的等待,是在"困难中微笑"[1]。把《边城》理解为精致、唯美的田园诗,体会不到其背后隐伏的悲哀,这是看轻了沈从文的文学;浸溺在悲哀与隐痛中,体会不到微笑的力量与挣扎向上的生命力,同样看轻了沈从文的文学。"一个人张灯结彩"也不是无望的等待,那是小于身体深处的呐喊,在无边的荒寒与死寂中为自己争来一束微光。这篇小说的主题是孤独,每个人都有不同的应对孤独的方式,钢渣在孤独中盲动,小于在孤独中不甘心而挣扎,老黄是在对世界本相有了清醒体认后的坦然领受。但是就像小于最后以怨毒的一眼奋力向老黄作出回应一样,田耳并不让老黄希望的"必无"去勾销小于希望的"或有"(尽管从田耳本性来说肯定接近老黄的立场),这是小说家的卓越之处,他平等地容纳了多种声音。

《长寿碑》所收入的三部中篇,写现实的荒诞与人心的荒诞,无疑都是鲜活、启人深思的作品。不过读后还是有些不满。比如《被猜死的人》,小说对侵入日常生活骨髓之中的权力运作法则的揭破,并非仅仅指向对权力的声讨。与其说田耳要给出一部关于专制、群氓与革命互相角力的教材,毋宁说要探讨人心、自尊等近乎"形而上"的东西:梁瞎子被"坏老头"们推搡后踉跄离开的背影、小陈收取红包时的喜悦与紧张、老朱咬牙切齿的脸,无不铭刻着人心理承受力的溃解和精神变异。在最直观与外在的层面上,小说写养老院的打赌游戏,同时以敏锐的洞察与想象,切入日常经验形态,过渡到养老院一众老人的生存心理与精神品性的展示,最终却将权力驱动的欲望法则、人性异化与

---

[1] 参加张新颖:《沈从文精读》,复旦大学出版社2005年版,第105~107页。

权力运作机制之间的合谋、缠夹,抽丝剥茧地剖析出来。然而我感觉意犹未尽的地方在于,读者从一开始就隐约猜到养老院是田耳搭建的一个实验场(开头关于养老院迁址原委的交代,自然可视为起兴),随着阅读的展开不断强化这种印象;于是乎,起承转合之间虽看得出匠心,但也不乏机巧的"设计感"。韦羲《照夜白》里写过一段:和朋友在夏日午间听音乐,音乐从钢琴转向古琴,朋友忽然遥指窗外,说蝉声好听。其实蝉鸣一直不止,直到古琴声响起,朋友才有了反应。"古琴是声音与寂静同在,随处留空白,不似钢琴宏大的占有性,把空间都填满了。"[1]读《长寿碑》中的诸篇,有如听钢琴,钢琴声满满地"占有"着听众,听众虽也尽兴投入,但时刻意识到这是密闭的舞台表演,于是气闷的时候就想去看四壁上的窗户。

而《一天》真是杰作,那是拆了舞台,站到旷野上,听八方来声,细微处嘈嘈切切,绵延时如洪流般从天地间涌来……

三

《一天》把读者带到中国广袤内陆的某座小城,聚焦发生在24小时内的一场风波,起因是高中女生在宿舍跳楼,然后迅速以家属、学校为对峙双方集结阵营。随着各色人等加入双方阵营,这场纷争也持续推向高潮,可高潮又是毫无意义的,在责任认定纠纷的背后,在人情与法理的尽头,说白了,就是针对赔偿金的扯皮,可是任何公式都无法换算出一条生命的等价金额。

---

[1] 韦羲:《照夜白》,台海出版社2017年版,第25页。

这篇小说涉及一场极端事件,但田耳全然收敛去一般作家在处理类似题材时的夸饰。李长之先生在分析《红楼梦》时指出:"在材料的采取上,……并不在你如何选择那奇异的,或者太理想化的资料,却在你如何把平常的实生活的活泼经验拿住。"[1]同样,田耳关注的不是事件"奇异的"开端和结局,而是绽放出"平常的实生活的活泼经验"的整个过程,就像门罗说的那样:"一篇小说不是一条要走下去的路……它更像是一座房子。你走进去,在里面停留一会儿,左右转转,在你喜欢的地方停下来,去发现那些房间和走廊如何互相联通,去体会窗外的世界从窗内观察有何改变……"[2]左右转转,在喜欢的地方停下来,小说不是笔直到底的通衢,而应当"是一道流水,大约总是向东去朝宗于海,他流过的地方,凡有什么汊港湾曲,总得灌注潆洄一番,有什么岩石水草,总要披拂抚弄一下子才再往前去,这都不是他的行程的主脑,但除去了这些也就别无行程了"[3]——借这段周作人对废名行文的譬喻,我们也可以说,《一天》的意义不在"朝宗于海",而是但凡流经的地方,总舍不得轻轻放过,必得"灌注潆洄"、"披拂抚弄"。小说中各色人等在介入这场纷争的过程中,带出鲜活多样的性情、气质、形状,带出每一个人沉浸于挣扎于其生命现场而积淀出的那部分世故、原则与智慧,带出每一个人在各自生存境况中具体琐屑甚至鸡零狗碎的信息。比如,病房里忽然闯入一位老者和四个着护工服的妇女,原来

---

[1] 李长之:《〈红楼梦〉批判》,收录于《李长之书评》(四),伍杰、王鸿雁编,河北教育出版社2006年版,第41页。
[2] 芭芭拉·伦戴尔:《爱丽丝·门罗:"用心去看"》,林源译,载《东吴学术》2014年第1期。
[3] 周作人:《莫须有先生传序》,收录于《苦雨斋序跋文》,河北教育出版社2002年版,第111、112页。

他们承包了丧葬一条龙服务,"这四个女人,身体总有一突出的部分,比如说,斜肩、罗圈腿,或者并非怀孕而凸起的将军肚……长相纵有差别,神情却意外地统一:虚白脸色,垂塌的眼皮,还有五官七窍处处皆在的呆滞",带头的老者苦苦哀求家属:"这毕竟是……毕竟不是人人都愿意干的事情。我们先前也不打招呼,闯进来,确实冒犯了你们。但是,就连这种别人厌弃的营生,我们还要想尽办法争取到手。你们看看这几个女的,全是猪不吃狗不要的剩货,她们只要能找到别的事情,哪肯来干这个?天天干这个,你以为男人不嫌弃,儿女出门不丢脸?只是为吃一口饭。"我们在"习焉不察的日常生活中",可曾注意过这份职业、这类人?他们被时代所淹没,但恰恰又是"时代的广大的负荷者"啊。

《一天》表现的事件是哀苦的,但是除了少数几处情感的宣泄外(比如跳楼女孩的父亲以砖砸手),田耳的叙述节制而不动声色。仿佛电影中的长镜头,客观呈现存在于眼前的事物,尊重在特定时空中登场的各色人等,自由地让每一个展示其意愿、心态与选择——哪怕他们出于对立立场而彼此冲突;而在这长镜头的背后,我们看到政治、经济、生活方式、人际关系、伦理道德等一切如何对个体施加改变的力量。借上文所引门罗的譬喻,田耳"左右转转",悉心打量"房间和走廊如何互相联通"、"窗内"和"窗外"的世界"有何改变"……这些改变的讯息也许是细微、缓慢的,所以经常为旁观者所忽略,小说中每位登场人物的篇幅也着实有限,然而田耳在举重若轻中以管窥天,让我们拼凑、抢救出几乎被淹没的、每个人的"一个人的史诗"。

田耳的中国故事,关注的是三十多年来中国社会发展和结构转型等宏观经验(所谓"中国经验")底下的,国人的喜怒哀乐和内在精神的嬗变,他们的欲求、愿望和人格在大时代的潮起潮落间面临何种张扬和窘迫。田耳的小说告诉我们，文学的成败，不在现实主义和日常生活之间的距离，而在于如何牢牢把住"平常的实生活的活泼经验"。

行文最后我还是无法回答田耳的"小说之心"是什么？试着以田耳笔下的人物来回答，我首先想到的居然是采芹，前文中说这是一个没有内心生活的女人，没有内心生活的另一面就是，他者的目光根本无法穿透她的肉体。这是沉默而自在的肉体，当你觉得理应悲苦的时候她兴高采烈，当你觉得掌控全局时她会冷不丁地刺你一下，甚或毫无理由地不辞而别。采芹在田耳作品中有着庞大的同盟，有时表现为人物，比如《一个人张灯结彩》中的哑巴；有时表现为一幕戏剧性的场景，比如《氮肥厂》的最后，两个众人眼中的"衰人"，在工厂气柜的顶上快活做爱，甚至伴随着气柜的爆炸被顶上云端……这两个人各自领受着生活的限制，却偏要在不可能的限制中顽固地开掘出可能。这是"小说之心"绽放的一刻，机械而秩序井然的世界裂开了口子，田耳笔下的人物从社会现实的规定性中抽身出逃，朝向云端，朝向"人的无限性和高贵处"[1]……

2018 年 2 月 11 日

---

[1] 黑格尔认为人的意义正在于"有限"和"无限"的辩证统一："人格的要义在于，我作为这个人，在一切方面（在内部任性、冲动和情欲方面，以及在直接外部的定在方面）都完全是被规定了的和有限的"；但是，人的意义并不只在上述"人格"的向度上被穷尽，"人实质上不同于主体，因为主体只是人格的可能性，所有的生物一般说来都是主体。……人既是高贵的东西同时又是完全低微的东西。他包含着无限的东西和完全有限的东西的统一、一定界限和完全无界限的统一。人的高贵处就在于能保持这种矛盾，而这种矛盾是任何自然东西在自身中所没有的也不是它所能忍受的。"参见黑格尔：《法哲学原理》，范扬、张企泰译，商务印书馆 1961 年版，第 45、46 页。

有风自南：葛亮论

一

《谜鸦》是葛亮的成名作之一,致敬希区柯克,同时也混合着爱伦·坡的风味。类似题材往往是在理性无法诠释的疆域内渲染超自然的神秘力量,葛亮高明之处在于,"大胆"地将感染弓形虫病的医学解释引入文本,但科学与理性的到场并未拂去读者心头的宿命与惊悚。"假如一个作家具有足够深刻的洞察力,那么任何人物都会表现出复杂和偏颇性"[1],而辩证之处在于,小说对反常甚或疯狂人物的呈现,应当超越特殊的病例分析报告,洞察具有普遍意味的生命真相。我对《谜鸦》略感不满的地方正在于,葛亮是在近乎抽象而封闭的视角内观察"魔怔"个案,而没有在纵深的时空环境和社会结构中照见身份认同错置的诱因。

从这个意义上来说,《退潮》提供的阐释意味似乎更丰富。如果要标明该篇在文学史上的谱系,首先会想到的参考坐标是施蛰存的《善女人行品》,同样关注衣食无忧的中产阶级女性在日常生活虚饰下所压抑的力比多与神经质。更有趣的对比或许来自刘呐鸥。"他的下巴很尖,狐狸一样俏丽的轮廓,些微女性化。嘴唇是鲜嫩的淡红色,线条却很硬,嘴角耷拉下来。是,他垂着眼睑,目光信马由缰。他抬起头来,她看到了他的眼睛,很大很深,是那种可以将人吸进去的眼睛。……她禁不住要看他。"葛亮这样描述"她"窥视下"他"的形象,很容易让人联想起刘呐鸥笔下的"摩登尤物",只消置换安·多尼(Ann Doane)以下这段关于"尤物"论述中的性别所指,即可稳妥地移用于《退潮》:尤物是"一个散发着某种无边际不安的,预示着认识论创伤的人物。她最令人震撼的特性也许是,她永远不是她所表现的那个人。她所携带的威胁不是完全易辨的、可预见的或可把握的"[2]。刘呐鸥热衷的典型情节是:一个男性叙述主人公追逐摩登女子,但总是以失败告终,先前被对象化的女子才是游戏最终的赢家。尽管发生了性别

---

[1]《小说鉴赏》,克林斯·布鲁克斯,罗伯特·潘·沃伦编著,主万等译,世界图书出版公司2006年版,第141页。
[2] 转引自李欧梵:《上海摩登》,毛尖译,北京大学出版社2001年版,第231页。

置换(有趣的是葛亮依然将被窥视的对象"他"的外貌作女性化处理),但葛亮与刘呐鸥的共同点在于,他们颠倒了经典论述中关于主动/窥视主体与被动/窥视客体[1]的分立,葛亮甚至有意通过"他不卑不亢的对视"、后视镜中逼视的目光来混淆认知和欲望投射的方向,以此抽空了"她"不停地"禁不住要看他"而积聚起的主体性能量,为最终"他"的反制和"她"的幻灭作足了铺垫。不过,葛亮终究无心于刘呐鸥般的、流连于灯红酒绿的笔触,而从光怪陆离的城市景观内收进人物的心灵。由于身份特殊性("大陆新娘")所自然导致的委屈与悲愤,在日常理性的状态下压抑着她的身心渴望,这一渴望在阴差阳错的瞬间得以发泄,似乎是身份趋近"空白"的时刻赋予了她某种自由。然而反讽的是,她醒来后却发现身、物皆被洗劫一空。葛亮冷静地为身份重构的困厄提供了寓言。

葛亮早年创作中的悬疑元素,也延续到晚近比如《问米》这样的作品中。《问米》的主题可以理解为跨越边界,这里的边界是多重的。

第一重是生与死的边界。生而不可恋,阿让燃起妒火,偶发的恶念酿为波及数人的悲剧,终于以后半辈子的生活领受惩罚。这结局,外人看作"罪与罚",对于阿让则不乏得偿所愿的意味,尽管已是"苦涩中的甜蜜"。阿让的职业身份是通灵师,小说末尾以那位愤怒的中年男人的拳头,以及阿让的自白("我只是会演戏,会察言观色,会看客户的facebook,会收死人对头的'水底'")拆穿西洋镜——通灵师并无异秉,无法跨越生死边界。但是我们知道,跨越生死边界实则还有其他

---

[1] 参见劳拉·穆尔维:《视觉快感和叙事性电影》,收录于《外国电影理论文选》(下),李恒基、杨远婴主编,三联书店2006年版。

媒介。《牡丹亭》告诉我们,情之至也则"生者可以死,死可以生"。小说走向高潮,桐油气与药水味的"漫泻"中,阿让的"一线温柔",目光落在床底下"一具漆得很厚实的黑色棺材"……在生与死的边界上,钟情一点,幽契重生。难怪叙事者坚定认为阿让"是个最好的通灵师"。

第二重边界是人与鬼。《问米》安插了一个"戏中戏"——《追鱼》。中国传统戏曲中不乏人与鬼/妖相恋、异类交合的情节,这些越轨的笔致之所以代代传诵,正是表达了人类发自内心、不可遏抑的爱欲想象,与现世社会基础之间的违逆、羁绊与纠缠。这一社会基础映现在阿让的故事中,则体现为年龄、社会规范、舆论环境等(参考下金庸《神雕侠侣》的后记)。如《追鱼》这般跨越人妖边界的故事之所以动人,正因为彰显了人类在突破种种束缚与枷锁的过程中,为爱献身的精神超越性、纯粹性与非功利性。我们把阿让的故事与小说开头老凯丈母娘丧礼上各色人等的表现一对照,自有体会。

第三重边界是虚与实。叙事者"我"的职业身份是摄影师。摄影复制的似乎是一个不能被否定的真相,如罗兰·巴特所言:"我把真相和现实融合于一个独特的情感中,我也在这里看出摄影的性质和精髓,因为没有一种绘画的肖像——就算它如何'真实'——可以说服我而去相信那个所指是一定存在的。"[1]然而,正由于直接复制现实,现实的独一无二性恰容易被混淆,恰可以通过镜头后的"表演"以重新构造人们所需要的现实。在这一意义上,作为现代性与科技力量象征的摄影,可以和神秘而古老的通灵术相比附——都徘徊于虚与实的边界

---

[1] 转引自彭丽君:《哈哈镜:中国视觉现代性》,张春田、黄芷敏译,上海书店2013年版,第75页。

上。通灵的法术被揭穿了,但是谁能忘得了那对华人夫妇"问米"后的反应呢,通过阿让作法,他们与地下的儿子相会,父亲"老泪纵横",母亲"支撑着自己的身体,站起来,一把抱住阿让"……此情此景,纵是虚(假),却也喷薄出"以虚击实"的力量——我想,这也是文学的力量吧。

还是回到葛亮初期的作品,《物质·生活》是近乎"向左走向右走"的都市浪漫小品,《私人岛屿》受到不少人赞誉,其实类似题材在安妮宝贝笔下会得到更纯熟的演绎。我更感兴趣的,倒是《无岸之河》与《德律风》。

《无岸之河》以青年人的视镜观察知识分子的中年危机,然而小说反映的那种绝非刀山火海般峻急、却身陷人事环境中撕拽纠缠而终至艰于呼吸的滞重,其实如标题所示夏加尔的那幅名画一般,接通的是人类的恒常处境,几乎每个人、每代人都会沉浮或挣扎于这条"无岸之河"中。比如,老婆为儿子入托而"折腾",马上让我想起了多年前"小林"们(《单位》、《一地鸡毛》)的遭际。不同的是,当年"小林"半夜起来看场球赛直播都遭致老婆一顿叱责,而葛亮笔下的李重庆可以在客厅洋洋洒洒地写稿,"竟有些汪洋恣肆的意思"。当年刘震云把知识分子从形上的玄思中一把拽出来,扔进生活的"一地鸡毛",也正是"一地鸡毛"围困中的溃不成军反证了先前精神资源的贫乏、虚幻与不可恃。今天葛亮执着而不乏善意地为知识分子保留了一方精神苏息的空间,不过问题也出在这里。李重庆和日常生活的关系若即若离,恰似他和神秘女子,"他的唇快要触碰到她的舌的一刹那,倏地弹开了"。叙述者也在确保主人公和生活、和周围世界的"弹开":同门里"坚持逢年过节去看导师"的就他一个;同事在评职称时大作手脚他不为所动;老婆为了儿子入托找后门,李重庆"不言语,让女人自己去折腾吧";末了面对诱惑时还能在意乱情迷的一刹那坐怀不乱……就像小说暗示的,"李重庆突然想起,今天是鬼节",周围都是浮尸游魂而举世皆浊唯他独清。我的疑问是:凭什么、为什么只有他享受了道德豁免权、确保自外于污浊环境的人格清白?由此他冷眼旁观的群鬼般的浮世绘,多大程度上贴近生活真相?进而,在缺乏投入生活的热望的前提下,与生活建立的关联,会否流于一种形式主义(比如李重庆和导师的交往)?别误会,我并不是要将这个"独善者"拉进天下乌鸦一般黑。我担心这份置身事外的从容,可能又是一种幻想;以李重庆为代表和生活世界构成的关系,较之以往只是退守,而非"对决",其间少了直面和反思的力量。小说"写一个年轻大学教师的浮生六记",作者是偏爱笔下主人公的,"这个人是个适可而止的人,对人的欲望是一点点,所以他容易满足"[1]。然而,这个人的"清白"与"自足"往往是靠抑制投入生活的热望、或如以赛亚·伯林所谓"退居内在城堡"而换取的——"我希望成为我自己的疆域的主人。但是我的疆界漫长而不安全,因此,我缩短这些界线以缩小或消除脆弱的部分","退回到我的内在城堡——我的理性、我的灵魂、我的'不朽'自我中,不管是外部自然的盲目的力量,还是人类的恶意,都无法靠近。我退回到我自己之中,在那里也只有在那里,我才是安全的。……借助某种人为的自我转化过程,逃离了世界,逃脱了社会与公共舆论的束缚;这种转化过程能够使他们不再关心世界的价值,使他们在世界的边缘保持孤独与独立,也不再易

---

[1] 葛亮:《小说说小》,载《青年文学》2008 年第 11 期。

受其武器的攻击"[1]。李重庆显然是个善良的人,我对这样的人物还吹毛求疵,原因也在这里:他并未建立与生活世界诚实的联系,暂且不说"转化"了知识分子对世界的责任,即便对自我主体的认知,也还欠缺一份"反身而诚"的省思。"企图'逃避'世界的虚华琐事,以便在与世无争的孤独中安享平静的生命,这种感伤主义—田园式的愿望是虚伪的和错误的。这种愿望的基础是一种暗自的信念:我之外的世界是充满邪恶和诱惑的,而人本身,我自己,是无罪孽的和善良的……然而实际上,这个恶的世界就包含在我自身之中,所以我无处可逃……谁还生活在世界中和世界还生活在他之中,谁就应当承担世界所赋予的重担,就应当在不完善的、罪孽的、世俗的形式中活动……"[2]以"我自己,是无罪孽的和善良"的信念和眼光来看待周围人事,无可避免地会觉出"无聊"、"浅薄",无可避免地会将个人的存在从其置身的世界中、从其与周遭事物的交互关系中抽离出来……而实际上,"今天和当下的事业以及我对自己周围人的关系,是与我生命的具体性,与生命的永恒本质相联系的"。所谓"生命的具体性",并不是抽象出"一尘不染"的"自我",而是指一个生气淋漓有着生存欲望、无法将之从所置身的周围人事的复杂关系中抽离出来、转而在"不完善的、罪孽的、世俗的形式中"建立意义源头的现实个体。同时,正因为置身在一个广袤无边的生活世界中;所以这一生活世界,反过来提供给个体生长与自我更新的力量,成全主体反省自身和实现自身,通过不断更新与丰富

---

[1] 以赛亚·伯林:《两种自由概念》,收录于《自由论》,胡传胜译,译林出版社2003年版,第204、205页。
[2] 谢苗·弗兰克:《精神事业与世俗事业》,收录于《人与世界的割裂》,徐凤林、李昭时译,山东友谊出版社2005年版,第254页。

而获得存在的意义与可能。由此想来,"无岸之河"的标题看似悲观,却不妨视为警语,正如俗谚所云"在水中才能学会游泳",尚未在泥沙俱下的生活之流中找到安身立命之据时,先舍掉不敢入水的清白,更抛去先行登岸的幻想吧。

《德律风》讲述十九岁进城青年与声讯台接线小姐的故事,两人素未谋面(工作地点一街之隔,"她"曾经隔窗"看过去",保安队的列队中"有一个瘦高的男孩子",短暂的一瞥,也只是"相逢不相识"),情节的动力源和结合点就在电话,"德律风"取自小说中这一关键物件的英文(telephone)音译。这个译法当然不源自葛亮,晚晴报刊上早就以此来直译"通过电信号双向传输话音的设备";葛亮独抒新机之处,在于赋予"德—律—风"这一译词"形神俱善"的演绎,试逐一析解:首先论"德"。作为中国思想传统中的基本范畴,"'道'乃从天地万物之共同之本始或本母上言,即自天地万物之全体之公上言;'德'乃从道之关联于分别之人物言"[1]。"道"犹如经验世界中万事万物的价值、正当性的终极源头,"德"是"道"这一超越世界赋予具体个人的品质、特性。然而我们现在处于超越世界被去魅、解体的世俗时代,"德"与"道"的关联已断裂。小说中的这对男女,从与传统家族、地方的共同体关系中剥离出来,孤独地面对整个世界,小说写的正是原子化的个人在偶然间,借用特殊的交往方式(电话)相拥取暖。偏偏小说中的"他"是一"有德之人",持守信念,和周围世界格格不入,"他"通过电话给"她"讲解电视节目,"每到出现类似三角关系或者第三者的情节时,他就会表

---

[1] 唐君毅:《中国哲学原论·老子言道之六义贯释上》,引自韦政通:《中国哲学辞典》,吉林出版集团 2009 年版,第 575 页。

现出难以克制的愤怒,骂骂咧咧起来。小满的解说是事无巨细的。在电视新闻与电视剧之间,有许多的商品广告。他会跟我描述他所看到的图像,然后在末了加上一句点评:都是诓人的",可见这是一个质朴地残存着与超越世界的关联的个体,但恰恰是这一个独特个体在"德"已普遍失"律"的环境中被吞噬了。其次论"风"。《诗大序》从"风"字本义,将诗三百中的这一部分与风化、风刺相关联,小说中发生在声讯台和娱乐城间的活剧,不啻一幕谏诫。此外,儒家推重德必出于本性[1],偏又是唯一一个"天性自然"的小满,最终被文明世界的法律所惩戒,这又是一重讽刺。其实今人对国风的理解,一般遵从朱子的解释:"风者,民俗歌谣之诗也"(《诗集传》),"风则闾巷风土、男女情思之词"(《楚辞集注》)。小说中电话里的窃窃私语,正是起于民间素朴的"风"。它们忽断忽续,当然不是黄钟大吕的"时代主旋律",莫说声音和电话时常被打断,即使人的命运在急遽转换中也身不由己;但这两位平凡男女的对话却又若远若近、余音不绝,艰辛中的互相安慰,本就深沉而感人肺腑,何况接通的还是千百年来地久天长的心弦:"君子于役,不日不月"、"行迈靡靡,中心摇摇"、"肃肃宵征,抱衾与裯"……纵有时代之隔,但离家的无奈、挣扎在生活边缘无有穷尽的艰辛、独自品嚼的苦痛,何有二致?再者,"凡民函五常之性,其刚柔缓急,音声不同,系水土之风气,故谓之风"(《汉书·地理志》),小说中驱遣方言活灵活现,还特意拈出"电影话"和念信时"有的话,写得出,却念不出来"的细节,兴许正是在表现语言与"风"的关联。还有,小说以男女二人的电话通话为核心,各自经历只是略为延展,并无纵深的篇幅以供创

---

[1] 参见钱穆:《灵魂与德性》,收录于《晚学盲言》,广西师范大学出版社 2004 年版。

作者闪转腾挪。而从"记事"而言,进城打工仔的挣扎与覆亡在类似题材(所谓"底层文学")中已得到过度演绎。《德律风》最打动人心的,却是由电话组织起的日常事件和通话过程中突然跃出的瞬间情感体验,比如"依赖"——"有时候小满说累了,就把电话话筒放在电视机旁边,让电视的声响尽可能地传进我的耳朵。这时候,我听到很小的咀嚼的声音。"歌唱瞬间感受的抒情诗,这原是《诗经》在中国文学开端之际奠下的底色吧。

　　葛亮初期的这些中短篇,大致给我以下两个印象:首先,作家的专业精神已经在其创作中初露头角:《德律风》中小满写信劝乡下的妹妹继续学业不要急于外出打工:"哥不是跟你说好了,等有钱了以后咱把后山缓坡的地承包下来,种上山楂。然后在村里开工厂,做山楂糕,销到省里去,销到外国去。咱娘的手艺就给留下来了。对了,咱家的农药用完了。哥跟农业站的大李说好了,给咱留了两罐,你去跟他领。还有麦种,别贪便宜跟赵建民买。听人说,他那个有假。农业站的贵,可是有个靠,到底是政府的东西。还有,你跟娘说,针线盒子底下,压了去年收夏粮时候打的白条。去跟何婶问问,看乡里今年有没有啥说法。"葛亮并无乡间生活的丰富经验,但以上这段说话的腔调,以及语言所反映的特定生活境遇中的心态、理解力和思维习惯,无不拿捏得当。这还只是练笔阶段,却为他日后的创作打下了坚实地基。如何为《朱雀》这般浩大的历史画卷中故事的可能性提供逻辑感和说服力,更能考较作家的专业精神。大到南京城的地理沿革、国民政府"新生活运动"中的灭蝇、"文革"期间巨幅宣传画上由哪些国家的人民组成"全世界阶级兄弟心心相印";小到哈迪逊大楼底下一张飘到叶楚生脸上的传单纸、艰难岁月里的持家细节(绑了棉花球的筷子,往油瓶口"码一下,在锅里走上一圈")……无不安排得有板有眼。

其次,据云朱天文曾笑说葛亮有颗"老灵魂",王德威也指出《谜鸦》之类的作品"颇能让我们想起三十年代上海新感觉派作家如施蛰存的《梅雨之夕》、《魔道》"[1],方家之言,此之谓也。青年作家都必须面对如何处理断裂和延续的问题。一方面是刺穿主流文学坚固的肌体并在其"井然有序"的内部引起震撼;另一方面,异质性的因素终将回复到文学传统的脉络中,此时就应容纳昆德拉所谓"小说精神"的"延续性":"每部作品都是对它之前作品的回应,每部作品都包含着小说以往的一切经验。"[2]与同代作家相比较,葛亮在初期的写作中完成的主要是后一方面的工作。以其个人而言,葛亮是世家子弟,一招一式法度谨严,家学、师承隐然可辨,却让人更多期望眼前一亮的新意。读完《谜鸦》等篇之后,我在等待一部神完气足的作品。

二

"最早写小说时,我比较重视所谓'戏剧性'元素的存现。并且,对于实验性的写作手法,也有付诸实践的愿望。这些都是形式层面的东西,甚至我有篇小说,标题叫做《π》,可以说,是对这一时期写作取向的概括:未知,开放,交错,无规律,是我当时对文学乃至生活的认知。到了《七声》,首先我在文字审美方面有了新的转折。这也决定了我叙事

---

[1] 王德威:《归去未见朱雀航——葛亮的〈朱雀〉》,作为"序言"收入《朱雀》,作家出版社2010年版。
[2] 昆德拉:《小说的精神》,董强译,上海译文出版社2004年版,第24页。

的态度,更加接近一种真实可触的、朴素的表达。"[1]为什么到了《七声》阶段,一个一度热衷于戏剧性、形式实验的作家开始变得"素面朝天"?

读者都会觉得《七声》是部"自传"或"准自传",我想葛亮不会否认这样的说法。写自己的家庭、成长环境,成长路上遇到的人和事,他们往来于毛果的生活,一方面见证着毛果的成长,另一方面,毛果又以"一双少年的眼睛"记录一切的变化与沧桑。葛亮写过一篇谈读诗的短文:少年的时候,很爱泰戈尔《飞鸟集》的辞句,精简与朴素,"意境却说不出的阔大",成年后,也读诗,"这时的诗歌已渐渐成为多元与纷扰的意象,有许多的精彩,让人应接不暇,但同时,也会迷失其中"[2]。以此来参照《七声》的写作即可知,回到"真实可触的、朴素的表达"并不只是外在叙事技巧上的关怀,而是寻向自身时的"复得返自然"。文学作品并非"如是我闻"的实录、并非经验的透明呈现,不过《七声》确实有着更为根本、内在和诚恳的精神需求,走到这个阶段,温习个人生命发展路途中的历史和现实。一个30岁上下、虽已发表了不少作品而备受瞩目、但"文学地位"还有待进一步确立的青年人,却写出一部自传,我想到的是《从文自传》[3]。二者不能硬相比附,互通之处在于:通过对过往纷繁经验的重新组织和叙述,通过追索生命的来路尤其是周围的人和事在这一来路上投射下的光影,来塑造、确立起"自我"。当然,这个"自我"并非一劳永逸地完成了,还要去应对各种烦恼

---

[1] 葛亮、张昭兵:《创作的可能》,载《青春》2009年第11期。
[2] 葛亮:《路过尘世》,载《读书》2009年第4期。
[3] 对《从文自传》的理解,可参照张新颖:《沈从文精读》"第一讲",复旦大学出版社2005年版。

和挫折,但至少《七声》为可以触摸的将来(生活和写作两方面)作好了准备。对于很多青年作家来说,当他/她攘臂争先地冲出起跑线老远的时候,还没有、或无意于尝试上述"寻其所自"的工作。

今天不少青年作家笔下的自我形象往往显得很单薄,当然这一"单薄"是历史性的"单薄",伴随着"总体性社会"的解体,在当下世俗生活中,人不仅在精神世界中与过往的有生机、有意义的价值世界割裂,而且在现实世界中也与各种公共生活和文化社群割裂,在外部一个以利益为核心的市场世界面前被暴露为孤零零的个人。不过除开外部原因之外,自我形象的单薄、狭隘、缺乏回旋空间,也与写作观有着莫大关联。葛亮对此是有自觉的,在一次访谈中被问及"当代中国青年作家身上最缺乏的东西是什么?"葛亮的回答是:"我们生长在和平的时代,是值得庆幸的事。但同时,生活难免被格式化与狭窄化,这对人生观念的影响也不可低估……写作既为表达自己,更是为一己之外的所在。"[1]卢卡契曾揭示一些文学"否定历史采取两种不同的形式":"其一是主人公紧闭在本人的经验范围之内。对他来说——显而易见不是对他的创造者来说——除自身之外没有任何先在的现实作用于他或承受他的作用。其二,主人公本人没有个人历史。他是'被抛到世间来的':毫无意义,神秘莫测。他并不通过接触世界而有所发展;他既不塑造世界,也不为世界所塑造。"想一想我们今天的小说创作,其中充斥着多少"紧闭在本人的经验范围之内"、"没有个人历史"的主人公啊。也许正是面对这样的困境,雷蒙德·威廉斯才重申"体现在伟大传统中的现实主义"的一个"检验的准则":"具体地表明从思

---

[1] 葛亮、马季:《一均之中,间有七声》,载《大家》2009 年第 3 期。

想到感情,从个人到社会,从变动到安定之间的生气勃勃的相互渗透关系。"[1]一均之中,间有七声,"他们在我身边一一走过,见证了岁月的变迁。我愿意步履我的成长轨迹,用一双少年的眼睛去观看那些久违的人与事"[2],葛亮以这种方式敞开自我,与"有意义的他者"不断对话、同忧乐、设身处地思考对方的处境,由此记录、也促成"生气勃勃的相互渗透关系"。

细察这组"有意义的他者"形象,无不是普通人,从底层市民到打工者、上访者、偷渡客、妓女、小贩……他们有各自的隐痛、在生活的波折中浮沉,也在瞬间迸发出人性辉光;他们有性格缺陷,却都兢兢业业地去承担自己的责任,这个时候,任何平凡人的生命都会禀有一种不平凡的庄严。葛亮倾听着他们的悲喜投入洪流时激起的细微声响,小弦切切,自然比附不得黄钟大吕,"他们的声音尽管微薄,却是这丰厚的时代最为直接和真实的见证……这些人'正是行走于街巷的平凡英雄',他们的伤痛与欢乐,都是这时代的根基,汇集起来,便是滚滚洪流。"[3]《七声》中写到不少手艺人,泥人彩塑、木匠活计,民间所谓"一技之长可以防身",不是文人雅士"无用大用"的艺术。所以当爸爸看到泥人尹摊子上的货品,不由赞叹"这是艺术",尹师傅却"沉默了一下,手也停住了。说,先生您抬举。这江湖上的人,沾不上这两个字,就是混口饭吃"。手艺是切身的,天天上手,内在于日常生活,是一个

---

[1] 乔治·卢卡契:《现代主义的思想体系》,雷蒙德·威廉斯:《现实主义和当代小说》,收录于《二十世纪文学评论》(下),戴维·洛奇编、葛林等译,上海译文出版社1993年版,第201、352页。
[2] 葛亮:《七声》"自序",作家出版社2011年版。
[3] 葛亮、马季:《一均之中,间有七声》,载《大家》2009年第3期。

人与世界最基本的打交道方式。也藉此方式置身在日常世界中，养家糊口之外，同时得到自身应对命运的、不息流转的力量。由此手艺紧密附着于百姓日用，又多少含有安身立命的味道了。所以手艺与艺术其实也有沟通，投入的都是制作者有情的生命全体，如沈从文所说："看到小银匠捶制银锁银鱼，一面因事流泪，一面用小钢模敲击花纹。看到小木匠和小媳妇作手艺，我发现了工作成果以外工作者的情绪或紧贴，或游离。并明白一件艺术品的制作，除劳动外还有个更多方面的相互依存关系。"[1]。葛康俞先生是著名的艺术史学者，葛亮几乎每部创作都不忘题献给这位祖父，自小耳濡目染，我想他肯定体贴得到沈从文的意思。除开泥人尹、于叔叔之外，我们切莫忘了《朱雀》中出场不多的"关键人物"洛将军原也是位手艺人：

> 将军说完，打开一只精致的工具箱，取出一把锉刀，在小雀的头部缓缓地锉。动作轻柔，仿佛对一个婴孩。
> 铜屑剥落，一对血红色的眼睛重见了天日，放射着璀灿的光。
> 将军长舒了一口气，说，这对红玛瑙，是我满师那天，亲手镶上去的。

这是《朱雀》曲终奏雅的一段感人文字，全篇主旨和盘托出，其中何尝不流淌着沈从文所谓"相互依存关系"呢。

把《七声》理解为"自传"，问题又随之而来：作为传主的毛果，何以

---

[1] 沈从文：《关于西南漆器及其他》，《沈从文全集》(27)，北岳文艺出版社 2002 年版，第 22 页。

竟是小说中一个串场人物，非但戏份不足，而且在其余一干人物过目难忘的形象衬托下，毛果却显得性格寡淡、面貌苍白。不妨以《阿霞》中一个细节为例。阿霞久未露面，"又过去了一年"，阿霞弟弟有天打来电话有事请托，毛果顺便问及——

> 你姐姐怎么样了？
> 他说，结婚了，男的也是个脑子有病的，跟她很般配。
> 我有些错愕，说，你姐对你很好，你怎么这么说她。
> 他冷笑了一下，说，好？我怎么没觉得。别人家里人都会给小孩作打算，通路子，我家里的就只会给我找麻烦。

叙述及此已经无法再延展，你能想见电话那头毛果此刻的反应，必然是无语、无言以对。《阿霞》的广受赞誉，可能也出于无意中与那时蔚为壮观的"底层写作"一拍即合。我对这个概念不甚了解，经常在脑海中浮现的，却是这部小说多次渲染的"我"被"围观"的情形：工友们看着"我"，阿霞更是目光"一路逼视"，经常"定定地看我"，"大而空洞的眼睛却是要将我吸进去一样"，"我"被看得心生"恐惧"、"心里发毛"，终于一路发展到阿霞弟弟的"冷笑"……整篇小说，在"逼视"与"冷笑"之下，"我"不由显得无言以对、苍白无力。历来中国的知识精英习惯于居高临下的审视，遇到围观的情形，反思的也只是围观者的"麻木不仁"。我经常会提到的例子是茅盾的《虹》："有一天从学校回家，梅女士瞥见什么书报流通处的窗橱里陈列了一些惹眼的杂志，都是'新'字排行的弟兄。封面的要目上有什么'吃人的礼教'等类的名词……"这是非常典型的"五四"时期知识青年的长成，梅女士一方面热烈地追求新知,一方面"向四下里张望,心里鄙夷那些昏沉麻木懒惰的同学",而她现在终于从这样的国民群体中超脱了出来……当梅女士们张望周围依然"昏沉麻木"的群众时,她使用了一种双重作用的"眼光",这样的"眼光"不仅发现了周围"愚弱的国民",也重塑了超然其上的"自我",进而赋予这一"自我"假想的领导权。这样的"自我"往往陶醉于"独自觉醒"的优越感,从《无岸之河》中李重庆所建立的与生活世界的关系可知,李正是梅女士们的后代。重大的例外来自鲁迅的《祝福》,"她那没有精采的眼睛忽然发光了"、"眼钉着我",而"我很悚然"、"背上也就遭了芒刺一般","吞吞吐吐"之后"匆匆的逃回"。当面对祥林嫂的逼视与追问之时,"我"先前想必如梅女士们一般的优越感和领导权刹那间崩塌,然后只有"踌蹰"、中断……现在我们遇到了毛果,这是又一次有意的沉默,有意裸露的空缺,文本的未经讲述和人物的形象苍白,恰恰意义重大。

要理解此处"苍白"的意义,还必须结合《七声》中的相关内容,其中渗透着新的时代因素。不妨从毛果的家世说起。父亲是高级工程师,母亲是大学教授,家里茶几前挂着倪元璐的山水;"我"自小上的是"从中班开始上英文课"的重点幼儿园(注意不是现在而是 1980 年代初期);大学毕业去实习,"爸有个同学老刘在台里做副台长,去了就把我安排到新闻部",且可以不遵守实习生把收到的红包交给老记者的惯例,因为主任说了:"你的我却不敢要"、"你是刘总的人"……最重要的是,毛果的父母经常为周围人"排忧解难",有时甚至给周围人的生活带来巨大转变:比如,当爸爸出面之后,安原先勒令退学的处分被改为留校察看;为于家子女办借读,其中儿子长大后"偷了人家几枚教练弹"而触犯刑律,"爸爸赶紧托了关系,请了人",过了两天人被保释出来;于守元想开个书报亭,邮局在该地区网点"代理位置正是空缺的",恰巧爸爸"有个朋友在邮局","想法一说,两下都是爽快人,当时就把合同签了";尹师傅的摊位遭人捣乱,附近派出所王所长又"恰巧"是爸爸的票友,于是被毛果拉来伸张正义;还给尹师傅牵线搭桥建起工作室,"于是过了些时候",尹师傅在"南京城最早期的高档楼盘"买了房……兴许接下来这几个细节更不为人所注意:妈妈送了两条丝巾给于家女儿,"燕子十分欢喜","妈妈一时受了鼓舞,又回了房去,拿出一件雪花呢的大衣来,说,燕子,这个也送给你妈妈啦",然而燕子却"脸红了,嘴里吞吐着,突然说,阿姨,这衣服太过时了"……还有一次在于家作客,于叔叔拿来"大块卤得鲜红红的肉,他切下一块来塞到我嘴里","我连连点头。于叔叔就说,是狗肉,很鲜的",顿时,妈妈神色"变得很紧张。因为这种肉,是在我们家日常食谱之外的。她连忙问,干不干净啊?"……这显然是两个出人意料、尴尬的时刻,呈现出"亲密无间"底下的某种裂缝,进而将父母的"无所不能"、"排忧解难"拖入了充满自反性的视域中,我以为这些细节中包涵着毛果以及作家的诚恳与反思。

《七声》中的毛果很容易被理解为一个"取景器",由"我"的视野管窥天地万物,然而读者在关注"镜象"和"镜外的世界"时,往往忽略了"取景器"本身的质地与意义。我们必须把上述那些内容包容进去,重新理解毛果形象的苍白。实则这里形象的苍白并不是空无,而是面对"逼视"和"冷笑"时思维停顿的一刹那,其中却有丰富的内容:为什么"我"的父母总是"乐善好施"、"排忧解难"且屡屡奏效? 这是否已然揭示在今天中国,不同群体在表达和诉求自己利益的能力上显然存在的巨大差异,强势群体的各个部分不仅已经形成了一种比较稳定的结盟关系,且具有相当大的社会能量,对整个社会生活辐射重要影响(所谓"赢家通吃、包打天下")。"我"的家庭和父母为人正直、善良,却无疑属于强势群体一方。"我"又显然"命定"地继承了上一代所提供的、在社会结构中的位置;在"我"眼前展开的是一幅中产阶级式的理想、伦理以及生活方式的甜美画面。身处这一位置,当面对阿霞弟弟为代表的弱势群体的野心与冷笑时,"我"几乎无力回应:能够以何种态度面对逼视呢?"我"有资格去"批判"阿霞弟弟对自身欲望和利益的追逐吗?如果可以,这种批判应当建立在什么样的资源之上?迎着他的"冷笑","我"又能提供何种针锋相对、另辟新路的人生逻辑?即便退而求其次,"我"还能拥有《无岸之河》中李重庆那份置身事外的余裕和清白吗?正是因为上述一连串的内心纠结暂时无法清理、排解,所以毛果的外在形象必然呈现出苍白。阿霞的弟弟诚如论者所言是"一个充满欲望野心的当代版于连"[1],然而新意不在此处,我们必须把目光倒转,结合上述追问,重新理解在阿霞的"逼视"与弟弟的"冷笑"之下,"我"的"恐惧"、"心里发毛"和"觉得自己好像前世亏欠了她"……

  毛果未必能自外于支配性的社会结构和意识形态,但是在犹豫、困惑之后,他终于有了行动,当阿德受伤休克时输入自己的血(《阿德》),从此,他者的苦难里有了"我"的一份承担。《七声》中有不少上述象征性的节点,在讲述"我"的成长与"有为"。这是葛亮的又一处贡献,我们终于看到了一个不断自我质疑而又具备能动性的青年。今天不少作家所想象的青年主体几乎都是静止的,比如在郭敬明的小说里,资本体系的评价逻辑已经坚硬地充斥每个角落。一个"诸神归

---

[1] 韩少功:《葛亮的感觉》,作为"推荐序"收入《七声》,作家出版社2011年版。

位"、"历史终结"的时代,对于年轻人来说,选择哪条路已经不是问题,问题是在这条路上走多远、挤掉多少人、超过多少人。举目所见都是价值观稳固、静态而不再成长的"奋斗者",而绝少村上春树所谓"可变的存在","价值观和生活方式尚未牢固确立","精神在无边的荒野中摸索自由、困惑和犹豫"[1]。在今天的社会里,一个目标明确而眼神冷酷、如阿霞弟弟一般的"奋斗者",或者一个绝望到"出门即有碍,谁谓天地宽"的被压服者,都无心于毛果式的苍白、以及这份苍白中的自省,更无心于自省后的"有所作为"。这是今天我们缺乏真正意义上成长小说、教育小说的原因,因为"'教育小说',顾名思义,首先来源于作者的这样一个基本观念:人绝不是所谓'命运'的玩具,人是可以进行自我教育的,可以通过自我教育来创造自己的生活,来充分发挥自然所赋予他的潜能"[2]。

不断地敞开自身,与"有意义的他者"进行对话,在他者目光的逼视下停顿、进而自省,也在这自省中获得"自我教育"、向上成长的力量。在这个意义上,《七声》这部中短篇小说集其实可以视作一部长篇成长小说,而主人公,正是那位面貌苍白却内涵丰富的毛果。

三

"在意识深处,南京是我写作的重要指归。我初开始写作的时候,

---

[1] 村上春树:《海边的卡夫卡》"中文版序言",收录于《海边的卡夫卡》,林少华译,上海译文出版社 2010 年版。
[2] 刘半九:《绿衣亨利》"译本序",收入《绿衣亨利》,凯勒著、田德望译,人民文学出版社 1980 年版。

就想写一本关于南京的小说。我对南京有一种情感的重荷,仿佛夙愿。当我写完了《朱雀》,在心里几乎等同于完成了一桩债务。"[1]对于葛亮而言,《朱雀》无疑是一部"不得不写"的作品。"诗人可以通过一个地方进行不同凡响的描述来'占据'一个地方"[2],这在中国文学史上具有悠久的表现传统,延及当代依然不绝如缕。据说刘禹锡写下"潮打空城寂寞回"、"朱雀桥边野草花"这组《金陵五题》,竟然还在他本人游历南京之前。可见"对空间进行想象的诗意占有"这一传统既是浪漫的遐思,其中又不乏野心。现在,葛亮要在纸上矗立起一座他的城池。

葛亮对这座城市也确实动情,"《朱雀》之前的写作,更近似一种准备。我始终在寻找,哪一种'回家'的方式是真正恰如其分的"[3]。探索一座城市,一方面是进入未知之地的幽深内部,去主动身受和体验震撼、惊异、愉悦与沮丧;另一方面,又"必须警觉、长于反思,不断把现象界中的破碎体验与心中关于城市的地图联系起来。这张地图,也许是在探索前得到的,但在探索的过程中又需要常常进行调整和纠正"[4]。调整、纠正的对象之一是由形形色色的传奇、传统所织就的"联想之网"。有学者曾以晚明之南京图像为据,考较"南京作为一个城市在时人心中的特殊",关于这座城市的想象既独树一帜又源远流长,"当苏州仍是清雅脱尘的太湖水乡,杭州不离景致优美的西湖风光

---

[1] 葛亮、张昭兵:《创作的可能》,载《青春》2009 年第 11 期。
[2] 宇文所安:《特性与独占》,收录于《中国"中世纪"的终结:中唐文学文化论集》,陈引驰、陈磊译,三联书店 2006 年版,第 25 页。
[3] 葛亮、张昭兵:《创作的可能》,载《青春》2009 年第 11 期。
[4] 张英进:《中国现代文学与电影中的城市》,秦立彦译,江苏人民出版社 2007 年版,第 1 页。

时,南京已是红尘俗世,已是一个立足于现世、欢乐繁荣的城市"[1]。覆盖在这座城池之上的"联想之网"实在太悠久、太绵密:秦淮风月、笙歌夜饮、甲第连云、选色征歌,还有"二水中分白鹭洲"、"乌衣巷口夕阳斜"……然而南京千年以来,又和"亡国"意象发生紧密联系,逸乐之都一响贪欢的背后,反复演绎"南朝自古伤心地"。在《朱雀》从民国到千禧年的时间跨度内,也迭现着沧桑变故。葛亮在香港写南京,抛却几分"只缘身在此山中"的熟稔;又特意虚构出生于苏格兰的华裔青年一双外来者的眼睛,尽量以"陌生化"的视角小心翼翼探入城市的腹腔。"他茫茫然地点了头,她说,那好,跟我走。他就跟着她走。"《朱雀》的第一幕故事,袭用了惯常的模式:外来的年轻男子,被陌生的城市所引诱(此时城市具备典型的性别构形:一个神秘不可知的女子),在探险中体验快慰与幻灭。"城市不只是一个物理结构,它更是一种心态,一种道德秩序,一组态度,一套仪式化的行为,一个人类联系的网络,一套习俗和传统,它们体现在某些做法和话语中"[2]。尽管"他"是"外来"的,然而当许廷迈开始习得"大萝卜"等当地民谚俗语时,无疑也在进入"心态"、"道德秩序"、"习俗和传统"等编织的"联想之网"中。相反,"她"带着"他"在明陵的碑石上大行云雨之乐,简直放肆,却恍若仪式一般,粉碎着外来者的传统"联想",而粹取出对城市的纯粹体验。葛亮用感觉和观念、经验和反思的辩证视野,来搭建他的"城之像",更以此来观察沧桑变故底下人的承受力,"人在不同的时代压力之下,包

---

[1] 王正华:《过眼繁华——晚明城市图、城市观与文化消费的研究》,收录于《中国的城市生活》,李孝悌编,新星出版社2006年版,第38页。
[2] 张英进:《中国现代文学与电影中的城市》,秦立彦译,江苏人民出版社2007年版,第4页。

括常态的和非常态的,会有一种什么样的反应与取向"[1]。

说到人物,毓芝、楚楚、程囡母女三代人其实讲述着同一个"关于宿命的故事","她们是朱雀之城的女子,注定惹火上身","身覆火焰,终生不息"[2],耽于感伤、情欲的煎熬,固执、认定的事情绝不肯轻易回头,并无主动挑衅的企图却又每每"咎由自取"般触碰到每一时代的"底线"。与毓芝等三人以及作为意识形态象征者的赵海纳相比,最让人过目难忘的其实是程云和:治世或乱世都处变不惊,识大体,谙熟世故的智慧,又保持最基本的做人的良善、悲悯。云和包容了各种肮脏污垢,但却护佑着身后世界的清白,同时自身发出一道粼粼的光泽:在艰难而肃杀的岁月里,她能为楚楚打出香甜的九层糕,也能端来让赵海纳潸然泪下的松鼠鱼。在云和身上,几乎所有普通人性的因素如羞耻、自尊、道德、欲望……都淡出,个人归化到一个大的道德范畴里去,这正是民间的真正精魂与力量所在,"这种力量犹如大地的沉默和藏污纳垢,所谓藏污纳垢者,污泥浊水也泛滥其上,群兽便溺也滋润其中,败枝枯叶也腐烂其下,春花秋草,层层积压,腐后又生,生后再腐,昏昏默默,其生命大而无穷……大地无言,却生生不息,任人践踏,却能包藏万物,有容乃大"[3]。云和起于秦淮旧院,在教堂被日本人发现,掳去三天,其间折磨可想而知,想不到的却是她竟从血泊中站起,"形象依然齐整"、"从车上走下来,有着万方的仪态"……这盈盈而起

---

[1] 葛亮、马季:《一均之中,间有七声》,载《大家》2009年第3期。
[2] 王德威:《归去未见朱雀航——葛亮的〈朱雀〉》,作为"序言"收入《朱雀》,作家出版社2010年版。
[3] 此处借陈思和先生对《扶桑》中人物形象的评价。参见陈思和:《人性透视下的东方伦理——读严歌苓的两部长篇小说》,收录于《谈虎谈兔》,广西师范大学出版社2001年版,第216页。

的,正是民间生命力的绵长,及至末了主动赴死,也是为了护犊,延续生命的精血。如果说城市与人可以互为映照,那么挑出一位作为这座城市的代言,你会选谁？在象征符号的意义上,是朱雀见证了宿命的因缘与轮回;可到底是谁在救赎历史混沌与风雨如晦？某种意义上,毓芝、楚楚、程囡母女三人与云和恰好形成对位:前者是朝朝暮暮花开花又落,而云和洗尽铅华后化作一抔春泥;前者又仿佛江水流不尽,蜿蜒多姿,而云和是水中的石,承受着冲击,时或湮没不见,但她坚韧,进而规范着水流的方向,是不绝长流中"人生安稳"的基石。

南京是千年古城,却不是树静风止的寂灭,莫说从后现代漫漶出去而淆乱了边界,其实历来承受着外来力量的碰撞、磨砺。毓芝、楚楚与程囡,宿命般地都跟外来者纠缠不清,大概正是要表现"空间的辐辏力量"和城市经受的考验力度。在身份、种族的冲突中描写爱欲和死亡,让人想起施蛰存《将军底头》,其实《朱雀》对"界限"的冒犯更上层楼,程囡与龙一郎相互产生致命的性吸引力,已濒临隔代乱伦的边缘,还是借王德威的话说,"南京的'谜底'深邃不可测"。

要探测这深邃的谜底,必须经营长程的历史视野、做足细致的资料准备。第六章一段写云和:

在行李中找出自己的琵琶,调了弦。过了这些粗日子,早没了指甲,就又翻出一副赛璐璐假指甲戴上,弹起一支《昭君怨》。弹了一段,自己觉得太悲,就又换了一首。她是什么都记得。就这一曲,当年绝倒了秦淮两岸。多少权贵千金一掷,就为了她程云和的一曲《夕阳箫鼓》。这琵琶亦是矜贵,面板是上好的兰考桐木,象牙山口紫檀背,是个年老恩客的赠与。这客风雅,说"琵琶幽怨语,弦冷暗年华",这家传的琴,在家里闲着,不如奉送佳人是正相宜。一同赠了一本乐谱,沈肇州编的《瀛洲古调》。

这一路写来,器物与出典左右并进,且与人物经历、心理相配合,自然嵌入行文之中,既见出作者的功底与积累,又无生造炫学之态。作为后来者,葛亮确实只能依靠历史材料进入历史空间,我觉得他的尝试有意义,不在于同龄人大多沉迷于当下经验而他却经营起跨度六十余年的长卷(题材向来不能决定文学的成败),也不在于一般年轻作家只能调动红酒、咖啡、名车等时尚元素(其实这些葛亮也在行),而他却对古色斑斓的器物、舆地、典章制度如数家珍(即便凭借这些接续上历史脉息,也未必就能为小说增色);而是通过熟悉这些材料,"遥体人情,悬想事势,设身局中,潜心腔内,忖之度之,以揣以摩,庶几入情合理"[1],由此建立起基本的历史想象力。"了解史料的东西对我而言是一种情境元素的建构,而不是一定要把它作为写作的直接元素放在里面。对一个东西足够地了解,情境建立起来时,你就像那个时代的人一样,所以写任何一个人都是一种非常自由的状态,不需要考量他符不符合,而是他作为一个人物在这个情境里是否成立。我不会特别想他的细节:生活习惯,衣着,待人接物的方式是不是那个时代的,因为到后来就自然而然了。"[2]葛亮这番话是见道之语。任何得自史料的记载与细节都无法作为外来的"素材"或"点缀",直接进入小说以强

---

[1] 钱钟书:《管锥编》(一),三联书店 2001 年 1 月,第 317、318 页。"遥体人情"云云自是"史家追叙真人实事"的方法,但钱先生特为指出,"盖与小说、院本之臆造人物、虚构境地,不尽同而可相通"。
[2] 《葛亮:我要在纸上留下南京》,载《经济观察报》2011 年 5 月 24 日。

化所谓"真实性"。作家必须通过熟稔与揣摩,获致一种历史想象力,将外在的材料"揉碎",内在地为写作建立起历史情境,王德威先生说得很到位:"召唤一种叫做'南京'的状态或心态"[1]。这种想象力,以赛亚·伯林谓之"一种移情地理解异己的历史情景、价值和生活形式之'内在感觉'的能力:对一种既定境遇的独特风味及其各种潜在可能的感知"[2]。当然,葛亮目前离上述化境还有一段距离(显证是他在小说中偶尔按捺不住跳出来对城市精神作陈述,其实原该化到人物与情节之中自然呈现,如盐入水),但显然是走在正途上。

想必很多读者会有同感:《朱雀》写几代人的爱恨交织,平心而论,抗战、反右、"文革"中的几幕悲喜剧,以及人物、人性在特定历史情境中的展开,每每予人"似曾相识燕归来"之感,基本没有逸出惯常认知的轨道,还是笔触对准当下时挥洒自如。不过话说回来,当下生活写得精彩,诚非无源之水,我们看到下游的水流飞珠溅玉、气势不凡,因为葛亮早就为源头、流程作出细致勘探。比如,雅可和其周围人物的放浪形骸,正是秦淮逸乐的流风余韵;有着南京血统的异乡人许廷迈最后返回,与古钟楼照面而立,"却觉得心底安静",这一段则暗示传奇背后的"岁月静好,现世安稳";而程囡经营的地下赌场、李博士的红杏出墙,转又提示生活寻常的表层下永远暗流涌动。"这城市的盛大气象里,存有一种没落而绵延的东西",城市的精神内核,一并体现于王谢堂前和寻常百姓的饮食起居、言谈举止、民俗风习之中,有损益,又不绝如

---

[1] 王德威:《归去未见朱雀航——葛亮的〈朱雀〉》,作为"序言"收入《朱雀》,作家出版社 2010 年版。
[2] 艾琳·凯利(Aileen Kelly):《一个没有狂热的革命者》,收录于《以赛亚·伯林的遗产》,马克·里拉等编,刘擎、殷莹译,新星出版社 2006 年版,第 16 页。

缕,并不会随改朝换代而断裂。恰似小说末了朱雀那对红玛瑙的眼睛,终归铜屑剥落,重见天日;它见证了几代人的聚合流离,又终于涅槃再生如"一个婴孩","放射着璀灿的光",阅尽沧桑而历久常新……

四

设若我们熟悉柳宗元的《钴鉧潭西小丘记》,"得西山后八日,寻山口西北道二百步,又得钴鉧潭。西二十五步,当湍而浚者为鱼梁。梁之上有丘焉,生竹树。其石之突怒偃蹇,负土而出,争为奇状者,殆不可数。其嵚然相累而下者,若牛马之饮于溪;其冲然角列而上者,若熊罴之登于山",柳宗元显然陶醉于其间,"予怜而售之。……即更取器用,铲刈秽草,伐去恶木,烈火而焚之。嘉木立,美竹露,奇石显。由其中以望,则山之高,云之浮,溪之流,鸟兽之遨游,举熙熙然回巧献技,以效兹丘之下"。不寻常的地方在这里:柳宗元起先被小丘的天然魅力所吸引,但在买下小丘之后所做的第一件事是清扫与打点。宇文所安提供的解释是:"他得清扫这个地方,来表明它已归自己所有,把自然与人工结合起来。柳宗元对于'占有'本身,对于他有权规划这一空间、把它打上自己的印记这一事实本身,感到其乐陶陶。"[1]柳宗元甚而突发奇想,要将小丘移到京都去,把占有物向他人展示,"以兹丘之胜,致之澧镐鄠杜,则贵游之士争买者,日增千金而愈不可得"。文学自然离不开精心的策划与虚构的展演,在其"诗意占有"的城池内,作

---

[1] 参见宇文所安:《特性与独占》,收录于《中国"中世纪"的终结:中唐文学文化论集》,陈引驰、陈磊译,三联书店2006年版,第26~28页。

家是享有规划权的主人。不过我想作家应该明白在自然与人工之间有着辩证而丰富的层次：二者既相合又相离，相合时纵使相得益彰，相离时肯定有"只取一瓢"、不及其余的可能；"嘉木立，美竹露，奇石显"在柳宗元看来是人力施于其上之功，然则这在多大程度上是"巧夺天工"，多大程度上是"刻意求工"呢；柳宗元初见小丘发生的是野生动物的联想，"若牛马之饮于溪"、"若熊罴之登于山"，这是随物赋形，而"把它打上自己的印记"之后再回顾，大自然转化成了"为主人献艺的表演艺术"，这多少有点"曲意逢迎"的味道；还有，所谓"其乐陶陶"，到底出于静默的欣赏，还是"想象的占有"，抑或"是把占有物向他人展示"……幸好葛亮是明白的，《朱雀》"后记"最后一句话写："始终需要心存感恩的，是这城市的赋予，在我尘埃落定的三十岁。"驻笔之时，他想到的是"城"对"我"的"赋予"，并非"我"对"城"的占有，就仿佛回到柳宗元与小丘劈面相逢时"争为奇状者，殆不可数"的惊喜，回到葛亮流连于古城闾巷间初心萌动的那一刻……

近年来，葛亮在两岸三地频繁获奖，声誉鹊起、一片叫好声中，勤奋的写作者不妨驻足思考：是找到了文学的普遍价值？这种"普遍"与一己创作的独异表达如何构成辩证？抑或在各种写作元素的博弈中检寻到了最具通约性的符号？葛亮是有慧心的写作者，我想他能处理好几者的关系。

极喜欢陶渊明的四言诗，"有风自南，翼彼新苗"。读到同代人中青年作家的出手不凡，有时就会想起上面的句子，清风从南方吹来，禾苗欢欣鼓舞，一片新绿起伏不停；也算是私心里表达的期望吧，期望永远有机会见证这气象中的阔大、平和与新机勃发……

2012 年 7 月 4 日初稿，2015 年 11 月 26 日二稿

通向天国的阶梯：孙频论

　　布罗茨基区分过两类作家："第一种无疑是大多数，他们把人生视为唯一可获得的现实。这种人一旦变成作家，便会巨细靡遗地复制现实；他会给你一段卧室里的谈话，一个战争场面，家具垫衬物的质地，味道和气息，其精确度足以匹比你的五官和你相机的镜头；也许还足以匹比现实本身。合上他的书就如同看完一部电影：灯光亮起，于是你踏出电影院，走到街上，赞赏彩色电影技法和这个或那个明星的表演，你甚至可能会跟着开始模仿他们的口音或举止。第二种是少数，他把自己或任何别人的生活视为一种测试某些人类特质的试管，这类特质在试管里极端禁锢状态下的保持力，对于证明无论是教会版或人类学版的人类起源都是至关重要的。这种人一旦成为作家，就不会给你很多细节,而是会描述他的人物的状态和心灵的种种转折,其描述是如此彻底全面,……"[1]身处当下中国这一生活荒诞远超艺术表现的时代,大多数作家习惯于匍匐在现实庞大的身影下,汲汲于"巨细靡遗地复制现实",视"匹比现实"为文学至高典律。孙频可能是少数的"这一个",她用小说搭建起"试管",其内部维持着极端而稳固的状态(所以她的创作有鲜明的个人印记),她在细节上用力不多甚至某些细节让人怀疑失真,转而"彻底全面"地描述"人物的状态和心灵的种种转折"。孙频的写作在勘察人性复杂之外,如何深刻而妥帖地开启社会批判议题,是本文论述的重点之一。

  孙频的文笔精工细琢、绵密有致,故事却惊心动魄、火力十足,恍若只有酣畅淋漓的释放才需如此慧心巧思的经营;她自诩为了生而书写,却让其笔下钟情的人物不死不休,仿佛惟有地狱的锤炼才属获取永生的法门;她被誉为女性心灵的捕手,却总是围绕其身体的创痛大做文章,宛如仅有血肉横飞的痛楚才配见证"第二性"心底无尽的冤屈;她有着不输任何人的道德悲悯,却偏偏爱让作品在司法和秩序的边缘起舞,似乎独有僭越才是弘扬公道的真髓。倘若我们将孙频的小说视为一座通向天国的阶梯,那么其中蕴含的血与泪、罪与罚的吊诡则应着实引发我们的思考。在毁灭与救赎、暴力与正义之间的暧昧地带,孙频究竟布藏下了何等奥妙的玄机?而更为重要的是,我们又能从中逼出有关义理与伦理怎样的思考?

---

[1] 布罗茨基:《空中灾难》,收录于《小于一》,黄灿然译,浙江文艺出版社 2014 年版,第 241 页。

一 "新人"出世的辩证

不妨就先从孙频的中篇小说《月煞》[1]开始谈起吧。在这篇作品里,孙频向我们充分展示了其文学技艺独到的美学体验以及她对于深陷生存绝境的底层人物饱含同情的拳拳关怀。那些"被侮辱和被损害的"人们为了得到解救所付出的艰巨努力在在动人心弦,而这种反抗与挣扎背后有关暴力的检视与反省则更需我们细细品味。借由小说的形式,孙频诱导我们探索黑暗时代里"新人"出世所必须面对的生死辩证,继而呼唤以死为戒、死中孕生的希望及可能。

《月煞》的故事背景置放在一座闭塞落后的山间小镇,时间跨度则涵括了祖孙三代三位女性的悲情人生。祖母张翠芬三十而寡,其一生所有的指望都寄托在了考上大学、走出故土的女儿刘爱华身上。在大学里,爱华找到了属于自己的幸福,但她对于未来的美好想象却被翠芬的自私所一手摧毁了。翠芬恐惧女儿远嫁之后自身无依的生活,她诓回了飞走的爱华,并将另一个禁脔般的未来强硬地塞到了她的手里——"在县里的中学给她找个老师的工作,离家近,就在本地找个男人结婚。"贞烈的爱华自然誓死不从,于是翠芬便只好将其幽闭起来,并在爱华的目睹之下将千辛万苦寻来的女儿的未婚夫绝望地骗走。爱情被葬送的爱华疯了,她变成了这个小镇上一个人尽可侮的怪物,亦成为了女儿刘水莲心底一道不会愈合的疮疤。直到一个月夜,清醒

---

[1] 孙频:《月煞》,载《上海文学》2013年第2期,收录于《隐形的女人》,北京燕山出版社,2014年版。

过来的爱华投井自沉,也让所有的真相在水莲面前浮出地表。明白一切的水莲痛恨外祖母,更痛恨着这个铸死了母亲亦将随时吞噬自己的小镇,于是上大学便成了她拯救自我的"最后一根救命稻草"。殊不知,这也恰是翠芬多年来潜藏于心的罪感孕育良久的悲愿。于是,便有了小说当中最为震撼人心的一幕:祖孙二人在月光的照耀下向当年凌辱爱华的男人们次第追讨往昔的债孽。随着翠芬高举着水壶向自己身上浇灌下炽热的沸水,水莲的最后一份学费终于凑齐,围绕着爱华的一切戕害也终究得到果报。小说最后,翠芬浑身烧伤、双目失明,而水莲则在那些男人的目送下坐着汽车愈行愈远……

一个初逢孙频的读者往往会为她奇谲瑰丽的语言魅力所俘获。诚然,繁复丰富的意象设置、阴冷凄清的气氛营造、细腻幽微的心理刻绘都是孙频在编织自己的文学世界时擅用的拿手好戏,《月煞》起笔时对爱华由疯转醒的那个月夜的描摹便是一个颇为典型的例子:

> 刘水莲一直记得那个深沉的月光。
>
> 她是在睡到半夜的时候忽然醒来的。就像是被一个陌生人的体重给压醒了。醒来的一瞬间里,她有些恐惧地看着盖在自己身上的棉被,棉被上没有人,只有雪一样的月光无声地落在上面。月光是从那扇雕花木格窗户里流进来的,汨汨地流了一屋子。整间屋子就像在水底一般,那些旧家具面目模糊地站在月光深处,看起来柔软而飘摇。她睡的那张木床就像水底一艘斑驳的船舱,只有她一个人在上面,正驶向一个陌生的地方。
>
> 她从床上爬了起来,掀开竹帘,走到了院子里。并没有人叫她,其实整个院子里都没有一点点声音,但是她被一种神秘的东

西像磁力一样吸引着,走进了院子里。月光落在青砖青瓦上,那些青砖青瓦便流转着一种瓷质的光泽,清凉而温润。院门上的那角飞檐高高挑向青森的夜空,看上去像一只巨大的鹰的翅膀,就要遮住那轮苍青色的月亮了。是满月。刘水莲忽然有一种不知身在何方的感觉,只觉得周围的一切神秘到了陌生,而又有些微微的恐怖。

月光像大片大片的雪花落在她身上,砸着她。

通过这样一种语言上的匠心独运,孙频将一种飘渺空幻的生命体验卓有成效地渗透进读者的心田。由此,便有论者发出这样的感慨:"孙频小说的开头几乎都是用冷峻幽暗的笔墨设置的统摄全篇基调的景物和心理描写。人物尚未出场,浓郁的情感便迫不及待地铺陈开来。作者不厌其烦地描摹、渲染,获得直逼人心的力量,奇绝的想象和譬喻,也果真具有张爱玲当年的风范。一望便知的苍凉与冷寂,令人过目难忘。"[1]孙频自己也并不回避这种创作上的承续关系,她坦言:"我是那种内心深处带着绝望色彩的人,底色是苍冷的,很早就了悟了人生中种种琐碎的龃龉与痛苦,所以我写东西的时候也是一直在关注人性中那些最冷最暗的地方。张爱玲小说的底色与我这种心理无疑是契合的,那是一条通道。"[2]

不过,倘若我们深入文本,更为细致地去辨析孙频与张爱玲的文学"底色",我们便可发现,在二人表面看似切近的文学处理背后,实则

---

[1] 徐刚:《苍凉卑微的"剩女"爱情故事》,载《文艺报》2013年3月25日。
[2] 孙频、郑小驴:《内心的旅程——对话:孙频 & 郑小驴》,载《大家》2010年第5期。

存在着难以简单通约的异质质素,而这种异质又恰是同二人对于外部世界的不同态度密切关联在一起的。对于孙、张二人的这种表达效果上的共性,或许用现代主义的创作技巧进行定位会显得更为准确。但是,在具体使用这种技法的偏向上,二人所选择的路径却南辕北辙。张爱玲是擅用现代主义的创作技巧挖掘人性内面黑暗的高手,她迷恋着对于人心下坠的呈示,以一种苍凉的末世感冷眼旁观着这个令其绝望的世界。不论多么美妙的景致置于面前,最终能入其法眼的都只有那些丑陋阴毒的虱子。在她笔下,人物是麻木不仁的,纵使偶有挣扎,也必然会在现实的境遇前同虚无的精神荒原所妥协。孙频则不然,尽管作品里同样弥漫着一股恐怖的气息,但这种恐怖却更多的来自于主人公生活的外部环境。孙频喜欢用现代主义的眼光去勘察社会的幽暗,她的人物刚烈豪壮,充盈着搅动灵魂的自我角力,即便随时面临湮灭于外界的困境,也绝不轻易放弃其执拗的肉搏意识与战斗精神。这样一种文学上的态势,与其说全然是张爱玲式的,倒不如说还综合了文学史上另一位现代主义巨匠鲁迅的基因。上引那段月夜描写,我们除了可以在词藻上关联起张爱玲笔下那些"寒冷的、光明的、朦胧的、同情的、伤感的或者仁慈而带着冷笑的月亮"[1]以外,也许也不应忘记现代文学谱系上另一个著名的月夜——狂人顿悟的月夜。这一夜,爱华由疯狂当中转醒,而水莲也借此从混沌里开启了自己同黑暗的外部世界之间艰难抗争的心灵之旅,战斗的号角吹响了⋯⋯

仔细考察孙频的小说创作,对于传统文化、传统社会的批判无疑是其中一个重要的主题,《月煞》便是这一主题之下一个相当具有代表

---

[1] 夏志清:《中国现代小说史》,香港中文大学出版社2001年版,第341页。

性的例子。翠芬对于女儿的幽禁可谓前现代养儿防老的家长制度钳杀自由恋爱最为残酷的流风余绪,爱华为镇上九个男人轮奸的噩运更是直指传统礼教伦理在蠢蠢而动的原欲前不堪一击的碎裂晚景。借由爱华的爱情悲剧,孙频搭筑起这个白日看似平静的小镇于夜幕之下危机四伏的暴力奇观,而爱华不过是这摊绝望的死水当中漂浮着的一个惨烈却亦寻常的不幸牺牲而已。面对这种命运,张爱玲能发出的只会是一声无可奈何的喟叹,但孙频却要在文学的场域里不吝保留地彰显她全部的愤懑与怨怼。她将自己的兴寄托于水莲之身,用一个孑身一人出走的姿态彻底撕裂了一切基于血统的绑缚。在知晓自己身世的真相后,水莲发出了这样的自白:

> 黄昏的时候,刘水莲一个人坐在山上向山脚下的镇子看去。血色的夕阳把整个镇子染红了,整个镇子像晶莹剔透地汪在了一泊血液里。她一个人坐在山上晃着双脚,忽然有一种近于无耻的满不在乎,她把两只脚对着镇子,就像坐在一个水盆边把两只脚泡进去嬉戏一样,她带着仇恨地戏谑这个镇子。谁让它生出了她,谁让他们生出了她?她就是一个镇子和一个疯子生出的一个赘物。那张男人的面孔反而藏在镇上一个最深不见底的角落里。如果真的有一天,她把这个男人从哪个角落里翻出来了,挖出来了,她站到他面前又该做什么?叫他父亲?荒唐,简直荒唐到了滑稽。她恨不得把他咬碎了,剁碎了。他怎么能让一个可怜的已经心碎的疯子再生下一个孩子?她自己受的苦还不够吗,却还要把她复制出来,拖着她,一起受苦。她从来到这个世界上就像一个人质,被挟持着活了十八年。现在,她要自由了?

这一刻,一个复仇女神的形象跃然纸上。水莲从出生起便是无父的,在她的身上,既象征着父权先天的残疾,又预示了父权最终的解体。小说的最后,这个没有父亲的女孩带着战胜潜在生父的战果乘着汽车这一远方世界的载体向着代表现代文明的省城进发。看着"父亲"们的影子在车窗当中变得越来越小,水莲"紧紧紧紧地把脸贴在那扇玻璃上,泪流满面。"在水莲的眼泪里,凝结着一种死中诞生的希望,它既可理解为一个告别的姿势,又堪称是一种新生的宣言,从中我们当有所体悟:基于嫡系血亲的传统社会绝非滋养健全人性的丰饶沃土,唯有历经破茧之痛,于乡土里完成艰苦卓绝的自我蜕变,一个新的现代自我才能从历史当中呼之而出。以这个角度读解,《月煞》毋宁是一则新人出世的寓言,自水莲离乡的一瞬间始,历史的车辙已然开始由传统向现代发生转轨。

然而,实现这一转轨的代价却显得悲怆无比。爱华用生命作为历史中间物的过渡自不必言,水莲的新生还需仰仗祖母翠芬的自我毁灭作为时代更迭的灵魂献祭。翠芬堪称是这篇小说当中最为复杂的人物,在她的身上,魔性、人性与神性彼此颉颃,却又并行不悖地融合在了一起。她同女儿、孙女的关系,与其说是血溶于水的亲情,不若说更意味着传统与现代之间扑朔迷离的撕扯。翠芬淋下的沸水无疑是一种象征,它旨在向我们传达孙频对于这一传统向现代转轨进程的个人见解——面对传统社会铜墙铁壁般的阻隔与封锁,似乎唯有以暴易暴、用这种最为前现代的方式作为反抗的基石,这个黑暗的时代才存续着一丝终结的可能。读到翠芬殉身的场景,有心人或许会联想起台湾作家朱西宁的名作《铁浆》。在《铁浆》的末尾,孟昭有以血肉之躯饮下滚烫的铁水,其为子孙赢取家业的壮举可谓同翠芬的自我牺牲构成了一场意味深长的对话。《铁浆》是典型的现代主义作品。在朱西宁笔下,孟昭有满溢着偾张的血性,但是,恰如有论者曾指出的,这种血性"反而暴露传统保守精神的愚勇与愚傲"[1]。正因为此,朱西宁不惜笔墨地去对其惨烈的死相进行写实的细节描绘——"铁浆劈头盖脸浇下来,嗤———一阵子黄烟裹着乳白的蒸汽冲上天际去,发出生菜投进滚油锅里的炸裂,那股子肉类焦燎的恶臭随即飘散开来"、"整个脑袋都焦黑透了,认不出上面哪儿是鼻子、哪儿是嘴巴"[2]……透过这些引人不适的身体速写,作家冷隽而强悍地传递出了在现代性的进程面前这种以暴易暴式的扞拒里所内嵌的虚妄与荒谬。在历史的铁轮之下,尽管孟昭有的勇气里透着高贵的精神,却因其智性的无明而沦为时间反讽的无奈见证。孟昭有以身饲虎,其一身胆气换回的却只有儿子孟宪贵扶不起的结局;然而,在描画翠芬自殒的场面时,孙频却选用了极具抒情色彩的虚化字眼——"整壶滚烫的开水冒着雪白的蒸汽向她的头上脸上奔去。像一道永恒的瀑布。在那一瞬间,她就像是站在一幅画中一样,正沐浴在陶罐中流出来的泉水中。她整个人,都沐浴在了那雪白的泉水里。"在这种表达方式中,丰盈着作家主观投射的美感,它渗透出孙频对于这种易水悲歌式的酷烈难以抗拒的陶醉和爱恋。[3] 更为重要的是,翠芬的血肉成为了赋予水莲以未来可能的先决,也即是说,倘若这种血性的暴力

---

[1] 陈芳明:《朱西宁的现代主义转折——重读"铁浆时期"的作品》,收录于《纪念朱西宁先生文学研讨会论文集》,台湾联合文学出版社 2003 年版,第 190 页。
[2] 朱西宁:《铁浆》,收录于《铁浆》,台湾印刻出版社 2003 年版,第 236—237 页。
[3] 孙频描写的画面容易让人浮想起安格尔的名画《泉》所表达的审美经验,相较于翠芬的那具衰老干枯且因连日饥馑而濒临崩溃的老体,上引文字确实更易同少女健康柔美的肉身想象相勾联,这一"返老还童"的变化显然是作家移情性加工的结果。

是作为时代转轨所必要的铺陈条件而存在的，那么其行为首先便是应该得到认可乃至嘉许的。这样一种对于暴力理想化、正当化的抒情态度，使得孙频在现代主义的格调之外，又平添出了一分浪漫主义的别样面向。

　　毋庸置疑，孙频的这种浪漫化处理正是助益其作品成功的关键之一，它在带给读者巨大的阅读快感之余，也奠定了其极具个人特色的创作风格。不过，同时我们也应看到，激狂的求变欲望未必就一定能够真的化作争取正义和赋权的可靠实践，相反，它甚至可能因为作家过于剧烈的情感介入而妨碍其在思想生产上的持续延宕。相较于孟昭有的逆天而行，翠芬之举似乎是顺应了时代的大势，然而出走究竟在多大程度上意味着病灶的拔除，这或许本身就是一个值得思量的问题。一方面，翠芬的暴烈抗争并未挣脱传统社会的运行逻辑，而是属于固有系统规则内的被动反弹，因而其冲决、瓦解与改造传统社会结构的作用实则相当有限。尽管水莲的虎口脱险带来了一定的震动效应，但其对于水莲个人的意义要远甚对于这块土地的佐助，植根于乡土当中更为本质的深层秩序事实上依然纹丝不动。另一方面，孙频在"传统"与"现代"之间又本能地持守着某种犹豫/游移的姿态，在巨大的断裂下实则彼此纠缠。就"传统"而言，闭抑的小镇固然是罪恶的诞生之源，但我们也必须看到，三天三夜的时间里，翠芬把八个男人的钱先后要到，这些男人们的自赎与悔过是促成此事的原因之一，而翠芬之所以能赢得最后那场"酷烈"的战争，离不开镇上女人的同情与那些"躲在暗处的男人们"的良心发现，这一自发的结盟给予王满水"从未有过的压力"——这似乎也在暗示罪孽深重中依然未曾泯灭向善的可能。就"现代"而言，尽管前文中将水莲理解为新人，但就全篇而言,她给我们更多的感受是跟在翠芬身后沉默的孩子。尤其在后半部分,小说舞台基本被翠芬占据,当她"快撑不住了"、将储满沸水的水壶举过头顶、兜头淋下的那一刻,我们仿佛看到受尽屈辱、油灯燃尽的"母亲"在用最后一丝气力托举出孱弱的新生儿。翠芬曾经亲手扼杀了女儿的爱情进而导致悲剧,但此刻那"沐浴在雪白泉水"里的,正是一个母亲的浴火重生。在鲁迅笔下,自觉到未必没有吃过人的狂人,最终选择背着因袭的重担,肩住黑暗的闸门,放孩子们到宽阔光明的地方去。我们不免联想,在《月煞》中,谁才是觉醒的"狂人"呢[1]?再者,省城亦绝非包治百病的灵丹妙药,相反,它既是传统樊篱的延伸,又掺杂了名为"现代"的权力运作机制。对于水莲而言,其通往救赎的道路不过才行至半途,前方的征程仍旧漫漫。对此,孙频似乎亦隐约嗅到了一丝不安的气味,在其书写城市生活的作品里,故事的叙事色调大多更为晦暗,而人物的命运走向也往往愈发多舛。[2]透过他们引人唏嘘的悲壮失败,我们得以更为深入地领略孙频性格之中游移警觉的组分,它同其澎湃的热血于作家的主体内部形成了一股紧绷激越的张力,一种现代眼光与浪漫情怀之间剑拔弩张的痛灼对峙。这种对峙进一步打开了孙频的文学版图,也让我们得以在对伦理愈发尖锐的论辩中反复吟味翠芬的身体故事所真正包蕴的意涵和价值。

---

[1] 当然,这番比较只是就"自省"的意味而言,鲁迅笔下"狂人"身上所具备的对于周遭世界的责任感,在《月煞》中还不曾显露。
[2] 除了下文会详细讨论的《同体》以外,这一类的作品还包括《无相》(载《长江文艺》2013年第8期)、《恍如来世》(载《十月》2013年第6期)等。

二 革命叙事的吊诡

当然，无论如何，《月煞》的故事都收束在了水莲远行的时分，不管我们抱持何种或企盼或隐忧的思绪，其今后的悲欢都将是一个无法盖棺的谜团。不过，孙频的另一篇小说《同体》[1]或可视作其诸种潜在结局中的一支。在《同体》里，孙频同样将她关切的重心聚焦于其一贯念兹在兹的女性身体，并通过为其注入新的叙事强度而在罪与罚的畛域激荡起了更为含混难辨的思想漩涡。在此，或许我们都需扪心自问，当我们在用拯救之名行所谓大义之道时，是否我们其实早已身中撒旦隐秘的圈套，成为了暴力的循环当中一个不明就里而又难辞其咎的罪恶齿轮？

《同体》的开篇便显得"煞"气十足。从吕梁山区进入城市的女工冯一灯在小说伊始就惨绝人寰地遭到轮奸，幸而路过的神秘男子温有亮出手相救才暂时得到喘息。在有亮时而柔情似水时而酷若冰霜的情感攻势下，一灯渐渐成为了他爱的俘虏。不过，故事的真正怵人之处其实才刚刚拉开帷幕。当一灯彻底沦陷后，始终对自身背景语焉不详的有亮终于揭开了其朦胧的面纱——原来他的真实身份乃是一名跳脱于当前的法律体系之外，借由非常手段劫贪济贫、惩恶扬善的义士，而其背后更是藏着一段同一灯不分轩轾的悲情往事。有亮父母于法内伸张正义的善举换来家破人亡的噩运，而继承了双亲遗愿的他亦同样在上访的过程里身陷囹圄。为悲伤和绝望所困的有亮只有借书

---

[1] 孙频：《同体》，载《钟山》2014年第2期。

遣怀,却在不断地钻研精进中最终开悟——"无论用什么手段,只要可以颠覆那种即成的秩序就好",而即便是像自己和一灯"这样最底层的人",亦完全能够借助与罪恶同体的德行成为创造"非压抑性的新文明"的上帝。面对有亮雄辩的说辞,一灯全无招架之力,她服从了他的安排,摇身一变成了一名用"仙人跳"的方法捍卫公理的女侠。但在行走江湖的过程中,一灯却再也不曾感到快乐,备受心灵折磨的她终于决定离开。不料,金盆洗手前的最后一案却东窗事发。在警笛愈发急促的鸣响里,让一灯先行逃走的有亮彻底道出实情,原来先前一灯的悉数遭际都是他精心设计的骗局,忽冷忽热的爱情刺激不过是利用斯德哥尔摩综合征达到心理操控的计策,有亮自己才是一灯全部不幸的罪魁祸首。然而,了解了所有实情的一灯却宽宥了自己的仇雠,她将未竟的志业托付于他,自身则在红色的火光里壮烈地舍身成仁。

  小说男主角温有亮的形象显然大大地挑战了读者的伦理判断。他在现行的司法制度和官僚体系下伤痕累累,却在心狠手辣的程度上令其敌手都自叹弗如;他助人无数、阳光普照,却唯独对一个身世坎坷不逊于己的柔弱女子大张挞伐;他博览群书,深受现代思想洗礼,却让其蹂躏异性的方式相较玷污爱华的山野村夫都更显原始。在有亮身上,道德与法律的壁垒被彻底打得粉碎,天使和魔鬼的脸孔则完全混为一谈,于是,一个正义天平上的两难之局被艰困地横亘在了我们的面前。在劝诱一灯入其行伍时,有亮曾对他的所作所为做出过这般看似有理有据、义正词严的辩白:

    经过很多思考我选择了这种方式。不要这么害怕堕落,一切的堕落、死亡、瓦解,都是新的更好生命的保证和开始,在所有腐烂的生命里一定有一个真正的生命的萌芽。这就是人类文明的本质。如果你能把宗教与科学完美融合,你就会明白,只有通过丧失自我,人才能够与上帝合二为一。你以为我自己就那么需要钱吗?不,钱对我已经起不了太多作用了,现在我就是再次身无分文我也不再是一个底层的人。从某种意义上讲,我是一个首领一个族长。我已经不是在为自己挣钱,对,像你说的,诈骗,我把所有这些通过诈骗得来的罪恶的钱用于扶持老人,小孩,残疾人,我爱护他们,我资助他们,我每年要给贫困山区的孩子们捐赠很多图书却从来都是匿名。我把希望给予这些最软弱的人们,想让他们都活下去,甚至活得比我更好。这是我卑微的王国,可是我觉得我像上帝一样凭一己之力,打破那些不平等,把这些贪污来的不义之财调配向社会的最底层,调配向那些真正需要钱的人们,这些财富经我之手而形成了一种崭新的经济新秩序。这种秩序里代表着公平,温暖,和活下去的勇气。而这些将像大雪一样掩盖我所有的罪恶。

然而,我们却委实不能如有亮一般坦然,相反,在其状似清者自清的说辞下所潜伏着的丰富讯息理当让我们投以更为深致的关切。有亮的角色构型,实则自有其来路,他可以说正是源远流长的侠义叙事传统于当代中国语境之下的又一复现。在有亮身前,有着聂政、荆轲等人若隐若现的背影,而晚清蔚为大观的侠义公案小说更是同其构成了耐人寻味的互文。不过,相较于侠客们逍遥法外、以武犯禁的共性,我们所更为看重的则是孙频对于这一传统文类的现代改写。对传统的侠士而言,其身份大都是彰显个人英雄主义的独行者,单枪匹马于刀光剑影中匡扶大义才是他们的正宗。然而有亮的行事手腕无疑要"先进"许多,他不仅深谙各种现代知识,能够驾轻就熟地将它们转换为自身施行规训与惩罚的技巧,更为重要的是,在有亮手下还操控着一个规模不小的组织为其所用,成为他实践理想的坚实后盾。可以说,有亮所能驾驭的能级已俨然近乎一架精密运转的现代政治机器。从这个意义上讲,这一现代版的侠客传奇其实早就悄悄触碰到了侠义小说的诸般现代变体中最为繁芜暧昧的领域——革命叙事的层面。

在我们看来,一灯的悲剧命运完全可以同丁玲的名篇《我在霞村的时候》进行对读。时隔大半个世纪,女性的身体仍然被当成男性进行革命的本钱,其中的讽刺之意着实浓浓。不过,在冲撞伦理秩序的尖锐程度上,孙频或许比丁玲做得还更为激进。受制于当时的政治空气,丁玲墨下贞贞的故事终有曲笔之嫌。在亡国灭种的危局当口,以民族大义为准绳,"我方"利用贞贞身体套取情报的行径似乎被赋予了一种先天的正义。尽管贞贞的身体所承受的凌辱在在触目惊心,周遭群众鄙夷的目光亦相当刺眼,但在代表了绝对正义的叙事者"我"看来,贞贞却依旧是一名光彩照人的英雄。借由革命英雄叙事所包裹的坚硬外壳,小说真正深层的矛盾在一定程度上被遮掩冲淡了。然而,孙频却不仅将有亮革命者/施害者的双重身份直言不讳地铺置于台前,更通过一灯在投身"革命"之后丰富的自白、告解和内心冲突巨细无遗地传达出了这一转变所带给她的痛苦和异化:

> 她开始失眠,整宿整宿地睡不着觉或者只轻浅地睡一会就会很快醒来,好像所有的睡眠都是走在悬崖边上的,随便一点点风吹草动都会把她推醒。她不再问温有亮究竟爱不爱她,也不再要

求和他做爱。他们仍然各睡在各的房间里,不出去干活的时候两个人就在屋里各捧着一本书,人模狗样地在那里看书,好像两个人突然摇身变成了同班同学一样。

当一个原本有血有肉、敢爱敢恨的性情女子幻灭为这样一个精神抑郁的清教徒时,或许我们有必要重访当年霞村故事的欲盖弥彰下所真正提示的严肃追问:假使革命的终极目的是建立所谓"代表着公平,温暖,和活下去的勇气"的新秩序,那么作为革命参与者的一灯所理应同样享有的公平、温暖和勇气该当如何保障?如果这种秩序真的如有亮所言的那样"崭新",那么为何最为原始的身体戕害却不减反增、愈演愈烈?还有,不同于翠芬这样发愿于自心的舍己为人之举,有亮的一切锄强扶弱行为都建基在对一灯自由意志的摧残之上,那么这样牺牲个体所换来的群体利益到底是否道德?倘若新秩序的诞生必须要以围绕女性的屈辱、禁锢、压抑、剥削和死亡而展开的性别政治作为前提,那么创造这种新秩序的意义究竟又有几何?在小说中,有亮"像上帝一般"制定并裁判着人间的法则,但其权力的合法性与合理性下所暗含的吊诡也许正是我们的追问所无法轻易滑过的风门水口。究其本质,这样一种七伤拳式的褊狭抗争是否真正能够得以落于激浊扬清、济时拯世的实处?抑或说,它不过是一种恶的幻魅归去来兮的恼人变体?带着这些疑虑回看有亮的"侠客进化史",困惑同样层出不穷。在有亮羽化蝶变的过程中,借由阅读思考所实现的自我启蒙无疑起到了一锤定音的关键作用,它既开启了其正义的想象,又引诱了他罪恶的演出并将之精致化,在这林林总总的书目中间,到底隐匿着怎样的秘密?[1]而其最终所酿成的祸果,又究竟是启蒙自身的逻辑缺陷所饲育出的怪兽,抑或说是长久以来的启蒙失位积压之下的顽疾?在有亮身上,可以说集结了当代中国种种最为敏感的议题,环境污染、官商勾结、上访受阻等等轮番上阵,简直有着一股当代"二十年目睹之怪现状"的风范。正因为此,他所点燃的有关法理与私刑、反抗与牺牲的革命诗学内爆尤其需要我们的清理与反思。继而,或许我们有必要不断返顾那个历久弥新的天问——我们究竟该当如何维持公理、伸扬正义?

不过话说回来,尽管贞贞的身世凄楚,但她至少还拥有一个能够肯定其革命身份并将对她的身心施予净化的圣地延安可以奔赴。若单就想象层面所释放的能量而论,故事结局的那抹亮色并不全然是一出表里不一的谎言。正如有论者曾指出的,"小说憧憬式的结尾,与其说来自作者对延安无知的乌托邦想象,不如说是坚持了这个文学人物的渴望,渴望看到'有一番新的气象'的延安,同时更坚持了作者实际的承诺,承诺把延安建造成'有一番新的气象'的地方。在这里,在延安,生活与历史的新开端是可以想象的,可能是或者必须是可以想象的,因而也是能够实现的。丁玲似乎在说,恰恰是因为有了这些在那里'重新'开始他们的生命——否则他们就在劫难逃——的人们,'有一番新的气象'的'延安',作为给人和人之间的关系甚至人性本身提

---

[1] 孙频所罗列的有亮的阅读书目包括"《古兰经》《圣经》《人性论》《社会契约论》《存在与时间》《理想国》《宗教生活的基本形式》《文化的科学》《仪式过程》《自然象征》《尼加拉》《物的社会生命》《形成中的宇宙观》《恶的人类学》《时间与他者》等等"。有趣的是,不同于《古兰经》《圣经》《人性论》等经典,书单的最后三本似乎是出自孙频自己的杜撰,这一真伪并置的知识储备或许已预示了有亮其言其行亦正亦邪的特质。

供其他可能的选择时空,才有可能被想象和产生出来,而且必须被想象和产生出来,成为正在发生的中国革命的重心所在。"[1]然而,在《同体》里,延安的位置却被有亮所创办的敬老院、孤儿院、残障学校等设施所替代,而其功能亦在相当程度上发生了转变。对于一灯来说,这些设施所构筑起的空间,其目的并非是提供一个救赎的允诺,它也没有赐与一个生命新生的力量,其功效不过是暂时充当避难所以供缓释和慰藉而已,一灯于此苟延残喘,其实不外乎是在为其新一轮的"工作"获取必要的蓄力。从这个角度上讲,这一变化毋宁说等同于一次降格,而其背后所暗示的正是现实生活中替代性资源的失位对于作家想象空间的侵蚀和挤压。由此,一灯最后的赴死之选想来实属必然,当现实和想象层面所有"可能的选择时空"都被断绝,她其实早已无路可走,除了将萤火般渺然的希望转授他人,其救赎之道根本是不存在的。[2]从翠芬到一灯,这样一种以身体的毁灭作为希望火种延续条件的人物谱系绵延不绝,然而,不仅光明的晨星一直未曾升起,女性为了变革而付出的代价反而变本加厉,倘若进行替代性选择的机会始终付之阙如,那么这样将身体、革命和救赎关联起来的表意系统莫不是一座奠于尸骨之上、充塞着臆想与自欺的空中楼阁?但另一方面,诚

---

[1] 颜海平:《中国现代女性作家与中国革命》,季剑青译,北京大学出版社 2011 年版,第 340 页。
[2] 延安的现实政治与文化想象之间当然存在着巨大的鸿沟,且与《同体》中有亮建构的空间一样具有浓郁的乌托邦色彩,然而,它终究不像后者那样彻底由文艺青年流行的想象拼贴而成,而是以一个确有其事的实体姿态呈现于历史之中。此外,在丁玲这里,帮助他人与自我拯救是以互为表里的形态统合在贞贞这个人物身上的,可对于孙频而言,二者已经完全分裂,无法双全。这些细微的差异正是作家主体性力量削弱的征兆,小说中虚构人物所能选择道路的收缩其实正代表着孙频自己对于救赎可能性的信心危机。

如有亮所道破的,与有亮相遇前的一灯亦业已是一个"一无所有,绝境里的人",即便不同有亮的"事业"发生任何瓜葛,她在城市里也早就到了穷途末路、进退维谷的田地,多向度的人生选择自然无从谈起,灭亡亦不过只是时间上的问题,就像其自己所言,"即使她从这里出去也没有任何意义了,无路可走。留下来或许还可以得到他那点爱。这是她唯一能得到的一点爱。不管它是真的假的。"一灯的态度近乎飞蛾扑火,它一方面折射出针对底层的改变势在必行,另一方面也从背面敲响了警钟,一旦革新的力量持续缺席,那么像有亮这样饮鸩止渴的"革命"形式将始终拥有着无穷无尽的魅惑,它将以一个看似能够提供替代性选择的虚像不断召唤着一灯这样等待解救的迷途羔羊,并将如许酸涩的故事循环往复地进行下去。小说结尾,一灯丧生火海,而有亮却成功地在其帮助之下逃出升天,通过这一设计,孙频似乎已经悲观地预告了未来。"一灯"之名得自佛典中"无尽灯"的譬喻,以示"照亮愚暗、除灭烦恼、开启智慧、长养慈悲"的菩提之心,在此,她用生命之火所点起的心灯辉映出的远不仅是我们是否需要变革的简单答问,而是更加荆棘丛生却又更为迫切的——我们应当如何进行变革的难题。

三 通向天国的阶梯

在上述两篇作品里,关于暴力的表现都占据了极为核心的位置。对于孙频所塑造的男女老幼而言,暴力摆荡在善恶之间,既魔鬼似地炮制出了各式让人胆寒的残忍罪行,又富有开创性地刺激了他们对于未来新世界的想象。实际上,暴力本就属于深埋在人类内心深处的原始生命本能,它以直接、主动的破坏力量和间接、被动的创造潜能为其两翼,用一个颠覆一切既成伦理、体制、秩序的样态缔造出了一幕幕破釜沉舟、大破大立的耸人奇景。"但随着人类文明的进化与发展,人类自身对暴力有了限制,尤其是建立了国家这一阶级统治的工具以后,人类个体生命的暴力倾向被法律禁止,但同时又被升华到国家机器的功能,通过国家化的形式,转移了人类个体生命的暴力倾向。现代社会由国家暴力来转移个体生命的暴力,一方面是人的攻击本能和侵犯本能受到了国家机器(法律、军队、警察、监狱等)以及社会制度、社会风俗、道德宗教等意识形态的约束;但另一方面,国家以更大的利益驱动利用了暴力,如发动对外侵略战争、对反抗者实行武装镇压、法西斯的集中营、灭绝种族的焚尸炉、监狱制度下的'躲猫猫',以及关于英雄主义暴力的渲染和意识形态的教育等等,都使暴力变得合法。这样,人类进化中的原始的暴力性,在现代社会中可能转化为两种形态:一种是民众的暴力,它是在国家法律制度的约束一旦松弛的情况下,由民众的集体无意识决定了它的爆发;另外一种是国家暴力,即通过国家机器在现代文明制度下履行使命的暴力,它的前提是维护国家统治者的根本利益,并且以统治者的利益为核心,分出许多社会阶层,当有一部分人被宣布为国家政权的敌人,这部分人不再受到国家法律的保护,那么,这部分人就理所当然地成为国家暴力的对象。"[1]在孙频的小说中,这两种形态的暴力性得到了颇为生动的汇流,前者如《月煞》里翠芬同镇上的男子们在司法遗忘的昏暗边隅对爱华令人发指的身心残害,后者如《同体》中有亮一家在国家权力的滥用前螳臂当车后蒙

---

[1] 陈思和:《土改中的小说与小说中的土改》,收录于《思和文存》,第 3 卷,黄山书社 2013 年版,第 336 页。

受的出自国家机器的连环报复。通过《月煞》,孙频揭示了任由民众的暴力行所无忌所造成的疯狂扭曲的乱象以及这种放任自流的暴力之难以归驯;而借由《同体》,她则提点出国家暴力的权力杠杆一经失衡后将会演绎滋生的可怖图景。一方面,一度被交付给利维坦的民众暴力完全失控,人与人之间的战争状态再次得到开启,另一方面,它甚至能以对国家暴力走样的复制形式再现其强横凶蛮的惩戒功能,而受制于权力运作体系内部的正义性问题并未得到应有的清算、反拨与合理约束,这一再现所带来的往往是对混乱失序的局面更深一层的激化,进而将摇摇欲坠的道德原则推至进一步滑坡乃至崩溃的边缘。在两篇作品的彼此映托下,孙频交织起了其对于国家暴力合理性的紧迫呼唤,而这也正是她在小说世界中所架起的救赎天梯之所在。在中国现代文学,尤其是现代女性文学的源流里,残破的身体与不健全的现代国家之间始终存在着一条清晰紧密的意义纽带[1],透过其笔下陈列着的一个个因暴力而消陨的身体,孙频已然续接上了这一不断复现并持续用其蕴涵的丰富潜力打开批判、反省与重塑视域的线索,仰助于其暴力描写所传递出的宝贵信息,我们得以一睹折冲于法治残败、义理飘零的现实肌理内的诸种尴尬而棘手的政治挫折。由是,我们回首前文所引述的《月煞》开篇的环境描写,其意旨又岂仅局限在烘托人物的心境而已?这个如水底般深邃静默但又内蕴着时刻将人"压醒"迫

---

[1] 这一纽带中最广为人知的大概是鲁迅等作家对于一系列砍头场景的刻画,对此的具体分析详见王德威:《"头"的故事》,收录于《历史与怪兽:历史·暴力·叙事》,台湾麦田出版社 2011 年版;有关中国现代女性文学中受伤害或死亡的女性身体形象同作为不完善的现代国家的中国之间关系的论述可参看颜海平:《中国现代女性作家与中国革命》,季剑青译,北京大学出版社 2011 年版。

力的场域毋宁说正是这个时代最为黯淡的症结外显具象化后的风景。从这个意义上讲，孙频在神韵上同张爱玲、鲁迅之相似，又何尝不是时间冷峭却也深刻的讥嘲？在历史看似早已翻篇的当下，人间却依旧是那个吃人的世间。

孙频所欲探讨的议题其重要性委实不应小觑，因此，如何确立责任与决定罪行的范围并将之进一步转换为现实社会改造的具体实践这一叩问便也相应地成为了举足轻重的核心关切。毕竟，倘若定罪与惩戒的边界遭到模糊和混淆，那么这些对于女性命运的悲悼便容易流为浮于表面的感伤与匮乏力量的同情，进而滑落到意义的悬置和行动的停顿当中。但略显遗憾的是，孙频对于这一问题的认知似乎仍有待自觉，而这种作家主观意识上的火候尚欠也在一定程度上干涉了她对于作品的驾控能力，故而其艺术水准也多少呈现为一种上下起伏的不稳定状态。孙频所选取的叙述视角大多同故事年轻的女主人公重合，在其笔间晕染的参恤与恻隐堪比杜鹃啼血，可以说字字皆由眼泪浇筑而成。因此，逢用情深处，她便难免不时为过度的激愤和悯宥所累，从而令对社会现实及其带来的生存困境的多维度、深层次的解剖退居次要位置。在孙频的小说里，常常浮显着她本人难以将息的焦躁灵魂，她渴望将每一个如临深渊的女性从束缚她们的命运枷锁之中解放出来，并以此作为自我救度的先决条件，这一灌注着菩萨道精神的美好愿望催使她在一些作品里放弃了对于批判深度的推进努力，而选择在苦难、救赎、尊严、爱等大词面前迫不及待地交出自己较为苍白的结论，这些结论大都是以一个纯粹诉诸人类伦理道德与精神的面目出现的。

《不速之客》[1]便是其中一个非常典型的例子。小说的女主角纪米萍出身微贱,而早早流落风尘的人生经历更让其对于尊严与爱拥有了胜乎常人的渴望。于是,一种坚韧遒劲却又偏执病态的心理便从其身上衍生出来,她以亡命之徒般的精神一次次地向男主角苏小军祈求着爱情,而一旦其愿望得不到满足,纪米萍便会做出种种令人毛骨悚然的骇人行为带给良知未泯的苏小军酷刑般的心灵折磨。纪米萍身上所表现出的这种精神气质可塑性极强,它内蕴的戏剧张力在上下两个维度都具备着相当可观的突破空间。从负面的意义上讲,纪米萍因孤寂和扭曲造成的心灵疯狂及其带给他人的精神暴力完全能够成为发育《金锁记》这样的故事的优质胚胎;而从正面的角度上看,其生命中堂·吉诃德式的倔强不但能量十足,而且在抒情性的开拓上同样大有可为。台湾作家黄春明的名篇《看海的日子》便是将这后一点发扬光大后所收获到的结晶,在与纪米萍同享烟花女子身份的主人公白梅身上,对于自尊与生命的热切信仰奔涌出了担当大地之母的宏阔气魄,进而将人性的力量升腾为了守护一方水土的文化图腾。重要的是,无论是张爱玲还是黄春明,其作品之中都浸透着作家馥郁的历史意识和现实关怀,故而他们对于人物性格的陨坠与升华的每一分探索都是作家对于历史、社会乃至文明顽疾忧思的折射。因此,对于人物的开掘程度越深,作品的厚度便也相应地获得递增。但在《不速之客》里,批判现实的意图固然存在,但由纪米萍这种在极度压抑的历史与现实中激发出的精神所推动的叙事冲突却轻而易举地遭到了作家自

---

[1] 孙频:《不速之客》,原载《收获》2014年第5期,收录于《三人成宴》,作家出版社2015年版。

己的消解。为了替纪米萍的绝望迅速地安置一个比较光明的解决方式,孙频生硬地让苏小军失去了一条腿,从而将一个可以深刻揭发人性丑恶与辉煌的绝佳素材敷衍为一个别有怀抱的伤心男女以爱心彼此抱团取暖的庸俗罗曼司。这种完全仰赖奇遇的希望实则与画饼充饥无异,它既缺乏足够的逻辑支撑也不具备推广到一般情况的发展潜力,而是同上文所讨论过的浪漫化倾向一样,变成了作家提交答案的急促心态与一厢情愿的天真幻想的见证和背书。

相较于这样的草率收尾,孙频给出的另一种回答看似更具说服力,那便是借用宗教的外壳将具体的现实矛盾抽象为完全的形而上论辩,从而将我们切实栖身于其中的现实世界的问题递交到纯粹的理念世界中予以解决。对于宗教,孙频显然抱有浓厚的兴趣,她不仅曾将许多源自宗教的概念用作自己小说的标题,更喜欢在作品中借人物之口植入大量的宗教话语来表达自身对于世界的感知。这些宗教元素的用途和功能并不全然一致,其中亦不乏像《同体》这样将宗教和荒诞的乌托邦构想相结合用以表述对于虚妄的救赎结论之忧虑的巧妙之作。不过,在一些并不太成功的尝试里,宗教所挑起的形而上思考被孙频一蹴而就地视作了现实矛盾降落的着陆点,进而使得对于问题真实解决方案的追问反被偷梁换柱地替代掉了。《无相》便集中体现了这一倾向。小说的叙事结构并不复杂,所试图凸显的核心关怀亦相当集中,与孙频的许多其他作品类似。借由同冯一灯一样来自吕梁山区并一直靠母亲用"拉偏套"的屈辱方式拉扯长大的女主角于国琴和既对她施以无微不至的关怀又利用这份恩情满足自身欣赏其胴体的罪恶愿望的老教授廖秋良之间的种种有关扶助与压迫、感恩与背叛、自尊与自私的纠葛,孙频敲打着此般身负出身原罪的女孩应当如何在这样因不平等而带来剧烈异化的社会中自我立身的难题。小说的高潮，于国琴对于就在自己眼前突发心脏病的老教授见死不救，从而使得这样的小人物真正身临的伦理困境被彻底地敞露在了读者的面前。但是随即，于国琴因自身在这个伦理困局中的迷失而承受的心灵煎熬就迅速地消失了。在小说的尾声，就在前一页里还因心中的罪孽"泪流满面地一路狂奔"的她忽然获得了一种天启似的感悟：

> 在春天一个寂静的深夜里，她一个人在灯下备课的时候，忽然很奇异地听到一种声音。风声、雨声、雷声、下雨声、抽穗声、拔节声、花开声、落叶声、山川声、水流声，似乎是把所有的声音天衣无缝地融合在一起了，它们就变成了一种声音。那种声音轻微地几乎听不出来，却是排山倒海势不可挡的万物生长的声音。
>
> 这深夜里，只有她一个人听见了。
>
> 她走到窗前，推开窗户，让如水的夜色涌进来，她久久地站在那里。不知过了多久，忽然，她开始动手脱自己的衣服，她在这奇异的声音里一件一件地脱光了身上所有的衣服。
>
> 夜色夹裹着万物生长的声音涌了进来，涌到她脚下，直到渐渐把她的身体淹没。

在这一连串声响的簇拥中，于国琴似乎已融化在了万象更新的大势里，而她的成长又是以主动重复廖秋良让其被迫宽衣解带的行举为触媒得以实现的。通过这样的设定，孙频驱使我们再度回温廖秋良曾一度给出的宗教命题——"宇宙间最本质、最圆满的生命，其实是无相可言的，眼中看不到色相，才是真正的光明"，这也正是小说取名为《无相》所欲图阐发的开解之道。但是,只要我们直面于国琴的生存困厄,我们就必须懊丧地承认,这样自理念中脱胎的"无分别心"不过是一种对于平等冲动的唤起,而绝非对于平等目标的实现,其功能并不在于解决而是在于遗忘,通过在形而上世界中所达到的"圆满",于国琴淡化了现实世界里因为社会的等级秩序而铭刻在自身身上的灼手烙印,也随之抽离了自己因此而亲手犯下的残忍罪行。这样的成长看似大彻大悟、令人信服,然而剥蕉见心后,立于我们眼前的实则是一个带有自我劝服意味的怯懦灵魂。借由宗教,孙频所给出的应答是双向的,它既表达了对于成问题的现实生活的抗议,但又通过对于这些问题的抽象完成了其对现实生活的辩护,它像鸦片一般缓解了这些底层人民的苦痛,但又无法真正肩负治病救人的重担。故而,这样的救赎答案,多少是透着孱弱的底色的,出发点本在于现实改造诉求的文学,其最终演绎出来的结果反倒是对于现实的吊诡的疏离。

  让人略感隐忧的是,以上两种对于现实症候急切的回应方式在孙频的小说里已似乎渐有凝固为叙事上的思维定式的迹象。在孙频几乎所有的作品当中,小说的主题与组建小说的核心元素大体是变化不大的:生来便罹经不幸命运的女人、城与乡对于主人公命运的一重或双重围剿、现代主义色彩厚重的幽森开头、浪漫化或宗教化的激越结尾,而其中结尾又往往是同引发官能汹涌刺激的死亡气息如影随形地捆绑在一起的。粗略列数一下近年来孙频的小说创作便会发现,其中的死亡频率已经达到了一个相当高的程度:《同体》中的冯一灯自焚而死,《乩身》中的常勇同样自焚而死,《杀生三种》中的伍娟殁于蛇毒,《恍如来生》中的丁霞则自高楼跃下……而在结构功能上近乎于死亡的又有《月煞》中张翠芬的重度烫伤、《相生》中阎小健的精神疯狂、《不速之客》中苏小军的身体残疾等,似乎唯有这样极端奇情的处理才是化解与救赎一切现实问题的终极答案。在一个创作谈中,孙频以"蹒跚在文字间的祥林嫂"调侃了自身对于书写底层小人物救赎可能的酷嗜,然而或许这一自嘲性质的玩笑之语正恰好阴差阳错地击中了其创作前途上所埋伏着的阴翳。正如有论者曾敏锐指出的:"命运多舛的祥林嫂第一次讲述她的悲惨故事时,不由人不感动掉泪。她那些赚人眼泪的遭遇甚至吸引了不少外地人专程前来听她的故事。祥林嫂的故事和她说故事的情境形成一种消费苦难的'奇观';这样的奇观就算对祥林嫂毫无意义,却让听众有了廉价的、'荡气回肠'(catharsis)的满足感。即使如此,祥林嫂的听众还是很快就厌倦了她那呆板、一再重复的故事。她迅速变成了笑柄,最后被村人弃若敝屣地遗忘了。"[1]的确,一旦故事的陌生化效果不复存在,那么,在最初的惊艳感褪去之后,所导致的势必会是阅读兴味上的疲态渐生,进而孙频所希求呼唤的救赎其真实性亦将不免使人心怀疑虑。我们无意贬损孙频的文学实践所要挑战的巨大困难,不过,设若她想要更为趋近她所发愿于心的宏伟目标,那就必须不断地去创造更为丰富的美学形式与之相应。通向天国的阶梯道阻且长,此时此刻其实不过才是一个开端。

2015 年 9 月 28 日初稿,10 月 5 日改定
(本篇由吴天舟与我合作完成,特此向天舟兄致谢)

---

[1] 王德威:《伤痕书写·国家文学》,收录于《历史与怪兽:历史·暴力·叙事》,台湾麦田出版社 2011 年版,第 289 页。

焦虑感,或"青春文学"的再生:郑小驴论

"写作终究是件漫长的事情,就好比马拉松赛跑,'80后'这一代里,是曾有过一批人跑得很快,但是我想文学并不是百米冲刺,拼的是耐力和能否熬得住一万米过程中的寂寞。我想我还在路上,并将永远在路上,而文学,本就是一眼望不到尽头的事。"[1]郑小驴的这段创作谈有很多层意思。在今天中国的写作现场(包括阅读与出版现场),分野已是不言自明的事实,"跑得很快"的那批人早已暴得大名,而一天码上万字的作者们也有丰厚的市场利润回报,然而小驴的焦虑不源于此,他目光坚定,脚步不游移,心有所钟,信之弥坚。此

---

[1] 郑小驴:《一眼望不到尽头》(创作谈),载《西湖》2009年第3期。

外，我和小驴是同代人，因为感知结构、知识趣味、文化修养的近似而容易引发艺术审美的共鸣……不过，我还是想从小驴的话里再引申出一层意思：当我在追踪阅读小驴的创作、进而展开评论时，我同样面对着"一眼望不到尽头"的局限性视野。"同时代"的立场，决定了我虽然作为一个评论者，但并不能占据后来者的优势，因了然文学史的脉络与文学人物的结局而自命"客观"、信心十足地褒扬贡献、指点欠缺。在下文的讨论中，尽管文学史视野是我重要的倚借，但这只是为了标明小驴出场的独特性，预测其去向的丰富，"计划更好的途程"；也期待这种未来的丰富性能够摇曳多姿，甚或惊喜于"预测的落空"。

"计划更好的途程"这个说法来自陈世骧先生，最能见出我心目中，"同时代"状态下，文学批评与创作的理想关联："他真是同感的走入作者的境界以内，深爱着作者的主题和用意，如共同追求一个理想的伴侣，为他计划如何是更好的途程，如何更丰足完美的达到目的……"[1]不管是创作还是批评，其实都是对生活发言，以不同的方式回应着时代境遇。说到底，探讨同代人的创作，既是追踪文学可能出现的"新变"因素，也是理解我们这代人的生命经验。我把本文的写作，理解为新的起点，和小驴等同代人一起招呼着上路，寂寞时高歌一曲解乏，同时也彼此负责而严肃地检点、提醒曾经走过的的弯路与脚下的坎坷，不断试错、不断总结经验，共同"计划更好的途程"……

---

[1] 陈世骧：《〈夏济安选集〉序》，收录于《陈世骧文存》，辽宁教育出版社1998年版，第194、195页。

在抵达起跑线之前

就从郑小驴的中篇《1921年的童谣》[1]开始谈起吧。1921年是大历史叙述中浓墨重彩的年份,小驴却以轻扬的童谣来对置组成标题,某种颉颃的意味不言自明。歌谣是起于民间素朴的"风"。它们忽断忽续,当然不是黄钟大吕的"时代主旋律",但"风"在大地上代代传唱,若远若近、余音不绝:"君子于役,不日不月"、"行迈靡靡,中心摇摇"、"肃肃宵征,抱衾与裯"……纵有时代之隔,但离家的无奈、挣扎在生活边缘无有穷尽的艰辛、独自品嚼的苦痛,其实在《1921年的童谣》中都能发见,有什么奇怪呢?这里接通的正是始自《诗经》千百年来地久天长的心弦。

"……
衣要遮体呃
饭要吃饱呃
苦难再多呃
活着就好呃
……"

当曾祖父长叹了口气,"这年头,管他们是红军还是国军呢,咱这

---

[1] 本文论及的小说,收录在郑小驴如下两本集子中:《1921年的童谣》,中国社会出版社2009年版;《痒》,河南文艺出版社2013年版。

些泥巴子能活着吃口饱饭就万幸了";当祖父理直气壮地反驳湘西佬说"改变世道,那是你们这些人干的事情,我们只要每天祈求平平安安温温饱饱活着就够了"时,他们心里也许若有若无地飘荡着那首童谣。童谣所表达出的面对苦难时的"活着哲学",至少可以上溯到小驴乡贤沈从文的笔下,不妨随意捡拾《边城》中一个简单的情境:茶峒凭水依山筑城,河街房子莫不设有吊脚楼,"某一年水若来得特别猛一些,沿河吊脚楼,必有一处两处为大水冲去,大家皆在城上头呆望。受损失的也同样呆望着,对于所受的损失仿佛无话可说,与在自然安排下,眼见其他无可挽救的不幸来时相似"。《边城》里大家"呆望"中流露出的面对"无可挽救的不幸"的不作为,与《1921年的童谣》中只求"平平安安温温饱饱活着就够了",如果从湘西佬的视角来看,自然是愚昧麻木的,人是"不能光为吃而活着,要是那样,不就成了猪狗了?",而小驴恰恰是要以童谣的声音,来拆解湘西佬们以为天经地义的启蒙话语,在革命与精英们看来是麻木不仁的精神状态下,恰恰表现出面对苦难时惊人的毅力与生存忍耐。

初读小驴这一时期以《1921年的童谣》为代表的创作可能并不给人眼前一亮的感觉。"我想象着与我相隔遥远的1921年,年仅6岁的祖父郑公能安坐在夏日的芦苇荡里唱起那首青花滩耳熟能详的童谣时是什么样的一副情景。"这是以我们所谙熟的马尔克斯句式来开始叙述吧。祖父的游手好闲、风流败德("祖父一生究竟和多少个女人有染,这个答案似乎只有他自己心中明白")似乎传递出苏童笔下阴郁而颓废的气息。而末了怀念祖母后的叹息中——"而我们这些后辈,依旧唯唯诺诺地活着,什么都不是。"——一脉相沿了莫言的退化史观。再扩大一点看,《枪声》、《秋天的杀戮》经营起先锋文学般的叙事迷宫,

《望天宫》可视作寻根文学的余脉,而将个人、家族的伤痛融入时代变迁,更是一段时间以来新历史小说、家族史叙事的拿手题材……小驴似乎有意将重要的文学思潮重温一遍,这倒并不稀奇,很多人也能做到;我觉得小驴出色的地方在于,他站在1990年代以来文学新变的脉络以及前人的肩膀上,一下子就体贴到了与精英视角和意识形态迥然有异的民间天地。

小说集《1921年的童谣》出版于2009年10月,内中收集了小驴初期的创作,我以为这是一个学习阶段的总结。从小说的题材来看,抗战、解放、土改、反右、"文革"……几乎构成一幅庞大的现代史画卷。很多人会把新世纪的今天看作一个没有来历、横空出世的新天地,全球化的大门恍如阿里巴巴的咒语,一下子就向我们指明了黄金世界的前景。小驴不会这么想,他沉浸于陈旧往事,其中不乏晦暗的梦魇,他肯定明白自我的诞生无法割断与历史的血肉联系。从另一方面来说,小驴也试图借助历史题材来寄托个人的记忆与情怀,从而淡化理想与现实直接而尖锐的冲突,但这并不是保守,而是一个自我准备的阶段,那个在历史中诞生的自我,携带着其整理好的个人记忆、人道理想与批判能量,即将重回现实空间,而时代大潮的罅隙中的无奈与激愤,即将在小驴笔下排闼而来。

鬼魅叙事

说实话,小驴作品中真正打动我的,并不是抵达起跑线之前、那些历史题材的创作,在此"学习时代",小驴摸索传统,搜集来路上散落的历史碎片,终于为自己准备好了一个崭新的起点。

鬼节、鬼故事、和亡灵一起生活的老人、狗泪涂于人眼而能看见鬼的传说……小驴笔下的这些元素,自然可以联系到楚文化与沈从文文学传统的浸润,这是一个有趣的话题,暂且按下不展开;我尤其感兴趣的是《大罪》《少儿不宜》《弥天》等篇中的鬼影幢幢。《大罪》中并没有鬼魂直接现身,但读者肯定会为故事中阴暗惨淡的背景所惊心。只有在一片迷离惝恍、阴阳莫辨的氛围中,我们才能揣测一个可能因分裂/分身所引发的悲剧;也只有在身份功能错乱、幻想与现实交织错综之下,在日常理性监视的状态下不得发泄的怨气才会寻获突破口刹那间喷薄冲出,就像《少儿不宜》中游离"心中突然涌出"想将典型包工头打扮的胖子"一把推下桥的冲动",这种冲动终于通过《大罪》中的小马而一朝实现……

　　怪力乱神其实都映射着人间实况,我们也不妨勘察一下小驴鬼魅叙事[1]的源头究竟连接着怎样一个世道。农村辛苦供养出来的大学生反倒不如"农民打个死工挣得多"(《少儿不宜》)、年轻情侣辛苦攒钱买房,未曾想所在地区被纳入高新区开发蓝图,"一夜之间,原来的首付还不够塞牙缝了"(《大罪》)、开发温泉之后,本地人却无力消费(《少儿不宜》)……无怪乎绝食中的祖父在亡故前留下"这个世界就要变了,只是你们不知道"的谶言(《弥天》),无怪乎年轻人一边喝酒一边骂娘"我们80后没法活了"(《大罪》),无怪乎游离心想"这真他妈什么世道"(《少儿不宜》)。小驴的这些作品聚焦的正是这样一批与发展时代相疏离的青年群体,在日益膨胀的社会消费面前,他们被鼓荡起强烈

---

[1] 关于当下华语写作中鬼魅叙事的蔚为大观,参见王德威:《魂兮归来》,收录于《现代中国小说十讲》,复旦大学出版社2003年版。

的做"人"欲望，却由于社会地位的渺小与无助，被摒弃在既得利益集团之外，也无力与坚固的社会结构正面抗衡，于是积怨与冲动，发为鬼魅幽魂，就像《大罪》结尾时，"从走廊里贯穿过来的风一阵比一阵的阴冷"，烟雾萦绕中，"依稀看见一个熟悉的人影从走廊尽头走来"，这是"人影"抑或小马化作孤鬼现身？读者这才想起小说第一节里小马曾"用力地拍了拍陈乘的肩膀，笑了笑说，早点修成正果吧，可别像我孤魂野鬼一个，死了没人晓得！"，竟是预埋的伏笔一语成谶。

正义与公理残缺，天地秩序摇摇欲坠，挣扎在社会边缘的人们艰于呼吸视听，于是种种逾越情理的力量四下蔓延，"太平之世，人鬼相分；今日之世，人鬼相杂"（冯梦龙：《喻世明言·杨思温燕山逢故人》）……小驴似乎带着读者重回鲁迅笔下的阴森世界[1]：吃人盛宴（《狂人日记》）；死后冷笑的尸体（《孤独者》）；"月亮已向西高峰这方面隐去，远想离城三十五里的西高峰正在眼前，朝笏一般黑魆魆的挺立着，周围便放出浩大闪烁的白光"（《白光》）；"门幕一掀"女吊出场："大红衫子，黑色长背心，长发蓬松，颈挂两条纸锭，垂头，垂手，……石灰一样白的圆脸，漆黑的浓眉，乌黑的眼眶，猩红的嘴唇。"（《女吊》）愁云惨雾、死亡的蛊惑、复仇的主题、对世相的讽喻……小驴笔下的鬼魅叙事确实可以与鲁迅的文学世界相沟通。比如《少儿不宜》中的那条蛇，"蛇的肌肤冰冷异常，他感到皮肤像是要开裂了，血液溢出，全身痉挛，以至于打了一个冷战。但是很快就适应了过来，那蛇不紧不慢地缠在他的手臂上，身上的花纹烂漫无比。游离试着用鼻尖碰了碰蛇身，凉

---

[1] 鲁迅自是中国现代启蒙之父，但却无法抗拒、甚至一再书写鬼魅的世界，夏济安与李欧梵早就指出过鲁迅作品中的"黑暗面"。

凉的"，主人公游离与蛇显然具备某种神秘的呼应。我们当记得鲁迅的《墓碣文》："……有一游魂，化为长蛇，口有毒牙。不以啮人，自啮其身，终以殒颠。"早有学者将"游魂"解作鲁迅"第二自我"的化身。这其中的对应与转化也启发我们去理解《少儿不宜》，结尾处蛇被打死，游离"飞向陌生的南方城市"，似乎是过往终结而开始新生，但我们切莫忘了游离临走前的一番作为，"火光冒起几丈高，南岳庙顿时成了人间炼狱"，难道这里没有鲁迅笔下《长明灯》中那位疯子——"只闪烁着狂热的眼光"，"仿佛想要寻火种"，因为"我放火！"——的影子吗？由此再来看游离为自己设想的"云游四方，不娶妻，不生子，不建房，什么也没有，什么也不用去想，就这么晃荡来，晃荡去"的姿态，这究竟是"狂人"治愈，还是游魂重临？

　　鬼魅叙事的贡献还在于，往往召唤出潜藏在历史大叙述之下的记忆暗流，恍如幽灵一般，呈现"不可见物的隐秘的和难以把握的可见性"[1]。比如说小驴的代表作《没伞的孩子跑得快》，在小说有限的篇幅里，我们通过下面这些片段——小叔叔是村里唯一考去北京的大学生，但那年五月开始，给家里写的信越来越少；爸爸着急准备"去北京找他去"，却无功而返，因为"只要说去北京的，人家票都不卖了"；最终"小叔叔的骨灰用一只精致的小盒子装着"被送回来……——大致拼凑出主题：叔叔这样的青年知识分子振臂一呼的依托是什么？为什么他们的举动无法得到家人和乡人的理解？后者甚至拒绝暴死的青年埋入祖坟。小说碰触的是当代中国的话语禁忌，小驴之所以不想让这一历史事件因为被赋予禁忌色彩而成为一代人的"意义黑洞"，可能是

---

[1] 德里达：《马克思的幽灵》，何一译，中国人民大学出版社1999年版，第12页。

觉得"80后"尽管并不是直接当事者,但是这一事件的历史记忆和情感态度所遗留的症结其实很难彻底消除。我们这一代人对于自我主体的想象、甚或今天依然身陷其中的价值困境,未必不和当初相关,尽管当年只是不涉世的旁观者。当下青年人创作中一再出现单薄、狭隘、没有回旋空间的个人形象,与当年知识分子广场意识与启蒙精神膨胀到极点的溃败后,再无法凝聚起批判能量,未必没有关联。当然这一切都是通过懵懂的儿童视角而影影绰绰泄露出来的,叙事者"我"对叔叔的世界充满好奇与向往,但还不具备反思与实践能力(离家赴京途中还差点被骗子拐走)。通过《没伞的孩子跑得快》,我终于看到青年作家直视历史暗角、梳理重大历史事件在自己身上的烙印。但这还不是我偏爱这部作品的主要原因,因为题材的选择并不能决定文学成败。1989年春夏之交,我正好跟随父母在北京旅游,完全懵懂,根本嗅不出什么特殊的气息,当时对于那个事件的所有印象,只是来自回家后看电视,以及父母的交谈(有同事的子女出事,母亲再三感慨)。没有历史感是可惜的,但我发现有的作品在表现时,往往将日后充分的"后见之明"(一个对历史的发展脉络"胸有成竹"的后来者)代入当时的形象,这就不能真切地表现人对历史的参与。我感觉《没伞的孩子跑得快》有种"最初的发现"在里面,或者说,那个孩子的视角在成长现场的实感保持得非常好,也许这和我自己对事件的感知正好吻合。我喜欢这个作品的原因就在这里,当小驴在探视记忆暗流之时,既体现了历史感,又把握了艺术的分寸感。

我把小驴的写作理解为鬼魅叙事,还有第三层意思。在今天,全球化与发展的单面指标已经构成了一个巨无霸式的板块结构,迅速把社会推向超稳定的表象繁荣,同时有力地掩盖住内部所包容的各种混乱与矛盾冲突,很多年前,E. B. 怀特曾感慨道:"某个划时代的转折点已经到来了:人们本可以从他们的窗户看见真实的东西,但是人们却偏偏愿意在荧光屏上去看它的影像。"[1]这个"划时代的转折点"显然就是指"现代"的到来;而"荧光屏上"的"影像"恰类似于社会的表面繁荣与无数信息泡沫构造成的铁幕,让我们无法想象铁幕下还有人困于"蛛网"般——《大罪》中反复出现蛛网的意象,让人想起穆旦的诗句:"生活蛛丝相交,/我就镌结在那个网上,/左右绊住"(《有别》)——的真实痛苦。久处这样的境遇,人很容易变得麻木,其实《少儿不宜》已经勾勒过这幅景象——贵州妹无辜被害,但死亡与苦难无法引起任何人情伦理("死者家里大概之前也知道她从事那方面的事,并没有人们预想的那样面子上难堪,他们平静而冷淡地处理完丧事,将死者安葬在靠南岳庙的河边便回去了。")、社会秩序(警方将这桩刑事案"最后草草结案了事")的反应与波动。今天这个时代,写作的高下就看其与上述"荧光屏"、铁幕构成何种关系。或者是被彻底压服,无法感知他人甚至切身的痛楚,进而虚造出不受市场资本、社会结构与意识形态制约的"自由状态"(这种状态很容易得到各方面的宽容与支持),甚至是"坐稳了奴隶"的洋洋自得。当然还有另一种写作,饱含着难以排遣的孤独感、自身精神上的失败感,与"荧光屏"、铁幕以及主流的全球化板块分离开来,就像"游离"这个名字所暗示的那种格格不入与疏离抑郁,完全成为精神旷野上的"孤魂野鬼"。在中国传统民间社会,"人"

---

[1] 转引自威廉·巴雷特:《非理性的人》,杨照明、艾平译,商务印书馆2004年版,第265页。

死后进入阴间的"鬼",一般分为两类[1]:一类得到子孙祭祀,同时作为对其供养的回报,保佑阳间子孙的生活平安,其实已具备与"神"相近的品格;另一类则因为没有后嗣——如生前为未婚姑娘或被夫家休弃的女子——而不能获得祭祀,在阴间得不到安定的生活,徘徊游荡于阴阳两界的边缘,冤死者甚或肆虐复仇。后者即"孤魂野鬼",他们被种种血缘的、宗法的、父制的共同体所排斥。引入本文论题,我所理解的鬼魅叙事,不仅是指内容上的怪力乱神,还需要具备小驴创作所暗示的那种精神气质——将东游西荡不驯服的姿态、"我要的,全没了,我不想要的,全来了"的愤懑呐喊(《少儿不宜》)以及放把火烧光这人间炼狱的发泄,曲曲折折地转化成艺术审美,终而发为"真的恶声"。

在多重困境与内在辩难中发言

在今天这样的时代,"真的恶声"的发表,面临着多重困境与内在辩难。当我阅读小驴的随笔集《你知道的太多了》[2]时,首先好奇的是这个人的发言姿态。我很看重"文学者"在今天的发言姿态,重视的程度甚至超过对发言内容的审视。文学者的发言面临多重困难,也因为自身无法解决这多重困难,近些年来我刻意躲避一些需要发言的场合。

---

[1] 参见丸尾常喜:《"人"与"鬼"的纠葛——鲁迅小说论析》,秦弓译,人民文学出版社 2006 年版,第 8、9、219、220 页。

[2] 郑小驴:《你知道的太多了》,作家出版社 2015 年版。本节中关于此书的引文在括号内注明篇名。

由于网络与传播技术的发达,商业市场的推波助澜,经由博客、微博、微信等便捷的信息获取与分享工具,我们每天都在接受海量的信息,在一段时间内,如果刻意不刷微博不上朋友圈,很可能朋友聚会的时候你只能一人向隅。但信息的无限繁殖和增长有可能恰恰导致某种贬值和匮乏,在信息膨胀的时代里,我们应该保持"必要的无知"。然而,铺天盖地的信息碎片中,也许有那么一两块正折射着时代问题的核心。这是第一重困难:如何与喧嚣的时代保持必要距离,但同时又不轻易放过这个时代的"真问题"。

文学主张移情、感同身受,提供给人一种看待现实社会与生活的复杂的视野,诚如特里林所言:"文学是这样一种人性活动,它对于多样性、或然性、复杂性和困难性有着最完满和最精确的表述。"我经常会想象各人文社会学科在一起开会的场景(如果有这种可能),经济学家、政治学家、法学家等都可能会器宇轩昂地对社会现状提出一系列规划,他们坚信按照这样的规划,社会可以发展得更加美好。我想在这样的场合里,文学者肯定是一个沉默寡言的人,一个没有办法侃侃而谈的人。因为热爱文学,获得了一种复杂性的视野,知道在自己的想象、立场之外,肯定还存在着另外一种可能性。尤其在"改革进入深水区"的今天,各种社会矛盾在积聚,各个阶层之间的差异、断裂在加剧。通过文学,感同身受每个人生活的无奈,每个人选择的纠缠,每个选择背后寄托着的希望和隐痛……生活远不是你想象得那么简单。这样的"双手互搏"往往导致游移、自我怀疑,于是文学者没有办法理直气壮地表明自己的立场。还是引特里林的话,他这样形容心意中的"文化英雄":"对于一等智力的检验是看他有没有能力同时在头脑中持有两种相反的观念,而同时依然能够保持行动的能力。"[1]这是至难的作为,如我辈身陷在"相反观念"的对撞中而无所决断,只能无限延宕甚而放弃言论背后的"行动能力"。这是第二重困难:避免堕落为犬儒或相对主义者;同时又不放弃复杂与多样,时刻警惕某种"立场化"。

鲁迅感叹"今之中国,其正一扰攘世哉!",但在"扰攘"声中却"难见真的人"。小驴显然敏感于此:"口号、标语以及嘹亮的歌声不绝于耳,……一夜之间就销声匿迹了,仿佛没有存在过一样。"(《关于记忆力的问题》)如果言论不出自独立而艰难的思辨,不需要付诸真诚而无伪的担当,自然"一夜之间就销声匿迹","面对每天发生的各种令人吃惊和愤慨的事情,表露出一时半刻的情绪,然后又重新回到搓麻将、看《天天向上》、逛街购物、吃饭睡觉等日常生活中去了"(《围观能改变什么》)——日常生活的"闭合性"多么恐怖而顽强。今天的情形甚至是,那些"扰攘"的言论已经成为运行上述"闭合机制"的内在程序,每当发生"令人吃惊和愤慨的事情",我们就在安全距离之外围观,通过网络、微信、微博或批判或抒情,或点赞或点蜡烛,然后获得某种已然参与或付出的幻象,带着这种幻象,重新返回原先的生活。就如一位朋友的疑惑——在言论中充满批判性,而在生活中却是完全的犬儒。悖反的两极竟可以形成惊人的自洽。甚至就是以这种批判性来构筑言论的厚壳,藉此隔绝不义和苦难,然后兴致勃勃地与生活媾和。这是第三重困难。

---

[1] 特里林:《自由的想象》,转引自宋明炜:《批评家特里林》第 162、164 页,上海书店出版社 2012 年版,第 162、164 页。

对于以上困境,小驴显然感同身受。随笔集中经常流露出对发言的节制与审慎:"我自觉地保持着沉默的本性,并且暗自松了口气,终于不必轮到我来说话了。"(《关于记忆力的问题》)然而,小驴终于勇敢地跨过默与言之间的沟壑:"我感到自身的无能为力,愤慨,悲哀,颓废,摇头叹气,但这既不能拯救自我,也不能给读者指明方向。可就像韩国青年作家千明官所说的,即便不能给读者救赎之路,只要能明白自己的不幸并非不合理,自己并不孤独,从而更加理解自己的不幸,这也是有意义的。"(《我知道的太少了》)——从这个契机起步,小驴开始谈时事,谈阅读与写作,谈乡村的历史与现实,谈个人记忆深处的痛……读这些文字的时候(我个人较为欣赏集中的第一、五辑),我想,前面所谓困境云云或许杞人忧天,身当秩序轰塌的年代,鲁迅以"心以为然"的"确信"来估量"终极究竟的事"(《我们现在怎样做父亲》),这个"心以为然"无非就是健全的常识,这可以作为今日发言的起点。比如,集子中至少有两篇谈到父辈的忏悔与沉默,小驴显然不满于缄口不言所导致的自我宽宥与历史淡忘,他追问:"沉默就能抵消掉良心的羞愧与不安吗?曾经令人胆战心惊的红卫兵们,随着年龄的增长,很多已经成为社会精英,……不可否认,在改革开放的三十多年间,这代人在推动着社会的进步,是当仁不让的中坚力量。……然而他们的沉默,对年轻时代所犯下的错误的自我宽恕,以及先富后暴露出的炫富纵欲等负面形象,在下代人心中并没有树立起父亲的榜样。"(《坏人都老了吗》)如果将小驴严肃的"审父",与近期前辈作家对青年人懦弱、暮气沉沉的指责结合起来,我想会有更多启发,我们需要在微观的个人经验和宏观的历史环境、社会结构之间进行穿梭的"社会学的想象力"。当然,"审父"并不意味着提供自我逃避的借口;更多的时候,是诚恳的"自剖其心":"吐槽,调侃,发牢骚,自黑,狂欢,这些行为很轻易地将自己置身于历史与现实话题之外,成为虚无主义者,逃避了作为公民所必须承担的社会责任感和担当意识。"(《犬儒时代》)

　　回应本节开头,我把小驴的随笔理解为文学者在多重困境中的发言。其实,这种困境未必不能转化为"玉汝于成"的途径,这个时代对于写作者而言"别无选择"。"萨特的许多哲学观点都形成于二战纳粹占领法国期间。在国家被占领的情况下,抵抗运动是由像萨特这样的个体组成的,他们每天都得做出决定,而这些决定会直接影响到数十个生命,包括他自己的生命。然而,每个决定都必须孤独地做出。……'绝对独立下的绝对责任',这就是萨特对自由的定义。"[1]今天的时代不是萨特所置身的极限情境,不会频繁遭遇那些峻急的时刻,但是设若你每天面对这些纷扰的事件与话题——柴静《穹顶之下》纪录片、"最美乡村女教师"、天津滨海新区爆炸后 CNN 记者报道受阻、甚至孙杨退赛……——设若你不是把它们派作茶余饭后的谈资,而是希望转化为某种自我教育的资源,就必得经历一番番诚恳而内在的辩难,同样"每天都得做出决定"。"中国最新的三十年里,80 后作为参与者与见证者,目睹着这个国家一系列的变故。……未来 80 后这代人里的新文学,很大部分必将在对过去这二三十年的反思中产生。"(《路在何方》)我很认同小驴的话,未来中国的新文学,必将在这一个个严峻的、内在辩难的瞬间中诞生。

---

[1] 转引自丹穆若什:《什么是世界文学》,查明建、宋明炜等译,北京大学出版社 2014 年版,第 213 页。

焦虑感,及"青春文学"的再生

据沈兼士考订[1],人死为鬼,虽为一般的传统解释,并延及今日,但"鬼"之原始意义,"疑乃古代一种类人之动物","自其性质之黠巧引申之,则为诡,为谲"。不管是初起的"类人之动物",或后发的鬼神妖怪、人死后的灵魂,"鬼"都保留着奇谲、敏慧、"常人"所不具的才能。鲁迅对神秘阴森世界的抵拒与迷恋,在"五四"新文化一片清明而理性的光照下,特别显出意味深长。"天未明时有幢幢的鬼影,阴森的细语和其他飘忽的幻象。这些东西在不耐烦地等待黎明时极易被忽视。鲁迅即是此时此刻的史家,他以清晰的眼光和精深的感触来描写……"[2]正是因为在光明与黑暗间徘徊无依的姿态,以及常人不具的"清晰的眼光"(许是得自鬼眼的"第二视力"吧),鲁迅才能洞察生活和文学的秘密:"一个活人,当然是总想活下去的,就是真正老牌的奴隶,也还在打熬着要活下去。然而自己明知道是奴隶,打熬着,并且不平着,挣扎着,一面'意图'挣脱以至实行挣脱的,即使暂时失败,还是套上了镣铐罢,他却不过是单单的奴隶。如果从奴隶生活中寻出'美'来,赞叹,抚摩,陶醉,那可简直是万劫不复的奴才了,他使自己和别人永远安住于这生活。就因为奴群中有这一点差别,所以使社会有平安

---

[1] 沈兼士:《"鬼"字原始意义之试探》,载《国学季刊》五卷三号,1935年。此据《沈兼士学术论文集》,中华书局1986年版,第186~202页。
[2] 夏济安:《鲁迅作品的黑暗面》,收录于《夏济安选集》,辽宁教育出版社2001年版,第28页。

和不安的差别,而在文学上,就分明的显现了麻醉的和战斗的不同。"[1]当别人急于粉饰黎明后的黄金世界,或"安住于这生活"之时,鲁迅却从中隔绝出来,"彷徨于无地"……

在今天的青年作家笔下,见惯了"平安"的文学,殊少"不安"的文学。我喜欢小驴的小说,最大的原因正在于,从他的文字里,我扑面感受到一种无时或已、万难将息的焦虑感。为了说明"焦虑感"的独特性,我想有必要做一些文学史的回溯,关注文学中的青年人形象以及青年文学生成、转变的轨迹。这是一个大题目,暂且从1990年代说起。

随着整个社会文化空间的日益开放,文化的"共名"状态[2]逐渐涣散,为那种更偏重个人性、多元化的"无名"状态所取代,在创作上则体现为个人叙事立场的转型,此时,"'十七年'、'文革'成长小说赖以建立文本的理念底蕴——个体成长的意义象征国家的成长、与国家的命运须臾不可分割、个体是民族国家意识形态的人质……这样的文本立意基本上崩解了。个体成长的最重要的关系空间不再是国家,而是具有初步自律功能的社会。这样,个体获得了他所能期求的最低限度的理想成长状态——'自然状态'"[3]。同时我们也应该注意到,1980年代末的政治风波使人们看到了青年运动的代价和边界,年轻人由此从社会得到了摆脱"神圣使命"约束的某种默许和认可,放下了角色扮

---

[1] 鲁迅:《漫与》,《鲁迅全集》,第4卷,人民文学出版社2005年版,第604页。
[2] 关于共名与无名的理论阐释,及由此角度对20世纪中国文学史的考察,参见陈思和:《共名与无名》,收录于《陈思和自选集》,广西师范大学出版社1997年版,第139～152页。
[3] 樊国宾:《主体的生成:50年成长小说研究》,中国戏剧出版社2003年版,第221页。

演的包袱。总之,多元文化格局的形成、个人叙事立场的支持以及青年从"救世主"的幻想中获得解放,这一切,都促使青年文学逐渐告别宏大叙事转而开拓个人心理空间和主体经验。在这方面,以朱文、韩东为代表的一批被称为"新生代"的青年作家和卫慧、棉棉等"70后"作家作出了贡献。

及至新世纪,情形又发生转变。按照王晓明先生的分析,今天的中国人"同时受制于三个社会系统":"第一个是国家机器主导的政治系统,它以'维稳'为宗旨,竭力加固那种'除了适应现实,我们别无选择'的普遍意识。第二个是中国特色的市场经济系统,它通过各种具体的成文和不成文法,持续训练人接受这样的自我定位,'现代人,就是如下两面的结合:合乎市场需求的劳动力,和具有不可控制的消费冲动的消费者'。第三个日常生活系统,它安排人以'居家'为中心,组织自己的大部分人生内容,从儿童时代接受学校教育开始,一直到老。这个系统持续地发展一种具有极宽的包含力的'居家文化',对人潜移默化,要将他造得除了'居家'的舒适——当然,这里的'家'并不仅限于小家庭和公寓范围——别的什么都不在意"[1]。在这三个系统组成的支配性文化和意识形态笼罩下,青年人往往具备根深蒂固的实用理性,对自己选择的价值观秉持类乎"历史终结"般的坚信,戒绝任何越轨的冲动……于是,1990年代文学中自居于主流和世俗社会边缘、苦苦寻求自我精神拯救的青年人(如朱文笔下的小丁们)、以赤裸裸的

---

[1] 王晓明、王侃:《三足怪物、叛徒、谜底及其他》,载《当代作家评论》2012年第1期。

笔墨挑战"所谓致富阶级(成功人士)温情脉脉的伦理规范"[1]的叛逃者(如棉棉、卫慧笔下的女孩子),全都消失了。其实这两类形象的消失有迹可循,有论者极富创见地提出了"终止焦虑"这一考察视角:焦虑是通过与现实处境持续的紧张对峙来艰难摸索一种自我确立的主体力量,"焦虑感是作家主体通过文字与世界发生关联时承受的障碍所致,是心灵的想象与现实境况相互磨蚀的结果,在有些情况下正是人不放弃追求主体力量的证明"。差异正在于,朱文"同样表现'无所作为'的虚无感,但深刻地描绘了写作者的内心焦虑,毫不放松地突出着对主体力量的渴望";而到了卫慧、棉棉等"70后"作家笔下,"主体在对现实的反应中自主性明显弱化,认同感逐渐增强,两者的关系处于相互整合之中,而不是主体自觉疏离出来,形成独立的个体存在"[2]。到了新世纪,明显反映出这一"整合"过程完成、连摩擦痕迹都不复存在的,是青春文学中的两类青年形象。

一类是郭敬明式的小说中"拒绝成长"的"孩子",其最显著的特征即"主人公的静止不变":"对个体的忧伤、创痛的反复咀嚼不仅成为文本推进的主要线索,更被普遍化为某种本质的、从来如此的青春体验,这一操作的痕迹最为鲜明地体现在郭敬明对'孩子'这一概念的反复言说之中。在郭敬明笔下,'孩子'不仅是一个年龄阶段,更是一个可以脱离各种社会关系而存在的绝对纯洁的领域,……'孩子'这一范畴成功抹去了个体的创伤与其社会根源之间的关联,从而建构了一个完

---

[1] 陈思和:《现代都市社会的"欲望"文本——以卫慧和棉棉的创作为例》,收录于《谈虎谈兔》,广西师范大学出版社2001年版,第224页。
[2] 宋明炜:《终止焦虑与长大成人——关于70年代出生作家的笔记》,载《上海文学》1999年9月。

全封闭的主体。对于这样一个主体而言,由于无法在具体的社会结构、生活经验,及其背后的权力关系中辨析创伤的来源。因此,他只能将其视为本质的、普遍的青春忧伤而加以领受,甚至将其审美化,并反复观看、咀嚼。同时,正是这种将自身独立于社会的意识形态构型,询唤出了大量自我封闭的、拒绝成长的主体,取消了任何对抗性实践的可能性,从而不断再生产着既存体制下的权力关系。"[1]无须让生命悸动的痛感来提醒自己,也无须在黑暗的长旅中左冲右突,铺天盖地的广告、传媒早已告诉了那个"孩子"成人世界的秘密与真相。郭敬明笔下这个"只想呆在自己世界里的孩子",以持守纯真的自恋姿态来暗享"豁免权"[2];同时又在早已熟稔成人社会游戏规则的前提下,将成长过程"压缩",一出场就"定型"。从表面上看,这个"孩子"的形象刻意呈现出一种"中性"(去意识形态化、去精英化)化的生活姿态,这种姿态很容易俘获大批读者,但很明显恰恰受制于消费主义的意识形态,衣食住行背后是对市场社会主流价值全面认同。郭敬明笔下的年轻主人公、他提供给年轻读者的范本大抵就是成功人士的后备军,而成功人士恰恰是当年朱文、棉棉们曾试图挑战的对象。这是时代精神现象的表征:一个"诸神归位"的时代,举目所见都是价值观稳固、静态而不再成长的"孩子",而绝少村上春树所谓"可变的存在","价值观和生活方式尚未牢固确立","精神在无边的荒野中摸索自由、困惑和犹

---

[1] 康凌:《林道静在21世纪》,载《文学报》2012年2月9日。
[2] 当"抄袭"事件闹到法庭并被炒得沸沸扬扬的时候,记者问及郭敬明是否在意,郭的解释是:"我不想参与到成人世界的争斗中,我只想呆在自己的世界里。"

豫"〔1〕……

今天文学中的另一类青年形象,是平抑了欲望,甚至消解了绝望后,外表淡漠、心如死水的人。有位年轻的研究者作过这样一番观察:"欲望,在我们以往的文学作品里多是人物行动最根本的动力,且从未有这样一些对它丧失兴味的正常人,而且是青年人。张悦然《一千零一个夜晚》正是写出了由禁欲时代之后诞生的一代青年人,他们因过分容易的欲望满足,而逐渐丧失欲望兴趣。……在一个表面更加自由、富裕的世界里,这些物质条件优渥的青年人已经到了他们生命旅程的悬崖边……"〔2〕之所以外表淡漠、心如死水,对什么事情都提不起劲,除了"物质条件优渥"之外,其实有着更深刻的根源。在今天这个"表面更加自由、富裕的世界里",让年轻人糟心的事情几乎每天都在发生,"方圆几公里都找不到一个励志故事"〔3〕,如果"睁了眼看",无奈、无力甚至绝望感可能每天都会侵扰你。问题是,我们大多已经找到了游离、化解的渠道,王小妮在《上课记》中的一番记录,告诉我们达观而犬儒的青年人是如何炼成的:"我渐渐发现在他们的内心和现实之间留有一个空间,一个缓冲带,他们早适应了在自我和现实间随意游离,那是一条由生物本能和现实环境共同塑造出来的切换通道。他们学会了在多种不同的立场观念角度间凭着惯性自如转换,不留痕迹,毫无尴尬、勉强和被迫,他们也由此得到保护,避免内心的痛苦纠

---

〔1〕 村上春树:《海边的卡夫卡》"中文版序言",收录于《海边的卡夫卡》,林少华译,上海译文出版社2010年版。
〔2〕 李一语,出自金理、李一:《新世纪青春小说:期待"逆袭"品格的重生》,这是《新世纪小说大系(2001~2010)·"青春卷"》的序言,上海文艺出版社2014年版。
〔3〕 韩寒:《青春》,收录于《青春》,湖南人民出版社2011年版,第14页。

结。……他们游移藏身在这个弹性无限的空隙里,灵活转身,呈现自己的多面性,从而获得安全感,使他们的犬儒境界自然而然地享受快乐而达观的宽度。上一代人与现实之间形成的某些如芒如刺的感受,几乎被他们化解干净了。"[1]

以上两类当下文学中常见的青年人形象,都已经克服、告别焦虑感,将"与现实之间形成的某些如芒如刺的感受""化解干净",也许这正意味着一种带有先锋性质的青年文学的离去。我们正处于绝望后的一片死寂中……

然而恰恰是在这样的死寂中,有必要重访鲁迅的"铁屋子":曾经一度清醒、天真的个人,当面对"万难破毁"的困境,是否只有一种选择——重新安排自己进入原先的世界,从"昏睡入死灭";抑或辩证对待必然性与能动性,"有没有可能,通过有目的性的活动,来逃脱那囚禁我们的社会历史结构"[2]？中国现代文学的"诞生之作"《狂人日记》讲述的就是一个能动的青年主体[3]尝试打破"铁屋子"的故事。在"从来如此,便对么"的质问中,现代青年的反抗者形象(狂人、觉慧、蒋纯祖……)在文学史上登场；《狂人日记》是一部典型的拥有成长主题的青春文学。而青春文学自来就具备先锋[4]、"冲决罗网"的气质。

我最近翻一本在年轻读者群中比较有市场的主题书,那一期的主

---

[1] 王小妮：《上课记》,中国华侨出版社 2011 年版,第 136 页。
[2] 安德鲁·琼斯：《鲁迅及其晚清进化模式的历险小说》,王敦、李之华译,载《现代中文学刊》2012 年第 2 期。
[3] 狂人并无固定的职业,也谈不上成熟的思想体系,年龄约在三十多岁,根据小说开篇"今天晚上,很好的月光。我不见他,已是三十多年……"可以大致推定。
[4] 对"五四"新文化运动先锋性质的论述,参见陈思和：《试论五四新文学运动的先锋性》,收录于《海藻集》,广西师范大学出版社 2007 年版。

题是"文艺青年",编者认为"文艺青年"有两个特征:一是封闭性,"精神世界是完全封闭的",对现实生活很淡漠;二是自足性,"对现状总能苦中作乐",善于自我安慰,说服自己"慈眉善目地打量这个世界"。这是今天语境中对"文艺青年"的理解,这位编辑显然不理解我们现代文学史上的"文学青年"是怎样一拨人:他们不安分,与周围环境构成紧张的对峙,喜欢跟坚硬的墙撞一撞,总在尝试表达超越性的诉求,以积极主动的姿态来为自我争取更多选择的可能,也愿意为此付出冒险的代价,投身未知的领域。这位编辑想必也没有读过路翎——

> 从强烈的快感突然堕进痛灼的悲凉,从兴奋堕到沮丧,又从沮丧回到兴奋,年轻的生命好像浪潮。这一切激荡没有什么显著的理由,只是他们需要如此;他们在心里作着对这个世界的最初的,最灼痛的思索,永远觉得前面有一个声音在呼唤。
>
> 他每天都迷失,他似乎是在渴望,并追求迷失,他每次都冲了出来。黑暗的波涛淹没了一切,他只在最后的一点上猛烈地撑拒着。……[1]

这是蒋纯祖,路翎笔下的"文学青年"。在世界——那个"泥海似的广袤和铁蒺藜似的错综"的世界——面前,永远跃动着强旺而新鲜的感受力;"火辣辣的心灵在历史运命这个无情的审判者前面搏斗";永不停息地抗辩客观世界中既成、稳固的绝对原则;并将上述感受、抗辩落实为美学创新,这种创新可能免不了粗糙、芜杂,但它镌刻着年轻人对

---

[1] 路翎:《财主底儿女们》,人民文学出版社1985年版,第478、479、1002页。

自我和世界的探索，这一探索是诚恳的、运动着的，"艺术上的搏斗都燃烧在青春底熊熊的热情火焰里面"[1]。——在这个意义上，《财主底儿女们》是一部"青春底诗"。

将郑小驴的创作接续到文学史的脉络中，是为了召唤一种青春文学在今天的重生；小驴从这个接力点开始跋涉，在无边的旷野上，他即将和蒋纯祖们相遇……

2013 年 5 月 8 日初稿，2017 年 11 月 8 日改定

---

[1] 胡风：《财主底儿女们·序》，收录于《财主底儿女们》人民文学出版社 1985 年版，第 1、7 页。

自我的搏斗：甫跃辉论

一

甫跃辉出道之际，其实面对着一条狭窄的路。他的前辈莫言、王安忆、余华们以先锋姿态进入文坛，当时的文学体制比如重要的纯文学刊物等都提供了推波助澜的作用，然后当代文学转型为"常态的中年期"（借用陈思和老师话说），他们构建了今日中国文坛的中流砥柱，在稳定的环境里，从容磨砺写作技艺、丰富世界观、摸索读者的口味，不断推出的作品是主流奖项的候选者、学院批评家的关注对象和图书市场的看点。即便是横向地和同龄人相比，和那些完全与新的传播媒介、新的文学生产方式水乳交融、互为推波助澜的弄潮儿相比,跃辉也显得有点"落伍"。在很多人看来,"80后"写作、"青春写作"本就和商业包装、高点击率、喧嚣的网络论坛、"玄幻"、"穿越"相伴随。由此看来,跃辉真是选择了一条最狭窄的路。

不过他在这条窄路上却走得安心、从容不迫、稳稳当当。因为关于文学的"变"与"不变",他有独特理解:"回顾现在活跃在文坛上的前辈作家们,他们刚开始进入所谓文坛或在文坛成名时是以怎样的方式?'30后'作家王蒙,开始写作时有《组织部新来的青年人》;'40后'作家路遥写了《人生》;'50后'王安忆最开始引人关注的作品是《雨,沙沙沙》,'60后'的余华和苏童最初引人注目的是《十八岁出门远行》和'少年血'系列等作品;'70后'的徐则臣最初引起关注的是《鸭子是怎样飞上天的》等'花街系列'作品。这些作品都写的是年轻人,都是在一个连续的传统里。这些都没有被冠以'青春写作',可到了'80后'就变了。刚才提到的'70后'的徐则臣属于成名较晚的,比较早成名的像卫慧、棉棉,她们作品中的年轻人与徐则臣作品中的年轻人截然不同。徐则臣是与前几辈作家一脉相承的,而卫慧、棉棉是另外一副样子。卫慧、棉棉和之前的'传统写作'断裂了,却又被后来的徐则臣等人接续上了。我觉得'80后'目前进入公众视野的这一批人承袭了卫慧、棉棉这一脉,尽管已经有了很大变化。这些人只是'80后'中的一部分,——但在许多人想象中的'80后'却全都成了这样的。我在《上海文学》杂志社做编辑,接触到很多年轻人,他们也是从期刊发表作品起步的,和已经进入公众视野的'80后'写作者决然不同,这一拨人将会像徐则臣他们那样,接续上被同辈人扯断的传统。反叛然后回归,常常是一代人的命运。从这个意义上说,无论'70后'还是'80后'的写作者,在与所谓'传统写作'发生断裂的同时,也暗暗地有了承续。"[1]"70后"作家分化确实可作为今天"80后"们的借镜。刚开始是炒作"美女作家"这个概念,刊物推出的专辑还特意配发玉照,就好像今天一些年轻读者购买"80后"作品主要原因是书中奉送了精美照片。但现在看来,在"70后"作家中真正成熟的,与当年炫目的美女作家相比往往显得低调,甚至自觉远离媒体视线,在文学的年轮中默默成长,在积累、沉淀之后给人水到渠成、春来草自青的感觉。

所以跃辉一点不着急,安安心心读小说,写小说,"学院派"的步步为营,显出了和一起步就在流行市场里匆匆打拼的"青春文学"不同的风致。《丢失者》的开篇起笔,《骤风》结尾的视角转移,《走失在秋天的夜晚》对文本结构与动机的打磨,凡此种种,在青年小说家的学习时代中,我们看到的不仅是他对前辈作家的亦步亦趋,更是自1980年代先锋而来的当代文学脉络在他身上的绵延赓续。对"传统"的继承在他那里,被具体化为对上一辈作家作品细致的阅读和研习,和对"小说"这门"手艺"的默会心知,而他也由此立定了自己在当代文学版图里的渊源与位置。

二

听跃辉讲过很多故乡乡间的故事,其中的一些已被他写入小说中,那惝恍迷离、鬼影绰绰的气氛、少年在想象的世界里夜游的经历,

---

[1] 参见《新世纪十年文学:断裂的美学如何整合?》,这是甫跃辉在以此为题的研讨会上的发言,载《文学报》2010年7月15日。

很让人想起沈从文先生笔下《哨兵》一类的篇章。跃辉的这一类创作质量稳定,已基本上构成一个其来有自的文学世界,这是跃辉创作的起点。其实这已非易事,提笔写作并不就意味着一个人找到了自己的创作起点。

这批小说创作中,印象最为深刻的当推《初岁》。十多年前,主人公兰建成是跟在送去屠宰的猪后面"难过又无能为力的小男孩";等到第一次操刀前"咬紧牙齿,身子颤抖,激动和紧张混杂在一块儿";杀猪过程中"有一瞬间,他又隐约触到了小时候的那种疼痛,但转瞬即逝";后来"时隔多年,兰建成已经不能体会面对一只猪的死产生的那种痛苦了,甚至为自己当年竟然那么痛苦感到难为情"……兰建成面对杀猪时的体验——借用布鲁克斯和沃伦的话——可看作"邪恶的发现",而从恐惧紧张到安之若素,兰建成内化了成人世界的秩序和机制,从而与纯真的儿童世界告别。小说中杀猪这一情节,由此可理解为告别儿童向成年转化过程中经受考验的寓言和仪式。小说最精彩的地方,写到兰从猪身上抽出刀子,"血接踵而至",那一刹那,"恍然觉得血是从自己身上流出去的,不知不觉中,他的呼吸竟和猪的达成一致"。从上述过程和细节来看,成长如此残酷,意味着对痛楚的渐渐麻木,甚至意味着杀死"对象化的自我"。小说还写到了侄女小微,她在屠宰场大声哭泣的表现恰如十多年前的兰,更年轻一代的成长也必须重复这样的残酷吗?小说写到这里——告别/成长的转型中对残酷的发现——似乎并无太多新意;然而,有意味的是,小说所展示的"小微—兰"这一成长序列,还可延展成"小微—兰—老董",也就是说:小微固可视为以前的兰,但老董也可看作未来的兰。老董在小说中着墨不多却让人过目难忘,他在凡庸的岗位上从容尽着生命之理,身上闪烁着《庄子》中那位"技进乎道"的庖丁的影子。这里的沉静与前面的残酷形成丰富的意味,似乎为成长开放着可能性。由此我也想到昆德拉所谓"小说精神的复杂性","每部小说都在告诉读者:事情要比你想象的复杂"[1],文学理应"将感觉与思想的每一面向完全展开"而不致缩减为单一维度。与网络文学、媒体文学更多追求生产、流通、消费的高速不同,传统文学当以更沉稳的心态关怀人类社会及人性经验的全部复杂性(甫跃辉曾听从导师王安忆的教导而停笔一年,以保持小说的文学品格)。在眼下的青春文学中,概念化的人物、简单的情节、虚拟封闭的情境比比皆是,正是在这方面,跃辉的创作给出了有力修订。

就题材而言,《我的莲花盛开的村庄》有点像余华的《活着》,但差异也是明显的:后者那里高频率的死亡、出人意料的转折等元素构成的"苦难+温情"的策略,在跃辉笔下却都被节制地略去了。恰如小说末尾所写:奚奎义仍然坐在庙门口呜噜呜噜吹喇叭,"他也不知道自己吹的是什么曲子,不知道是哀乐还是喜乐,所有的悲和喜都乱成一片,在很遥远的地方回响"……我以为,小说正是在悲喜泯然中写尽了一个普通人对日常生活的庄严态度。而《暖雪》无疑是一曲挽歌。弥漫着松脂味的树林、蓊郁大山及山中的生灵、还有打猎的老人,都将一去不返。"亮子迟迟没做出决定要不要去城里",小说结尾却以生机乍现的自然场景("猛地跳出一团橘红,圈在水库里的水们一霎时全活了,听得到无数的欢笑、吵嚷。……")掩饰了选择的无奈。我觉得《暖雪》不妨和跃辉的另一中篇佳构《鱼王》对读。小说中都出现了"外来者"形象,《暖雪》中来水库旅游的城里人贪婪、无礼,这是典型的乡土中国

---

[1] 昆德拉:《小说的精神》,董强译,上海译文出版社2004年版,第24页。

的闯入者——在《暴风骤雨》中可以是带来"历史开端"的土改工作队，在张炜笔下可以是隆隆的推土机和疯狂掠夺的开采工程组——他们的"进入"乡村或者代表一种现代文明对民间"小传统"的对立、改造；或者意味着对大地和自然的肆意索取、破坏。而《鱼王》却贡献了新鲜的"外来者"形象，老刁和海天熟稔乡村伦理（比如挨家挨户地送鱼），敬惜大自然（比如海天和鱼王之间的神秘呼应），取予有道……无论是"外来者"抑或"原乡者"、是离开抑或留守，但愿他们都能找到适合其态度与方式的生存之地。

三

除了"外来者"和"原乡者"外，"回乡者"更构成了跃辉笔下的一组丰富形象。《牙疼》里的小艾从"要坐火车、汽车，加起来三天三夜不止"的浙江回乡，不仅带回来一个双手和"翅膀一样细长"的浙江男人，更带来了自己难产、被抛弃的命运，搅动起整个乡土沉滞的伦常土俗——在乡人们看来一定会自杀的她，竟然重新梳妆打点准备远行，"她的美丽如灼灼桃花，灼痛了所有人的眼睛。"《旧城》里的小易，曾经为了躲开母亲而报考中师，离开故乡，"母亲大吵一架，就走了，一走就再也没回来过"。然而，正如《初岁》里的兰建成借由杀猪的过程，受洗般地重新进入藏污纳垢、生气盎然的民间乡土。重回故土的小易，也在故乡日常琐碎的洒扫庭除里蓦然惊觉，"自己竟然和母亲如此相像"，与母亲的和解正是与故乡的和解，一趟回乡之旅使她谅解了母亲，也真正发现、进入了"旧城"。

远行与回乡，是文学史中不断复现的创作母题，而跃辉笔下的回乡者与原乡之间的冲突或是和解,则可以追溯到现代文学自鲁迅、沈从文以来的悠长脉络,中国特有的城乡结构造就了两个截然不同的"生活世界",《牙疼》里村人对遥远的浙江的想象,"浙江人"用相机对乡村世界的打量与"定格",《旧城》里不断催促小易回校的口吻阴森的"副系主任钱学明",在在标示着隐绰在"乡村"背后的"城市"的巨大阴影。对横跨城乡两界的"回乡者"或"进城者"(这里的"回乡",几乎肯定是从城市回乡,而非从另一片乡村返回)而言,这种"一生两世"的现代性经验,根本无法在高歌猛进的"现代化"或"城市化"叙述中得到表达,跃辉的写作,正是在这一点上呈示出了这一群体的内在的撕裂、冲突与焦虑。《走失在秋天的夜晚》中的李绳离开故乡北上省城,在被女朋友揭穿了自己假冒城市大学生身份的谎言之后,神使鬼差地拨通了中学时暗恋的女同学曹英的电话,却"仿佛有一根骨头卡在喉咙",一句话也说不出来。此后,每当遇到挫折,李绳便给曹英打电话,依旧是一言不发,但"每次给曹英打完电话,他总能获得一段时间内心的宁静。"融入城市的失败催生了对故土的依恋,但面对故土时的持续的"失语"状态,则成为"进城者"们进退维谷的存在状态的隐喻,语言是存在的家园,是生活世界的自我呈显,语言的失落,不仅是内在精神的焦虑与紧张,更是与整个生活世界的疏离与剥落,他们自己知道,"一旦开口说话,他和曹英之间是没有多少话可说的。"由此,"进城者"成为真正的"零余者",被两个世界同时抛弃,一面无法获得城市的身份与认同,一面也被隔绝在乡土之外,无法回到乡土的生活、言路之中,他们要么通过欺骗他人与自己(假装大学生)进入城市,随时面临被揭穿、挫败的可能,要么如文本末尾所写,通过暴力乃至杀戮,强行介入曹英的生活,进入原乡世界。在小说最后,李绳回到故乡杀死曹英的男友,同时打电话告诉曹英自己在省城,试图造成不在场的假象。但"恰恰是那两个电话"所留下的手机漫游记录暴露了他的真正位置,导致他的落网。借助手机与漫游这些现代工具与技术,跃辉精巧地表达了"进城者"的自我认同及其现实处境之间的扭曲错位,这种错位来源于城乡二元的结构,并最终撕裂了被它所笼罩、压抑着的进城者/零余者们。

四

由此,我们得以进入跃辉创作的另一端:城市生活。与乡土世界的温情与奇绝相比,城市则多被呈现为一个压抑而荒谬的空间。《骤风》开篇的一句"突然,起风了",宣告了一场突如其来的城市飓风,"沿路卷起了灰尘、杂草、果皮、纸屑、塑料袋、小树枝、铁锅、水桶、糟木板、破衣烂衫……",人们在其中只能无助地挣扎求生。在疾风肆虐的描写过后,跃辉笔锋一转,又一句"突然,起风了",引出了三天前"我"的女朋友在大风中遭遇的车祸与死亡。如果说气候乃至节气在乡村代表着自然的生息时序,那么城市骤风,便仿佛构成了一种至大无外而莫可名状的力量,操纵着城市空间的混乱、危险、甚至倏然而至的死亡。同样,《惊雷》中的一场雷雨,使得四个毫无联系的人偶然地在躲雨的地方聚拢在一起,却发现每个人都带着生活——或者说是金钱——造成的创伤,头顶不断炸响的惊雷,似乎可能在每个人身上爆裂。

在《巨象》里,表达这种压抑性力量的意象换成了主人公李生挥之不去的噩梦:"巨象"的碾压。和女友的分手,被李生"下意识地理解为进入城市的失败。"而刚从外地进城的小彦,则成为失败后的补偿与慰藉。在这里,恋爱关系变成城乡结构的隐喻,对女性的欲望被悄然转换为对城市的欲望,女性被物化为欲望都市,城市则被铭写上强烈的阴性气质(femininity,这一点确实可以上溯到郁达夫在国族政治与个人欲望间的奇妙转喻),跃辉的写作,正揭示了当代都市欲望的生产机制中的这一主导逻辑。正如黄平所说,"《巨象》震撼人心的地方,写出了'吃人'的当下城市文化心理结构,'中国梦'阴冷的另一面。……在'城里人—外地人—更弱的外地人'这条生物链上,李生吞噬起更弱的小彦十分平静,尽管偶尔闪过犹豫,但整体上是心安理得的。'他要强奸这个城市,就像这个城市强奸他'。"[1]但是,李生并未因此得到安定,不仅被女友抛弃的创伤没有因此治愈,而且对小彦的伤害,也成为了他无法摆脱的梦魇,他脑中不断闪现的"我还是个好人吗?"的自我拷问,更提示了个体的伦理法则在城市(巨象)的无情碾压下的荡然销陨。正是这种惘惘的力量,诱使《晚宴》中的顾零洲产生为前女友拍裸照的扭曲欲望,推动《动物园》里的男女主人公展开一场围绕着开窗与关窗的荒谬拉锯,更使得《苏州夜》里的"他"像"一个被人牵着线的木偶"一样与酒吧女进行了性交易。城市如同一个无物之阵,所有的荒诞与悲剧都无法简单揆诸个体的善恶对错,每个人似乎都在城市逻辑的摆布下伤害彼此,乃至毁灭自身。

事实上,即使进入了城市,拥有了城市人的身份,也未必意味着能够摆脱这样的力量。《丢失者》中的顾零洲本科毕业后在城市中拥有

---

[1] 黄平、杨庆祥、金理:《当下写作的多样性——80后学者三人谈(之六)》,载《南方文坛》2012年第6期。

了一份安定的工作,建立了稳定而广泛的人际网络(手机上"目前存有534个号码")。但是,一次意外的手机丢失将城市生活内中真相展现得纤毫毕现。在这里,跃辉显示了与庸常作者的距离,他既没有着力于丢失手机后的孤独惶惑,也没有停留在摆脱人际关系束缚后对自我、自由的发现,相反,他很快让主人公重新获得了一部手机,而正是在这时,顾零洲发现,在他脱离人际网络的这段时间里,"一个信息、一个电话没有","没有一个人询问他怎么停机了",想象中的"女友会发疯一般,怀疑他、责备他、又担忧他"并没有发生,"无论是电脑还是手机,都那么安静。这个世界真安静。"意外的意义不在于意外本身,而在于它在日常生活的完满外表上划出了一道裂缝,让人们得以窥探城市人际网络热闹表面下的冷漠与疏离。

与此类似的,是《朝着雪山去》里那些毕业后逐渐在城市里安顿下来的同学们,他们在听说了关良"去拉萨朝圣",并由此戒除网游的计划后,纷纷解囊相助。不论情愿或是不情愿,他们的资助,都使得关良此行或多或少承载了他们的集体愿望:从凡俗的庸常琐事中"挣脱自己沉重的身子朝雪山飞去"。然而结局却是,在遍历各种曼妙景致到达拉萨之后,关良竟"大摇大摆地穿过街道,朝对面一家网吧走去。"他对朝圣的评价与他出发前对世俗生活的评价如出一辙:"没意思!"

空洞的城市生活中酝酿出来的所谓朝圣理想同样空洞,两者互为镜像,一体两面,是同一套文化心理结构的产物,跃辉在和都市小资们"到西藏去净化心灵"之类的梦想开了个小玩笑的同时,也显示出自己的敏感与批判性,并以此继续观察、书写着现代都市主体的存在样态。

五

　　本文尝试把握甫跃辉创作的脉络与流向,这里绝无"总结"的意味,因为我们的讨论对象正处于创作力的喷薄期,易变、不安分、不可知……而我们更加惊喜的正是这一不可把握、拒绝被预测。

　　新世纪以来,对当代文学的焦虑从未停歇过,"垃圾论"、"死亡论"、"炮轰"层出不穷。其实,对于优秀的作家而言,不管时代怎么转换,文学怎么被排挤到边缘,文学的意义从来就不是问题。跃辉当然不会去为这些问题焦虑。

　　他的不安在另一个层面。

　　跃辉曾写道:"文学,对那些仅仅冀望生活安稳和顺的人们,究竟有多大用处呢?文学是否能如一盏可以放出光亮的灯,给人一点儿微末的安慰?当然,我可以像某些人那样很不屑地说,无用之用是为大用,文学就不应该是功利的实用的。但是,但是,为什么我心中仍旧不安呢?"

　　所有的写作本身都在探寻写作的意义,这一探寻本身,也构成继续写作的动力。那是自己与自己的搏斗,自己对自己的说服。也只有在这种紧张里,才能真正牵拉出扎实的、丰满的作品。

　　这就是跃辉所走的道路。在这之外,大概没有更多的问题会让他焦虑。

2012 年 11 月 13 日

（本篇由康凌与我合作完成,特此向康凌兄致谢）

"不合拍"的风景与"慢"的人：毕亮论

一

随着中国日益卷入全球化的经济体系，都市在整个中国社会中的枢纽辐射功能日益凸显。城市化的进程，其革命意义显然已经逾越了经济范畴。变革的阵痛，消费空间的膨胀，利益与快感原则的浮出地表，生活的重压与痛苦，情感焦虑与道德危机……在这种背景下，都市文学的膨胀与激增实在是情理之中的事。毕亮把自己的第一本集子题名为《在深圳》[1]，这是个很恰切的书名，集中所收的诸篇小说，故事发生地点均在深圳；即便主人公身不在深圳，也生活在对深圳的怀想中（《母子》）；少数几篇写到乡村，乡村的凋敝与破败（《职业病》《继续温暖》），也正是城市化偏狭发展的后果。毕亮的写作汇入到蔚为大观的都市叙事中，现在的问题是，面对高度的城市化景况，毕亮作出了何种努力？

不难理解，商业是结构现代都市的关键语汇，也是承载人们欲望的重要筹码。在今天的都市书写中，一幅幅消费主义指导下的中产阶级幻象大行其道：咖啡馆、酒店、洋房、西式公寓楼、豪车、巨型商场、会所、古姿手袋……而毕亮笔下的场景则大相径庭：逼仄的廉价租房、潮湿的水泥地板、墙角时有蟑螂和老鼠出没、无法隔绝的争吵声与啼哭声、嘈杂混沌的城中村、"古怪的涩味"四处弥漫……他执拗地在那些美轮美奂的都市画卷上戳出一个个漏洞，梦想永难照亮现实，在抵达之前已被碾碎。

经济发展在今天已然成为整个社会的中心，成功人士成为人们心目中的时代英雄。但正如王晓明先生的洞识所见[2]，在一般的广告、传媒与文学书写中，我们看到的只是由饮食生活、休闲方式、商务应酬等所构成的"半张脸的肖像"，这成功人士迷人的"半张脸"，成为公众艳羡和追慕的符号。与此同时，"另外的半张脸"则被悄然隐去。毕亮有少数几篇小说聚焦衣食无忧的中产阶级，但他发现的是，隐藏在"另

---

[1] 毕亮：《在深圳》，作家出版社2013年12月。
[2] 参见王晓明：《半张脸的肖像》，收录于《半张脸的神话》，广西师范大学出版社2003年版。

外的半张脸"背后的疲惫、病态、感情生活的千疮百孔(《在深圳》)、创伤留下的后遗症(《大雾》)……

说到底,毕亮根本无意加入到致敬成功人士的合唱中,也无意为欲望提供想象性的满足:

> 我们所处的时代节奏也是车轮滚滚,奔跑向前的。时代的节奏"快",而作为社会的个体,不是流水线上标准化的产品,他们形形色色,每个人都有自身的个性和生活节奏,他们有内心的独立追求,有精神上自我发展的渴望。跟时代的节奏合拍的,他们肯定会过得如鱼得水——尽管是表面的,可能精神上还是落魄不堪的;不合拍的,那些"慢"的人怎么办?如果他们内心不够强大,不能坚持己见和保持个性,则会被时代的节奏搅得方寸大乱,不适应者会迷失,会幻灭,不仅仅是物质和肉体,更是精神、情感层面的,以及与生俱来的善良的天性。[1]

毕亮笔下的"马氏青年"们,正是那些"不合拍"的、"慢"的人。在今天,全球化与发展的单面指标已经构成了一个巨无霸式的板块结构,迅速把社会推向超稳定的表象繁荣,同时有力地掩盖住内部所包容的各种混乱与矛盾冲突。很多年前,E. B. 怀特曾感慨道:"某个划时代的转折点已经到来了:人们本可以从他们的窗户看见真实的东西,但是人们

---

[1] 毕亮语,转自钟华生:《用文学打量"城里的外乡人"》,载《深圳商报》2011年3月7日。

却偏偏愿意在荧光屏上去看它的影像。"[1]这个"划时代的转折点"显然就是指"现代"的到来;而"荧光屏上"的"影像"恰类似于社会的表面繁荣与无数信息泡沫构造成的铁幕,它熠熠生辉,让我们无法想象铁幕下还有另一种人生。而毕亮倾力书写的,正是被主流的全球化板块所排挤出来的"失败者",以及他们在"荧光屏"之外的晦暗生活世界。

在与都市叙事传统的对接中,我们可以探究毕亮创作的特色。由于《沉沦》末尾那声著名的疾呼,使得文学史研究者大多将郁达夫在日本的形影相吊与激愤情绪归因于民族歧视,这诚然不错;但更深层的原因恐怕在于人与城市的格格不入,否则无法解释回国后他在作品中何以依然故我。我们充分注意到郁达夫笔下,诸如Y君(《银灰色的死》)、于质夫(茫茫夜))、文朴(《烟影》)等人物无一不是多病之身,这一频繁出现的疾病情节,其负载的叙述功能是双重的:首先,揭示非城市的人物与城市的冲突,控诉城市对生命的伤害;其次,疾病喻指了个体与人群、城市的疏离。可以说,在20世纪初,郁达夫就一定程度上奠定了中国现代都市文学的某种范式意义。他笔下的那些年轻人,尽管缺乏强大的反抗力量,无法摆脱环境重压带来的痛苦与尴尬,但依然通过与迷乱的欲望背景的若即若离,来摸索独立的个体存在。毕亮小说中漂泊到深圳的青年男女,尽管没有郁达夫式身体羸弱、多愁善感的标签,但无一不共感着相同的悲剧:拒绝不了都市诱惑却又不甘物化,为了将欲望实现不得不忍受价值失衡与自我迷失。"深圳是中国很具有典型性的现代城市符号,我们这一代人在都市里打拼,大环

---

[1] 转引自威廉·巴雷特:《非理性的人》,杨照明、艾平译,商务印书馆2004年版,第265页。

境的浪潮推着我们走,作为个体的力量是很微薄的,一旦遭遇物质的困境、精神的困境,很容易导致理想的幻灭。我比较注重这方面的表达。"[1]

更重要的是,在物欲迷乱的困境中,毕亮并未丧失信心和善意:被"深圳速度"甩离的马漠,"一只手拎行李袋,一只手拎画架",残破与潦倒中,他不忍忘记"画架"(《我们还有爱情吗》);出轨的丈夫被妻子赶出家门,在这个犯错的男人的离家行李箱中,除开衣物、银行卡、剃须刀,赫然还有"两本诗集"(《在深圳》)……

毕亮曾经自信地表示:"在我的短篇小说中,每一个'元素'的设定都是有一定用意的。"我们不妨捡拾其中的一个细节分析。狭窄老旧的租屋,"墙角旮旯布满蟑螂帖",但是在床头墙壁上却挂着一幅《向日葵》(《外乡父子》)。阅读至此你的第一感觉可能是"不协调",我想肯定很少会有所谓"打工文学"(这似乎是深圳这座城市的文学标签)将进城务工的中年男子与油画联系在一起。通常,我们对于打工者有一个想象,粗鄙、邋遢,他们的生活必然混乱不堪;同时,我们对油画也有一种想象,这些精美的艺术品出现在中产阶级美轮美奂的沙龙里。正是因为上面那两种想象间横亘着的裂缝,文学就被规约成对艰辛生活的浓墨重彩而无法深入打工者们的精神处境。黑格尔曾经讨论过人的意义正在于"有限"和"无限"的辩证统一:"人格的要义在于,我作为这个人,在一切方面(在内部任性、冲动和情欲方面,以及在直接外部的定在方面)都完全是被规定了的和有限的";但是,人的意义并不只

---

[1] 毕亮语,孟迷:《毕亮:时代的刺痛让我执笔写作》,载《深圳特区报》2011年7月15日。以下毕亮的言论,除特别说明之外,均引自该篇报道。

在上述"人格"的向度上被穷尽,"人实质上不同于主体,因为主体只是人格的可能性,所有的生物一般说来都是主体。……人既是高贵的东西同时又是完全低微的东西。他包含着无限的东西和完全有限的东西的统一、一定界限和完全无界限的统一。人的高贵处就在于能保持这种矛盾,而这种矛盾是任何自然东西在自身中所没有的也不是它所能忍受的。"[1]人之为人,在于其拥有一种能够从一切肉身性、社会现实规定性中抽象出来和超越出来的可能,而毕亮的小说正是撬开了滞重的现实与身份外壳。尽管这个打工的中年男人最终丢了工作只能回乡,尽管他的目光"黯淡了下来",尽管也许他再也没有时间和心思去画画,但"向日葵"长存他心内,失意者的心灵就不会枯竭,总会有那么一刻,"向日葵绽放金色光芒",照亮他在绝望中重建生活的可能。

"我的小说调子有点暗沉,但我希望它像篝火一样,虽然底色是灰的,但仍能让人看到温暖和烛照灵魂。"即便生活的混浊真的已经让我们艰于呼吸,文学就一定要屈从于这样的"现实"吗?诚如毕亮所言,难道文学就不能在"灰"的"底色"中寻获"温暖和烛照灵魂",在困窘与逼仄中选择打开新的空间,鼓舞我们的勇气不在生活面前垂头丧气,滋润我们的精神不在暗夜中就此枯竭?毕亮小说里上述细节中生发的人文关怀启示我们:在最晦暗的生活中,人的超越性的精神向度也是不容易被闭塞的;文学虽然无法提供社会进步的解决方案,但对人性坚定的扶持从来就是它题中应有之意。

毕亮在倾力书写深圳时,有时会出现一些模式化,比如——青年男女来到深圳打拼,初到的那一刻往往会去海边,浪漫地畅想美好未

---

[1] 黑格尔:《法哲学原理》,范扬、张企泰译,商务印书馆1961年版,第45、46页。

来；失业后男子变得火爆脾气，导致生活中摩擦不断，于是感情生活走到悬崖边……这样的情节链条、小说所显示的情感态度都指向单一。毕亮的都市书写还处于起步期，我想他当会朝着更丰富、阔大的方向迈进。

二

毫无疑问，在网络上动辄以万字作基本单位的今天，短篇小说可以说是市场价值最缺乏的文学门类。文学已经日渐边缘，在其日趋缩小的版图内，长篇小说可以直接转换为影视作品或出版利润而虚假繁荣，中篇总算在期刊版面和文学评奖中有其一席之地，寂寞的诗歌在民间与网络上异常活跃。相形之下，短篇小说就很尴尬。不过正因为这样，短篇小说倒也能告别几分功利和杂质，成为考较作家艺术精纯度的独木桥。而大凡能专心于、陶醉于这座桥上风景的，大多都是文学名家。比如契诃夫、鲁迅、汪曾祺、卡佛、苏童……

毕亮很专心的经营短篇，每则小说不过五六千言，"不纤毫毕现，也不追根究底"。他心意中优秀的短篇小说简单又复杂，暧昧、多解、指向不明，若即若离。"我觉得卡佛的写作技巧很适合写都市题材，尤其是深圳。深圳是一座很暧昧的城市，来自全国各地的人构成了它的复杂性，很多事情并不是表面看上去那样光鲜、干净，而是说不清道不明的。卡佛笔下的故事，很多含义都是隐藏在文本背后，看似平静，实则波涛汹涌。"为了达到"看似平静，实则波涛汹涌"的效果，我发现毕亮在小说中很熟稔地运用起一种类似"对视"和"互文"的技巧：

咖啡馆中，小麦父子与年轻的女孩相邻而坐（《纸蝉》），偶然形成的"互文"中,小麦母亲的悲剧却可能变作笼盖年轻女孩未来的阴影。"对视"出现在房东和租客之间(《消失》):房东/男人是城市的先到者,终被城市所吞噬而潦倒不堪;租客/一对青年男女刚刚进城,乐观的蓝图渐次在想象中展开。当他们彼此对视,是预演重蹈覆辙的悲剧,抑或以今胜昔闯出另一片天空?同样的"对视"也发生在马泉和邻居之间(《伤害》):女友无奈去向"那个香港商人"借钱,马泉在此期间内认识了隔壁邻居,这位中年男子在被爱人离弃后以酗酒度日,马泉在这样的"对视"中会发现未来的自己吗?

此外,毕亮几乎每篇小说的结尾都韵味深长。在小说结尾——

蒙嘉丽"握住马望暖和且有些粗糙的右手……她说,马望,有一件事,我想我现在必须马上要告诉你"(《百年好合》)。

马迟昂起头,"扭曲变形的脸逐渐恢复正常","他对杨沫嘀咕了一句什么话,声音细得连他自己都没能听清"(《铁风筝》)。

男人瞥见老婆病房门口站了两三个警察,这个疲惫不堪却依然顽强承担家庭责任的男人,会是那个抢走四十万的恶徒?(《城中村》)

马莉很想问丈夫一句"唐娜是谁?",但忍住了,"她削苹果皮的手跟她的心跳一样,在即将燃起灯火的夜晚,缓缓恢复平静"。这"平静"是终于想通了,抑或预示着更猛烈的风暴?(《不安》)

这些结尾都显得影影绰绰,似乎含藏着人生万千的机运。这样设置的开放性,毕亮自述得自于余华的启发:"好的小说结尾,既是结束,也是开始。'留白艺术'在中国画中常见,这也是我追求的短篇小说叙述的艺术效果,说在不说之中,言无不尽,叙述上具有不确定性,暧昧而迷幻。"

回想20世纪初叶,周氏兄弟翻译出版《域外小说集》,在东京、上海两地各卖出二十册上下,"市场业绩"惨淡。鲁迅总结教训时说:"那时短篇小说还很少,读书人看惯了一二百回的章回体,所以短篇便等于无物。"〔1〕比较而言,今天的短篇小说创作在长篇连年膨胀的压力下,苦心经营者依然"很少",不过我想越来越多的人会明白:短篇小说绝不等于"无物",恰相反,它意味着一个文学素养的标高。我以这样的期望来等待毕亮……

三

毕亮是一位"非典型性"的"80后"作家。

一种对"80后"的惯常看法是,这代人的写作往往沉迷于"独语",沉迷于对个人经验的反复书写。无论是代群还是个体,都喜欢标榜独特性的标识。但"瞻前顾后"仔细想想,几乎每代人都会形成一个关于"自我"的独特性的表述(只不过填充论调的具体内容可以更换,或者高扬这一群体独树一帜的气质,或者慨叹时运不济生不逢时但终究"青春无悔"……)。这个时候如果听到下面这样的一声断喝,大概会紧张不安起来:"在进化的链子上,一切都是中间物。……至多不过是桥梁中的一木一石,并非什么前途的目标,范本。"〔2〕也就是说,每一代人自有其优势,每一代人也都面临具体的困难,"在进化的链子上"实在没必要夸张独特性,尤其当这一关于独特性的表述或多或少编织出群体性自恋倾向的时候。文学确实应该关注个人经验、逃逸出普遍

---

〔1〕 鲁迅:《域外小说集序》,《鲁迅全集》,第10卷,人民文学出版社2005年版,第178页。
〔2〕 鲁迅:《写在〈坟〉后面》,《鲁迅全集》,第1卷,人民文学出版社2005年版,第302页。

范畴的独特性。不过,在个人经验的虚构与真实、个人与他者、记忆与书写之间建立起诚实的省察性、反思性关系,未必不能对文学写作提供助益。2004年2月,"80后"小说作者、诗人春树登上了美国《时代周刊》亚洲版的封面,《时代周刊》选择了汉语中的一个词"另类"来描述春树为代表的少年作家。这实在不是什么新鲜的词汇,比如上一代的"70后"美女作家卫慧、棉棉早就捷足先登"分享"过这一词汇。而在一些媒体看来,"80后写作"的概念,源起于这一事件。且不论这一评断是否确凿,至少,"80后"的文学生产、传播与评价立即围绕"另类"这个词开始运作、膨胀。也就是说,在那段时间,"另类"成为裁定"80后"独特性的一个标识。某种写作主题、题材等在受到一段时间内市场轰动效应的刺激后,往往会成为本质性的规定,要论证自我迥异于别人,就必须迷恋、认同这样一种"另类"的姿态。这个时候,由"另类"所表达的代际独特性,到底是成就了独特,还是画地为牢般封闭了生存与文学书写原该所有的丰富可能?

　　略显悖谬的是,越是锁闭在个人经验的迷恋中,其笔下的自我形象越是显得单薄,当然这一"单薄"是历史性的"单薄",伴随着"总体性社会"的解体,在当下世俗生活中,人不仅在精神世界中与过往的有生机、有意义的价值世界割裂,而且在现实世界中也与各种公共生活和文化社群割裂,在外部一个以利益为核心的市场世界面前被暴露为孤零零的个人。不过除开外部原因,自我形象的单薄、狭隘、缺乏回旋空间,也与写作观——我上面提到的沉迷于"独语"、迎合"另类"——有着莫大关联。《在深圳》是毕亮付梓出版的第一本集子,但他非常自觉地跳出个人直接经验的限制,对他者的人生与世界进行细致的打量与想象(《外乡父子》、《油盐酱醋》、《纸蝉》等)。毕亮笔下的人物群像非常庞杂:打工者、怀揣梦想来城市打拼的大学生、事业有成却感情苍白的成功人士、为了生存铤而走险的可怜人、"金丝雀"、底层市民、留守儿童与老人……毕亮敞开自我,与上面这一个个"有意义的他者"不断对话,观察他们在生活的波折中浮沉,体恤各自的隐痛,也记录其瞬间迸发的人性辉光,由此促成"生气勃勃的相互渗透关系"[1]。

又比如,很多人觉得"80后"惯于夸张地在代际间进行截断式的处理,趋于极端就是"弑父"(在很长一段时间内这是我们进行文学主题分析时津津乐道的话题),它往往不惜以贬抑甚至丑化上一代人来凸现、夸张自己这一代人的经验,在根本上,它指向一种"断裂"式的"自我"出场方式:极力抹去和掩饰自身的血缘历史和现实特征而以"崭新"的面貌横空出世,但这种出场往往充满着焦虑、虚弱,甚至伪化。相反,毕亮在小说中经常会布置代与代之间彼此沟通、意蕴深长的细节。比如《铁风筝》中马迟与母亲一起照顾长年卧病在床的父亲:

母子俩又合力将老人挪到轮椅上。马迟将父亲推进厅里,静静地看父亲,这个过去威武的警察,轮到暮年,却像干枯的树枝,轻而易举就给疾病折断了腰。父亲耷拉着脑袋,木着脸,眼珠子望他,似乎正努力摆出笑脸。尽管父亲的努力失败了,但这细微的举动令马迟感到温暖。

---

[1] 雷蒙德·威廉斯曾重申"体现在伟大传统中的现实主义"的一个"检验的准则":"具体地表明从思想到感情,从个人到社会,从变动到安定之间的生气勃勃的相互渗透关系。"见雷蒙德·威廉斯:《现实主义和当代小说》,收录于《二十世纪文学评论》(下),戴维·洛奇编、葛林等译,上海译文出版社1993年版,第352页。

还有,马望和蒙嘉丽在感情陷入困境之时,不约而同地回忆起小时候父母关爱自己的点点滴滴(《百年好合》);暗夜中遥想"母亲细微的鼾声",仿佛是马闯昏暗无边的生活中唯一的慰藉与善意之源(《血腥玛丽》)。在短篇本就精简的篇幅内,举凡遇到类似的情境,毕亮都会不吝笔墨,细腻描绘出两代人之间情感的维系与呼应,再比如《恒河》、《外乡父子》……在一代人因冲决般的写作惯性而导致的巨大裂隙间,毕亮缝织起细密的情感丝线,将生物学意义上直线前进般的新陈代谢,置换为温情脉脉的往复回环(生命与生命之间的提携、眷顾、对话与感念)。

作家金仁顺曾经主编过一期"80后"小说专号,"十几个年轻人的文字合影",我们能够想见那种五彩缤纷,"有标新立异的,有时尚靓丽的,有优雅古典的,有古灵精怪的,个性十足,自信满满",而金仁顺对厕身其间的毕亮的文字印象是——

> 沉稳、扎实、甚至有些平凡。
>
> 毕亮的小说中规中矩,老气横秋;比较起那些不管三七二十一,先把气势造起来,或者"花非花,雾非雾"避重就轻的同龄写作者来,他的文字像颗颗麦粒,散发出汗水的味道和粮食的甜香。
>
> 微小,却真实,朴素而诚恳。[1]

金仁顺对年轻同行的观察确实到位。我在读完毕亮小说集后,感觉之一就是这个作家很"老实",老老实实地写生活,写人;姿态够低,

---

[1] 金仁顺:《温暖,而明亮》,载《深圳特区报》2011年7月15日。

不那么"先锋",甚至显得保守。其实,与那些乱花迷眼的文学时尚相比,毕亮的老实、低调与保守背后,倒是自己的艺术操守,而正是这种艺术操守中往往含藏着基本功与专业精神。

不妨引入鲁迅的意见作个参证。众所周知,鲁迅具备极高的美术鉴赏力,尤其对木刻艺术的见解往往度越流俗。在书信中他曾委婉地批评当时的一批青年美术家:"好大喜功,喜看'未来派''立方派'作品,而不肯作正正经经的画,刻苦用功。人面必歪,脸色多绿,然不能作一不歪之人面,……譬之孩子,就是只能翻筋斗而不能跨正步。"又说:"中国艺术家,一向喜欢介绍欧洲十九世纪末之怪画,一怪,即便于胡为,于是畸形怪相,遂弥漫于画苑。……我这回之印《引玉集》,大半是在供此派诸公之参考的,其中多少认真,精密,那有仗着'天才',一挥而就的作品……"[1]他每每建议青年美术家"先要学好素描","开手之际,似以取法于工细平稳者为佳耳"[2]。可与此番见解相沟通的是,徐悲鸿有一段话阐明艺术精进之过程,发人深省:"二十岁至三十岁,为吾人凭全副精力观察种种物象之期,三十以后,精力不甚健全,斯时之创作全恃经验记忆及一时之感觉,故须在三十以前养成一种至熟至准确之力量,而后制作可以自由。"一生成败端赖二三十岁时的刻苦用功,此期间必得"分析精密之物象,涵养素描功夫",方可将来成其大、成其自由。反之,在年轻的时候就贪求取巧捷径,则等同于因循守旧,"巧之所得,每将就现成,即自安其境、不复精求"[3]。至于轻慢这

---

[1] 参见《鲁迅全集》,第13卷,人民文学出版社2005年版,第63、75、133页。
[2] 参见《鲁迅全集》,第14卷,人民文学出版社2005年版,第61页。
[3] 参见《徐悲鸿文集》,上海画报出版社2005年版,第15、57页。

一过程而直接跨入所谓"艺术自由"者则更显肤浅。

　　我想借此来比附毕亮的老实与低调。潮流之中的文字表演往往是夸张的技术操作与僵硬的观念比附，稍有不慎，即变成"胡为"、"畸形怪相"，"只能翻筋斗而不能跨正步"。鲁迅所谓"作正正经经的画，刻苦用功"与徐悲鸿说的"分析精密之物象，涵养素描功夫"大致是一个意思，以诚笃之心性、切实之功夫来淬炼"认真，精密"的能力，这是艺术的"基本功"。举个例子，毕亮在《油盐酱醋》的结尾处，写老马给老伴挠痒，老伴"沉沉睡去"，"发出细微鼾声"，在"黢黑的房间里，老马的手还在持续地挠着痒。那只手不愿意停下来"……这段朴实，但却"认真，精密"的描写，从"油盐酱醋"般的日常生活流中凸显出一个停顿时刻，其间人物复杂的思绪与无尽的牵念，让读者唏嘘、动容……

　　"80后"这个概念最早的出场和商业炒作、文学批评命名的无力、对于断裂的渴求等密切相关。但现在也许更能看清楚当时这场华丽的出场仪式其内部的混乱、无力与尴尬：最初在这面旗帜下集结的年轻写作者暴得大名；可人们往往是通过传媒话题、娱乐新闻、粉丝心态的方式去理解"80后"。也就是说，尽管在市场上一度风生水起，但"80后"这一代迄今依然没有在清晰而有效的美学经验上，落实其文学贡献。毕亮生逢其时，现在需要的正是像他这样沉稳的写作者拿出创作实绩。我一再强调毕亮是一位"非典型性"的"80后"，读他的小说，未必会联想到与代际符号刻意挂钩；但之所以依然将"80后"作为毕亮创作的关键词，原因即在于想借此表达一种对毕亮创作辩证的寄望：勇敢地跨出密集在"80后"这一符号周围的樊篱，但最终，更沉稳而丰富地回返自身……

2013年8月25日

第三辑

尘世落在身上

青年一代能够在"路之尽头"的危机感中重新设想自身在时代中的位置吗？能够在"个人奋斗"等思考逻辑之外，突破"异化的循环"，将失败感转化为"青春重返"的能量吗……

尘世落在身上:《出家》

一

第一次读张忌君的小说,许是 2005 年的《小京》。翻开当年的笔记本,竟还找到两段文字——

"小京没了,我应该悲伤,应该痛哭的,可是我却一滴眼泪都没有掉。我想我是怎么了,难道我不爱小京吗?我怎么会不哭呢?"年轻的莫年,不是加谬笔下的"局外人"默尔索,面对女友意外亡身,他只是懵懂、愕然,没有充分的心理去认识死亡。小说在情节的延展中一直没有给小京的被杀一个圆满交待,按着这条线索发展,原本可以编织出曲折离奇的故事,但作者没有这样做,"一点线索都没有"。作者将目光聚焦在莫年和故世女友的大伯和姐夫的交往中,通过莫年的态度复现他对女友的深情,同时在三个男人略显突兀和尴尬的交往中,表达一种关怀——生命的无常和流离,以及在无常和流离背后的爱、悲悯与人的担当。前者是冷的,而后者温暖。

大伯与姐夫的形象是逐渐鲜活起来的,从不合时宜的游览天安门,到遗体告别,到最后"用两只干裂的大手托住了装着骨灰盒的大旅行袋","这个时候,我的眼泪再也藏不住了"……小说用前后对照的景物描写呼应这一过程,开始"天上的太阳像个沾了灰的血蛋,蒙蒙透着光亮",最后是"此刻的太阳,就像一张金黄色的大饼,发着温暖的光芒"。这也是一个从衰败冰冷到生机温暖的转变,就仿佛坚冰点点滴滴的融化。小说在不动声色的叙事中,完成了一个人性逐渐被浸润、升华的过程……

这十年来,我没有刻意追踪过张忌的创作。过眼的就拿来读,好像篇数并不多,印象中其小说面目亲切,但背后的意蕴又很费思量。而这一次的《出家》[1],对以往的创作路数有继承又气象一新,让我暗暗吃惊。

---

[1] 张忌:《出家》,原载《收获》2016年长篇专号(春夏卷);单行本由中信出版社 2016 年 9 月推出。

二

余英时先生曾发微《红楼梦》中的两个世界,大观园的内与外,前者是理想世界,后者是现实世界,作者用各种象征——"清"与"浊"、"情"与"淫"、"假"与"真",以及风月宝鉴的反面与正面——暗示两个世界的分别何在[1]。《出家》中也有两个世界,不妨大致以实与虚来称谓。

"实"的世界是指世俗生活。主人公方泉,为养活一家五口(三个孩子),身兼数职,刷漆、送牛奶、送报纸、拉三轮车……生活于他而言如同"闯关","过了这一关,马上就有下一关等着你,而且下一关总是比这一关难,一关一关又一关,永远也打不完"。捡塑料废瓶的过程里给女儿拾回一个别人丢弃的毛绒熊玩具;三轮车被交警罚没、紧接着遇上碰瓷敲竹杠又被骗去五百元;身为送奶工却还一度为孩子喝不上牛奶而发愁,近乎古人"遍身罗绮者,不是养蚕人"的哀告;屋漏偏逢连夜雨,穷困之外,疾病接踵而至,妻子因囊肿而动手术需要巨额医药费……无怪乎方泉每每在悬崖峭壁边感受绝望:"我忽然对以后的生活有些绝望,因为我几乎已经看到了自己所能做到的极致。很少有人像我起得那么早,我也想多睡会儿,也想偷懒,可我总是牛一样的用鞭子抽着自己往前走。可这样辛苦,又怎么样呢?到头来,我不还是将日子过得跟条狗一样?"看主人公在人生险路上闯关,跌跌撞撞,你几

---

[1] 参见余英时:《〈红楼梦〉的两个世界》,收录于《中国思想传统的现代诠释》,江苏人民出版社 2003 年版。以下对此文的引用不再注明,后文宋淇观点也转引自此文。

乎要疑心这又是一出将所有磨难集中于一人的苦情戏,或者罗列所有社会紧迫问题的底层写作。

但张忌知道"止于所当止",不会在小说中让泪水泛滥。李长之先生评价《红楼梦》:"在材料的采取上,……并不在你如何选择那奇异的,或者太理想化的资料,却在你如何把平常的实生活的活泼经验拿住。"[1]张忌善于体贴生活的参差形态(不会利用囊肿随意判定人物死刑,在医院里也遇上了不拿红包的医生),并不简化成纯洁的"我"与险恶世界的对立。此外,在深渊之中人也屡仆屡起,焕发出振拔向上的活力。小说前半部分的几场"送礼"(尤其是不乏喜剧色彩的通过送鳖换来工作)让人过目不忘,就如社会学家在研究"关系学"时指出的:送礼拉关系"经常被创造性地作为一种对抗性伦理,在被国家垄断的公众范围内,为个人和私人创造一个空间"[2]。张忌赋予其消解苦难的民间智慧,这点点滴滴,都汇入"平常的实生活的活泼经验"。

《出家》之所以不是一部急迫、让人透不过气来的小说,还有一个原因。记得鲁迅曾为乡曲小民的求神拜鬼活动辩护,理由很简单,农人"劳作终岁,必求一扬其精神"[3]。在世路崄巇中,张忌也为人物提供了一个"一扬其精神"的世界,这个"虚"的世界,与宗教活动有关。比如,"我"在禅凳上打坐,渐渐进入神秘而阔大的精神体验:

---

[1] 李长之:《〈红楼梦〉批判》,收录于《李长之书评》(四),伍杰、王鸿雁编,河北教育出版社2006年版,第41页。
[2] 杨美惠:《礼物、关系学与国家:中国人际关系与主体性建构》,赵旭东、孙珉译,江苏人民出版社2009年版,第44页。
[3] 鲁迅:《破恶声论》,《鲁迅全集》,第8卷,人民文学出版社2005年版,第32页。

经声响起时,我感觉我的身体开始充盈,逐渐变大,逐渐地失去了重量。终于,我漂浮了起来,悬在半空。我睁开眼睛,看见眼前是一片辽阔无比的水面,这水面看上去很柔软,柔软的就像孩子的肌肤,可似乎它又坚硬无比,就像一块坚冰。水底有光,星星点点,层层叠叠,这光也像失了重,就那样从水底的最深处慢慢漂浮上来,最后,积聚在水面,微微抖动。这光温和、平静、圣洁,我深情地看着它们,就如同我们是磁铁的两极,深深地吸引。我想向它靠过去,我想将身体放到这光之中,我知道,那里肯定明亮无比,温暖无比。

三

"虚"的世界里,当然少不了宗教活动,不过话说回来,无论是阿宏叔美轮美奂的宝珠寺("我疑心以前皇帝住的宫殿也不过如此"),抑或象山船老大一掷千金的佛事,都难让人过目不忘。倒是下面这一幕挥之不去——村里的老太太们来到山前寺,围坐在桂花树下,说笑,念经……"我"忽然悟道:

说实话,看着她们,我心底里有些失落,因为眼前的一切,才是这个寺庙最正常的生活。只有这些人,才是真正跟寺庙连在一起的。村里人家,无论是婚丧嫁娶,还是出门营生,都不会绕过寺庙,只要有事,都会去庙里问问师傅。有句老话叫作无办法,问菩萨。怎么问菩萨,就得找寺庙,找和尚。而且,来寺庙的就是这些老人，因为老人腿脚不便，不可能去太远的地方。说到底，这样一座小寺庙，跟宗教无关，跟赚钱也无关，它只是村里的老人打发闲暇的场所，是一个老年人活动中心。

20世纪初叶，在一片拔除宗教、改革陋习的声浪中，鲁迅这样理解宗教的产生："宗教由来，本向上之民所自建，纵对象有多一虚实之别，而足充人心向上之需要则同然。顾瞻百昌，审谛万物，若无不有灵觉妙义焉，此即诗歌也，即美妙也，今世冥通神閟之士之所归"，"向上之民，欲离是有限相对之现世，以趣无限绝对之至上者也。人心必有所冯依，非信无以立，宗教之作，不可已矣……"[1]鲁迅的重点似乎不在教义本身，而是在产生神话、宗教甚至迷信的人类精神作用上。这种精神表征"人心向上之需要"，推动着"有限相对"的人类，"超乎群动"，努力摆脱"有限相对之现世"，探起头来振拔朝向"无限绝对"……这里的"无限绝对"绝非什么虚无飘渺的东西，鲁迅《破恶声论》为举办"赛会"、信奉"神龙"辩护，着眼点即在于二者同农人生活本身与情感寄托、精神想象的切身而实在的联系，这里的基点仍然植根于生命的血肉真实之中。

村里老人把山前寺变作闲暇场所、活动中心，从现实生活的土壤上为自己辟出发抒精神的空间。这是《出家》中虚实两境最饱满而踏实的结合吧，张忌说得好："跟宗教无关"，又"真正跟寺庙连在一起"。胡兰成论花，"独独花园我不喜欢，因为它使花和一切隔断了。倒不是因为花园里的花太多。春天，漫山遍野的花是使人神往的，但花园里

---

[1] 鲁迅：《破恶声论》，《鲁迅全集》，第8卷，人民文学出版社2005年版，第29、30页。

的花是那么繁多而又有限,那么精心布置而掩饰不了杂凑的痕迹"[1],所以,花就当开在田间、陌上、篱边,樵夫担上带着有,或女孩深巷叫卖声中……

四

但是张忌笔下的虚实两界与《红楼梦》中的两个世界又有绝大不同。宋淇说:"大观园是一个把女儿们和外面世界隔绝的一所园子,希望女儿们在里面,过无忧无虑的逍遥日子,以免染上男子的龌龊气味。……大观园在这一意义上说来,可以说是保护女儿们的堡垒.只存在于理想中,并没有现实的依据。"而当外界的力量侵入时,也正是内部世界的意义开始崩塌、悲剧绵延的开始。《红楼梦》第七十一回司棋和表弟在园中偷情遗落绣春囊,夏志清将此情节比作蛇潜入了伊甸园,亚当夏娃由天堂坠落人间,"这意味着一个骇人听闻的暗示,即魔鬼撒旦已进入乐园",这是"小说悲剧的转折点:从这时开始,贾府日益为不幸的事件所烦扰,再也不能维持虚假的喜庆和欢乐了"[2]。张忌不再苦心经营一个虚构的理想世界,将全部的意义与价值尽付其中;虚的世界没有通体洁净,实的世界不是乌黑一团,二者绝非泾渭分明;虚的世界也不待外部力量的侵入与瓦解,更无需银瓶乍破的转折时刻,虚实两界之间早就互通有无,更真切的情形或许是,虚中有实,实

---

[1] 胡兰成:《关于花》,收录于《无所归止》,中国长安出版社 2016 年版,第 38、39 页。
[2] 夏志清:《中国古典小说史论》,胡益民等译、陈正发校,江西人民出版社 2001 年版,第 291 页;也参见余英时:《〈红楼梦〉的两个世界》,收录于《中国思想传统的现代诠释》,江苏人民出版社 2003 年版,第 271、272 页。

中有虚。

因为"一天能赚 60 元",所以方泉跟着阿宏叔去庙里做空班,这出家路的起点,无非是现实生计的功利考虑。涉入渐深,我们随着方泉的视线,发现佛门中处处乱象:与方泉这般为捞外快而来的空班不乏其人,老空班传授经验"会不会念经都不要紧,只要会动嘴皮子就行"。甚至佛事间歇,"两个空班因为打牌时怀疑对方偷牌,在禅房里扭打在一起"。业余和尚在各家寺庙走穴,混饭吃的人一多,规矩就乱了,"原本的僧道尼,都有自家的焰口","不过到了现在,这些老规矩早已没有了严格的界限"。长了师傅和周郁先后向方泉讲解寺庙"生意经":"护法就好比是一个公司里的业务员。公司的业务靠什么,不就靠业务员吗?只有拉来了好业务,公司的生意才会好",同理,"一个好的寺庙,必然要有好的护法"。佛事一起,"就像开展销会一样热闹","为什么做佛事?因为只有做佛事寺庙才有人气,有人气香火才能旺。说穿了,这经营寺庙跟经营企业是一个道理,企业的产品要卖出去,要先做广告。寺庙也一样,就算不挣钱,你也要将佛事做起来,只有铺垫下去,将知名度打起来,才会有人来布施"。凡此种种,正是虚中有实,世俗世界的功利考量、利益交换,早就渗透入佛门,甚至成为组织宗教活动的原则。

而所谓实中有虚,是指方泉在世俗世界中"一扬其精神",寻觅到或沉浸于超越性的精神体验之中。从寺庙里回家,方泉带回来一本"楞严","平时没事时,我总会偷偷拿出来翻一翻,还会念上几句"。在窘迫生活中艰于呼吸的时刻,也念几句楞严、心经,于是,"分明看到了一片宽阔平静的水面,水面上有着柔和无比的光"……

余英时曾细考"贾赦住的旧园和东府的会芳园都是现实世界上

最肮脏的所在,而却为后来大观园这个最清净的理想世界提供了建造原料和基址",这样的安排自非偶然,"《红楼梦》中干净的理想世界是建筑在最肮脏的现实世界的基础之上,他让我们不要忘记,最干净的其实也是在肮脏的里面出来的"。与张忌的落笔相对照,这里就有好几层分殊的意思:曹雪芹深知两个世界无法脱离关系,但是"主观企求"上,早将"惟一有意义的世界"全然赋予大观园,张忌似乎不存此念,至少,他并不觉得佛门全是净土,他很犹豫,哪怕小说终章,冲突并未缓解,意义没有升华,就此而言,《出家》是一部"现代"小说。

  曹雪芹在处理两个世界密不可分的关系时,有意采取确定方向的动态发展,"一方面全力创造了一个理想世界,在主观企求上,他是想要这个世界长驻人间。而另一方面,他又无情地写出了一个与此对比的现实世界。而现实世界的一切力量则不断地在摧残这个理想的世界,直到它完全毁灭为止"。由此,"当这种动态关系发展到它的尽头",《红楼梦》的悲剧意识也发展到崇高而壮烈的顶点。张忌的写法不是这一路,他让方泉在虚实两境中穿行,左支右绌,但也且行且惜。虚实两个世界各有各的相貌、体系和规则,但这样的相貌、体系和规则又交相错综,张忌尤其关注虚实之间转换、交接的灰色地带,方泉的大部分生活就挣扎于此,张忌的不少笔墨也流连于此,于是我们才能透过"虚"看到"实"的控制,透过"实"看到"虚"的牵引。张忌写方泉的辛苦、栉风沐雨、与生活贴身肉搏,这肉搏过程甚而留下斑斑血迹,但这斑斑血迹或许就是方泉实在地抵达虚世界的必经之途,由此,"虚"不是空无一物的虚,而显出洞达虚世界的机缘与天意。

五

出入虚实之间的行程，以小说主人公"我"的出家路来赋形，且细数出家路如下。

第一次出家，是为了"一天能赚60元"，于是跟着阿宏叔上赤霞山上做个空班。剃发时一度"有些后悔"，事成之后就返家，去送奶站找到了一份职业，"这送奶工虽也不是什么好行当，毕竟算个正经工作。当和尚嘛，唉，我说不好"。

奶站的生意一落千丈，"有一搭没一搭地上着班"，阿宏叔打来电话，邀去一场佛事帮忙，"这次有这个机会，你去呆个一个礼拜，赚个一千来块，也蛮好的"。这是第二次出家。

为了养家一路艰辛，在警察罚款、坏人敲诈之后，"我"顿感生活无望，于是又来到寺庙。这第三次出家，似乎不纯是为了捞外快，莫非"我"已站在世俗世界意义的尽头。可是，置身于僧群之中，又感到一阵恍惚，这心慌的感觉颇有几分熟悉，"就像我在街上骑三轮车时，总是害怕那些交警会突然从某处冲出来，将我的钱和车全部给夺走"。意义的匮乏和焦虑感竟然如影随形，"我这是在做什么？为什么我要站在这里受这样的罪？我为什么来这里，不就因为我不喜欢外面的压力，想在寺庙里寻求片刻的安宁吗？每天，我都承受着各种压力，每天都陪着笑，小心翼翼，如履薄冰。我厌恶，厌恶透了。如果我能承受这样的生活，我为什么要到这里来做空班，我去外面做别的事不也一样吗？"

妻子秀珍手术过后，家庭经济状况愈加拮据，"我"只能又打电话给阿宏叔,出门做佛事补贴家用。此期间还认识了山前庵的慧明师傅,她甚至将庵堂留给了"我",终于可以自己当家,法号广净。为帮助慧明"赚些路费钱","我"开始参与张罗佛事,直到独立举办佛事。

出家路上,处处堆砌着功利而世俗的动机。但"我"似乎又是一个与佛有缘之人。第一次出家,尽管是扮作假和尚,但在阿宏叔念起的"楞严"声中,"我也听得入神。我觉得这声音似乎曾经在哪里听过,细腻绵长,这样熟悉,又这样陌生。一瞬间,我的心头百感交集,甚至连眼眶都有些湿润"。而未过多久,"我"就能从头到尾一字不漏地将"楞严"背诵下来,而据说,"在佛家咒语里面,楞严是最长的一段咒,也被称作咒中之王"。至于"引磬、木鱼、铙钹、手鼓,几乎一上手就能学会",阿宏叔眼光如炬,早就指明"我是能吃这碗饭的"。渐渐地,向往之心愈重,比如,"从回到家的那一刻开始,我便开始想念山前寺,我想念寺庙里的檀香味"。甚至"刷墙的时候,也开始念楞严咒,念心经。……当那些经文从我口中念出时,墙上的那些腻子似乎也流动了起来,它们不再是涂料,而是作画用的朱砂、石青、藤黄。而我也不是在一个套间的墙上刷油漆,而是躲在一个藏经洞里,画达摩面壁、画鱼篮观音"……直到最后,面对妻子的劝说、家庭的压力,"我"依然不屈不挠地选择皈依,这到底是为了还愿("如果我能生个儿子,我就会将自己皈依了佛祖"),抑或在法雨佛光的滋润普照之下,终于诚心向佛。这个问题,真也说不清了。

《出家》写的就是主人公的漫漫出家路,这一路,几番曲折,多有反复。张忌似乎特别要写出这一路走来的吃重、缓慢、枝蔓,敷衍出一个又一个回合。这篇小文的标题,出自当代作家蒋一谈的截句,我想借取的意思,在标题中未引出的后半句:

尘世落在身上

慢慢变成了僧袍

我喜欢《论语·八佾》中"绘事后素"四个字,各种版本的注疏看过一些,似乎也无定解。断章取义的猜测,其中多少有遍采五色之后始归于朴素的意思吧。"尘世"是去领受红尘滚滚中的五彩缤纷,而"僧袍"是"绘事"后归于的"素",是从"绚烂和复杂中"为自己争来的一份"静"。(这里关于"静"的理解,引自张定浩《既见君子》;也想起胡兰成说:"桃花难画,因要画得它静。")除开"尘世"与"僧袍"外,这句话中还有"慢慢",我偏爱的就是这两个字,就好像小说主人公在出家路上踉踉跄跄,然而穿林打叶中却自也缓步徐行。并不是说"尘世"最终是为了修成一件"僧袍","僧袍"就规约着"尘世"的既定走向。这里面不当有、也没法有那么强烈、急切的设计意味,俗语说,"活着活着"就成了。再者,"尘世"与"僧袍"也不是断作两截。生活有其内在的整体性,如周作人说:"有些人把生活也分作片段,仅想选取其中的几节,将不中意的梢头弃去。这种办法可以称之曰抽刀断水,挥剑斩云。生活中大抵包含饮食,恋爱,生育,工作,老死这几样事情,但是联结在一起,不是可以随便选取一二的。"[1]"尘世"的烂漫与苦哀中自有"僧袍",生活的意义就在它各种可能的纹路中展开和呈现。

《出家》的好,是舍不得弃去这些可能的纹路,舍不得将它们派作意义最终升华后便耗尽的材料。

---

[1] 周作人:《上下身》,收录于《雨天的书》,河北教育出版社2002年版,第74页。

六

张忌写方泉在虚实两界的蹇步与修行,这一笔笔铺开,已有成长或涉世小说的意味。主人公如同一面镜子,映照人间万象和时代消息,同时也见出自身的心性和品格("不贪心"、"敬畏神明"),以及个人历程的延展。

关于小说中的"涉世"主题,伊萨克·塞奎拉(Isaac Sequeira)是这样定义的:"涉世是一种存在的危机或者生命中一系列的遭遇,差不多经常是令人痛苦的,伴随着处于青春期的主人公获取关于他自身、关于罪恶的本性或者关于世界的有价值的知识的经历。"[1]故而,在一般的成长小说中,都会嵌入一个"顿悟"的瞬间、对于成长具有决定性意义的一刻,如同突发的精神现象,借此主人公对自己或事物的本质有了深刻理解,"获取关于他自身、关于罪恶的本性或者关于世界的有价值的知识"。这个"决定性意义"的时刻,在《笑傲江湖》中是风清扬向令狐冲传授"以无招破有招",张文江老师评断如下:"随着令狐冲的剑术跳出华山派的拘束,并跳出天下各门各派的拘束,渐窥上乘武学的门径,他的思想也开始升华……随着他的跳出,当时武林极为错综复杂的种种关系的真相,不可抗拒地向他显露出来。这是思想有所升华者必然际遇的现象。"[2]风清扬的传剑和岳不群"正人君子"面目的

---

[1] 转引自郑树森:《"涉世"的意识形态——论侯孝贤的五部电影》,吴小俐、唐梦译,载《世界电影》1998 年第 4 期。
[2] 张文江、陆灏、裘小龙:《金庸武侠小说三人谈》,收录于《渔人之路和问津者之路》,复旦大学出版社 2006 年版,第 214、215 页。

被揭穿，一正一反，助成令狐冲武学和思想境界的升华。这个"被揭穿"的时刻，在《出家》中，就是方泉对阿宏叔的窥破：曾经，方泉看见阿宏叔端坐高台，"身穿金光闪闪的袈裟，头戴五山帽，他低垂着双目，手上结一个密印，手中诵着真言，……那一刻，我有些恍惚，我甚至疑心自己见到的不是阿宏叔，而是一尊真佛"。但在小说后半部分，方泉渐渐窥破了阿宏叔如何将寺庙佛事变作赚钱行业的种种，由此对虚实两界不生分别心，借前引张文江老师的话，生活中"错综复杂的种种关系的真相，不可抗拒地向他显露出来"。

　　但是《出家》又不同于规整的成长小说。在小说的结尾，一片悬而未决的状态中，"我看见了我……相互眺望"，依然是焦灼、纠结、分裂……这里没有"天路历程"般的终点，远非千流入海、万佛朝宗的畅快与皈依，即便一掌合什，垂目敛眉间也有解不尽的愁绪。方泉眼界的上出，并不是将价值凝定于某个固定所在，而是意识到世界和人永远复杂多变，无法界限，不可化约；但这并非将存在的意义一笔勾销或遁入虚无之地，相反，窥破阿宏叔这般以自欺欺人的方式贩卖、规约存在的真实、自由与完整的人物或符号，恰恰印证了对存在的真实、自由与完整的虔敬。我们也无须到这部小说的结尾去苦求卒章显志，实则如一体化入万端，存在的意义，或许就在对细微生活片段的敏感与珍视中。这样的细微片段，潜伏在《出家》行文中，我提请读者不妨注意小说中反复出现的、方泉倚立在桂花树下的场景，他在树下看天亮了、暗了，云厚了、薄了，在这一个个瞬间，随缘临机地领受、体验生命的意义——

　　　　我站在树下，我听见檐牙上的挂钟叮叮咚咚的响，随后，我便觉着一阵风过来了,吹得身边的桂花树一阵窸窸窣窣的响动。我依在桂花树上,叼着树枝,眯着眼看山下像火柴盒一样大小的房子以及远处蓝色的海,觉得满心的自在……

2016 年 4 月 30 日

"命悬一线"中的不绝生机:《北鸢》

一

《北鸢》[1]以巨幅的容量演绎家族记忆与历史记忆。"在文学领域,史诗长期以来都是人们回忆本源和理解文化团体特性的一种重要的模式"[2],长篇历史小说与人类记忆之间独有的亲缘关系,其实不

---

[1] 葛亮:《北鸢》,人民文学出版社2016年版。
[2] 阿斯特莉特·埃尔、安斯加尔·纽宁:《文学研究的记忆纲领:概述》,收录于《文化记忆理论读本》,冯亚琳、阿斯特莉特·埃尔主编,余传玲等译,北京大学出版社2012年版,第218页。

证自明。我更关注的,是葛亮此书对于当下写作风气的意义。比如,在当下的青年写作中,存在较多的书写模式是"现代自传",以个人日常生活的一亩三分地为框架,"他们认为自己的过去仅仅是从自己出生时才开始的。他们相信,他们有力量完全按照他们'自己'和他们同代人的决定来安排自己的生存。现代自传的主体把自己的过去仅仅局限于自己在世上生存的时间"。《北鸢》无疑站在上述态度的反面,葛亮深知"我自己的生活史总是被纳入我从中获得自我认同的那个集体的历史之中的,我是带着过去出生的"[1],这是一种纠偏"现代自传"的写作。第五章第五节写到卢文笙遭遇革命,这段经历"让一个人深引为疚",于是横空插入一笔——"即使时值暮年,毛克俞面对膝下叫做毛果的男孩,仍然自责道:那时我太粗心,这世上,差点就没有了你外公这个人。"《七声》的读者至此想必会心一笑,血脉绵延,源发于此。文学当然出于虚构,但也不妨碍我们将这段视为作者的自叙身世,即便不是民国风云变幻的亲历者,但自觉为历史遗产继承者,无法绕开那段血与火,故而在历史生活的整体回路中,沿途追溯造就自我的多种根源。

再比如,葛亮叙写民国烟云,不同于塑造黄金时代的传奇,此前被民国怀旧风所排除的粗糙、坚硬、冷酷甚至血腥等因素进入了视野。当昭德拉爆手雷与土匪同归于尽,当仁珏在日军看守所里吞缝衣针自杀,当阿凤的身体在仁桢怀中一点点滑落……我们如何回应这些虚无

---

[1] 马克·弗里曼:《传统与对自我和文化的回忆》,收录于《社会记忆:历史、回忆、传承》,哈拉尔德·韦尔策编,季斌、王立君、白锡堃译,北京大学出版社 2007 年版,第 11—14 页。

大悲的时刻？我能想到的，是昭如在乱世中苦心经营，"家道败下去，不怕，但要败得好看。人活着，怎样活，都要活得好看"；是文笙婉辞永安："我们家买货卖货惯了，钱生钱的生意没做过"；是刘掌柜被扫地出门后依然勉力为东家留条生路："笙少爷，您且应承我，卢家业大，日后若有个不周到，万望别为难我们当家的"，而文笙此后不惜破产援助永安……这点点滴滴，最终汇成了全书的核心意象——风筝。放风筝的要诀是"顺势而为"，雅各以为"势无对错，跟着走，成败都不是自己的事"，文笙反驳道："顺势的'势'，还有自己的一份。风筝也有主心骨。"风筝的"主心骨"，正是天崩地坼之际民间波澜不惊的常道，正是人们心中"有所为有所不为"的坚守。过目难忘的，还有尾声部分，那只在肃杀秋风里"忽上忽下"的风筝，"有一个瞬间，几乎要跌落"，但终于"远远飘起，越来越高"……这风筝所凝聚的，正是自我拯救与挣扎向上的信念，是深植于吾土吾民心中尽管微渺曲折却创进不已的精神气脉，是"命悬一线"中的不绝生机。

二

上述信念与气脉，其实弥漫在《北鸢》所描摹的生活世界中。凡俗人世的闾巷琐细，莫不含茹大道。《北鸢》是一部"向《红楼梦》致敬的当代小说"[1]，也可以从这个方面去理解。李长之先生在分析《红楼梦》时指出："在材料的采取上，……并不在你如何选择那奇异的，或者

---

[1] 陈思和：《此情可待成追忆》(此文为《北鸢》序)，收录于《北鸢》，人民文学出版社2016年10月。

太理想化的资料,却在你如何把平常的实生活的活泼经验拿住。"[1]饱满的生活世界、"平常的实生活的活泼经验",恰可"广大其心,导达其仁",且在旧传统向新时代裂变的过程中维系文化传承,"文化的深处时常并不是在典章制度之中,而是在人们洒扫应对的日常起居之间"[2]。

曹雪芹在《南鹞北鸢考工志》(这是《北鸢》题名的出处)中曾自述成书缘由——

> 曩岁年关将届,蜡鼓频催,故人于景廉,字叔度,江宁人,从征伤足,旅居京师,家口繁多,生计艰难,鬻画为也。迂道来访。立谈之间,泫然涕下。自云:"家中不举爨者三日矣。值此严冬,告贷无门,小儿女辈,牵衣绕膝,涕饥号寒,直令人求死不得者矣!"闻之怆恻于怀,相对哽咽者久之。斯时余之困惫久矣,虽倾囊以助,何异杯水车薪,无补于事,不得不转谋他处,济其眉急。因挽留居,以期谋一脱窘困之术。夜间偶话京城近况,于称:"某公子购风筝,一掷数十金,不靳其值,似可以活我家数月矣。"言下慨然。适余身边竹纸具备,戏为扎风筝数事……是岁除夕,于冒雪而来,鸭酒鲜蔬,满载驴背。喜极而告曰:"不想三五风筝,竟获重酬,所得当共享之,可以过一肥年矣。"方其初来告急之际,正愁无

---

[1] 李长之:《〈红楼梦〉批判》,收录于《李长之书评》(四),伍杰、王鸿雁编,河北教育出版社2006年版,第41页。
[2] 费孝通:《文化的隔膜》,《费孝通游记》第84页,东方出版中心2007年8月。

力以助，其间奔走营谋，亦殊失望，愧无功。不想风筝竟能解其急耶？[1]

"风筝于玩物中微且贱矣，比之书画无其雅，方之器物无其用"，玩风筝的人也往往被视作玩物丧志、不务正业，"业此者岁闲太半，人皆鄙之"。这就有点像曹雪芹笔下的贾宝玉，通灵宝玉本是女娲采炼的三万六千五百零一块石头之一，女娲补天用去三万六千五百块，单剩下的这一块就成了多余。由此我们可以发现《北鸢》与《红楼梦》的又一重关联：似贾宝玉这般，卸下补天之志，颓废地自我放逐于"天"外（社会之外、历史轨道之外）的零余个体，揆诸《北鸢》中的人物形象，映射的正是毛克俞，"这世上尽是多余的人。多一个不多，少一个不少"——他在课堂上由介绍蕗谷虹儿引出的这番话，实则夫子自道。毛的原型是葛亮的祖父葛康俞先生："我的祖父一生中有一个很决绝的信念：我和时代或者我和政治保有距离，我把自己的人生寄予在很单纯的艺术的界域里去成就我自己。"[2]这一与时代和政治绝缘、独善其身的立场，和其亲眼见证舅父陈独秀晚景凄凉肯定有关。这位新文化运动巨匠，暮年四面楚歌声中"卧病山居生事微"，但这其实只是一面。陈独秀晚年，除了重订《小学识字教本》之外，其"终身反对派"的本色并无变易，比如当得知苏联斯大林与德国希特勒签署协定后，曾作长诗《告少年》："毋轻涓涓水，积之江河盈；亦有星星火，燎原势竟

---

[1] 曹雪芹：《〈南鹞北鸢考工志〉自序》，《〈红楼梦〉资料汇编》第22、23页，南开大学出版社1985年9月。
[2] 《葛亮：民国最吸引人的地方就在于不拘一格》，刊于腾讯网，2016年9月23日。

成；作歌告少年，努力与天争。"而被研究者称为"陈独秀最后论文和书信"的文字，其论题"焦点集中在政治与革命、民主与专政及与此相关的抗战前途和苏联问题上"[1]。毛克俞看到了晚年陈独秀落寞孤绝的一面，但是却忽略了"努力与天争"的另一面。

我们再回到《南鹞北鸢考工志》自序，其实讲述了一个零余人借着风筝而自养赡家甚至安身立命的故事，这一番振拔起身、成己成人、转无用为大用，有点像文笙的轨迹。文笙自小是个冷静的人，他对凌佐说"我们做学生的，尽到本分就好，这些本不是我们能管的"，既出乎本性，或许也受到毛克俞的影响；但他后来那番投笔从戎的经历，暗中接续的，却是"努力与天争"的气魄（与"风筝也有主心骨"呼应），陈独秀影响的，何止毛克俞一人？在这个意义上，我非常认同陈思和教授说的"陈独秀的存在是小说里不可忽视的一个精神坐标"。葛亮非常清楚克俞和文笙的差异："文笙是一个更加开放和包容的心态去看待这个世界，这和他早年的经历有关，他是试图让自己和时代之间是一种和解的关系。"[2]不过话说回来，尽管国难当头有拍案而起的作为，文笙终究不是一个主动的人，即便入世，姿态也有别于仁桢，所以葛亮在"自序"中说"小说中的两个主人公，一静一动"。在同克俞和仁桢的比照下，文笙持守中庸，"和时代之间是一种和解的关系"，我个人对"和解"的理解是：与世不亲但又不隔，对人性和世事不抱幻想且随遇而安，却也依然对人热情，不颓唐。熟悉葛亮的读者会发现，他作品中连贯全篇的人物，比如毛果，比如文笙，大抵就是这种性格，"看到了别人

---

[1] 唐宝林：《陈独秀全传》，社会科学文献出版社2013年版，第852、864页。
[2]《葛亮：民国最吸引人的地方就在于不拘一格》，刊于腾讯网，2016年9月23日。

的热闹,看到了别人的大开大合,但同时自己非常冷静和温和的活在这个世界上"[1]。往内说是人物性格,往外投射则是葛亮一贯的写作立场、看人论世的姿态。且让我引一段沈从文的话来刻画这一立场和姿态:

> 以清明的眼,对一人生景物凝眸,不为爱欲所眩目,不为污秽所恶心,同时,也不为尘俗卑猥的一片生活厌烦而有所逃遁;永远是那么看,那么透明的看,细小处,幽僻处,在诗人的眼中,皆闪耀一种光明。[2]

葛亮笔下反复出现、以文笙为代表的主人公性格,让我想起小南一郎先生研讨唐传奇时引据的一个日语词汇——"影薄":"中国近世长篇小说里的男主人公,几乎都给人留下一幅'影薄'的印象",性格寡淡,"他们的行动促使故事得以大幅度发展的场面并不多"。小南一郎至少从两个方面来探究个中缘由:一是作品内部机能。这样的主人公起到所谓"虚中心"职责,并不"活跃于作品的正面",但就好像唐三藏周围有性格各异的弟子,宋江周围有千人千面的好汉,恰使故事充分展开。二是作品传达的"人们对于自己和社会的意识"。对比一下,古代长篇叙事诗中常常有个性强烈、性格鲜明的主人公登场。"两者最大的不同在于,寄托于英雄的古代人的社会认识是将自己作为坐标中

---

[1]《葛亮:民国最吸引人的地方就在于不拘一格》,刊于腾讯网,2016年9月23日。
[2] 沈从文:《论闻一多的〈死水〉》,收录于《沈从文批评文集》,刘洪涛编,珠海出版社1998年版,第195页。

心,在这一中心周围,配置着距离远近不同的其他人;而近世的人们的社会认识,则失去了把自己置于事物中心的信念,……人们的主流认识是,并非那些拥有强烈个性的人物主导着社会,而是自己以及和自己具有同样分量的其他人方才是大多数的存在,是后者构建起了这个社会。"[1]——这种社会意识,内在地契合着葛亮的认识,《北鸢》中自有陈独秀、褚玉璞这样"站在历史浪尖上纵横捭阖"的强人,但葛亮更在意的,当是芸芸众生如文笙,"他们是目睹时代的流变和变革的人,看到了别人的热闹,看到了别人的大开大合,但同时自己非常冷静和温和的活在这个世界上,这种温和达到了平稳地过渡一个时代的更替",他们并不"主导着社会","虽然不过是软弱的凡人,不及英雄有力,但正是这些凡人比英雄更能代表这时代的总量"[2]。

三

据余英时先生考证,"宋以后的士多出于商人家庭,以致士与商的界线已不能清楚地划分",自此商业在中国社会上的比重日益增加,明清之际"由士入商的人颇不乏其例"。史学界的研究,大多集中于商人的客观世界和经济活动,对于商人家庭的主观世界,包括文化背景、意识形态、价值观念等问题措意不多[3]。《北鸢》写孟昭如这位亚圣后

---

[1] 小南一郎:《唐代传奇小说论》,童玲译,北京大学出版社2015年版,第99—102页。
[2] 张爱玲:《自己的文章》,收录于《张爱玲文集》,第3卷,时代文艺出版社1999年版,第251页。
[3] 参见余英时:《中国近世宗教伦理与商人精神》,九州出版社2014年版,第58、185、186页。

裔,嫁作商人妇后的种种故事,以小说的形式,提供了一个具体而微的例子,让我们去观察儒家伦理如何与商人阶层发生联系。这一路写来,葛亮对历史动脉的把握是颇见功力的。

自《朱雀》始,葛亮已展现超越同侪的、丰沛而又细腻的历史感受力。此番《北鸢》,"这段生活,事关上世纪二三十年代的中国。北地礼俗与市井的风貌,大至政经地理、人文节庆,小至民间的穿衣饮食,无不需要落实。案头功夫便不可缺少。一时一事,皆具精神。"[1]我猜测,葛亮七年的案头准备、所掌握的历史材料,远多于小说目前所呈现的,仿佛冰山隐于海面下不可见的部分,更根本的意义上,他不是为了写作而积累素材,这一搜求、考订、目验心证的过程本身就有意义,这是一个虔敬的写作者寻获对于历史身临其境的感受,写作如果说能够"还原"什么,大概首先就是具体时空中的个人对于时代的切身感知吧。《北鸢》所呈现的器物、舆地、时事、商道、典章制度、风土人情,丝丝入扣,合情合理。它们并不是作为外在的"素材"、"点缀"来追加小说的历史性或自我炫学,而是作者通过"遥体人情,悬想事势,设身局中,潜心腔内,忖之度之,以揣以摩,庶几入情合理"[2],来获致一种历史感受力,将外在素材"揉碎",内在地为写作建立起历史情境。葛亮于此有见道之悟:"了解史料的东西对我而言是一种情境元素的建构,而不是一定要把它作为写作的直接元素放在里面。对一个东西足够地了解,情境建立起来时,你就像那个时代的人一样,所以写任何一个

---

[1] 葛亮:《时间煮海》(此文为《北鸢》自序),《北鸢》,人民文学出版社2016年版。
[2] 钱钟书:《管锥编》(一),三联书店2001年版,第317、318页。"遥体人情"云云自是"史家追叙真人实事"的方法,但钱先生特为指出,"盖与小说、院本之臆造人物、虚构境地,不尽同而可相通"。

人都是一种非常自由的状态,不需要考量他符不符合,而是他作为一个人物在这个情境里是否成立。我不会特别想他的细节:生活习惯,衣着,待人接物的方式是不是那个时代的,因为到后来就自然而然了。"[1]通过艰苦的案头准备,如切如磋,感同身受,终至水到渠成般获得"自然而然"的写作状态,我想借史家的话来描摹这一过程:"历史事实并不是使用钓竿钓上来的一条一条的鱼,而是正在游动着的鱼群……是鱼群的生态,它不能被历史学家钓出水面,而是当历史学家潜入水底时,展现在他的面前。单独观察一条鱼而绝不可能了解的鱼群的生态或者鱼群生息的海底生物链,这才是展现在我们面前的历史。"[2]

一器一物,皆见精神。《北鸢》中最让人过目难忘的,无疑是风筝。文笙与仁桢第一次对话("我认得你")源于风筝。四声坊风筝艺人每到虎年便扎一个虎头风筝送给文笙作生日礼物,此"老例"传到第四代,仍然坚持不懈。文笙与雅各借放风筝打出信号,在日本人眼皮底下护送国军伤兵出城,苍鹰风筝高高飘起于青晏山上,这一刻也将少年人带入了历史硝烟(此后文笙在抗日战场上又如法炮制过一回)。这对总角之交日后又因围绕风筝的一番辩难而分道扬镳。小说也以跌落又旋起的风筝作为尾声……风筝不是文笙赏玩的对象,二者互相陪伴、互相打磨,甚至可以说,文笙这一个体具体存在的展开过程,就是与风筝交互作用的过程,在这个过程里,一个人修己立人,自淑淑

---

[1]《葛亮:我要在纸上留下南京》,载《经济观察报》2011年5月24日。
[2] 沟口雄三:《关于历史叙述的意图与客观性问题》,收录于《中国的冲击》,王瑞根译、孙歌校,三联书店2011年版,第218页。

世。古人曾这样论述与物交接:"与万物交,而尽兴以立人道之常。色、声、味授我也以道,吾之受之也以性。吾授色、声、味也以性,色、声、味之受我也各以其道。"[1]与物交接的过程是"性"与"道"相互交融、作用的过程,由此理解物之运动变化及规律(比如掌握风筝起放之理、扎糊之法等),也由此明白事理、建立德性、发抒情志……

四

"比之书画无其雅,方之器物无其用,业此者岁闲太半",风筝在文化上的边缘化,被葛亮用来比作欲借小说传达的意识观念:"它未必是大历史、大叙事,而是历史的真精神为大风起于青蘋之末。"[2]除此之外,我还想为葛亮的风筝添加上一项功能。

以作者外公为原型的卢文笙,作为在场者贯穿全书,然而开篇就交代文笙来历:他原是被昭如收养的街边弃婴,也就是说,《北鸢》是以"养子"的身份见证历史。

张承志曾以民族学大师摩尔根被美洲原住民部落接纳为养子为例,讨论"表述者与文化主人的地位关系":"必须指出,养子这个概念的含义决非形式而已。这是一位伟人对自己地位的纠正。这是一个解决代言人资格问题的动人象征。"[3]"养子"关涉着代言人问题、"文

---

[1] 王夫之:《尚书引义》,中华书局1976年版,第173页。
[2] 《葛亮:民国最吸引人的地方就在于不拘一格》,腾讯网,2016年9月23日。葛亮认为,小说是最能够反映"'大风起于青蘋之末'这种历史观的文体——因为它所提供的细节,其中的温度与折射,是历史本身常常忽略的"。参见葛亮:《故事》,收录于《小山河》,浙江文艺出版社2016年版,第124页。
[3] 张承志:《人文地理概念之下的方法论思考》,载《回族研究》1999年第1期。

化的声音和主人"问题:"从来文化之中就有一种闯入者。这种人会向两极分化。一些或者严谨地或者狂妄地以代言人自居,他们解释着概括着,要不就吮吸着榨取着沉默的文明乳房,在发达的外界功成名就。另一种人大多不为世间知晓,他们大都皈依了或者遵从了沉默的法则。他们在爱得至深的同时也尝到了浓烈的苦味。不仅在双语的边界上,他们在分裂的立场上痛苦。"[1]要么"解释",要么"沉默"——张承志诚恳地呈现了"养子"在代言时面对的几乎无法解决的二元对立。

现在,葛亮在《北鸢》中让一位"养子"出场,仿佛其手中的风筝,飞向过往的岁月,"闯入"历史与人性的迷雾。这风筝若隐若现的身姿,似乎喻示着再现与沉默、书写与谦卑之间的辩证——非只关乎技艺,这是写作者根本的立场与态度:懂得在用力处笔力纵横,更需要具备"不愿僭越"的自觉。我在《北鸢》中看到徘徊在时间废墟上的养子,笼罩着无以言状的震惊,深感任何重建都困难重重。以养子为代言者,恰与前文提到"影薄"的人物性格相沟通,不会"将自己作为坐标中心"。《北鸢》打动我的地方,与其说是"自然而然"地书写历史,毋宁是葛亮出让了某种叙事的自信和权威之后,笔触不时陷入停顿的瞬间:比如仁珏以身死来掩护逸美,其所献祭的,到底是民族大义(受逸美启蒙),抑或同性情谊(为逸美吸引)?"和田在这个女孩的脸庞上,看到了一种他琢磨不透的东西,她的反应,不符之前的诸种想象。"敌人琢磨不透,我们读者也琢磨不透。其实在根本上,葛亮就不愿以惯常的"诸种想象"来揭开仁珏与逸美之间的暧昧,这"止于所当止",恰是文

---

[1] 张承志:《二十八年的额吉》,载《中国民族》2002 年第 6 期。关于张承志围绕"养子"问题的思考,参见罗岗:《"骑手"为什么歌唱"母亲"?》,载《文艺争鸣》2016 年第 9 期。

学对人性的虔敬：每个人心灵深处总有不被发现的角落，沉默、幽晦而复杂，无法被表面化、无法被语言穿透、也没有必要在他者的注视下被意义赋予。

第五章写克俞教学生绘画，文笙画了一个大风筝，取名"命悬一线"，而克俞改作"一线生机"："放风筝与'牵一发而动全身'同理，全赖这画中看不见的一条线，才有后来的精彩处。"想来，艺术的"生机"，端赖放风筝的人如何在一擒一纵、一起一放之间运遣那"看不见的一条线"……

2016 年 10 月 15 日

死灭，或"青春的重返"：《可悲的第一人称》

近年来，在中国作家笔下，失败青年的形象大规模涌现，比如方方《涂自强的个人悲伤》、徐则臣"京漂"系列、甫跃辉"顾零洲"系列、石一枫《世间已无陈金芳》、马小淘《章某某》……本文将青年作家郑小驴中篇小说《可悲的第一人称》[1]视为当代社会、文学与青年处理"失败感"的典型个案，讨论如下议题：当"失败感"在今天成为一种弥漫性的体验时，人们到底如何想象和转化这种体验？文学史曾经提供过哪些处理"失败感"的先例？今天的失败者故事，遭遇了何种限制又呈现出

---

〔1〕 郑小驴：《可悲的第一人称》，原载《收获》2014年第4期；又收入小说集《蚁王》，作家出版社2016年版。本文引文根据小说集，以下不再一一注明。

何种可能性?本文并非单篇的作品论,而是希望解剖"这一只麻雀",一方面辨析当下失败青年群体受制于现实秩序的深刻性与现实秩序统驭青年的复杂性;另一方面试图在失败者的自觉背后,摸索一代人在历史中确立主体位置的艰难尝试。

"失败感"的现实建构与文学史纵深

《可悲的第一人称》讲述了"北漂"小娄从都市逃遁到丛林这整个过程中发生的故事。在北京"一段暗无天日的时光,看不到任何希望":买不起房("好不容易我们精疲力尽无限接近首付的时候,房价一脚油门,一夜之间又变得遥不可及起来"),租住在五平米的隔断间;为了等末班车"节省那十几块钱"而与女友吵架,迫于生活压力女友两次堕胎,最终两人分手;甚至曾有的文学梦也因四十多万字的创作手稿不翼而飞而中断……怀揣理想来到都市,多年拼搏,"曾无限接近于那个梦,眼睁睁地看见它一步一步地远离而去,一切破碎,一切成灰"。于是,选择避居到边地拉丁的原始丛林中,"找个无人的地方独自待待",不久开始种植药材,没想到因为恶劣的雨雪天气,药材全被冻烂,"那一刻,我体会到了什么叫功败垂成"……总之,我们通过小说看到一位步步失招、一败再败的失败者。

小说中的失败者,显然也来自当下现实中青年人成败评价体系的标定。当整个社会丧失了多元化的价值观,成功就只能用一种标准来衡量,比如这些年蔚为大观的成功学所定义的"三个月里赚到五百万"之类。这些以成功学面貌出现的评判标准,充斥社会各个角落,不但被社会精英标榜,连底层青年也复制同样的逻辑。然而他们看到的是社会流动性降低、上升通道堵塞、阶层的分化与固化;他们看不到改变命运的希望,又由于社会地位的渺小与无助,摒弃在既得利益集团之外,也无力与坚固的社会结构正面抗衡。由此产生的无奈与积怨,往往会形成反向的助推力,将外在、单一的评判标准内化为自怨自艾的心理认同,这是"吊丝"、"卢瑟"(loser)、"蚁族"等流行语近年来风行的原因。《可悲的第一人称》尤其提醒我们注意,建构"我"失败感的首要原因是在都市生活而无房,但正像小说叙述所显示的(据笔者在复旦大学课堂上与本科生的交流来看,这一点尤其得到青年人认同),"获取独立的居住空间"并不只是一种经济计算,而是包含了经济、文化、意识形态等多样纠缠。或者说,以"城市式居家"为中心的日常生活系统向青年人提供了生存的基本意义,形成了"买房＝人生成功"的考评机制,它联系着一张完整的、"正常"的生活网络,与工作、婚姻、家庭、对于未来生活的想象等因素"深度挂钩,成为'移风易俗'的巨大力量"[1]。

　　文学与"失败的故事"似乎有着天然亲缘关系,"在日常生活和伟大作品中间/存有一种古老的敌意"[2]。人们一般会认为文学是作家们"穷而后工"的事业;而在作家的自我认知中,也往往如卡夫卡一般"把自己归并到那些注定要失败的人之列"[3],本雅明甚至提醒我们,"要恰如其分地看待卡夫卡这个形象的纯粹性和它的独特性",就千万

---

[1] 王晓明等:《1990年代以来上海都市青年的"居家生活"》,上海大学中国当代文化研究中心2016年,第20页。

[2] 里尔克:《给一位朋友的安魂曲》,收录于《里尔克诗选》,臧棣编、张曙光等译,中国文学出版社1996年版,第175页。

[3] 本雅明:《弗兰茨·卡夫卡》,收录于《启迪:本雅明文选》,汉娜·阿伦特编,张旭东、王斑译,三联书店2008年版,第138页。

不能忽略"这种纯粹性和美来自一种失败","再没有什么事情比卡夫卡强调自己的失败时的狂热更令人难忘"[1]。在大多数情况下,文学不是为成功者加冕,而选择站在被时代发展与历史巨轮碾碎的齑尘一边。关于文学与失败之间的亲缘关系,北岛如是说:"失败,在我看来是个伟大的主题。它代表了人类的精神向度、漂泊的家园、悲哀的能量、无权的权力。"[2]

中国在进入现代之后就处于一个不断遭遇失败,不断从失败中自我觉醒的过程,"在失败中学习和学习失败,也许正是中国现代性隐秘的源头"[3]。对于现代中国而言,失败感被视为现代性建构的关键,因为几乎所有理想方案都是通过对国族自身的负面理解才被激发出来,"'失败'这一观念包含着一系列文化、政治、修辞和文学策略,藉此试图修复在巨大的动荡、斗争与不确定的年代里关于'民族'和'自我'的残损的感受";现代中国文学提供的修辞话语"往往意味着一种沉浸于悲痛中的身份,而非一幅胜利者的自画像",例如"五四"一代知识分子"将痛苦、苦闷视作一个时代主导性的情感结构,现代文化与民族自觉在中国的建构,就包含着一种失败的逻辑、一种建立在拥抱挫败之上的弹性"[4]。这一弹性体现在现代文学史上第一部表现青年成长经验的长篇小说《倪焕之》中,"倪焕之的成长过程并不顺利,不论是他的教育事业、情感生活还是救国之志,都不断遭遇失望与幻灭,并

---

[1] 本雅明:《论卡夫卡》,收录于《启迪:本雅明文选》,同上,第155页。
[2] 北岛、王寅:《失败者是没有真正归属的人》,载《第一财经日报》2004年11月26日。
[3] 郜元宝:《在失败中自觉》,载《南方文坛》2004年第3期。
[4] Jing Tsu, *Failure, Nationalism and Literature: The Making of Chinese Identity, 1895 - 1937*, Palo Alto: Stanford University Press, 2005, P. 3, P. 8, P. 222 - 223.

最终在大革命失败的颓丧中死去。在某种意义上,倪焕之的成长之旅是由一次次的出发与归零构成的。然而,正是这一出发-幻灭-再出发-再幻灭-直至死亡的循环往复,定义了中国成长小说的叙事模型……也由此获得了它的形式:它始终是以失败为前提的奋斗故事,是站在历史幻灭之处的回望"[1]。倪焕之的屡仆屡起暗示着,与失败相伴随的,是深刻的危机意识与辉煌的抗争能量。这也启发读者去重视现代文学中失败经验的辩证性:在优胜劣败的"天演公例"与现代社会线性发展观的支配下,国人被视作弱者、失败者。但现代文学传统可贵之处在于,一方面是对上述法则逻辑上的接受,另一方面是在接受过程中对这些法则拥有具体化和普遍性而感到"伦理性的痛苦和愤怒"[2]。恰恰这种"痛苦和愤怒"中含蕴着翻转、变革的潜能,其所针对的,不仅是自身在"公例"评判体系下目前所处的位阶,而且是从整体上质疑该"公例"评判体系本身及其对强弱、成败的界定范畴。

当然,在失败境遇中焕发出"主动精神",往往需要与特定的社会现实互动。特里林在讨论年轻人进城的故事时指出,该小说传统中大抵具备一条"浪漫传奇故事的线索","必须有一只巨大而有力的手伸向世界",打破常规、选中一个主人公——皮普在沼泽地里撞见了马格韦契,于连青云直上,拉斯蒂涅只是伏盖公寓的普通寄宿者却能渐渐走进巴黎的中心,詹姆斯·盖茨来到百万富翁的游艇边摇身一变成为

---

[1] 康凌:《早晨八九点钟的太阳是如何升起的?》,收录于《文学》(2016年秋冬卷),陈思和、王德威主编,上海文艺出版社2017年版,第312—313页。
[2] 颜海平:《中国现代女性作家与中国革命》,季剑青译,北京大学出版社2011年版,第355页。

了不起的盖茨比……这些转变"稍稍有些夸张","但它们却代表了日常生活中那些真实情况。从十九世纪末到二十世纪初最初的几年里,西方的社会结构特别适合——或许可以说其出发点就在于——发生神奇而浪漫的命运转折","足以鼓励年轻人跨越阶级鸿沟"[1]。由此我们才可以看到人与现实的"互动":社会的开放性如何焕发人的能力和抱负,个人裹挟着被激发而出的创造性和能动性如何生气勃勃地投入生活……我们在路遥讲述的进城故事中依然可以感受到上述"互动":尽管高加林的人生处处被动(小说一开始高加林就被迫"下岗",《人生》讲述的也是一个起于失败的故事),但他之所以愿意冒险,正是因为受到那只"伸向世界"、"巨大而有力的手"的感召,那时的"世界"还允诺着希望兑现的可能性,不仅是可欲的,而且是可实现的。而今天日趋惨烈的现实早已告诉青年人,自力更生打拼出一片天地的几率微乎其微。所以,我们从文学作品中可以看到这样的转变轨迹:同样身处失败的境遇,从迎难而上、具有主动精神的"大写主体",到今天暮气沉沉、自认"卢瑟"的自轻自贱者[2]。

此处无法详细复述 20 世纪中国文学对失败经验的演绎及其意义,然而,文学史纵深中潜藏的失败者"无权的权力",以及失败感中含蕴的翻转、变革潜能,提醒我们在阅读当代小说中失败青年故事的时候,要时时返顾,进而与之相对照。

---

[1] 莱昂内尔·特里林:《卡萨玛西玛公主》,收录于《知性乃道德职责》,严志军、张沫译,译林出版社 2011 年版,第 152、153 页。
[2] 关于当下青年人如何、为何在与环境的互动中呈现出内向化的、自我压抑姿态,参见拙作《宅女,或离家出走?——当下青春写作的两幅肖像》,本书第 64 页,原载《文艺研究》2014 年第 2 期。

"脱身一刻"的生机与"路之尽头"的危机感

具体到本文讨论的"这一个"失败者,买不起房,女友分手而去,工作压力巨大却依然社会地位卑微,城市留给小娄的只是无尽创痛;终于抛开一切、挣脱城市,来到边地拉丁。对于小娄这样的青年人来说,"进城"与"归乡"不仅是背向的漂泊轨迹,更是其建构主体的方式。与所有"京漂"一样,小娄首先离开故土,进入城市,在城市和现代资本主义的大海中努力实现自己的价值。他们"熟悉这座城市的每寸肌理……他们熟悉北京,比自己家乡还熟","北京这样的一线都市对于小娄而言,不仅是地理存在,也是象征空间,代表着崭新的身份意识和对未来的承诺。然而城市中的奋斗只是带来伤痕累累甚至一败涂地,于是小娄选择"归乡",在遭受困惑、创痛与失败时,需要拉丁这样前现代的田园及自然风景来疗伤。上述"归去来"结构的故事,大体就是表达失意者(往往是男性)离开城市,回到土地以实现自我救赎,在自然风景中重获价值和新的希望,以乡愁来想象性地化解现代主体的病症。

初到拉丁原始丛林,"我"不再失眠,"梦中的天空湛蓝如洗"(相比较,在北京经常失眠,梦中反复出现"广告公司、难缠的客户、垃圾短信和彻夜排队的楼盘开售活动",甚至"阴霾、追杀与犯罪的场景"),每天"享受着难得的平静——看书,烤火,打盹"……这一切似乎预示着边地生活和乡愁式怀旧确实提供给了失意者人性回暖的心理按摩。但是渐渐地,小娄为"翻来覆去都是一些重复的东西"而感到"厌烦"、"恐慌与空虚"。而当孤注一掷投资于药材之后,梦境中的压力与失眠再度重临,恍如"身后总是响彻着女人撕心裂肺的哭声"……"豆瓣阅读"

在推荐《可悲的第一人称》时曾有"现代版梭罗"的提法,显然这样的广告语没有理解作家郑小驴安设在文本中的反讽:首先,田园并不是乐园,隐伏着众多不可控的因素(野兽出没,天气不可测);在现代化的挤压下田园生活本身也是千疮百孔,而都市点点滴滴破败的生活回忆一直在撕扯着小娄;越是向往远方和诗意,越是凸显无地自由。其次,卢梭与梭罗式的"回返自然",动因之一是对资本主义结构中城市文明和工业文化的批判,而小娄是否具备坚韧的意志来贯彻上述批判呢?

尽管如此,当小娄告别每天"忙得像个陀螺""一个电话就能左右我的情绪,左右我的计划"的生活状态,来到草叶葳蕤的拉丁丛林,这从城市中脱身的一刻,仍然绽放出生机与希望。莫拉蒂曾经指出巴尔扎克作品对成长小说结构所产生的深远影响:"逃离都市的迈斯特,挑战社会的于连,都对他们那个时代的现代性主潮保持敌对立场。但是巴尔扎克的主人公一往无前,第一次完成对'时代精神'的认同。吕西安(《幻灭》)自我塑造的唯一方法,就是将自己与巴尔扎克时代基本的社会机制结合起来。……在一般对'成功'的认识中,个体和世界——在某一时刻——是关联一致的,但这只是'某一时刻',无法要求这种关联驻足长留,因为个体生命的时间和社会体系的时间无疑会脱节";"吕西安们往往紧跟时代,也使其无法形成一种延续的个体性:他无法'是其自身',某种程度上'不具有人格',他完全是社会创造的'时代之子'"[1]。巴尔扎克将小说主人公的"成功"挂靠到"时代精神"、"外在的社会体系"上,当这一"挂靠"严丝合缝地完成的那一刻,成功者/"时

---

[1] Franco Moretti, *The Way of the World*: *The Bildungsroman in European Culture*, tran. Albert Sbragia, London: Verso, 2005, P. 134-135.

代之子"就诞生了,而"失败"是被"成功"反向定义的。然而莫拉蒂的论述非常辩证:"紧跟时代"的"时代之子"往往旋生旋灭,当个体与"时代精神"脱节的那一刻,成功者就"旋灭"为失败者,所以这种"自我塑造的方法也是自我毁灭的方法",这种方法无法型塑出"延续的个体性"与稳固的人格。相反,如小娄这般,尽管是被动,但至少从"城市式居家"(买房=人生成功)的考评机制中逃离,我们必须注意这种考评机制往往是主流价值观、支配性生活方式和集体性消费氛围所召唤出来的,小娄自谓"我抛弃了全世界"或可从这个角度去理解;这番从时代主潮中脱身、放弃"紧跟",或许会被定义为"失败者",但恰恰可能开启寻找自我"本真性"的契机。

　　意识到时代主潮势不可挡,但并不愿意任其摆布,哪怕是以逃离的姿态,这其中多少暗含着置身于危机处境时产生的重构自我认同的需求。"车子到了拉丁,前面就没路了"——小说开篇这一句话,不仅是写实,也警醒地点明"走到路之尽头"的危机感。"历史地描绘过去并不意味着'按它本来的样子'(兰克)去认识它,而是意味着捕获一种记忆,意味着当记忆在危险的关头闪现出来时将其把握。历史唯物主义者希望保持住一种过去的意象,而这种过去的意象也总是出乎意料地呈现在那个在危险的关头被历史选中的人的面前。"[1]本雅明的提示是:通过一种特殊的危机感,可以把握与时代本相劈面相逢的局面,可以捕获进入历史与现实(现实正在成为或正待成为历史)的真正机遇。小娄敏锐地意识到"前面就没路了",在这一瞬间,他被危机意识所击中,在"路之尽头"看清了自身"一无所有,没有什么可以再失去"

---

[1] 本雅明:《历史哲学论纲》,收录于《启迪:本雅明文选》第267页。

的处境。小娄"把手机卡扔进了火塘",切断与过往生活的联系——这番"洗心革面"仅止于一种姿态,抑或出于自由自决?

无论如何,小娄是携带着"脱身一刻"的生机与"路之尽头"的危机感而来到拉丁丛林的,我们读者也当携带着上述期待来辨析小娄在丛林中的所作所为——此后的这番作为,到底是发扬抑或耗尽了先前的潜能与危机意识?小娄会是"被历史选中"的那个人吗?

拉丁鲁滨逊

当下文学中大规模涌现的青年失败者形象,大抵具有外表淡漠、心如死水的特征,这背后有着深刻的根源。孤身"漂"到城市,"方圆几百公里内,连个现实的励志故事都没有"[1],如果"睁了眼看",无奈、无力甚至绝望感可能每天都会侵扰你:"我"和"我"所欲之物之间鸿沟过于巨大,算了,不要有"非分之想";更准确地说,不是"不想",而是知道"想了也没用",转而寻觅自慰、化解的渠道。越是困难重重的生活,消解、转化失败感的途径也越多。吊丝的自嘲、卢瑟自晒"囧""糗"的段子,已然成为弱势群体的自我表达,藉此将愤怒、失望、沮丧与无奈转化,同时拒绝公共世界,也消弭了再次行动与诉求反抗的可能性。有论者曾从阅读文化的角度探讨当下青年文学中失败者比比皆是的缘由[2],这是很具洞察力的角度,如果以关于村上春树的阅读史为例,恰恰可以证实上面的这番论述。千野拓政教授在研究东亚共通的

---

[1] 韩寒:《青春》,收录于《青春》,湖南人民出版社2011年版,第14页。
[2] 项静:《失败者之歌:一种青年写作现象》,载《文学报》2015年9月24日。

青年文化现象时指出,村上春树吸引读者之处在于其小说提供了一种"治愈"或"救赎":在找不到出路的彷徨和失败的困境中,"他不是鼓励说拼命努力,而是肯定现在的状况","肯定主人公说'这样也可以''输了也没问题,也可以的'"[1]。而这背后是文学的转型:现代以来的文学大抵是促使读者"期待着通过作品接触到这个世界的某种真实"[2],借鲁迅的话说即"睁了眼看"、"敢于正视"[3],"文学不外是给每个读者启示更大的世界"[4];然而对于现在的青年而言,"文学不太能启示这样的世界。世界已经固定,而在所属的狭窄的共同体里,自己的位置或角色被分配下来,很难感到自己能参与并能改变的余地"[5]。无法改变命运的青年人,安住于村上的文学中,告慰自己"输了也没问题,也可以的"——现实的失败与文学的失败就是这样彼此配合。

当小娄逃离北京来到拉丁的初期,肯定产生过"这样也可以"的自我告慰("离拉丁越近","想哭的冲动越来越频繁")。如上文所分析,这种对于失败的自我体认,一方面可视作青年人身处严峻现实时的心理缓冲与防御机制;另一方面则是面对社会压迫机制时的保守,这里的"保守性"在于,青年人的心如死水与"认命",并不是个体"自然"的、"天性"的状态与心理,而是指向个体与被强加到自己身上的暴力之间被迫的同谋关系——对此同谋关系无所自觉甚至不以为然,这才是真

---

[1] 千野拓政:《村上春树的孤独和救赎》,载《花城》2016年第5期。
[2] 同上。
[3] 鲁迅:《论睁了眼看》,《鲁迅全集》,第1卷,人民文学出版社2005年版,第251页。
[4] 千野拓政:《村上春树的孤独和救赎》,载《花城》2016年第5期。
[5] 千野拓政:《动员方式的变迁与文化转折》,载《花城》2016年第6期。

正的失败者吧,尤其与第一部分提及的文学史上那些从失败感中转化出翻转、变革潜能的青年形象作对照。

但小娄毕竟不安分,转折点是他开始尝试在丛林的荒地上种植药材,"刚进山那阵,我只想将内心里那些乌七八糟的东西赶紧释放出去,洗涤得越干净越好。而现在,仿佛一颗空空荡荡的心,开始了某种期待与守望",与此心态变化相同步的,是焕发而出战天斗地的活力。尽管读完小说了解到小娄的药材生意败于天灾,尽管这番生意的性质非常可疑(下文详析),但我们不能抹煞开垦荒地最初的意义,这一行动让在都市中奄奄一息的小娄恢复生机,让濒死的心脏再次起搏,从"不能想象到变化存在"的"给定"的环境和秩序中挣脱,转而"坚信人有能力通过理性行为去改变自然和社会环境"[1],进而重新把握自我的命运。都市生活中的失败者摇身一变为边地的征服者,仿佛新时代的鲁滨逊。而《可悲的第一人称》与笛福名著《鲁滨逊漂流记》确实可以进行有趣的对读。

小娄在老康的引领下,第一次进入拉丁原始丛林,这里有一个值得注意的细节:老康为小娄带去了食物及"锅碗瓢盆和棉被",小娄眼中"到处都是碍手碍脚的东西",却唯独缺了两件物品,"我说得有张桌

---

[1] 亨廷顿这样描述"传统社会"到启蒙现代性的转变:"在传统社会中,人们将其所处的自然与社会环境看作是给定的,认为环境是奉神的旨意缔造的,改变永恒不变的自然和社会秩序,不仅是渎神的而且是徒劳的。传统社会很少变化,或有变化也不能被感知,因为人们不能想象到变化的存在。当人们意识到他们自己的能力,当他们开始认为自己能够理解并按自己的意志控制自然和社会之时,现代性才开始。现代化首先在于坚信人有能力通过理性行为去改变自然和社会环境。这意味着摒弃外界对人的制约,意味着普罗米修斯将人类从上帝、命运和天意的控制之中解放出来。"亨廷顿:《变化社会中的政治秩序》,王冠华等译,上海人民出版社2008年版,第82页。

子,还要一把椅子",老康"愣了下","面露难色地补了一句,我家也只有吃饭的桌子……"。也就是说,在当地人老康看来,桌椅并不是生活必需品,老康也完全不理解桌椅之于小娄的功能和意义,后者需要的绝非仅是"吃饭的桌子"。于是,小娄来到丛林后的第一次劳动,就是"锯倒了一棵桉树……尽量将它打磨得更平滑些。将纸张铺展开来,树桩顿时成了书桌";又"锯了几段树身,充当凳子"。而鲁滨逊漂流到荒岛后,首先制造的也恰恰是桌椅。他们的制造,"并不是从自然必需品开始的,而是从生活舒适和快乐开始",就小娄而言,固然是因为老康为其准备了食物等以维持生存,也同样因为,"对于这样一个来自文明社会的人来说,首先的'必需品'其实是使自己尽可能像在文明社会中生活,这才是舒适和快乐的来源"[1]。所以一点不奇怪,小娄带去了书与纸张,"刚来的时候,还每天认真写篇日记"。当开始种植药材时,小娄有强烈的自信,"我的自信来源于我大学里选的农学专业"。可见,尽管小娄"在水面上看见了自己的模样,邋遢的头发,乱糟糟的胡子……带着一股子脱离文明社会的野蛮味",但是与鲁滨逊一样,小娄并不是文明返回自然,探索"自然的技艺",他的种植劳动,不仅借助文明的工具,更依靠种种文化的装备。

　　瓦特在论述鲁滨逊时指出:"经济动机的本质,按照逻辑需要其他思想、感觉、行为的模式贬值:各种传统形式的群体关系、家庭、行为、村庄、民族感,这一切都要被削弱。"[2]小娄退居丛林,割断一切社会关系纽带,原本起因于失败者逃离城市,但却无意中"还原"出鲁滨逊

---

[1] 李猛:《自然社会:自然法与现代道德世界的形成》,三联书店2015年版,第11页。
[2] 伊恩·P·瓦特:《小说的兴起》,高原、董红钧译,三联书店1992年版,第66页。

式"经济个人主义"兴起的前提,为此后的开垦荒地、种植药材打下铺垫。不过,小娄终究不是鲁滨逊意义上"一个真正的资产者"[1],纯粹的"经济人"。比如,鲁滨逊的簿记上详细"记载着他所有的各种使用物品,生产这些物品所必需的各种活动,最后还记载着他制造这种种一定量的产品平均耗费的劳动时间"[2]。小娄初到拉丁时也曾记过日记,由其"文学青年"的本性来看,日记上的文字内容肯定不同于鲁滨逊式的权衡利弊、盘算进出。再比如,对于纯粹的"经济人"来说,人与人之间的关系首要是借贷关系、契约关系、主从关系,所以感情生活在鲁滨逊的故事中被一笔带过[3]。尤其对于以性别为基础的关系更是需要被彻底屏蔽,"正像韦伯指出的那样,性是人类生活中最强烈的非理性因素,它是个人对合理的经济目的的追求最大的潜在危险"。因此,"爱情在鲁滨逊的个人生活中几乎没有位置,甚至在他获得最大胜利的场面中,在那个岛上,性的诱惑仍然被排斥在外"[4]。而小娄却无法完全挣脱人际关系、感情交流和性生活等次要的、非经济的联系与活动。他要应付家人的劝告("他们想方设法劝我早点出来,甚至扬言要来把我找回去");频繁做梦与两位前女友相会,"有时想着小乌的身体,有时则是李蕾……每晚我都被这种念头折磨着";小乌还曾来丛林探望过小娄,恰恰这次经历导致小乌怀孕……与鲁滨逊的"严于自律"相比,小娄的再次失败几乎是注定的。看来在表面的相似背后,

---

[1] 恩格斯致卡·考茨基(1884年9月20日),《马克思恩格斯全集》,第36卷,人民出版社1975年版,第211页。
[2] 马克思:《资本论》,《马克思恩格斯全集》,第23卷,人民出版社1972年版,第93、94页。
[3] 参见黄梅:《推敲"自我":小说在18世纪的英国》,三联书店2003年版,第48、49页。
[4] 伊恩·P.瓦特:《小说的兴起》,高原、董红钧译,三联书店1992年版,第70页。

鲁滨逊与小娄的差异也许更耐人寻味。

　　笛福在序言中曾这样标举鲁滨逊身上具备的积极品质："这就是在最悲惨的痛苦中可取的战无不胜的耐力，在最令人沮丧的环境中的不屈不挠的适应性和无畏的决心。"[1]这种天生的漫游精神与拼搏意志是鲁滨逊追逐经济利益与政治权力的重要动力，甚或超越狭隘的功利视野，而表达出人类永恒的内在不安——不安分、不满足于上帝或自然给予自身的限定处境。类似的"不安分"当然也能够在小娄身上找到，不过这发生于他开始种植药材这一转折点之后，比照一下，漫游精神与拼搏意志支撑着鲁滨逊去不断冒险和开发一个又一个荒岛；而小娄反过来是在种植药材之后才重新燃起生活的希望。后者多出的一层曲折，也体现在文本形式上。瓦特指出笛福小说总是流溢出"轻快活泼无忧无虑的基调"[2]，伊格尔顿在《鲁滨逊漂流记》中发现一种"纯粹"的、"累积"型叙事："这里压倒一切的问题是：'后来怎么样了？'事件不能说不重要，但这完全取决于它能否导致其他事件。这些躁动的故事只是自顾自地向前冲刺，谈不上什么整体构思。叙事是为了累积而累积，就像资本家为了利润而利润，给人的感觉是小说对于叙事具有一种无法餍足的欲望。"[3]与直线而单向的累积型叙事相比，《可悲的第一人称》的叙事结构处于耗散—重聚的循环中，城市生活的失败、决然逃离、丛林中短暂休憩、再度活力焕发地开荒、药材种植遭遇天灾……整个叙事线索随着纷繁的事件、变换的地点与主人公起伏不

---

[1] 转引自伊恩·P·瓦特：《小说的兴起》，高原、董红钧译，三联书店1992年版，第94页。
[2] 伊恩·P·瓦特：《小说的兴起》，高原、董红钧译，三联书店1992年版，第203页。
[3] 特里·伊格尔顿：《文学阅读指南》，范浩译，河南大学出版社2015年版，第114页。

定的心情而不断处于打断、重启的状态。这里没有鲁滨逊式"轻快活泼无忧无虑的基调",也无法持续累积叙事能量"向前冲刺",而是时断时续、患得患失。

文本的形式肌理实则出于对社会历史内容的把握。"鲁滨逊令人惊奇地将一种非常理性化的算计与一种极端冲动的历险精神结合在了一起,并赋予这种结合以一种精神救赎的意涵。"[1]理性的设计、秩序与不安分的漫游、冒险,构成了型塑现代资本世界的动力机制。鲁滨逊浑然一体地与喷薄而出的时代主潮结合在一起,代言崭新的社会秩序与生产方式,借上文的话说,他是成功的"时代之子";彰显出新兴资产者在跃上历史舞台之际的乐观与自信,鲁滨逊每一次出海冒险都裹挟着这一乐观自信。而小娄是无奈地被他所处的时代放逐到了边地丛林。在古典的、自由竞争的资本主义时代,鲁滨逊辛勤的劳作能够换来成功,而当代资产阶级的创业神话早已颠覆了"勤劳致富"的梦想,小娄无法重拾鲁滨逊的旧路(下详),"将被抛弃的不幸变成一种成功"[2],他来到了"路之尽头"。

最后,鲁滨逊和小娄都遭遇过死亡威胁。鲁滨逊因感染疟疾而发烧,危急时刻,和治疗疟疾的烟草一起发现的是《圣经》,由此开启清教徒的自省,"他的精神生活的最有意义的方面是他严格进行道德的、宗教的反省的趋向。他的每一行动都紧随一段思考,他沉思默想的是这个行动怎样揭示了神意指向的问题。如果庄稼发芽了,那这一定是神

---

[1] 李猛:《自然社会:自然法与现代道德世界的形成》,三联书店2015年版,第35页。
[2] 伊恩·P·瓦特:《小说的兴起》,高原、董红钧译,三联书店1992年版,第92页。

'赐给保命'的奇迹"[1]。小娄因误食氰苷未加溶解的木薯而陷入昏迷,起死回生的那一刻,"窗外有阳光倾泻进来"。在一般的成长小说里,"光照"往往是隐喻,光投射到主人公身上,喻示着其脱离旧状态进入新状态,仿佛"通过仪式"一般,领悟人生真谛,完成身份转换。可惜小娄既未像鲁滨逊一般领受神意也未脱胎换骨。他彻底醒来时,"看见头顶上方的天花板上挂着一只巨大的蜘蛛网",可惜"光照"并未帮助小娄去领悟,药材和"天意"之间横亘着这只蜘蛛网所预示的不祥。

边地乌托邦的溃败

进入拉丁丛林后,小娄的生活与心态有一道明显变化的轨迹。"刚进山那阵,我只想将内心里那些乌七八糟的东西赶紧释放出去,洗涤得越干净越好",确实也得偿所愿,每天"享受着难得的平静","安心地做自己想做的事情"。变化始于心念一动:"这真是一块好地……我有了一种将这片土地重新种上药材的念头",于是将心念付诸实践,"我来拉丁,是奔着药材来的。我在这里有梦想,有目标"——这未必全是应付家人的托辞,也是小娄心念萌动后真实的内心写照。从此,"一颗空空荡荡的心,开始了某种期待与守望"——这是对投资回报、资本升值的"期待与守望":在这批药材上,小娄投入的成本是20万——"北漂"期间积攒下的全部,而预期回报是一两百万,"那个数字一出口,把我自己也吓着了。我还从没有想能卖这么多的钱"。尽管知道这是没有退路的选择,但仍然下定决心"不干出点名堂,决不出

---

[1] 伊恩·P·瓦特:《小说的兴起》,高原、董红钧译,三联书店1992年版,第79页。

山",于是药材成了"唯一的慰藉"。我们必须辩证讨论经营药材之于小娄的意义:如上文所言,这番活动诚然让小娄振作一新、重燃希望,但也时时刻刻烧灼着他,让其再度陷入焦虑,甚至初进丛林时已被治愈的失眠症"又悄然回来"。当认定"唯有这块地是我的意义所在"、"我的药材是唯一能给我慰藉"的同时,一度宣告"我抛弃了全世界"的小娄居然开始"怀念城市的喧嚣与灯火",也就是说,荒林中种植药材和都市里的成功生活之间,已然建立起了隐秘联系,"我想象着卖完药材的场景,钱包臌胀,仿佛又回到刚来北京那年,整个世界都不在话下"。药材一度"长势良好",且"外边的药材行情一路看涨";然而没想到在收获时节却遭受"百年难遇的大雪","娇嫩的药材""冻烂,腐化掉,变成一堆肥料","那一刻,我体会到了什么叫功败垂成,我离成功曾那么近"……

小娄最终溃败的原因是什么?鲁滨逊的成就曾饱受质疑,"自由经营的古典田园诗并不能真地证实任何人只要凭着自己的努力都会得到舒适和安全"[1],马克思更是嘲笑:"被斯密和李嘉图当做出发点的单个的孤立的猎人和渔夫,应归入十八世纪鲁滨逊故事的毫无想象力的虚构,鲁滨逊故事决不像文化史家设想的那样,仅仅是对极度文明的反动和想要回到被误解了的自然生活中去。……产生这种孤立个人的观点的时代,正是具有迄今为止最发达的社会关系(从这种观点来看是一般关系)的时代。……孤立的一个人在社会之外进行生产——这是罕见的事,偶然落到荒野中的已经内在地具有社会力量的文明人或许能做到——就像许多个人不在一起生活和彼此交谈而竟

---

[1] 伊恩·P·瓦特:《小说的兴起》,高原、董红钧译,三联书店1992年版,第70页。

有语言发展一样,是不可思议的。"[1]鲁滨逊"偶然"的成功或许"不可思议",小娄的失败倒是有充分的现实性,天气恶劣冻坏药材,大雪封山无法及时出货。但是在我看来,天意(或偶然性)和封闭环境中人类经济社会性的缺失,并不是导致小娄失败的根本原因。鲁滨逊体现了18世纪上升时期新兴资产阶级的精神面貌:通过劳动,实现对自然的占有,生产出物质财富,并且在财富或资本里确证成功的目标与自我的意义。当小娄幻想着通过药材生意"咸鱼翻身"、逆袭成功之时,其所服膺并力图实践的,也正是"鲁滨逊的理想"。但他恰恰忘了,鲁滨逊式"一分耕耘一分收获"理想早被时代所封杀。

小娄一次次失败,甚至败退到拉丁丛林,然而持续的失败感乃至"路之尽头"的绝望体验,都被都市生活与资本世界所允诺的无限可能"顺利"地吸纳、化解了,于是失败青年"屡仆屡起",失败故事重复上演。小娄所追求的"成功者"逻辑及获取成功的方式(由"个人奋斗"这一时代的意识形态幻象所提供),注定其一败再败,不得不败。如上文所分析,拉丁生活的转折点在于小娄"心念一动",这心动的瞬间,又再次将个人命运对接上了奋斗神话。而真正的失败在于,对于自身在社会结构和主流秩序下的真实处境没有觉悟。小娄扎根北京、奋斗致富的梦想,"自上世纪90年代以来成为常态的个人与社会的认知模式,以及与之相互配套的由城市化进程限定的个人怀抱理想的方式"[2]。如果不跳出这一如来佛的手掌心,小娄式的底层青年只能一败再败。

---

[1] 马克思:《〈政治经济学批判〉导言》,《马克思恩格斯选集》,第2卷,人民出版社1972年版,第86、87页。
[2] 罗小茗:《城市结构中的"个人悲伤"》,载《文学评论》2015年第2期。

"路之尽头"的真正自觉,在于从根本上勘破上述既定方案已无法顺利运转,重新设想个人与社会的互动方式。

　　福柯在《词与物》中讨论委拉斯开兹的名画《宫娥》,提醒我们去"看见不在场之物",画面中不在场的国王夫妇——他们通过墙壁上的镜子反射到画面中——才是整幅画的"真实中心","它象征性地是至高无上的"[1]。这也启示我们去寻访在边地丛林中看似不可见、却无处不在地起到隐形支配作用的"权力之点"——资本逻辑与个人奋斗神话。不同于单方面压迫和奴役的传统专制暴力,在福柯看来,"资产阶级在生产、经济交往、政治斗争,甚至在每时每刻的细小日常生活中都建构了各种不同的力量多方面的角逐和博弈的关系场景"[2]。由此,被压迫者恰恰表现为、进而自我想象为能动的主体,去生产、休闲、购物、旅游,但这一切都可能只是资本逻辑权力部署的产物。在此意义上,小娄离开北京到拉丁,表面上看出于自由自主的选择,然而依然是被资本填充了生命存在本身的内驱力。而他此后试图通过开荒种植来重返北京,恰恰进一步证明了其"无所逃于"资本逻辑权力部署的弥天之网。置身于意识形态中的个人往往意识不到意识形态的强制性,他们相信自己是独立自足的主体,从而将想象性的关系误认为真实关系。"它将说话者置放在特定的论述位置,使说话者认为自己是发话内容的有意识作者。然而,这种作者的身份所仰赖的这个系统却

---

〔1〕 福柯:《词与物》,莫伟民译,上海三联书店 2001 年版,第 19 页。
〔2〕 张一兵:《回到福柯》,上海人民出版社 2016 年版,第 40 页。

仍然是毫不自觉的"[1]，在"政治无意识"的遏制下，小娄无法认清自身在现实境遇中的真实的阶级处境和社会关系——这才是他"失败"的根本原因。

虽然被城市放逐，但是小娄在拉丁的作为表明，其成功人士的梦想还没有最后破碎，翻盘成功的渴望依然在心底深处念兹在兹。像拉丁丛林这样的"远方"，曾经焕发诗意而充满无限可能，然而此刻远方已经被资本主义殖民为内部世界，出走是为了赚钱，是为了翻盘，是为了"钱包鼓胀"地回到北京。像小娄这般被打翻在地的底层青年，依然在资本逻辑部署、定义的秩序内试图重返优势地位，这正体现出"规训"的强势。故而，小娄的失败，恰恰说明了主流秩序的成功。在这一意义上，《可悲的第一人称》细致刻画出当下失败青年群体受制于现实秩序的深刻性与现实秩序统驭青年的复杂性。"失败"是对当下境遇的自嘲，但未必通向无路可走的绝望；而是以低调的姿态暂时潜伏，等待"逆袭"的时刻。之所以说现实秩序的统驭具备复杂性，是因为其已然发展出一套行之有效的转化人们失败感等消极经验的机制。我们身边处处可见暮气沉沉的青年人，在都市生活中举步维艰，但他们对于物质的追求并未放松，相反，"不但继续从中感受被逼无奈的苦恼，也同时从中发掘值得追求的生趣"[2]。失败青年注定会经历一次次的屡仆屡起，与此同时，我们在上文提及的"路之尽头"的危机意识也

---

[1] 斯图亚特·霍尔：《意识形态的再发现——媒体研究中的被压抑者的重返》，收录于《西方都市文化研究读本》，第1卷，黄丽玲译、薛毅主编，广西师范大学出版社2008年版，第111页。
[2] 王晓明等：《1990年代以来上海都市青年的"居家生活"》，上海大学中国当代文化研究中心2016年，第156页。

丧失殆尽。

更让人痛心的是，这是一位"文学青年"的失败。小娄热爱创作，初抵拉丁，扔掉了手机，却将书籍带进丛林，并坚持写日记。蔡翔这样来理解"文学青年"的独特气质："浪漫、幻想、自由、表现自我、外向或扩张的、反世俗、求道者，等等。这样一种气质或者形式，在中国的现代史上，一直是革命或者抗争性政治的有效的利用资源。"[1]遗憾的是，文学已经无法在有效的历史介入和现实关联中，成为一种丰富主体的安置方式，而仅只是个人修辞或抒情的表达工具。甚至后面这一点都无法保全，当种植药材的事业展开的同时，文学空间遭到了挤压，"带来的书早已读完"，"该写的东西越来越少，每天的日记渐渐变短"。巴赫金说："强烈感觉到可能存在完全另一种生活和世界观，绝不同于现今实有的生活和世界观（并清晰而敏锐地意识到）——这是小说塑造现今生活形象的一个前提。"[2]像小娄这样，弃绝"另一种生活和世界观"的想象力，完全臣服于世界通行的兑换原则，终于，文学也与他渐行渐远。

转瞬即逝的契机

然而，支配性的意识形态真的已经笼盖四野了吗？"无论一种思想意识或社会制度的统治多么完全，永远有某种社会历史是它所不能

---

[1] 蔡翔：《革命/叙述：中国社会主义文学—文化想象》，北京大学出版社2010年版，第363页。

[2] 巴赫金：《关于福楼拜》，收录于《巴赫金全集》，第4卷，晓河等译，河北教育出版社1998年版，第98页。

覆盖和控制的。从这些部分历史就时常产生反抗。"[1]上文曾提及,小娄携带着"脱身一刻"的生机与"路之尽头"的危机感而来到拉丁丛林,尽管故事结局证明我们的理解过于乐观,尽管已无法扭转小娄命运的已然走向,然而作为文学读者,我们却不妨鼓足勇气,重新想象潜藏在小说情节脉络中隐而未发的可能性。在讨论这些错失的契机之前,我们需要再打量一下拉丁的意义。

小娄满身伤痕地来到拉丁丛林,"河的对岸就是越南",这是一块位于"时光遗忘之处"的边地。而边地素来是提供乌托邦幻想的源泉,就像当年寻根小说主动回向罕有人迹的林野,试图在不规范的边地文化中寻求蓬勃生命力,促使民族与自我"获得营养,获得更新再生的契机"[2]。换言之,拉丁丛林作为化外之地和"异质世界",站在都市北京的对立面,提供着反抗的可能。在巴塔耶看来,现代世界是一个"同质世界",其特征是现实功利性生产,"在此,每一个要素都和别的要素相关,都对另一个要素发挥作用,都卷入到一个紧凑的生产链条中变成一个功能性环节,它们在一个可通约性范围内发挥作用",同质世界中的个体缺乏自主性和自为性,转而"将自己还原为自身之外的某种存在,比如说,将个体还原为他所创造的产品,将人性还原为可以交换的存在"——这就是小娄在北京奄奄一息的生活状态。然而,"在一个社会中,还存在着不可通约的异质性世界,……同质性世界将所有要素纳入到一个秩序井然的有效运转机器中,而异质性世界则将社会无法同化的东西囊括其中。异质世界是同质世界的剩余物,……是另类

---

[1] 萨义德:《文化与帝国主义》,李琨译,三联书店2003年版,第341页。
[2] 韩少功:《文学的根》,载《作家》1985年第4期。

性、不可通约性,就是处在整个生产的逻辑链条之外"[1]。失败者从城市来到边地,小娄是被同质世界所排除的冗余,拉丁是资本生产的逻辑链条不可通约的飞地。

可惜小娄在拉丁的作为粉碎了我们的阅读期待,他以利润生产的盘算,将丛林中原本未被充分物化的褶皱填补掉,再次落入"同质世界"中。这也促使读者反省上述"中心—边缘"的结构图式,该结构图式往往会形成一个固化的价值判断:边缘/弱势对抗中心/强势,我们上文的分析也暗含着在虚构的边地反抗城市中心的预设。然而,小娄在拉丁的作为,完全是边缘在复制中心的逻辑。小娄的失败,或者说作者的暗讽,终于提醒我们——其实,立足边缘原不是为了再造出一个新的中心,而是为了从整体上突破"中心—边缘"的结构原理对于当代生活的宰制与想象。然而话说回来,小娄"这一个"的失败,并不能排除小说情节脉络中暗含着转瞬即逝的突破的契机,这些契机并未获得实际发展,却绝不是"不存在"或"无意义"的。那么,这些一闪而过却没有被及时把握的可能性,到底指向哪里?

小娄来到草叶葳蕤的原始丛林,在自然怀抱中恢复被都市压抑的生机,然而渐渐地,每天开始背着鸟铳"在林子里逡巡","仿佛整个山林都是我的",进而宣告"我成了这片原始丛林中真正的主人,我决定这些动植物的生死"、"我才是真正的丛林之王",他要通过开荒种植来向自然世界索取丰厚的物质回报。于是,都市生活中的失败者,摇身一变为丛林征服者,"征服自然意味着,自然是敌人,是一种要被规约

---

[1] 汪民安:《巴塔耶的神圣世界》,收录于《什么是当代》,新星出版社 2014 年版,第 71—72 页。

到秩序上去的混沌;一切好的东西都被归为人的劳动而非自然的馈赠:自然只不过提供了几乎毫无价值的物质材料"[1]。也就是说,小娄给自己提供的救赎,不是陶渊明式的"复得返自然",而是马基雅维利或霍布斯意义上的"现代性方案"。由"被规定者"转变为自身乃至世界的立法者,然而这一自信乐观的转变中却埋伏着人与世界割裂的隐患。拉丁丛林对于小娄而言,逐渐丧失了提供安慰的家园的整体性,而被把握为需要去克服的外在对象,"世界不再是真实的、有机的'家园',而是冷静计算的对象和工作进取的对象,世界不再是爱和冥想的对象,而是计算和工作的对象"[2]。其实在当下现实中,返乡是可能走出一条不同于征服性、功利性的道路的,例如在当代乡村建设的青年人视野中,返乡是"对主流意识形态的质疑和挑战","增强对乡村多样性的认识,进而反思当下社会,探索乡村建设与生态文明的新可能"[3]。由此对照,小娄的返乡根本不具备上述能动性,反倒无意中配合了现代性焦虑与主流意识形态。

在祭出"主人心态"与"现代性方案"之后,小娄的劳动也发生了异化。从小娄在北京的工作经历来看,他是资本运行链条上被苛刻剥削的一颗螺丝钉,但对城市中产梦的憧憬以及对消费者身份的偏执,使其往往忽略自身作为生产者、劳动者的现实。甚至,越是遭受苛刻的剥削,越是让被剥削者沉浸在上述憧憬和偏执编织的幻梦中无法自

---

[1] 列奥·施特劳斯:《现代性的三次浪潮》,收录于《苏格拉底问题与现代性》(增订本),丁耘等译,华夏出版社2016年版,第323页。
[2] 舍勒:《死与永生》,转引自刘小枫:《现代性社会理论绪论》,上海三联书店1998年版,第20页。
[3] 潘家恩:《返乡·反向——当代乡村建设青年的实践与思考》,载《今天》2016年第1期。

拔,从而越是"忘我"地"投入工作"。小娄在北京"最愉快、乐观的时光",是和女友"加在一起的存款接近二十万的那天","浑身都洋溢着幸福感,好像已经拥有了房一样",于是"每天都拼命地加班,接外活,只想多存点,好接近首付的底线"。美梦破灭后孤身来到拉丁丛林,此时闪烁的契机在于:通过"完整的劳动",从资本异化的链条上挣脱,进而转化出积极的能量。值得辨析的是,"我"到拉丁后的"劳动"性质有一道变化的轨迹:一开始,加盖房子上的茅草、种植蔬菜水果等,都是和身体自然需求密切相关的劳动;尽管制作桌椅如上文所分析,有点超越了温饱范围,但这依然不脱离"为使用而制作"而非"为逐利而生产"。在这个阶段,既能占有完整的劳动过程,又能支配全部劳动产品,小娄作为劳动者是完整而非异化的人。当他吃上自己种的胡萝卜时,还发出感慨"这才是真正的人间食粮"——这是具体的生产性劳动生发的愉悦,带着自食其力的骄傲,不以财富多寡作为评价成败的标准,更不会迎合资本和拜物教。但是好景不长,随着"拉丁鲁滨逊"的登台,从自给自足的劳动变为"高风险投资",从"种瓜得瓜种豆得豆"变为逐利性经营。郑小驴通过小娄在拉丁的失败,再次论证了底层青年个人奋斗神话的幻灭,"试比较一下,倘若这块药材地是一个现代化中药企业的一部分,那么通过整体科学合理的布局、人力物流资源的配置以及对市场供给的杠杆调节,即使在天灾面前难逃损失,但至少能够形成一定抵御风险的弹性空间"[1],而小娄尽管试图扩大生产规模、和丛林外的市场空间挂钩,但是小生产者的个体经营,注定将在现

---

[1] 吴天舟:《个人主义的末路鬼——读郑小驴〈可悲的第一人称〉》,载《文学报》2016 年 9 月 8 日。

代社会高度资本化的惊涛骇浪中覆灭。

历史实践无数次证明，劳动不但能提供给个体反思、重构现实的依据，而且能促使人类真正的联合，解除现代社会中人与人之间功利、契约的物质关系，在此基础上，建构和谐生活、亲密交往并形成情感与认同的关系共同体。我们可以将《可悲的第一人称》与当代文学史上以王蒙《在伊犁》、张承志《骑手为什么歌唱母亲》等著名的边地小说作对照，在后者那里，或者发扬边地人民的美好人性，或者演绎远离中心的民间自由，张贤亮下面这番话兴许不无特殊年代的夸张印记但毕竟发自肺腑："在长期的体力劳动中，在大自然的怀抱里进行劳动与物质的交换中获得过某种满足和愉快，在与朴实的劳动人民的共同生活中治疗了自己的精神创伤，纠正了过去的偏见，甚至改变了旧的思想方法，从而使自己的心灵丰满起来。"[1]——这种在"大自然的怀抱里进行劳动"，进而在与普通民众亲密的连带感中"治疗自己精神创伤"的体悟，在小娄的视野里完全付诸阙如。种植药材过程中，小娄曾"雇了二三十个老汉"帮忙"挖地和薅草"，"他们干完活，我让老康给他们结了工钱。老汉们对我充满了好奇，眼神中夹杂着玩味和几许不解。干完活，我打发他们都出去了"。小说以寥寥几句话交代了这一集体活动，也点染出小娄的态度——干完活，结了工钱，就草草"打发"走一干劳动群体，在这个过程中，小娄摇身一变为雇主，复制出资本秩序以工具理性对待他人的方式，和那些劳动者完全没有任何超越契约关系的交流。

---

[1] 张贤亮：《心灵和肉体的变化》，收录于《张贤亮谈创作》，宁夏大学学报编辑部 1985 年 5 月，第 120、121 页。

与此同时,"孤独,成了我大多数时间无法打发的主题"。1980年代文学对此前大一统的意识形态及缺乏差异性的集体生活的反抗,1990年代"个人化写作"对独立性与个人经验的追求,构成了郑小驴这一代写作者重要的文学创作资源,立足于这样的"地基",青年写作一度沉迷于"孤独美学"。而对于小娄来说,浪漫主义传统对"孤独"与"失败"的一体认同,肯定会提供给他别有会心的慰安:"他们相信少数比多数更神圣,失败比成功更高贵。"[1]然而,郑小驴并不是要渲染"孤独",反倒是要写出这种"孤独"的无法承受,写出小娄如何"被孤独折磨得奄奄一息"。细究起来,小娄选择边地原始丛林,心理动因之一是奋斗失败后"不想见人",从复杂状况与尖锐生存命题中抽身而退,这种闪避的姿态说明,小娄身上的孤独感,并不出于生理、心理感受,而本就是被资本逻辑和压迫性社会结构制造出来的。所以,孤独也根本无法避开后两者的调控。无怪乎,孤独感疯长的同时,小娄"心念一动"开始经营药材,而如上文所言以日记和阅读构成的文学空间却不断被压缩。一方面是物质欲望的启动,另一方面是精神修养的隐退(哲学意义上的"孤独"往往是发现内在自我、发现自我丰富性的开端;然而在小娄这里,封闭了对现实世界的关怀,并不顺理成章地意味着对精神世界的深化与丰富)——所谓"孤独",就在这样一幅完全不对称的体格中左冲右突。郑小驴以此来提示小娄(以及这一代人)赋予孤独的"自足性"根本是幻觉,"孤独美学"的破产是否能重启反省的契机呢? 白璧德曾这样描述浪漫主义式孤独的发生:当他们发现"理想

---

[1] 以赛亚·伯林:《浪漫主义的根源》,亨利·哈代编、吕梁等译,译林出版社2008年版,第16页。

只导致实际的不幸时,他并不责备自己的理想。他只认为世界不配他这样结构如此精美的人居住,所以就从这个世界中退出,以自己的悲哀包裹自己,一如穿上了一件披风"〔1〕。在小娄反复体认失败、逐步退居边缘的过程中,他肯定不断地指责这个世界,然而与此同时是否反省过"自己的理想"——那种对个人奋斗神话的执迷、对公共生活的逃避,才是他一败再败的原委。在19世纪经典成长教育小说施蒂夫特的《晚夏》中,年轻的主人公也曾一度沉浸在自艾自怜的孤独状态中,但终于将内心情感向身外世界敞开,通过劳作、通过与外在事物的联系、通过与他人的交往,找到"平衡和解脱",避免"个体思绪在封闭世界中的空转"〔2〕。对照一下,小娄完全不具备自我治愈孤独的能量,在"无聊透顶的时候",他将丛林中的蛇砸成肉泥、将树蛙开膛破肚,这完全是个体焦灼情绪的外化。种植药材也是一种劳作,但在小娄这里,仅止于追求利润的投资行为,其所引发的,只是巨大的期待和甘冒风险的焦虑,这样的劳作完全不参与主体修养的内在建设。

结语:"提早衰落"或"青春的重返"

埃德蒙·威尔逊曾不无伤感地总结世纪末艺术趣味的变化:"法郎士那一代的力量,来自于对社会事务的广泛知识,对人类富有同情的兴趣,与民意的直接接触,以及通过文学参与公共生活的热情。而到了瓦莱里的时代,孤独的挣扎,真诚的内省,才是文学的力量之源。"

---

〔1〕 欧文·白璧德:《卢梭与浪漫主义》,孙宜学译,商务印书馆2016年版,第292、293页。
〔2〕 谷裕:《德语修养小说研究》,北京大学出版社2013年版,第212、213页。

伴随着现实生活的幻灭,瓦莱里、艾略特以及他们的模仿者们纷纷避居"阿克瑟尔的城堡":"在伦敦和纽约、在这边和英国那边的大学中,这些年轻人的想象逃离人间,寄居于荒凉的海滩、仙人掌杂生的沙漠,以及积满尘垢、老鼠横行的阁楼上——他们进行创作的资产就只有旧玻璃杯的几块碎片和七零八落的碎骨。"这里的海滩、沙漠和阁楼,就好比小娄的拉丁丛林,然而威尔逊一针见血地指出:"《荒原》使年轻的诗人们提早衰老。"[1]"提早衰落"也构成了《可悲的第一人称》的结尾,药材经营失败后小娄一蹶不振,在雪地里的枯树上钓鱼。这幅诡异("地里哪来的鱼?")、生命热力衰竭(再次与鲁滨逊对照,鲁滨逊不断冒险,自称"安静地坐在那儿,对我来说尤其是生活中的不幸成分"[2])的静穆画面,被老康带来小乌的消息而震碎。除了房价飙升之外,小娄从北京出走的直接原因是女友的堕胎与离开,在小说结尾,因为小乌怀孕"我将必须回到她身边"——新一轮的循环开始了,"他们没有其他的路可走,但又无处可逃,所以只能在这种奋斗的假象里自我欺瞒,并不断复制着自我异化的循环"[3]。

等待小娄的,真的只是衰竭与死灭吗?小说结尾呈现的"雪地枯树"是一个非常别致的意象,尤其在中国古典艺术比如传统绘画中,"枯树的力量和它的吸引力正是根植于一种视觉和概念上的模糊性:它那废墟般的形体同时拥有非凡的能量和精神。枯树虽显现了死亡

---

[1] 埃德蒙·威尔逊:《阿克瑟尔的城堡》,黄念欣译,江苏教育出版社2006年版,第68、86页。
[2] 笛福:《冒险记续集》,转引自伊恩·P·瓦特:《小说的兴起》,高原、董红钧译,三联书店1992年版,第68页。
[3] 吴天舟:《个人主义的末路鬼——读郑小驴〈可悲的第一人称〉》,载《文学报》2016年9月8日。

和萧衰,但同时也为复苏和青春的重返带来希望。它远不是一个'终结'的形象","孤独的枯树最确切地传达了'天地之心'的生生不息,因为它为自己的再生而挣扎,不像百卉千葩那样不过是自然界暂时的茂盛"[1]。枯树引向的,与其说是"路之尽头",毋宁说是一个"临界点":可能就此"从昏睡入死灭"[2],也可能经"再生而挣扎"通向"青春的重返"。前途未卜,端赖临界点上的主动作为。

从乡村城镇、欠发达地区涌入中心城市的青年人,想必和小娄一样,也曾"站在车水马龙的街头,发誓要在这座城市扎根下来",然而上升通道的堵塞和持续走高的房价,无情粉碎了他们的城市中产梦。以小娄为代表的失败青年故事,将那些继续做梦的人惊醒,他们,或者说"我们",能够在"路之尽头"的危机感中重新设想自身在时代中的位置吗?能够在资本提供的"个人奋斗"等思考逻辑之外,突破"异化的循环",将失败感转化为"青春重返"的能量吗?

2017 年 1 月 22 日初稿,8 月 29 日改定

---

[1] 巫鸿:《废墟的故事:中国美术和视觉文化中的"在场"与"缺席"》,肖铁译,上海人民出版社 2012 年,第 38、39 页。
[2] 鲁迅:《呐喊·自序》,《鲁迅全集》,第 1 卷,人民文学出版社 2005 年版,第 441 页。

诗意世界与脱序时刻：读作品记

飞氘《中国科幻大片》

摆在眼前的是飞氘的科幻作品集[1]。《苍天在上》将我们带到华夏文明的鸿蒙时代，先民们为了在宇宙坍缩、天地闭合的危险中生存下去，不得不退化为虫豸形态匍匐于地，唯有一个身上流淌上古"鹰熊"血脉、名为 Ugnap 的巨人，以一己之力扛住苍天，并于临死前奋力一搏，使得天地终于分开。历史重新开始，而虫豸亦再度进化为人，且

---

[1] 飞氘：《中国科幻大片》，清华大学出版社 2013 年版。

赋予拯救他们的"英雄"以一个新的名字：Pangu(盘古)。飞氘描绘的末日图景,只是上古神话？日渐从神圣领域退出,浸没在世俗的技术和手段中,我们匍匐在地上彼此张望……这不就是当下现实么？我不知道百多年后的人们如何看待 21 世纪初叶中国的青年人,也许后来者会选取前面那一时段中占据市场份额最大的小说或影视作品作为镜像,于是看到了"小时代"里的欲望征逐,看到大小官场、办公室里的"步步惊心"……我多么希望后来者也能看到飞氘的小说,任何逼仄而充溢着权谋、交易的时刻,任何"蚂蚁爬啊爬"的地方,总会有人探出头来,就像飞氘笔下的巨人奋力一搏,张扬一种血性而伟岸的人性。

《蝴蝶效应》则以科幻形式来讲述"中国故事",这个中国是多重意义上的：首先是中国古代历史、神话与典籍,比如三章分别以逍遥游、沧浪之水、九章算术命名；其次是现代中国的思索与抗争,尤其通过鲁迅这个意象表达出来；再次是当下的流行趣味,引入大量西方科幻大片,这些大片已不仅仅是"外部"资源,你看那么多"80 后"抱着重温童年记忆的心态而涌进电影院看《变形金刚》,你就无法再去区分这是外来的制作还是我们自己的趣味投射。飞氘的作品是在以上几者杂糅的意义上来讲述"中国故事"。中国故事是近年来文坛热议的关键词,我特别反感以某种"寻根"的姿态去拼凑太多浪漫与抽象的符号。飞氘倒是很忠实于中国青年人当下的生命经验。《蝴蝶效应》杂糅了那么多中西、古今、雅俗的资源,错杂、交织、重叠甚至凌乱,乍看上去特别吻合今天这个"乱花渐欲迷人眼"的时代表象。我读这篇小说的时候一直想到鲁迅,这不仅是因为《蝴蝶效应》中有不少关于鲁迅的"故事新编"——比如在《异次元杀阵》的题名下再写"无物之阵"的故事,也不仅是因为小说集的题词"此后如竟没有炬火,我便是唯一的光"就来自鲁迅;而是出于一个强烈的感受:今天我们身上密集了那么多眼花缭乱的语义、信息、符码,但也可以说是一无所有。这恰是鲁迅式的辩证法"于一切眼中看见无所有","不以任何东西来支撑自己,因此也就不得不把一切归于自己一身"(竹内好语)。我们必须忠实于这样的当下处境:一方面沉迷于一个丰富、充裕甚至过剩、泛滥的时代,另一方面在各种"好名称"、"好花样"的背后产生"虚无"的自觉,最后"无中生有",通向真正自由的创造。我想飞氘之所以起意致敬,肯定是共感到了鲁迅式"铁屋子"的困境和绝望中抗战的勇气。很多人觉得"80后"写作是缺乏经典意识的,现在以飞氘为例证可以反驳这种皮相之见。我还要强调的是:今天我们青年人和鲁迅相遇,不是说要取法某种文学技巧、接续某种文学传统,而是置身当下的生活感受,逼使我们摸索到了鲁迅这一份经典的资源。

夜 X 《给姑娘陛下:灰色童话 1》

每天在入睡前读《灰色童话》[1]中的短小故事(不舍得一口气读完),总会想起青年何其芳的句子:"我喜欢想象着一些辽远的东西。一些不存在的人物,和许多在人类的地图上找不出名字的国土。"在这片梦中的国土里,有浴室里的龙、想变成人的木偶、能进入梦境驱除梦魇的女人、用讲故事比拼感染力的方式来取代战争的星球……

《王室教育》讲述的是这样一个故事:公主诞生时,国家正处在与邻国战争的第十个年头。国王像所有独生女的父亲一样,不忍心让她

---

[1] 夜 X:《给姑娘陛下:灰色童话 1》,万卷出版公司 2010 年版。

了解世界的残酷,于是王室教育中的问答每每如此进行:"那咚咚的声音是什么?""他们在排练音乐,好在节日演奏。""那突然炸响的轰鸣呢?""那是礼炮,宴会开始了,主人在召集宾客。""从城门进来的那位骑士为什么满身鲜红?""因为他刚参加完婚礼,那是现在流行的化妆。""他们丁丁当当的在干什么?""那是一种游戏。""他们手里闪闪发亮的是什么?""那是游戏的道具,用它碰到对方多的人就赢了。""为什么大喊?""那是游戏规定的台词。"……公主和邻国的王子一见钟情,他们的婚姻也是消弭双方战争的契机。悲剧却发生在洞房之夜,新娘手执利刃哭泣着,新郎倒在血泊之中。"在公主所受到的教育里,并没有比'游戏'更尖锐的东西",她只想玩一个从小就不断见到人玩,却从来没有机会参与的"游戏",用刀子和身体跳舞的游戏……这个故事让我想起"中国达人秀"舞台上,有几位中学生组成的乐队,他们操弄着价值不菲的电吉他,然后讲述起创建乐队的种种艰辛,不一会就泪流满面;评委席上的高晓松微笑着告诉年轻人:我像你们这么大的时候,为了音乐在街头流浪卖艺……我丝毫不怀疑中学生们"自我感动"的真诚,只是这些眼泪中粘附了太多的自怜或自恋,却少了生活的实感。可以想象的,他们也曾经像童话中的那位公主,被包裹在词语的空壳里,兴许连微薄的叛逆也只是一种符号、姿态;终于被生活的棱角扎了一下,不是坏事,因为当棱角带来肉体的紧张或伤痛时,它也刺穿了词语的空壳。可惜公主和她的亲人们醒悟得太迟,在她的成长过程里,"身边的人用欺蒙话语,把这些残酷场景包裹成了日常",而且顶着一个美好的理由(为了"公主过得无忧无虑")。这不只是公主的悲剧,几乎就是我们这一代人的成长寓言,我们自小接受教育的情形往往是:在还没有开始练习生活、接触世界之前,就被种种关于生活和世界的看法、说教所围绕。这也不只是孩子的悲剧,"王室教育"何尝不是现代人生存境况的隐喻,E. B. 怀特曾感慨:"人们本可以从他们的窗户看见真实的东西,但是人们却偏偏愿意在荧光屏上去看它的影像。"[1]"荧光屏上"的"影像"之于"真实的东西",恰类似于我们所置身的传媒社会中无数的信息泡沫之于实在世界,由这个"荧光屏"所炮制的"影像",占据着人们的思想与意识,将生活凝固成铁板一块。又有多少人会有穿越"荧光屏"的自觉和尝试?

夜X出身中文系,在他这个年龄的人填报高考志愿时,文学的黄金时代早已过去。工作之后,就在朝九晚五的间隙里构思,每晚临睡前让故事成形;这很像夜X笔下的擦玻璃工,"在工作间隙的午餐时候,嘴里叼着汉堡,掏一本本子把诗句写下来"。这些曼妙如幻梦的文学,原来和日常生活如此紧密贴附。夜X钟爱"讲故事",这姿态不正联系着文学诞生的原初之境么,难怪神采飞扬,绵延出瑰丽的想象和活力……这些年来,同龄人中的代表性作家已华丽转身为网络意见领袖或成功商人,当代文学不时被炮轰为垃圾,批评家们一边哀叹一边在垃圾场上变废为宝……这等让人丧气的景象丝毫不影响夜X在急速行驶的地铁车厢里一边攥着拉手一边讲故事,"即时生活在这个信息垃圾泛滥的时代,也总可以写一些流水账博客之外的东西;在这个承诺和冲动同样廉价的时代,也总可以用心讲一些故事给人。不为别的,只为这一行为本身足够美"……这只是一个朴素的愿望和举动,比附不得大事业;却也自信、从容不迫,没有丝毫焦虑。只为文学"本身

---

[1] 转引自威廉·巴雷特:《非理性的人》,杨照明、艾平译,商务印书馆2004年版,第265页。

足够美"。

国生《暂时》《天空晴朗》

"一个人只拥有此生此世是不够的,他还应该拥有诗意的世界。"——在"90后"作者们的成长岁月里,王小波的这句话(见《万寿寺》)渐渐如格言般广为流传。这句格言和"90后"的成长未必直接关联(王小波的忠实粉丝,应该是"90后"代际之前的读者群体),但是前者如谶言一般,规定了后者的生活难题与写作难题。

"停车,关掉车前灯。银河猛然出现在我们面前,像一条无比厚重而狭窄的毯子,在宽大的天幕中散发着温和、迷离的光晕,车内的空气似乎因此变得稠密、难以呼吸,几乎不再透明,这让我们缓了好一会儿。"——这是国生有意在《天空晴朗》[1]中安排的"诗意世界"。这一天,一个出租车司机("我")和一个电台节目主持人(米米)萍水相逢,他们开车出了市区,拐进灌木丛生的土路,在路的尽头,终于抬头仰望银河……请注意,《暂时》中的"她"——一个"时常觉得没有意义"的女孩,和她的男上司同样离开了平时生活和工作的上海,来到杭州郊外的景区……总之,暂时放下工作,从都市丛林中逃逸,在一个日常生活秩序的"脱序"时刻,终于迎来了"诗意"。

"生活在别处",真的么?至少国生并不相信,甚至时不时给予反讽。《天空晴朗》中的"我",曾和妻子为了抵御长时间的冷战而一起去了西藏,这个地域符号在小资和青年人心目中意味着什么不言而喻,

---

[1] 国生:《暂时》《天空晴朗》,载《芙蓉》2016年第2期。

但是小说告诉我们,那个"遥远的地方"非但不足以成为意义重建的家园,反倒变作创痛的根源。此外,国生这两篇小说都涉及人和人之间的关系,他似乎迷恋于这种关系的聚合、中断、紧缩与延长,但同时又对建立在上述关系之上的小共同体不抱希望。极有意味的是,国生在男人与女人的关系中,都设定了一个"性"的中止时刻,他们逃离到"脱序"之地,心跳加速、拥抱、接吻,但突然中止,"什么也没发生"。"脱序"终结,日常秩序与理性重新回归。他们的欲望在原该爆发的瞬间被无一例外地梗塞住了。为什么诗意世界的沦陷伴随着欲望被阉割,为什么这一代人没有欲望?

问题不仅仅是意义重建的不可能,而是,在这一代(并不只是指"90后",也包括《暂时》中的"他",受困于相同的历史与现实的群体)看来,"意义"没有办法在日常生活、工作环境和社会现实中落实。与欲望一起消逝的,还有焦虑感。焦虑是通过与现实处境持续的紧张对峙来艰难摸索一种自我确立的主体力量,是"作家主体通过文字与世界发生关联时承受的障碍所致,是心灵的想象与现实境况相互磨蚀的结果,在有些情况下正是人不放弃追求主体力量的证明"(宋明炜:《终止焦虑与长大成人》)。而以国生笔下为代表的这些人,当个人—社会/历史之间的整体关联被击碎之后,与现实处境的紧张摩擦已然停歇。而创伤永远是"个体的"(《天空晴朗》中的丧子之痛》,无法在社会结构及其背后的权力关系中辨析其根源。同样,幸福与"诗意世界"早被认作无法在"此岸"中被召唤出来,"诗意"只是绽放于偶然的"脱序"时刻,且摇摇欲坠。总之,个体根本提不起兴致——这就是《暂时》中那位女孩的生存状态:"太容易觉得别人愚蠢",她的优越感来自于一种"早已看穿"的执念,又"时常觉得没有意义"——来与现实世界展开协调、对抗等诸种关系，更别提"欲望"了。这是生命力与主体力量衰颓的症候。

真的永远如此么？国生在创作谈中给这代人留了自画像——"我们理性、勤奋、没有历史，也导致我们死气沉沉，从不失控，却囿于一种无意义的'持续的不快乐'之中"——如此沉痛的自剖其心之后，会不会是一个新的起点？

李唐《幻之花》

"他"还不到三十岁，每天的工作多是重复，以致"脑海中会浮现出工厂里整日连轴运转的传送带"，即便如此，他依然很在意老板的态度，在受到严厉批评后会主动加班。他一个人住，没有朋友，只有"强烈的孤独感"。生活无非就是两点一线，每天走过同一条街道，搭乘同一辆公交车，路过同一个邮筒，"这一成不变的景观是他生活中最熟悉不过的事物"。他已然习惯于"正常"的状态，任何意外、偶然、反常，"就会使他心神不安"……

这就是《幻之花》[1]呈现的世界：工作的劳动强度不算高，但单调、机械无疑使他感到疲惫、倦怠，不愿意再提起精神，去面对任何需要认真对待的公共事务，比如，小区的供暖问题。一位邻居曾动员他一起参与对物业公司的抗议，不过这位"谢顶的男人"在他视野中基本上呈现为负面形象，一点不意外，他婉拒了，"意识到自己对这种事毫无兴趣"。对这个举动，他难得地产生过一丝微弱的自我质疑，"自己

---

[1] 李唐：《幻之花》，载《芙蓉》2016年第4期。

是不是有时真的太封闭了？如果当时答应了那个男人的请求，说不定他们会因此成为好朋友，而好朋友正是他的生活中所缺少的"——分明意识到这是一次契机，一番斟酌之后，他却依然认定"与别人接触，总会疲惫不堪"。

这一切，不免让人想到社会学家理查德·桑内特那本名著的标题《公共人的衰落》。被"炒鱿鱼"，小区单元门里充满恶意的男孩挥舞着玩具枪向他"射击"——外部世界如此危机四伏，几番挫折之后，被动、反向地被逼退回伯林所批判过的"内在城堡"："我希望成为我自己的疆域的主人。但是我的疆界漫长而不安全，因此，我缩短这些界线以缩小或消除脆弱的部分"，"退回到我的内在城堡——我的理性、我的灵魂、我的'不朽'自我中，不管是外部自然的盲目的力量，还是人类的恶意，都无法靠近。我退回到我自己之中，在那里也只有在那里，我才是安全的。……借助某种人为的自我转化过程，逃离了世界，逃脱了社会与公共舆论的束缚；这种转化过程能够使他们不再关心世界的价值，使他们在世界的边缘保持孤独与独立，也不再易受其武器的攻击。"[1]

在退居"内在城堡"的过程中，他发现了"幻之花"，美艳、散发香气，"像是刚刚睁开双瞳的婴孩，还不太适应外面的世界"。"我"/花/内心，显然具备了某种同构性。问题是，这样的选择真的能够确保个体的幸福与自由？那个在暖气管里传来歌声的女孩，曾与"他"建立起脆弱的联系，也许他们本质上是一类人，女孩的自杀，恰预告了"他"或

---

[1] 以赛亚·伯林：《两种自由概念》，收录于《自由论》，胡传胜译，译林出版社2003年版，第204、205页。

者说他们这类人最终的悲惨结局。

<h3 style="text-align:center">重木《看向深渊》《托尔斯泰先生》</h3>

外界在论及当下青年写作时惯常举证的诸多标签,在《看向深渊》[1]中几乎都可以发现。比如"私人化"(在创作谈《所有人称的时时刻刻》中,重木讨论了这个词汇)、独语的叙述(尽管《看向深渊》以第三人称叙述)、感伤的姿态、社会与历史的缺位……

青年人的写作往往沉迷于对个人经验的反复书写。文学确实应该关注个人经验、逃逸出普遍范畴的独特性。不过,在个人经验的虚构与真实、个人与他者、记忆与书写之间建立起诚实的省察性、反思性关系,未必不能对文学写作提供助益。回到《看向深渊》,其间"他者"几乎是缺位的,能够真正与自我交流的对象("Tina 是他在一开始就丢失的那一半,在多年之后遇见")已注定失去,而周围剩余的他者都无法形成有效的沟通,思齐的周围环绕着一帮朋友,但他们之间其实没有真正意义上的对话,或者说,无效而反复的对话反而促成了主人公偏执的独语。重木在创作谈中罗列了讲述"微小而私人"的故事的文学谱系("写了《圣徒与罪人》的奥布莱恩,写了《母与子》的托宾和写了《山区光棍》的特雷弗先生"),但我想,他同时应该记取查尔斯·泰勒的提醒:在根本上,"内在的发生决不可能以独白的形式存在","人类思想的起源不是独白式的,不是每一个人独自完成的,而是对话式的"(《承认的政治》)。可能正是因为"对话"的缺位,这篇小说中看不到在

---

[1] 重木:《看向深渊》《托尔斯泰先生》,载《芙蓉》2016 年第 6 期。

个人与社会之间的紧张拉锯中一代人渴望自我确立的艰难境况，也看不到在朝向形上超越中"看向深渊"的洞察与体悟。

所以，我把《托尔斯泰先生》看作挣扎着突围的作品，借用作者自述，"我总喜欢去想象不在我此刻年龄和经验范围内的东西，例如衰老所带来的除了身体变化外的感觉变化"。这篇的主题是老年人的孤独和逃逸出日常生活轨道时的心灵轨迹。无论从立意、技巧还是文学完成度而言，我都较为偏向这部作品。可能更重要的是，由此看见了年轻作者的自觉与努力——"和每个人的遭遇，这样的遭遇可能发生在人与人之间，人与权力之间，人与社会之间，人与自己之间……"

顾拜妮《金鱼》

《金鱼》[1]中的叙述者是第一人称"我"，当"我"在叙述叔叔的故事时，这个叙述者表现得非常奇怪。"我"明明和叔叔不太亲近，甚至有些怕他，二人之间大概不会经常有充分的交流吧；但是又能将叔叔的经历娓娓道来，甚至"我"根本不在场的细节都巨细靡遗地展现。当然，叔叔留下了一本日记，但鉴于"我"所描绘的上述隐秘细节如此生动，我们不免怀疑这些描述中几分出于日记朴素的实录几分加入了"我"的虚构。然而，尽管"我"有理解甚至"再造"叔叔的冲动，但是叔叔的形象依然是不清晰的，如雾里看花，如创作谈中顾拜妮所提及的"模糊"。我想，在作者看来，这层"雾"非但是客观存在也是无法穿透的，如果谁宣称能够看清、指认"唯一的东西"，那简直是一种狂妄。

---

[1] 顾拜妮：《金鱼》，载《芙蓉》2017年第2期。

这层"雾"也存在于叔叔和他的世界之间,如保护的中介。个体如何面对非理性的暴力和人生的荒诞呢?叔叔选择的方式是让自我"迷失在时间",在"肉体的知觉变得迟钝"甚至"麻木"的时候,精神就会变得"特别轻,像一片羽毛",仿佛"一条脱离轨道的金鱼,偶然游到了时间的另一面"——也许这是人在无法选择的处境中"不得不然"的作为。但顾拜妮特有的"模糊"又开始发作,她既能体贴叔叔的作为,似乎又有疑惑,这样的闪避方式真的管用吗?会不会有后遗症?于是我们赫然发现"金鱼"这一辩证的意象似乎还有另一种寓意:"圆形的鱼缸会使金鱼的眼睛失明"。在"政治无意识"的遏制下,置身于意识形态中的个人往往意识不到意识形态的强制性,他们相信自己可以作出闪避、逃逸的选择,从而将想象性的关系误认为真实关系。

其实与叔叔相比,我们更感兴趣的是"我"。同样是写"叔叔的故事",不免想到当代文学史上王安忆的经典之作。那篇小说中的叙述者"我"在拆解叔叔的谎言时,对自己也感到失望;在叔叔面前"我"无法置身事外,"我"并不能自外于叔叔的困境。也就是说,"我"一方面在审视叔叔,同时也"抉心自食"。这道反身自省的力量,在顾拜妮这里欠缺了一些。此外,"雾"的客观存在甚至无法穿透——即便我们先承认这是事实,这是不是就意味着个体可以持壁上观。王安忆在小说中采取了后设叙事,但拆解的同时就意味着锲而不舍的追问,用理性去照亮那层迷雾,哪怕一次次追问和照亮只是耗费精力,如同西绪福斯。想起加缪,《金鱼》中的葬礼以及叔叔描述的刺眼阳光,都可以联系到《局外人》。《局外人》有很多种读法,但是倪伟教授给他的解读文章起了这样一个标题——向这个世界的冷漠敞开心扉。

索耳《你可以再夸我一次吗》《在红蟹涌的下半昼》

　　索耳在小说中往往会安排一个瞬间——比如，男人依从女人的要求"打开了自己喉咙部位的金属盖"（《你可以再夸我一次吗》）[1]；阿瑞将那个"看上去都不像个人"的男人推进海里（《在红蟹涌的下半昼》）——那一刻，严整的现实突然被撕裂出一道口子，悚然地提醒着读者注意：非现实的、异质的空间就此开启了。《你可以再夸我一次吗》中出现了仿生人，读者的预期朝着科幻小说的方向，甚至等待某种异托邦——"在现实社会各种机制的规划下，或在现实社会成员的思想和想象的触动下，所形成的一种空间"（王德威：《乌托邦、恶托邦、异托邦：从鲁迅到刘慈欣》）——出现；但是没有，尽管萦绕着古怪的气氛，索耳这篇小说的主题似乎依然扎根于此在。女人对于男人的不满在于"我怀疑你不够真诚"，如果借用特里林的术语——"诚"（Sincerity）与"真"（Authenticity）——来讲，女人的立足点是前者，要求"自我的真诚状态或真诚品质"，即"公开表示的感情和实际的感情之间的一致性"、"感受与告白的一致性"。问题在于，男人是仿生人，完全可以在自我内部实现"表里如一"，但是他被制造出来的整个逻辑是非真的，这是仿生人和小说中提及的那群被要求欢呼的群众根本区别所在。说得更简单点，我们在什么意义上可以去要求一个仿生人"真诚"呢？但是且慢，在小说的最后，仿生人以自我牺牲的方式保护了女人，是出于真诚的爱吗？仿生人竟然以康德意义上的自主选择来

---

[1] 索耳：《你可以再夸我一次吗》《在红蟹涌的下半昼》，载《芙蓉》2017年第3期。

维护了人类的尊严？索耳撕裂的那道口子，也许并不针对现实，而是提供给读者无限的追问。

我对索耳的创作谈同样感兴趣，其中侃侃而谈他的阅读史，除了提及的那些辉煌的姓名外，读《在红蟹涌的下半昼》时我还想到了格非早年的篇章。索耳进而对当下中国文坛的现状提出批评："固定而单调的文学形态有如传家宝一代传着一代，这显然是违背差异性和模糊性的价值规律的。说实话，这有时候让人觉得有些沮丧。不同的美学应该共同存在，被不同的人群认可和欣赏。至少在现时来看，中国还暂时缺少这种与异质性文学共生的土壤。"我完全认可上述这番直言，略微有些顾虑的是，当这一代青年作家在反抗上述"一代传着一代"、"固定而单调的文学形态"时，他们所选取的资源未必丰厚、多元；当阅读资源反映到文学创作中时，也容易形成另一种"固定和单调"。已经有评论家开始关注青年作家的创作风貌和他们阅读史之间的关系，当一张张书单展列开来时，你从高度重合的部分能够想见一种新的主流而强势的趣味正在流行。在微信朋友圈上读到一位师友的留言——"什么时候把十九世纪那些笨重的写法扔干净了，小说的本质也就死绝了。"我并不是说必须在索耳们的书单中加入巴尔扎克之类，而是说，巴尔扎克式"笨重写法"在当代的绝迹，同样违背索耳所言"差异性和模糊性的价值规律"，同样不利于健康的文学生态。愿和索耳一起共勉，迎向未来那"充满了异质性和爆炸力的文学"。

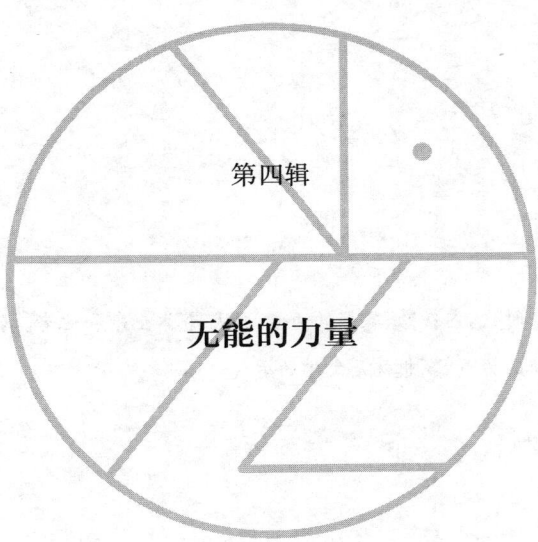

第四辑

无能的力量

在这个时代,内在的、软弱的力量,使得个体生命和他者、弱者血脉相通的力量,我想就是文学的力量……

无能的力量

"有情文学的力量"

张新颖老师有过一本批评文选,书名是《无能文学的力量》。"后记"中解释:"从何种意义上说,文学及文学研究是'无能'的,又是有'力量'的,而这种'力量'又正与这种'无能'紧密相连?在困境中的沈从文曾如此深切絮说文学的'有情':'这种有情和事功有时合而为一,居多却相对存在,形成一种矛盾的对峙。对人生有情,就常常和在社会中事功相背斥,易顾此失彼。管晏为事功,屈贾则为有情。因之有情也常是无能。现在说,且不免为无知!说来似奇怪,可并不奇怪!'——'有情也常是无能',则'无能文学的力量',也可以说是'有情文学的力量'。"张老师的沈从文研究,谈《边城》中"微笑的文学",谈晚年沈从文在时代的角落里确立起安身立命的位置,其实都在和"有情文学的力量"相沟通。

我自本科开始从张老师读书,这么些年来,似乎就是尝试摸索"有情文学",培养对这种力量的热爱与信心,进而与之建立一点联系吧。最初对这层意思有所体会,源自张老师 1998 年的旧文《路翎晚年的"心脏"》。对于晚年路翎,一般的研究模式遵循"时代灾难——对个人精神的摧毁——个人创作才能的完结"的理路,自有其合理性。然而张老师追问的是:在此模式中,是什么居于叙述的中心?是达成对于"时代"的反省和批判吗?那么"时代"的受难者——具体个人——的位置何在?"读着路翎晚年的作品,特别是他那一首首的长诗和短诗,我由衷地感受到了精神透过重重迷障散发出来的动人光辉。人是经不起摧残的,可是人也绝不就是轻易能够彻底摧毁的。……长期受到深重摧残和伤害的人在身体上、在精神上留下伤疤,是再自然不过的事了。路翎没有本领脱胎换骨,却凭借着一己生命所具有的强大的自我救治能力,开始了晚年的创作。他的晚年创作既可以说是他自我救治的结果,同时,在更大的意义上,也是他进行自我救治的方式,而且是最重要的方式,特别是诗歌创作。"读着这些话大概就能明白,从路翎到沈从文研究,张新颖老师的核心关怀和脉络。

"同时在头脑中持有两种相反的观念"

这篇命题作文的主题是"回到文学本体",我上面从自己接受文学教养的源头开始谈起。

前些年曾经发生过所谓思想界"炮轰"文学界的事件,大概能代表部分精英知识分子对于今天文学的观感。如果你关注近年来走红大江南北的各种电视相亲节目,一定会注意到经常会有自称诗人、作家的嘉宾登场,他们的登场意味着"搞笑"开始了,这能代表民间对于今天文学的认识。在文学处于这么尴尬的境地里,我们要谈"回到文学",我想还是表达最朴素的一个意思,回到我们对于文学的热爱和信心——这似乎是条底线,但扪心自问,有多少人还会相信,文学可以回应这个时代的喧嚣和复杂?

这里要追问的不仅是能否回应,而且是能否以"文学的方式"来回应?什么是"文学的方式"?请允许我冒昧举个例子(这个例子可能不恰当)。这些年我会有这样的感受:如果你了解某位发言者的立场之后,几乎可以判断他/她对任何问题的看法。我经常作类似的"试验",屡试不爽,比如一部新的小说出版后,如果这位朋友出席研讨会或写文章的话,你肯定猜得到他/她大致会如何表态。甚至当社会热点事件——比如柴静关于雾霾的纪录片、雷洋案件、或最近奥运会上霍顿对孙杨的"评价"——发生之后,你都能够判断他/她会选择如何站队。一方面,这也许意味着今天的知识分子已经成熟了,不会如当年梁任公似的频繁"以今日之我战昨日之我";但另一方面,我也很怀疑这种过于稳固的立场化与姿态化。我的意思是,曾经体现在老巴尔扎克等巨匠身上的"现实主义的伟大胜利"已经不复存在;通过生活的实感,以及与此实感、人的感性机能紧密结合的、一丝不苟的文学实践,来扭转自身先验的立场和判断——这种情形已经日渐消亡。

大批评家特里林在《自由的想象》中定义心目中的文化英雄,这类人物具备"一等智力":"对于一等智力的检验是看他有没有能力同时在头脑中持有两种相反的观念,而同时依然能够保持行动的能力。"(宋明炜:《批评家特里林》)在特里林看来,马修·阿诺德无疑属于此类文化英雄:"辩证的方法所产生的矛盾观点对某些人而言是一种无法承受的负担,但对另外一些人而言,则是一种积极的愉悦,阿诺德属于后一类人。"(严志军:《莱昂内尔·特里林》)时刻关注复杂性,亲近"辩证的方法","同时在头脑中持有两种相反的观念",感受和思辨永远先于立场和姿态——在我看来,这也是一种"文学的方式"。

"惊人的艺术性"

不少朋友对文学失望,据说原因之一是今天的文学已经无法提供关于"远景"、关于乌托邦的想象。我的疑问是:这并不构成远离文学的理由,反倒应该促成我们更加积极地返回文学,返回审美、想象、移情与共感……这些不再信任文学的朋友想必信服卢卡契说的,文学当以"深刻历史性"与"惊人的艺术性"相结合,来创造另一个"新世界"(卢卡契:《关于文学中的远景问题》)。说得多好,不仅是在"内容"上以"深刻历史性"与现实、历史的逻辑相抗辩,可能更重要、更繁难的是,以"惊人的艺术性"来作用于人的感性世界,这种文学诉诸人们对世界的想象。原先的阅读与期待中,免不了充塞着坚硬的现实、历史逻辑,需要文学以充沛的感染力来化解、对决。

其实文学史上这种"以虚击实"的文学不乏其例。福楼拜的《包法利夫人》出版后遭致有伤风化的指控,然而起诉人无法解答如下问题:在小说展示的具体情境中,竟然没有一个人可以判定爱玛有罪。"如果在这部小说里所描述的人物中,没有一个能压倒爱玛,如果没有道德准则能有效地以某人的名义判定她有罪,……如果这些从前有效的社会标准:'舆论',宗教情感、公共道德、良好教养等不再足以达到一种裁决的话,那么,在这种情况下,什么法庭能对'包法利夫人'的案件予以判决呢?"福楼拜创造出崭新的艺术形式,提供给读者"新的现实"——将人类从自然、宗教和社会束缚中解放出来的美好远景,这一现实"从先在的期待视野中是理解不了的";但是文学提供了艺术合理性充分自洽的逻辑,它凭借足以抗辩、扭转"从前有效的社会标准"的力量,更新视野,再造出人们对人性、对世界的理解,"并逐渐为这个包括所有读者的社会舆论所认可"(姚斯:《文学史作为向文学理论的挑战》)——这是"惊人的艺术性"。

内在的、软弱的力量

张新颖老师的书名《无能文学的力量》,据其自述,来自崔健。1998年,崔健推出了专辑《无能的力量》,"我白日做的梦,是想改变这时代。我现在还无能,你还要再等待",先前紧绷、硬抗的东西松开了,内在的柔软、不确定、"弱"的东西暴露了出来。最近我在拜读一位年轻的研究者关于中国"民谣—摇滚"的专著,其中恰好论及崔健这张专辑流露出的情绪:"不是更坚强,而是更软弱。不是向外,而是向内。但这内在的软弱不是对外在刚强的放弃,而是刚强的、理想之间的斗争被封闭住之后,让'软弱'成为一种相互慰藉的力量,……这是'软弱'在崔健这里产生的力量。一种弱的、共同的感情默默地在被弱者彼此分担,而当足够多的'弱'被联系在一起,弱会不会转变成强?当这样的'弱'被社会充分意识到后,从'弱'中会不会产生一种新的政治想象?"(王翔:《临界点:中国"民谣—摇滚"中的"青年主体"》)

余华的《第七天》曾招致巨大质疑,当时张新颖老师写有一篇评论《时代,亡灵,"无力"的叙述》,其中"没有力量才具有伟大力量的爱"、"翻转的力量来自爱"等意思,引起我共鸣。我觉得《第七天》好,一方面是诚实地写出"无力"(我们每个人活在今天这个时代都会有类似的感受吧),另一方面是我从中感受到"翻转的力量",也许是引而不发的吧。但之所以是"引",固然并不是说有力量已经整装待发,但总能感受到某种潜在的势能吧——有没有这种"引"的感受、"翻转"的感受,我想是不一样的。就像鲁迅的文学,鲁迅也是在一个绝望、无力的时代里写作,但是他的文学所呈现的并不只是"无力"的感受。或者说,在绝望和希望之间,他对"力"有一种辩证的自觉:舍身到深渊,拒绝任何外在的救济,但是在深渊里又升腾起一股阴极阳复的力量。比如《故乡》,尽管"希望"是微茫的,"本无所谓有",但终究是,"地上本没有路,走的人多了,也便成了路"。《第七天》的核心情节杨飞寻父,可以和鲁迅所钟爱的绍兴戏"目连救母"相比附,目连一路上见证了很多现实中无法出现的事情,"不可见之物现于眼前(即便只是片刻),而参与和感知所具有的变革力量也得以呈现与示范"(陈琍敏:《生死绍兴:鲁迅与戏剧的复活力量》),这种力量点点滴滴聚合起来,真的是一无所用吗?

从崔健的专辑谈到余华的小说,要表达的是一个意思:在这个时代,内在的、软弱的力量,使得个体生命和他者、弱者血脉相通的力量,我想就是文学的力量。

2016 年 8 月 13 日

【附言】

　　萨义德发现一个有趣的事实：东方学林林总总的门类中，没有文学研究！东方学家大抵都是社会科学家，他们可以对伊斯兰教历史、阿拉伯社会、中东地区的经济与政治纷争……指手画脚、侃侃而谈，但是他们"从来不提文学，更别说研究了"。"东方学术语就是玄奥的论述，但其中的智慧并不能使人有能力去研究今天在黎巴嫩或以色列占领的阿拉伯区所发生的事，或中东人民的日常生活等等。简言之，东方学的现形意味着任何东方文学兴趣的隐形，没有把东方文学视为社会发展中不可或缺的一部分。你只要读最近的一些诗、小说或散文，对阿拉伯世界任何地方现况的了解，就远超过读中东研究所、兰德公司或任何在全美各东方研究系任教的自称东方学者所出版的一整架子出版物。"（萨义德：《权力、政治与文化——萨义德访谈录》，薇思瓦纳珊编、单德兴译，三联书店2006年1月）想来也不奇怪，东方学是一种"对东方的再现系统"，这一系统有意识地逃避、隐藏文学，恰是因为文学中保留了基层民众超乎东方学知识的分类之后的想象、感受或表达，或者说，保留了东方学"所发明的那些干净利落的"知识论述所没有办法过滤、屏蔽掉的感受、想象和表达——东方学有趣的闪避，是否反证了文学的"智慧"和力量？

2016年11月27日

炼金,追鱼,或捕风

我们今天对于文学批评的理解、想象,或者说诉求(希望文学批评承担的功能),好像跟 1980 年代已经不太一样了。在变化的情况下,与其去提取文学批评的某种本质,还不如先允许有"各种各样的批评"存在。很多人希望文学批评成为一种"炼金术",把我们这个时代最一流的作品、最顶尖的作家选拔出来,这当然是文学批评非常重要的功能,但是不是唯一的功能呢?本雅明曾以大量精力去处理二流的作家。那些在今天文学史上根本已经找不到名字的作家,恰恰是通过寄居在本雅明的批评文本当中,让我们一瞥其存在。那么本雅明的用心是什么?当然,二流作家不会因为得到一流批评家的认真对待就声名鹊起、文学史地位拔高;但或许可以说,二流作家有可能激活了文学批评的某种问题意识。

清末林译小说中品类最多的是哈葛德的作品,当年一纸风行,然而今天即便我们中国人写的外国文学史上也不会出现其大名。陈寅恪先生在《论再生缘》中倒是解释过:"哈葛德者,其文学地位在英文中,并非高品。所著小说传入中国后,当时桐城派古文名家林畏庐深赏其文,至比之史迁。能读英文者,颇怪其拟于不伦。实则琴南深受古文义法之熏习,甚知结构之必要,而吾国长篇小说,则此缺点最为显著,历来文学名家轻小说,亦由于是。一旦忽见哈氏小说,结构精密,遂惊叹不已⋯⋯"[1]哈葛德"并非高品",绝非一流人物,但是其作品结构精密,恰可弥补中国古典小说夹杂骈枝的缺陷。如此说来,研究者若将问题意识聚焦为吾国文学现代转型,那么这位"文学史上消失的作家",兴许不能被轻轻揭过。

类似的,我们通常说1840年代是狄更斯、萨克雷、勃朗特的时代,可是据雷蒙德·威廉斯《漫长的革命》中提示:现在留存下来一些当时书店里的畅销书榜和最受欢迎的作家名单,我们刚才提到的那些光辉灿烂的名字没有一个在榜单上,而榜单上实际出现的作家,今天的我们全都不认识,而当年他们的读者,可"不只是堕落的穷人,那些'出身良好的人'也有此嗜好,至少是在乘火车旅行途中"[2]。这些作家尽管进入不了文学史,但是如果想要理解当时人对文学的想象,其实离不开这些现在看起来名不见经传的作者。类比我们身处的时代,如果要理解今天的人们对于文学的想象,庄严肃穆的大学课堂、研究会场

---

[1] 陈寅恪:《论再生缘》,收录于《寒柳堂集》,三联书店2009年版,第67、68页。
[2] 雷蒙德·威廉斯:《漫长的革命》,倪伟译,上海人民出版社2013年版,第64页。

等当然不能忽略；但是也不妨将目光转向人流拥挤的飞机场、火车站，我们是不是想过，哪些中国当代作家的作品，会出现在上述地点的书店内。

把这些方方面面的信息集合起来，兴许能获取我们这个时代"近乎平均值的文学理解"。这个说法得自葛兆光先生《中国思想史》的启发。葛著提出极有创见的命题——"一般知识、思想与信仰世界"。我们以前的思想史，基本上就是一部"精英思想史"，叙述、罗列的是少数思想天才的成果。葛著举例，一提及宋代思想史或哲学史，往往就是如下一条线索：从周敦颐到邵雍、二程、朱熹，前后加上张栻、吕祖谦，左右加上陈亮、陆九渊，这条脉络似乎天经地义……但问题是：思想精英的思考，往往是"突出"于历史背景之上的，是思想史上的"非连续性"环节，就像福柯在《知识考古学》中所说的"历史的断裂"，"断裂是与常规的轨道脱节，与平均的水准背离，它常常是时间顺序和逻辑顺序上无法确定其来源和去向的突发性现象"。可是我们知道，在日常生活中真正地提供给、作用于普通人去应对宇宙、社会与人生的那些知识与思想，并不全在精英和经典中。也就是说，少数思想天才的思想、过去思想史著作一再大书特书且加以编排谱系的思想，未必与普遍知识水准、一般思想状况相关（其地位确认往往出于"回溯性的追认"）。反过来，有些并不占有突出地位的人或著作却有可能真的在思想史上深深地留下过印迹。总之，"过去的思想史只是思想家的思想史或经典的思想史，可是我们应当注意到在人们生活的实际世界中，还有一种近乎平均值的知识、思想与信仰，作为底色或基石而存在，这种一般的知识、思想与信仰真正地在人们判断、解释、处理面前世界中起着作用"[1]。

史学家沟口雄三有个很精彩的比喻：如果我们要研究鱼，其实有很多方法，可以把鱼一条一条钓离水面，但也可以选择其他方法，不要把鱼钓起来，而是你自行潜入到水底，去观察鱼在水里面游弋的姿态，鱼跟鱼群构成的关系，鱼跟周围的动物、植物构成的关系……"单独观察一条鱼而绝不可能了解的鱼群的生态或者鱼群生息的海底生物链，这才是展现在我们面前的历史"[2]。倘使批评要去获取"展现在我们面前的文学"，可能就不能眼光只盯着那条体型最大的鱼，也不妨去追踪那些样貌上还不具备太多特殊性的鱼，在那些"不具备太多特殊性的鱼"身上，可能负荷着一个时代的重量与情感结构。

提起盛唐，我们会说那是诗歌的黄金时代，是李杜的时代。但李白与杜甫这两位站在巅峰的诗人，实在不能代表盛唐时期诗歌的典型风格，倘要求取当时诗歌的典型风格，倒是必须得去关注次一等级的诗人，细读他们的创作，辨析其诗艺的展开所体现的修养、感觉与才性。恰如宇文所安所言："我们的目标不是用天才来界定时代，而是用那一时代的实际标准来理解其最伟大的诗人。"[3]炼金术之外，文学批评应该匀出精力，去追踪那些"一般的鱼"，藉此获取一个时代"实际的文学标准"，以及"近乎平均值的文学理解"；在此之后，我们反过来才能体悟，那条体型最庞大的鱼，何以

---

[1] 以上参见葛兆光：《中国思想史》第1卷，复旦大学出版社1998年版，第9～16页。
[2] 沟口雄三：《关于历史叙述的意图与客观性问题》，收录于《中国的冲击》，王瑞根译、孙歌校，三联书店2011年版，第218页。
[3] 宇文所安：《盛唐诗》，贾晋华译，三联书店2004年版，第2页。这一点蒙孙甘露老师提醒，特此致谢。

如此气势雄伟。

　　进而言之,文学批评的对象,在个体的鱼或鱼群之外,还应包括富有生命的鱼群生态,动态而不可见。诚如钱锺书先生所言的"风气":"一个艺术家总在某种文艺风气里创作。这个风气影响到他对题材、体裁、风格的去取,给予他以机会,同时也限制了他的范围";作者所处"时代对于他那一类作品的意见",便是"当时一种文艺风气的表示";换言之,"风气是创作里的潜势力,是作品的背景,而从作品本身不一定看得清楚。我们阅读当时人所信奉的理论、看他们对具体作品的褒贬好恶,树立什么标准,提出什么要求,就容易了解作者周遭的风气究竟是怎么一回事,就好比从飞沙、麦浪、波纹里看出了风的姿态"。风万状而无形,上以风化下,下以风讽上,从四面八方吹来。同样,一个时代的文艺风气,得自于精英的制作,也少不了"近乎平均值的文学理解",它们杂糅在一起,或轻或重,围绕在创作者周围,"就是抗拒或背弃这个风气的人也受到它负面的支配,因为他不得不另出手眼来逃避或矫正他所厌恶的风气"[1]。钱先生还提示,风气是会代兴的,"一个传统破坏了,新风气成为新传统"。作为捕风者,文学批评当能察势观风。一个时代中同时有无数股"风势",有如日中天、莫之能御的飓风,也有起于微茫、却伏脉千里的微风,说不定微风有一天也会变成飓风。吕思勉先生曾以地质变化作比,"常人、常事是风化,特殊的人所做的特殊的事是山崩。不知道风化,决不能知道山崩的所以然。如其知道

---

[1] 钱锺书:《中国诗与中国画》,收录于《钱锺书论学文选》,第6卷,花城出版社1990年版,第1、2页。

了风化,则山崩只是当然的结果"[1]。今天我们身处颓靡、涣散的时代,实则波澜不惊的表面下未必不存龙蛇起陆的迹象。文学同然,我们认真对待"近乎平均值的文学理解",也不是一味迁就,而是在平和的"风化"中细绎"山崩的所以然",知常待变,会不会迎向又一轮灿烂的文学革新?[2]

2016 年 11 月 17 日

---

[1] 吕思勉:《历史研究法》,转引自罗志田:《假物得姿:如何捕捉历史之风》,载《南京大学学报》2016 年第 5 期。历史学家对于"风"的论述,还可参考王汎森:《"风"——一种被忽略的史学观念》,收录于《执拗的低音:一些历史思考方式的反思》,三联书店 2014 年版。
[2] 黄德海兄在读完本文初稿后,曾提示:"体型最大的鱼,也往往就是漏网的鱼",那么这一部分如何影响"近乎平均值的文学理解";并且提供施蛰存先生《唐诗百话》中唐文学成就高于盛唐的判断——这些建议本可丰富本文的论述,列于此处,留待日后进一步思考。亦特此向德海兄致谢。

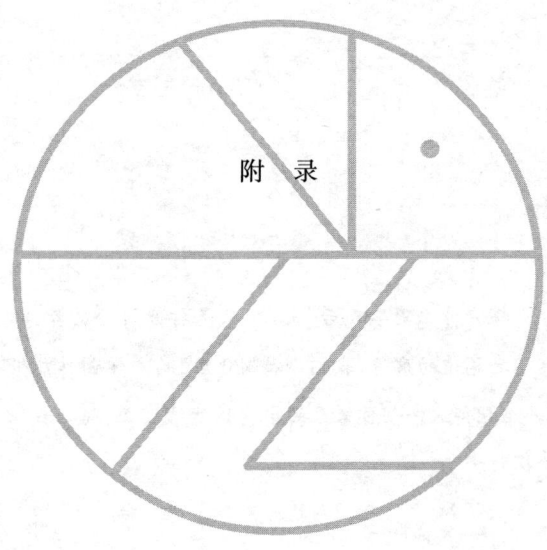

附 录

我们今天探究什么是"80后"文学，只是打开讨论的空间，这其中自然不乏构造的痕迹，我们期待"80后"的文学创作能够摇曳多姿，甚至期待这一创作未来的丰富性能够校正、超越我们今天的理论探讨……

做同代人的批评家

金理：陈老师，刚刚读完您的《批评与创作的同构关系》。本来我担心完成这个访谈的差事对我而言可能有点无话好说，现在倒觉得确实有很多想法准备和您交流。这篇讲稿回顾了文学史和批评史，结合了您自身的批评实践经验，当然重点是回到新世纪的现场，分析了症结也表达了某种希望。您提出创作和批评的同构性，依据是这两者呈现的都是对当下生活的理解。我在想，对生活的感受和理解是千人千面的，这里不存在正确与否的问题。以前我们经常会围绕着真假的价值判断做文章：哪种生活是本质的、典型的，符合正确世界观的；哪种生活是现象的、表面的，不值得进入文学。现在看来，所谓对生活的理解，不存在准确不准确的问题，批评家要判断的，是作家对生活的理解是否真诚,其感受是否新鲜、细腻、具有穿透性。我想起胡风在他的批评文章中经常喜欢在"感觉"与"感受"这样的字眼后面加上一个"力"字,创造出"思想力"、"感觉力"这样的词。一方面强调这种力量的实体性,往往能刺穿教条、概念的空壳而抵达活泼的具体事物与流动的生活世界;另一方面强调这种力量发生的动态性,主体与生活世界突进、化合的过程。是不是应该这样来理解?

陈思和:你说的这个"哪种生活是本质的、典型的,符合正确世界观的;哪种生活是现象的、表面的,不值得进入文学"的问题,现在已经基本上不存在了。过去我们创作被约束在所谓的"现实主义"教条之下,必须有一个理论前提,就是生活的意义是有"本质"的,世界的意义也是有"本质"的,那什么是"本质"呢?我们不知道,是有话语权的人告诉我们的。按照当时流行的社会主义现实主义理论,所谓生活本质就是社会从低级到高级发展,从一个不完善的社会到一个理想社会发展。顺着这个发展来表现生活现象的,就是本质的生活真实;如果不按照这个理想的发展去描述生活,那就是非本质。举个例子,上世纪80年代我们的文学表现改革开放的中国,改革开放政治路线当然是由权力者决定的,在理论上是代表着未来的发展方向,中国只有通过改革开放才能达到理想境界。那么,所有文学作品都应该描写、反映改革开放好的一面,这个才是达到生活真实的"本质",如果要是揭露改革开放过程中的负面现象,那就是改革开放当中的阻力,不利于改革开放,那就是生活的非本质,这个就要批评。这个就是本质论。你只要去看80年代的文学创作,百分之八十以上写改革开放的作品一定是塑造改革开放的当代英雄,像乔厂长啊,反对改革开放的人物都是坏人,或者犯错误的人,官僚主义啊、落后群众啊等等。那这样的小说在生活中有没有"真实性"?当然有的,在某些地方确确实实就是这样发生的,但是这是否意味着生活中凡是支持改革的都是对的?反对改革的都是错的?似乎也很难说。改革开放是不是一定会带来理想的结果?连邓小平都说这是"摸着石头过河",既然是摸着石头过河那就肯定有成功的和失败的、肯定有正确的改革和错误的改革,结果也可能会掉到河里去的。改革开放有可能在政策上出现问题,只有在实践中才得以纠正。但是在1980年代,作家只有站在支持改革开放一边,小说才具备"本质"的意义,批评家也才会支持他。比如,蒋子龙写《乔厂长上任记》,大家都支持他,为什么支持他?不是支持蒋子龙本人,是因为他写的改革开放的题材最有力度,人物的描写也符合大家的期望。过去我们评论家和作家的所有认识都是在这个大前提下进行的,几乎没有一篇文艺作品是对改革开放本身提出质疑的,这样的小说是没有的,就是有也发表不出去。所以,我说过中国没有像前苏联柯切托夫那样的理直气壮的左派作家。

可是到了1990年代以后,这个大前提崩溃了。就是说现实主义本质论的这样一个大前提崩溃了。比如说张炜,张炜笔下涉及改革开放的行动,往往都是消极的,比如建立高尔夫球场、造别墅、土地兼并等等,在张炜眼睛里所有这些东西都给人带来灾难。过去很多人都批评张炜,说他是一个保守理想的体现者,看不到社会进步的力量,这是对张炜批评的焦点。但是现在我们不会这样说。当然只有坚持改革开放才能推动中国进步,这一点没问题;但是在改革的过程中会带来许许多多资本主义负面因素,那么这些负面的东西我们怎么去评价?在过去我们没法处理,过去的文学作品面对这样的生活现象是失语的。然而张炜以他的艺术实践解决了这个问题,反而是我们批评家严重滞后于社会的发展,我们看不到这些复杂面。我说过去的文学面对这样的现象时是失语的,比如说农业合作化,在1950年代是被确定为代表社会发展"本质"的,因为集体主义、理想主义,最后是共产主义,消灭私有制,毫无疑问是代表社会发展本质的。所有写合作化运动的文艺作品都不能写消极的一面,如果写农民不愿意加入合作化,这个问题就大了,这个小说就得不到很好的评价。这也就是评论家为什么都喜欢《创业史》,因为《创业史》最坚定最理论性地描写合作化运动,直接把消灭私有制当做理念提出,因而评论家都喜欢,这个喜欢不是针对小说本身,而是小说体现出来的理念和评论家接受的理念是一致的,因而评论家有话好说。但是如果当时有一个作家深入生活,发现农民并没有那么喜欢合作化运动,或者合作化有很多问题,那么情况就复杂了。赵树理后来的作品为什么得不到好评,因为他从生活实感出发,发现并不是那么回事,虽然他也支持合作化,但是现实中他觉得合作化产生的问题很严重,挫伤农民积极性。赵树理把这样的问题表现出来,而评论家就失语了,没法说,因为这小说不符合社会发展的本质论。其实这是一个很辩证的问题,因为如果从理论的深层次上来看,即使我们认定生活发展有本质,这个本质也会带来很多问题。比如说我们在认识这个世界本质的过程中,可能会产生很多很多问题,那么这些问题允许不允许表达?在苏联早期也有过争论,最典型的就是《静静的顿河》,这里面有反苏维埃的东西,哥萨克反反复复的政治态度变化,都是不利于苏维埃的。不过那时候斯大林、高尔基也都认同了肖洛霍夫,这个作品终于能够以完整的形态出来了,后来还得到很高荣誉。但是这样倾向的作品在后来的苏联文学发展中也不被允许了,后来肖洛霍夫写的小说就没有超过《静静的顿河》的。而在中国从1950年代一开始就不允许写。

这个本质论在1990年代以后才慢慢被否定了,被作家抛弃了。1990年代以后的中国文学,代表"主旋律"、"本质论"的文学大约最多只占有三分之一的地位,我说是三分天下:代表知识分子立场的批判文学、代表文化商品市场的通俗文学以及代表主旋律的文学大概各占三分之一。到了新世纪以后,近十年来的文学状况又出现了很多变化,"主旋律"也不再像1990年代那样要求作家一定要写什么"本质","主旋律"的界定越来越模糊。模糊的标志就是茅盾文学奖可以容忍麦家的类型文学和贾平凹、莫言、张炜的批判文学,就可以看出代表主流方面的批评立场也在变。这个变可以说明很多问题,如果我们深入讨论的话,涉及中国历史形态的一个发展和演变的问题。这个不是我们今天的话题,我们把它搁置起来暂且不谈。这个变化带来的另外一个后果就是作家在探讨生活意义的时候,个体性突出了。这个时候我们判断作家对生活的看法,已经不知不觉地打破了本质论的前提。就是说,我不需要表达这个社会的"本质",或者说,社会发展变化本来就没有"本质",就是有"本质",作家也可以站在自己的立场去表现,用多元的方法去理解和表现这个"本质"是什么东西。这种情况下,作家的多元性和个人性为批评家提供了选择的可能。如果作家都只能写一种理念和看法,批评家也只能接受和阐释这样一种理念和看法,那这个理念和看法就是关乎所谓"本质"的,只能用这个本质的东西去衡量作品。我在1980年代学的就是这个东西,当时我在卢湾区图书馆学着写批评文章,第一个要考虑的就是作品到底是歌颂谁反对谁,这在当时是最大的限制。你掌握了这个标准,其实作家也掌握了这个标准。作家介于生活和理性当中的这个位置，它要贯彻理性，必须要借助生活，但是一旦面对生活，就看到有血有肉、五花八门的活生生现象，它要把五花八门的现象统摄到这个理性当中，实际上是很困难的。生活的很多地方要大于理念。我们当时的批评界起到一个不好的作用，就是往往将生活的多样性、溢出本质的东西都当做消极的一面。所以我说，当代文学以前最大的问题就是批评家都是官员，都是权力者。这种情况在"五四"时候是没有的，到了1950年代以后才有的，那时候几乎宣传部的、作协的官员，"文化官员"、"机关刊物主编"等等都成了批评家。他就是领会上级精神去管理和指导创作，所以批评当时是至高的权威，决定着创作的命运。在1980年代后期，从我们这一代开始发生了转变，这个转变，有很大一个原因是当时的青年批评家大都是从高校里受过系统教育培养后出来的，后来的工作大都也是在学院里，他们没有指导文学的权力，他除了指导学生就没有其他权力。这种情况下，批评家就有了选择批评对象的可能性。当这个作家对生活的理解和这个批评家对这个生活的理解发生共鸣的时候，他们就会结成一个圈子。当时吴亮有一篇文章，《论圈子文学和圈子批评家》，就是谈文学界的"圈子"。当时北京的主流批评家，比如《文艺报》周围那些主流批评家，基本上还是官员，他们的立场是一致的，带有"本质"性的，他们批评上海的批评家，就是指一批围绕在李子云主持的《上海文学》周围的非常活跃的年轻人。他们认同上海批评界的确活跃、尖锐，但是他们最担心的就是"圈子"性。那个时候"小圈子"是个坏名词，指那些搞宗派主义、反革命活动的，才叫"小圈子"。作为回应，吴亮就写了那篇文章，意思大概是所有的批评家都有圈子，不是在这个圈子就是在那个圈子，你不可能包揽天下，唯独由你来指导。这个说明吴亮这样的批评家与北京主流批评家的立场已经不一样了,后者只有一个立场,就是官方的主流立场,你如果站在这个立场上,不管是具体哪个人,表达出来的意思是一样的,立场基本上是一致的。可是1980年代不断分化,文学就开始多元了,文学的多元化是到了1980年代后期出现的,标志就是寻根文学的出现。寻根文学出现时,当时不仅是有些文学观念保守的批评家反对,主流批评家反对,连刘宾雁这样当时作为知识分子良知的代表,他也不赞同。他说你们都不关心国家的改革大业,都在写那些古老的落后的东西,"寻根"是从民族文化开始的,在他们看来都是很落后的东西。同时就是所谓先锋小说也出现了,马原、孙甘露等出来了;还有那批所谓的现代派,被称为"伪现代派",像刘索拉、徐星等。于是文学分化了,再沿用以前的本质论的标准是拢不住了。

先锋文学出来,就会有先锋文学批评家去阐释,没有先锋文学批评家,这个先锋运动肯定会淘汰,如果没有先锋批评家去阐述他们的主张和理由,那这个先锋运动就没有人理解。能够认识先锋意义的批评家肯定不会是传统立场的批评家,比如余华的小说发表后,你去查一下,余华小说的第一篇评论出自张新颖老师,那时张新颖还是个学生,而其他的批评家还在观望。因为审美方式和文学取向都不同,即使是很优秀的批评家,他也没有办法去阐释一个在方式和审美取向上不相同的对象。有些批评家就选择寻根文学了,那么选择"寻根"也不一定选择先锋。那个批评家就喜欢残雪,他就讨论残雪。但喜欢残雪的批评家也不一定喜欢阿城。因此我觉得1980年代后期批评家开始分化了,这其实是一个好的现象,看上去批评家的功能是减弱了,但是其实是走对的,因为减弱了以后,批评家自己对于生活的理解就凸出来了,他有创作作为依据,本来模糊的、理念化的东西就变得实践化了。比如说借助于寻根文学,就可以阐述自己对于文学或者文化的看法。我觉得作家是介于理性和生活当中,批评家是介于理性和审美当中,他也要陷入文学作品中才能审美,否则他就不是文学批评家,他可能是另外一个,哲学家或者是思想家。所以我觉得,只有当文学变得多元,文学变得多元前提是生活变得多元,用本质论去解释生活的大前提崩溃了,文学就开始相对自由,相对个性,这也就让批评有了选择的可能性,这也就让批评变得多元。1990年代以后文学界的分野非常清楚,有些东西是不需要批评家的,比如通俗文学。通俗文学有大量读者去追随它,它是不需要批评家去阐述的。但是知识分子的文学、学院派的文学,需要不同的批评家去阐释,学院里不同的审美方式可以对不同的文学进行分解。比如说当时有的人就喜欢"新状态"文学,从"新写实"这一路过来的,当时陈晓明、张未民、王干他们就懂这个。当然也有人不喜欢。生活的多元性就是从这个时候开始的。我一直认为1990年代文学取得的成就高于1980年代。所谓"批评缺席"其实是伪问题,大统一的批评家没有了,批评的权力中心没有了。但是从多元性、自由性、个性来说,是1990年代以后的批评更有力量。

金理: 您基本上作了一个当代批评史的回顾。不过回到当下,文学批评的状况似乎不让人满意,不仅是圈外人"炮轰",批评界内部人士也觉得并不乐观。

陈思和: 问题是后来又有许多变化。为什么我们今天还是感到批评寂寞?倒不是与主流意识形态有关,而是与我们的教育体制有关。

当今的文学批评主要出现在两大领域,一个是传媒批评;一个是学院批评。两者也不能截然分开。我今天主要想说学院批评的问题。当我们说,现在当代文学批评家主要在学院里,但是当代文学不在学院里,当代文学还是在日常社会生活当中,当代作家可能还是面对生活第一线,与生活发生关系的,他才能写出作品。这两者的认知上是有冲突的。在1980年代,比如我们这样一代从事批评工作,当然我们的主要职业、工作岗位也是在学院里,但是学院对我来说只是上上课啦,我的很多兴趣和活动都不在学院里,我在社会上做了那么多事情,如提倡"重写文学史"啊,参与"人文精神寻思"啊,编"火凤凰"丛书啊,都与学校是没有关系的。那么我与作家是同时面对生活的,他们在描写生活的很多问题,比如说农村啊、改革啊,反思"文革"啊,这些对我来说,关心是一样的。但是今天的学院状况就不同了,一是学院体制越来越强化,我们的当代批评家主要精力都放在学院里,上课啊,带研究生啊,申报项目啊,做课题啊,等等,忙个没停。学院的墙已经把批评家和社会隔离开了。批评家的主要身份是教师,主要任务是教育学生,他的教育方法必须要因循教学体制的规定。这个可能对北大、复旦这样的学校还影响不大,对地方上的院校是一个很大的限定。因为老师不可能在课堂上讲一套,在外面表述一套。如果一个老师在报纸上写文章非常尖锐,对揭露生活的作品非常赞赏,可是他在课堂上局限于课堂纪律,必须讲一些教材,而这些教材可能是很教条的,没人相信的教条,那么这个老师在学生面前就会失去信任感。现在老师为什么没有像以前那么高的威望,我觉得这是一个非常大的问题。教师在课堂上不得不按照一个教材,一个不受欢迎的东西去撒谎,而他在外面可能讲的就相对自由一些。这个教师往往会失去学生的信任,因为你在课堂上面讲的不可信嘛,至少不是你的心里话,你的心里话都在文章里发表了,而你在课堂上没有这样表达。为什么受欢迎的老师多半都是在课堂上不按照教材讲的,不按照大纲讲的,他有自己的想法,受学生的欢迎,这样就有可能受到另外一方面的压力。我们今天还远远没有达到言论自由的环境。这样的束缚渐渐就会使教师的思想也受到束缚,因为他在课堂上不能畅所欲言,反过来也失去了刺激他继续深入思考的环境;第二个原因是,现在教师所有精力都扯到科研项目上,做项目表面上看与你从事文学研究没有什么本质上的不一样,还给你钱花,你也可以把你的思想记录进去。但是这其实有很大的问题,文学批评和文学研究两个功能不一样,文学研究是研究相对稳定的现象,文学批评是研究和生活同步的现象,文学批评要求的是对生活的变化有一种敏感的理解,而且这种敏感是借助于同时代同样敏感的文学表达出来。这个东西我们一般是没有办法归到项目里,归到科学研究当中去的。你要研究,你必须是面对过去的文学史。所以为什么我们的研究生写论文,明明研究的是当代文学现象,也往往一拉开架势就是从晚清的现代化谈起,洋洋洒洒。当代文学研究和现代文学联系起来,一讨论就是百年文学啊,就是这样,因为比较稳定嘛。如果你现在做博士论文研究网络文学,它可能过两天就淘汰掉了,还没经过时间检验。所以要做一些比较稳定的研究,一定要避开当代的东西。所以大量博士生以及留校青年教师,他们对生活中发现的问题不敏感,大量精力都放在历史上去做。你看大量的博士论文宁可去研究什么"红色经典",其实根本没什么价值的,但是为什么要做?因为这些东西稳定,还有人吹捧,还能获得官方的鼓励。如果面对现实,他必须自己要拿出判断,而这种判断多半是不成熟的,可能会发生问题。

所以，做学术研究可能是要关注一些被历史已经肯定的东西；但是文学批评却相反，一定要联系现实，文学批评如果老是关注过去的东西，这个批评永远没有力量。你要当个批评家，和当一个老师、一个学者，其实是两回事。我们大学里做当代文学的，包括我自己在内，你也是这种情况，我们身上同时兼着两种功能，不是一种功能。就是说，你自己要有意识：我作学术研究就是要面对历史文本，但做批评是一定要面对当下。这两者有关联，但是功能不一样。第三个原因与此也有关系。今天在我看来，高校里百分之九十以上的研究当代文学的青年老师，都自觉往学者上面靠，他把文学批评也当做学者的功能了，而不是批评家的功能。所以你看现在要追求的就是要在权威刊物上发文章，在权威刊物上发文章不可能是发当代文学批评，一定是发学术研究性的东西。还有做项目，做大项目，往往就是做什么"文学史""概论"似的东西。学者自己就没有一个做批评家的自觉。这就是为什么我们二十年来研究生制度发展非常快，全国建立了那么多硕士点、博士点，培养了那么多专业队伍，可是我们的批评的声音却越来越寂寞，这与教育制度有关系。从培养学者的角度来说，也许当前的学院制度还是可以的，可是培养一个批评家就完全不同。今天批评的标准是与同时代的文学共生的，如果没有活跃的思想、活跃的言论，文学创作、文学批评就不会发达。我们现在是进入一个常态的文学状态，常态文学不需要批评家，就是现在通俗文学、娱乐文学什么的。现在社会生活出现点什么新的现象，可能会出现一点批评，或者网上一些粉丝捧捧啊，写点读后感啊什么。这样文学当然也可以慢慢演进过去，好的东西大家会选择，不好的东西会淘汰，但是我并不认为这是一个繁荣的文学状况。如果说文学发展的流程中有突变，有先锋文学的出现，有一些对社会有巨大推动性的文学现象、思潮出现,就需要有批评家在里面起作用。

为什么"五四"现在还看起来还那么活跃,就是因为"五四"就根本没有一个能够罩住一切的批评家。比如《新青年》,《新青年》的批评家周作人,写《人的文学》,他也只是一家之说,我们现在写文学史把他的作用也是夸大了的。当时对他来说,身处于一个先锋团体,这个小团体呢一定要发表一些"高论""怪论"的,要发表一些尖锐批评、标新立异的言论。你要这样来理解"五四","五四"就是一个先锋文学思潮,一些批评家先起来呼吁,然后有创作接着跟上。你看为什么先锋团体里的小说家、诗人、剧作家,往往自己都是批评家?他要把自己的理论伸张出来,要发表宣言,因为当文学要发生激变的时候,批评会比创作更重要。一般艺术家自己发表宣言,多半都是模模糊糊,理论上说不通;可是如果这个团体有好的批评家参与,那么这个思潮就会变成大思潮,就会对生活、文学产生很重要的影响和推动性。1980年代的寻根文学也是一个先锋的思潮,寻根文学其实就是批评家和作家共同参与、建构的,杭州会议上批评家和作家坐在一起讨论。我们现在已经没有这种情况了,现在讨论都是学者坐在一起,如果开一个作品讨论会,作家孤零零坐在那里,周围都是一群批评家在指指点点。那时候的会议不是这样,作家和批评家在一起开会,作家提出大量的创作经验,讨论他们怎样发现、怎样理解,不是像今天作家坐在那里听批评家发言,而是作家提出了很多想法,提供给批评家。批评家根据作家提供的内容产生自己的想法,再反馈回去,不是事先准备好稿子的。阿城当时发言如何写《棋王》,就直接促动了批评家宋耀良,宋耀良提出什么东方意识流啊,什么东方思维啊,是与作家有互相感应的。作家有感性的东西,他讲不出理论,而批评家调动起知识积累,把这些感性的东西上升到理论去阐述。我印象非常深,当时杭州会议上,作家最早发言,阿城、陈建功、李陀……然后再是批评家,南帆、宋耀良、鲁枢元……现在这样一种作家、批评家亲密交流、合作的文学气氛没有了。批评家都开始端出了学者的架子,不是与作家在一起平等地交流想法。所以,我认为今天要活跃文学创作和批评,一定要恢复这种小圈子的力量,你要承认,批评是有局限的,批评不是包打天下的,他要把自己的审美理想通过几个作家的创作来发扬,然后能够阐释出来,被大家承认,可能这个作家后来就变成大作家了。你想当时左翼运动其实没什么创作的,除了茅盾以外大多数都是小青年,没什么大作家的。可当时左翼批评远远走在创作的前面,当时的批评家比如瞿秋白啊,冯雪峰啊,一直到胡风啊,一路下来。胡风当年不是谈了很多张天翼的创作嘛,张天翼当时还是小作家,胡风还评论艾青,艾青还关在牢里,还是一个年轻人,可是你看,后来他们就成大作家了。包括田间、沙汀、艾芜、叶紫,当时都有不同的批评家在鼓励他们,后来慢慢就成名。沙汀、艾芜流浪来上海,放在今天其实就是一个"北漂",或者说是一个流浪艺术家,他们想写小说,给鲁迅写信,鲁迅发表《关于小说题材的通信》,一下就把他们抬起来了。而我看现在的作家其实是非常寂寞的,为什么寂寞?因为他得不到知音。作家并不希望批评家只说他好话的,但是问题是没有知音。他这个小说写出来,没有反应。一般的读者只有喜欢不喜欢,讲不出理论,无法帮助作家去提升。这个"提升"和批评家所谓高于作家、指导创作是不一样的。作家在写这个东西的时候,也许并不清楚自己的创作可能会达到一个什么样的高度,如果有一个好的批评家,和作家志同道合,他就会帮作家指出理想的图景应该会是怎么样的。那对作家是一个鼓舞。而这样一个和谐的关系失去之后，批评家和作家之间的锁链就失去了，创作没法发展。我觉得"70后"作家，一直到"80后"作家都没有遇到一个好的批评的环境，或者说，没有得到批评的支持、批评的响应。原因还得归结于学院化。因为学院化，要求你做学者，做学者你就没有兴趣面对不成熟的文学，所以你看大量的博士生他一研究就是莫言啊、王安忆啊、贾平凹啊……因为这些人已经走过来了，已经变成典范了，他们的作品被批评家不停地演绎。然后，批评杂志也觉得讨论这些人有价值，媒体也觉得这些人吸引读者眼球，媒体也就集中在他们身上。我觉得这一代作家是最被宠爱的一代作家，你可以骂他，骂他没关系的，骂也是一种关注，他为什么不去骂那些大家不知道的人，要去骂大作家呢，就是这个道理。因为这样一批优秀作家的风格作为当今时代的审美标准已经被大家都接受了，接受了以后才会让这么多人去演绎和关注。反过来，如果你现在要用博士论文去演绎一个"70后"的作家，可能连导师那里也会通不过。所以"70后"作家碰到的一个最大问题是他们得不到一些知音的批评家与他们共同去面对今天的时代。作家是非常敏感的。你看1960年代出生的作家和1950年代出生的作家，他们受的教育是同步的，都是"文革"以后的1980年代思想解放运动，但是他们的生活经验不一样，他们表现出来的生活以及对生活的理解就是不一样，对不对？莫言写"文革"，一下子就把"文革"前1950年代的那种饥饿啊灾难啊都带出来了。可是余华写"文革"，一写就是童年记忆，跟1950年代的作家就是不一样。可是到了"70后"，他们对生活的理解，他们对生活的批判，由这些表达出来的经验就得不到批评家的呼应。结果他们写的经验只能是模仿上一代作家，只有写了上一代作家的经验,批评家才会认可。"80后"作家遇到同样的问题,最典型就是张悦然。张悦然的小说很被大家看好,很多人不选择韩寒、不选择郭敬明,就选择张悦然作为"80后"作家的代表,为什么?因为张悦然的很多经验是表达上一代人的经验,所以大家都认同他。张悦然的小说看起来比别人深刻,因为她表现的东西和上一代有关系,有点寻根啊,写那种民族的愚昧啊。这些东西比较容易被大家接受,但未必就是她自己的感受。韩寒也是。韩寒批判当代生活现象时有些想法很尖锐,可是你看他写小说,他的《1988》,我关注了,觉得不深刻,为什么不深刻,因为他没有写出"80后"的感觉在里面。这个故事你放在"五四",就是《春风沉醉的晚上》。作为一个"80后"的年轻人,他有新的东西,但是不强烈,没有带给他这一代人强烈的、自己的风格。我觉得这里很重要的一点就是"80后"没有遇到自己的批评家,只有粉丝没有批评家。因为韩寒的经验应该是和现在"80后",或者说是更年轻的一代有关。他们能够理解韩寒,为什么当时《三重门》出来那么受欢迎,就是因为说出了许多这一代人心里的想法、欲望。可是没有一个批评家把他们这一代的想法用理论化的形态阐述出来。韩寒现在自己也长大了,开始学鲁迅,批判社会,大家都赞扬他,因为这个东西可以和上代人的精神沟通。韩寒的博客比小说写得好,批评很尖锐,说到底,一方面说明韩寒已经长大了,他的经验和上代人的经验沟通了,人的成长一定要和传统结合起来。但从另外一面说,我觉得他还是没有把他这代人的真正感受表达出来去,很可能他有自己的想法,但这些特殊的东西可能就被湮没了。大家都不去注意,或者说大家不去挖掘那方面的东西。我看了你和李一编选的《新世纪十年小说系列·青春卷》,当时看了就有点不满意,你们选的是不错,但是这个"不错"里面还是看不出新一代的东西,就是说还是在迁就原来的审美标准。而如果年轻作家的新鲜的经验得不到支持和褒扬,他慢慢就没信心,觉得表达这个东西不能够被大家认可,或者说不重要,慢慢地他自己也会觉得不重要。当时王安忆1980年代开始写作的时候,写"雯雯"系列的时候,很多老一代批评家很关怀她,觉得她是茹志鹃的女儿啊,但是也觉得雯雯的天地太小啊,要跳出来啊。王安忆就很努力要跳出来,跳出来写写不好又写回去,有过反复的过程。最后你看,王安忆一直到写几个长篇,写来写去离不开她自己的天地,我觉得她骨子里是属于自己的那片天地,从这片天地衍生出《69届初中生》、《纪实与虚构》、《长恨歌》,才会有今天的《天香》。

金理:您近期的文章都在围绕着"先锋"与"常态"展开,我的理解是,您是以自身的批评实践在新世纪召唤文学的"先锋性",视其为文学发展的核心力量。而我觉得"先锋"的出现,是要"人力"和"天时"相配合的。它是在常态的文学上加上一鞭,这首先来自主观的能动,同时也要获得客观社会形势的支持。我记得章太炎、胡适都表达过这种意思,近代中国之所以"你方唱罢我登场",原因之一是"中间主干之位"("社会重心")的不稳固、一直处于寻求过程中。胡适多次提及"历史上的一个公式":在"变态"的社会国家里,政府腐败,干涉政治的责任,一定落在少年的身上;相反,等到国家安定了,学生与社会的特殊关系就不明显了。也就是说,当变态的社会,学生运动、青年力量在社会生活,以及少年情怀、青春意象在文学中,均能大显身手、鼓动人心。像您提到的"中年作家",他们的出道,正逢一个大转折过后百废待兴、重心重建的过程,这是历史提供的客观际遇,他们是这个过程的推动者、参与者,今天看来也是受益者。"五四"与"80年代"都恰逢这种客观际遇。但是如您所说,从"文革"后到今天,中国社会结束持续动荡、骚动的"青春期",逐步进入了告别理想、崇尚实际的"中年期"。这样的局面是不利于青年人脱颖而出的。在一个无名时代里没有占据统治地位的力量、立场,在冲突之外更多的是妥协、合谋,甚或在看似轻松的环境中随波逐流、无可无不可,创作者往往意志消磨而难以聚敛精气,或如置身无物之阵难以找到掷出投枪的靶子。先锋精神能否最终被主流文学吸纳并扭转后者的发展方向(这是我们确认先锋成功的标志),这取决于先锋精神自身的能量大小,能在多大程度上刺穿主流文学坚固的肌体并在其"井然有序"的内部引起震撼,是否能提供鲜活的、足够异质性的血液,以此起搏主流文学垂垂老矣的肉身?我的问题是,一方面在创作和评论中,我们都应该呼唤具备顽强战斗力与惊人预见性的先锋精神;但另一方面,我不知道作家、批评家能在多大程度上"反动"时代和环境施予的根本影响?

陈思和: 在"常态"与"先锋"的关系上,"常态"永远是永恒的,是主流,"先锋"是阶段性的。但是在我看来,"常态"的文学是不能建构传统的。传统的成立当然需要漫长时间的积累,但是反过来说,一个源远流长的传统往往不是靠老师带学生带出来的。在"常态"当中,传统会慢慢趋向没落,从盛而衰,学生一般是超不过老师的,比如孟子接孔子的衣钵,但孟子无法超越孔子,到什么时候会有转机,就是出现"对立面"的时候,传统的发展是通过"变异"(一个否定之否定)来实现的,"对立面"用外来的新资源补充了传统。可能一开始会吵吵嚷嚷,但一个真正有生命力的传统最终会包容"对立面",这个时候传统就发展了。张文江讲课时经常提到"偏得",这个是有道理的,正常的传道授业,底下听讲的学生未必有出息,旁边一个马夫、烧火和尚随便听听,就听进去了,他根据自己的实践领会、结合了老师的传统。一"碰撞"就有新的东西产生了,这个新的东西再度被传统容纳进去,传统就发展了。所以一个传统如果经过几代大师发扬,其中肯定有"变异",这个"变异"有时候明显有时候不明显。这次我到意大利去讲学,看了许多古罗马时期的艺术雕像,非常有感受,之前我一直很喜欢米开朗琪罗,我把他看作是文艺复兴的天才偶像,但是到了佛罗伦萨以后我发现米开朗琪罗等艺术大师诞生在意大利是必然的,古希腊古罗马的艺术雕塑远远超过文艺复兴的艺术,那种神话人物的雕塑都是巨大的,裸体的,肌肉比例非常夸张,在这些雕像面前,能唤起对人、人性力量的强烈信念。中国庙里的菩萨也很大,但反衬了现实中人的渺小;可是西方古代雕像虽然也是神话,却是依据了现实的人体,让人感受到人的伟大。可是这种雕塑文化被基督教文化遮蔽掉了。中世纪的时候表现圣母的身体都要用衣服紧紧遮起来。文艺复兴时期从地下发掘出很多雕塑,我在那不勒斯看到从庞贝废墟里抢救出来的这些雕塑,就想到文艺复兴为什么发生在意大利了。很简单,文艺复兴的大师们不是凭空想象出人类自身的伟大,而是看到了古希腊古罗马贡献了那么多好的艺术作品,于是米开朗琪罗在描绘先知、上帝、亚当和夏娃的时候也开始用古希腊古罗马的方式来表现,比如米开朗琪罗的雕塑作品《大卫》,与古希腊阿波罗的雕塑非常相像,把人当作神来表现,非常大气。文艺复兴找到了依据,历史上就是有那么辉煌的时代,艺术对人的肉体的表现那么精彩和美,对于米开朗琪罗那代大师来说,其实就是古代的传统召唤"我"这么做。于是,文艺复兴和古希腊古罗马有了对接。但是文艺复兴对于基督教文化传统来说是一场裂变,文艺复兴是把宗教主题和古代的表现手法结合起来,像著名的西斯廷教堂的顶部壁画。这种杰作不是直截了当继承传统,而是其间出现了裂变,中世纪否定了古希腊,而文艺复兴否定了中世纪,否定之否定。而文艺复兴之后人类的地位成为"神"了,所谓天地之精华,万物之灵长,一路发展下来。到现实主义时代就有了表现普通人的日常生活,表现"小人物"的题材,现代主义艺术兴起后,表面上来说否定了文艺复兴以来"人"的主题,可这种否定"人"现在也成为西方文化的传统。我们今天面对梵·高、马蒂斯,觉得这就是西方现代文化的主流。但这种主流初现时是以裂变的、反叛的方式面世的。所以人类的演进不是像达尔文描述的那样,遵照进化论按部就班,而是中间经过巨大的否定与裂变,这已经有科学根据了。而人类的文化也如此,否定过往,产生新的范式、新的艺术、新的经典,这些新出现的东西慢慢地又被人们和以前的东西结合起来,于是给传统带去了生命力。这是文化发展的规律。当然传统肯定不喜欢新的东西,后者意味着对前者规范的否定,前者一定会压制后者,所以裂变具备的力量要强大,力量不大就被传统扼杀了,而扼杀也会为下一次的裂变提供资源。比如说斯特恩的《项狄传》,一出来就被压制,当时的西方文化中就不允许有"现代派"的东西出现,所以《项狄传》就寂寞地过去了。但是等到卡夫卡出来,他也许会觉得《项狄传》很好,卡夫卡也是寂寞地过去了。可是今天我们经过了现代主义阶段才回过头去重新认识《项狄传》、卡夫卡,这两者也慢慢融合到西方文化传统之中。同样道理,"五四"也会容纳到中华文明的传统之中,恰恰是"五四"批判传统文化,为传统的发展提供了新的东西,这些新的东西今天也成为我们的传统。没有这样一种观念的话，我们的传统会越来越狭隘、僵死，不仅不会推动社会发展，而且会产生自我束缚，自我萎缩。回过来看我们今天的文学。今天我们的文学是不是进入一个"常态"？"文革"大动乱过后，人心思安定，慢慢进入一个秩序社会，商品经济、消费文化也出现，好像进入一个太平时代了。这是从我们中国的立场来看。如果从西方的眼光来看，这是一个资本原始积累的时期，市场经济一方面高度推动生产力发展，人的欲望也被刺激而生，另一方面也会给社会带来负面性的巨大动荡。这些都是被历史证明的，马克思主义就是在资本主义高速发展、社会大变动的时期诞生的。我曾经说过，中国是一条潜龙，潜龙勿用，躲在地下是不能动的，如果一飞冲天肯定会天摇地动，污泥浊水都上了天。这种动荡怎么能用常态方式引起的变化来比附？关键是今天人的创造力、想象力被压制住了。从人类历史来看，高速发展时期不会是一个"常态"社会。资本主义高速发展时期，浪漫派、批判现实主义、现代主义……一波又一波就这样产生。今天这样的时代，一定要出现先锋，才能推动文化发展，同时将传统整合起来。如果"五四"新文化经过了一百年都无法和传统融合、连接的话，怎么来发展今天的文化。而文化又会反作用于时代，这是一个辩证关系。今天很多人倡导国学、拜孔子、读三字经，我认为都没有什么意义，今天你们这一代年轻人就应该选择新的东西来研究、解读。

金理：我想起自己的一个经历。我一直想和朋友做一个栏目，当时把名字都想好了，叫："80后：新文本与新批评"，设想是找一批年轻的写作评论的朋友，以作家作品论的方式，一人一篇，来评论同龄人的创作。当时我们很兴奋，认真商定研讨和写作的对象，觉得这既是一次对文学的检阅,也是对自我生命的检阅。没想到本来有意向的刊物后来不了了之,我们自己也接触了几家刊物,都谈不下来。我想那些刊物的顾虑是:这是一个时髦的话题;但它具备研究的可能吗?在惯常的理解中,文学批评是文学史或者说经典化的第一道"滤网","80后"文学值得研究者积极地"跟进"吗?这些暂且不谈,我觉得有问题的是,有位编辑老师就告诉我:作家作品论的方式已经没意义了,这种方式无法进入年轻一代的文学。但今天我有了一点信心,您在讲稿《批评与创作的同构关系》中提到《1988》里那个私生子的细节,进而和上一代创作中的"无后"现象作比较。甚至我想还可以用您的《中国现当代文学名篇十五讲》中的方式来考虑一下这个细节背后"托孤"原型的意义(在这个婴儿诞生的过程中哪几种力量牵涉其中)。我觉得这个看法非常新鲜。这其实是以您一贯倡导的"文本细读"的方法赋予韩寒小说意义。我之所以觉得新鲜是因为,在我看到的对"80后"文学的解读中,最多的就是文化研究的那种方式。避谈作品,而关注作品背后的新媒体、文学生产之类。所以我想这也造成了那种局面:我们往往以传媒话题、娱乐新闻、粉丝心态的方式去理解青年人;而也许已经有丰富的文学文本存在了,只不过我们不认真对待。

陈思和: 你说得非常好,应该这样来做。当时我是在和李一讨论她的博士论文,提到韩寒小说中这个细节。"80后"还很年轻,他们对生命现象很敏感,不会像莫言、王安忆、贾平凹笔下出现畸形的"无后"现象。你刚才提到的很有意思,可能韩寒在创作时未必明确意识到,这里是不是有一个隐喻:新生命的艰难诞生。小说中还有一个细节:"我"叫那个女孩子娜娜站到窗户边,把阳光遮住,好让自己睡觉。等

"我"醒过来时发现,从下仰望,那个站在床边被阳光穿透的女孩形象,像圣母玛利亚,当时我读到这里一闪念:这个女孩子是妓女,妓女像基督一样伟大,这里有同构性。小说中的孩子是私生子,父亲是谁不知道,而且注定其出生要经过很多坎,很多神话中都有这样的原型。我把这个隐喻理解为"80后"在想象一个新的世界。从这个角度去想,你就会觉得"80后"是很有力量的。韩寒小说中还有一个细节,写主人公小的时候爬在旗杆上,眼睛往下看一片乌黑黑的人,人群中有个女孩子是他想象中的女朋友,后来这个女孩子的经历好像也很坎坷。韩寒在小说中为什么写这个细节,而且选到《独唱团》里发表?我的感觉是,这似乎是对自我成长经历的一个隐喻:自己还很不成熟的时候被人们捧到旗杆上,高处不胜寒,这个时候非掉下来不可。我很鼓励你们这样做:志同道合的朋友聚拢,先放低架子,不要把自己放到一个比同代作家高的位置;然后根据学过的文艺理论,结合自己这一代的生命经验,进入文本的解读;用形象逻辑推理出艺术真实,这个艺术真实的境界可能作家的创作还没有抵达。我觉得优秀的批评家就是这样的。

金理: 我们这一代的年轻人应该关心同样年轻的新秀作家,而本质上,其实您提出的是批评的审美标准到了一个该更新的时候了;再沿用"中年作家"的规范可能会对新出现的审美精神、表达时代生活的新方式和感受产生遮蔽。

陈思和: 每一代人感受时代都有自己的方式,也形成相应的独特表达。比如,我在解读卫慧、棉棉的小说时,发现她们有单亲家庭的背景,这在我们这代人身上是没有的,单亲家庭就会出现对父母的报复,于是迁怒于达·芬奇、贝多芬,于是新的审美的力量就出来。批评家如果不重视这些东西,时代的信息就没了。"70后"的一代作家很可惜,没有批评家形成呼应,在后面支撑他/她们,逐渐就被时尚的泡沫湮灭了。我鼓励你们年轻人做同代人的批评家。

(2012年,应林建法先生之邀,我就文学批评的问题,为陈思和老师作了一次访谈,访谈整理稿刊发于《当代作家评论》2012年第3期)

什么是"80后"文学?

一 "80后"文学的历史出场

黄平:"80后"文学的标志性起点,在于《萌芽》杂志 1999 年推出的"新概念作文大赛"。在大众、媒体、图书市场层面,成名于"新概念作文大赛"的韩寒、郭敬明,一直被视为"80后"文学的代表。韩寒系"新概念作文大赛"首届一等奖得主,郭敬明则连获第三、四届一等奖。而且,"新概念作文大赛"不仅贡献出韩寒、郭敬明,也贡献出一大批活跃于当下文坛的"80后"作家,比如徐敏霞(第一届一等奖),周嘉宁(第二届一等奖),小饭(第二届二等奖),马小淘与张悦然(第三届一等奖)、颜歌、霍艳、蒋峰、林森(第四届一等奖)、张怡微(第六届一等奖)等等,以上仅是一份不完全的名单。

"80后"文学的说法,就目前所见,来自于《萌芽》与浙江文艺出版社2003年"萌芽小说族丛书"的宣传:"文坛'80后'"。《萌芽》杂志与浙江文艺出版社合作,在2002年、2003年先后推出"萌芽青春文学丛书"、"萌芽小说族丛书",系"新概念作文比赛"部分获奖者的小说单行本。2004年开始,《时代》周刊等国内外媒体介入对于"'80后'文学"的关注,"'80后'文学"的说法被普遍传播与接受(一开始往往被犹疑地称为"80后"写作)。回顾"80后"文学的历史出场,某种程度上,《萌芽》杂志对于"80后"文学的推动,类似于《新青年》杂志对于"五四"文学的推动,起到了奠基性的作用。

金理:《萌芽》杂志确实为"80后"提供了最初的平台。"新概念"的评委成员主要由高校文科知名教授和文坛资深作家组成,同时,《萌芽》主办作文大赛当然也不乏扭转杂志当时经营危机的考虑。"知识权威"与"商业行为"可以合作,但也埋下了"文学性"与"市场利润"分立的伏笔,这一分立后来就显现为"新概念"得主们不同的发展道路。郭敬明凭借突出的商业意识和运作能力,将文化公司、出版阵地、品牌杂志及衍生产品(如"小时代"电影系列)等捏合成一条成熟的产业链,甚至开设征文比赛来进行再生产。张悦然尽管同样拥有自己的Mook《鲤》,但她一直被视为"80后"中纯文学的代表。尤其具有标志意味的是,郭敬明抄袭事件之后,张悦然发博客指出,郭敬明的不道歉行为让其"丧失了从文资格",同时呼吁"80后"写作群体紧急自我拯救。这表明先前貌似一体、以"新概念"得主为代表的"80后"创作阵营在内部开始分化,表现出对文学的不同理解和态度。此外,网络也是重要的生产机制,韩寒就非常积极地借助博客、微博、APP阅读应用("ONE·一个")。

"80后"作家中也有人不经过"新概念"助推,而通过传统文学机制登台。如甫跃辉、郑小驴、孙频、文珍、吕魁、陈崇正等(他们和"新概念"得主中蒋峰、颜歌、霍艳、张怡微等人构成了今天"80后"作家中走纯文学路线的代表),他们依然坚持以《人民文学》《收获》《钟山》《花城》《作家》《山花》《大家》《江南》《西湖》等老牌文学刊物作为阵地,以作协、主流文学奖、学院批评家为评价体系。比如甫跃辉,科班出身(复旦大学文学写作专业培养的第一位研究生,师从王安忆),现为中国作协会员,供职于《上海文学》杂志社,获得过《人民文学》主办的短篇小说创作奖,先后出版一部长篇、三部中短篇小说集,去年复旦大学中文系还为其举办了研讨会。从这份履历来看,甫跃辉完全是"传统"意义上的作家。

黄平: 比较而言,"80后"文学批评家的出现,和"80后"作家相比要晚得多。在被视为文学黄金年代的"五四"或1980年代,一代人的文学创作与文学批评交替出现,互相支援,引领着文学变革。然而随着1990年代以来教育体系的逐步完善,以及文学批评的话语权由作协系统、文学期刊向大学与科研院所的转移,文学批评的学院化程度不断强化,对于教育履历与专业训练的要求越来越高。文学批评渐渐摆脱传统社会主义文学体制中的特殊属性,如落实主流意识形态的意志,规范与指导文学创作,而是在文学研究体系中重新定位,大致相当于"当下文学研究"。在这种与1980年代全然不同的批评场域中,新一代批评者入场的前提,往往是获得文学博士学位,而在不考虑各类"跳级"的情况下,最年轻的文学博士是28岁。可资参照的是,韩寒、郭敬明大致是在大学本科的年龄段出版轰动一时的处女作;而同年龄段的批评家,正在各大院校宿舍楼下的复印店里,排队打印自己的本科毕业论文。

正是由于这种时间差,这几年多家媒体都发起讨论——为什么"80后"文学批评家姗姗来迟?而且,一部分"80后"文学可以通过市场生产与流通,"80后"文学批评绝无可能通过市场自发出现。基于此,传统文学体制这几年不断加大扶持的力度:其一,就文学期刊而言,《南方文坛》张燕玲老师、《当代作家评论》林建法老师、《文艺争鸣》张未民、王双龙老师、《小说评论》李国平老师等重要的当代文学批评刊物及编辑对"80后"批评家多有支持,先后已有几位"80后"批评家获得以上刊物的年度优秀论文奖。而且,《南方文坛》在举荐青年批评家的"今日批评家"专栏基础上,在2012年邀请杨庆祥、金理、黄平开设"三人谈"专栏,持续一年(共六期),讨论各自的文学志业,以及对文学史与当代文坛重要问题的看法。其二,就文学机构而言,在李敬泽、吴义勤、李洱几位老师的主导下,中国现代文学馆从2012年开始推出"客座研究员"制度,对于年龄有明确要求,入选的以"70后"为上限,聘期为一年,在聘期内举行各类研讨会,为这批青年批评者提供话语空间。聘期结束后由文学馆牵线,北京大学出版社为每一位研究员出版一本批评专著,这往往成为这批青年批评者的代表作。目前2012级、2013级客座研究员已经结束聘期,先后入选的"80后"批评家有杨庆祥、金理、黄平、刘涛、傅逸尘、何同彬六位,他们大多供职于中国人民大学、复旦大学、华东师范大学、南京大学这类名牌院校,或者供职于中国艺术研究院、《解放军报》这类重要的文化机构。2013年6月,中国作协广邀南帆、白烨、陈晓明、程光炜、吴义勤、阎晶明等著名批评家,以及各大文学研究期刊主编到会,专门为这6位"80后"青年批评家举办了一场专题研讨会。其三,就文学出版而言,在上述提到的北京大学出版社之外,云南人民出版社从2013年秋开始,推出"80后"批评家丛书,作者阵容包括杨庆祥、周明全、金理、黄平、刘涛、何同彬、徐刚、傅逸尘、李德南、项静、康凌。北岳文艺出版社即将出版"火凤凰新批评文丛"(这是1990年代那套品牌书的延续),入选的"80后"批评家则有杨庆祥、金理、黄平、何同彬、李一。

金理:若干年以后,当我们在文学史的意义上回顾"80后文学"时,我想,2013年是一个值得铭记的时刻。这一年,几种以"80后"文学或青年文学为研讨对象的专栏不约而同地出现:《名作欣赏》的"80后·新青年"、《西湖》的"80后观察"、《创作与评论》的"新锐"、《百家评论》的"青春实力派"……这些栏目具备如下共性:首先,其主持者、参与者都是年轻人,以一种"同代人的视野"去考察"80后"的创作。其次,由于一段时间以来文学批评的不作为,学理性的阐释无法及时跟进,人们往往是通过传媒话题、娱乐新闻、粉丝心态的方式去理解"80后",偶尔有几篇文章谈及,也避谈作品,而只作为文化现象之一去考察,更多聚焦于"外部";然而2013年出现的这些专栏,一致地选择了扎实的作家作品论方式,更多去体贴作家个体的特殊性以及具体文本的文学形态和内部肌理。作家作品论是作家和批评家之间最有效的沟通媒介。在精到的文本细读和作家研究付之阙如时,就以某几个曝光率较高的所谓代表作家为样本,以一总多地去描述一代人的文学特征,其局限性和片面性是明显的。此外,以往对"80后"文学的关注,大多从传播学、文化研究、文化社会学等角度宏观上加以讨论,例如青年写作与图书市场、新媒介的关系,阅读大众的审美心理等。以至于好多年前所谓"占据市场而未进入文坛"的判断在今天竟还是不少人的共识。迄今对"80后"文学的研究与阐释价值依然存疑,这与我们忽视从文本角度解读"80后"文学内在的文学性因素有关。

上述这些专栏浮出水面,如集结的仪式一般,告示着"80后"作家和评论家终于走到了一起。批评和创作其实是一枚硬币的两面,彼此关联在一起,一个时代文学的繁荣,离不开批评家和同代作家的共同成长、通力合作。

二 围绕"80后"文学的几种说法

市场化?

黄平:我很认同你上述的说法,理解一代人的文学,细读他们的作品是最基本的工作,在此基础上分析其形式特征、情感结构、历史意识等等,由此形成对于一代人的批评意见。但遗憾的是,"80后"文学多年来被各种印象式的观感所围绕。真切理解"80后"文学的前提,首先是梳理、辨析这些淤积的成见。

金理:对于"80后"文学最严厉的一种指责是过度市场化。其实从上文讨论来看,"80后"的出场方式本就不同。有的与商业炒作、市场利润、网络、新媒体结合紧密,有的很"传统",只不过一般人的目光都被前者所吸引。还有就是一段时期内专业的文学研究没有及时跟进，无法在流行观念、传媒批评之外再提供一种考察视野。

在今天，如果我们依然持一种夸张"文学"与"市场"之间对立的看法，其实是很可笑的。前段时间有位媒体的朋友采访我，拟好的提纲里有一个问题是：当下"80后"作家群，似乎比他们的前辈们更具备市场意识：关注作品的销量，在作品大卖后还会跟进一些衍生品。我的回答是，这一点不新鲜，如果回到现代文学史上，文学青年们利用、经营现代出版的经验，比如巴金、施蛰存、赵家璧等等，是足以让今人汗颜的。只不过随着时代发展、科技进步，今天可供利用的方式、阵地更新颖、多元。如果上面提到的那几位文学巨匠在今天这个时代重生，我想他们也会利用网络、微博发表诗歌、推广小说，一点不稀奇的。关键的问题是，当你在介入这个市场的时候有没有自己的文化理想？是仅仅满足于获取利润，还是借此传播、扩散自己的人文理想和精神能量。

黄平：不错，"80后"作家有不同的出场，大量的"80后"作家在文学传统中写作，无论是写作资源、文学形式还是发表渠道。哪怕"市场化"的说法仅仅限定为针对郭敬明这样的作家，也只是过于表象的说法。无论是纯文学写作还是市场化写作，存在着写作的交叠，一代人其实面对着类似的问题，分享着相似的感受。对于理解"80后"文学而言，"文学/市场"之类的二元对立，只会撕裂而不是深化我们的分析，这类思维除了显示出思想上的教条与惰性外，无助于我们真切把握面对的问题。

比如城市化时代的青年无力把握自身命运的茫然之感，不仅在甫跃辉等人的小说中出现,也在郭敬明的小说中出现。《小时代》三部曲结束于"胶州路大火",郭敬明安排他的所有人物在胶州路707弄1号聚会,时间是2010年11月15日。在现实世界中上海同一天同一地点爆发了震惊全国的火灾,50余人葬身火海。现实中的"上海"终于无比酷烈地闯进到"小时代"的世界中,将里面的男男女女焚烧干净。

这样一个猛烈而意味深长的结尾,提升了《小时代》三部曲的境界。在小说结尾,劫后余生的林萧离开了上海,在漫长的岁月里反复做同一个梦:阳光明亮的大学寝室,她和女伴们穿着睡衣挤在沙发上窃窃私语,"我们俩的头发都又长又黑,长长软软地披散下来,缠绕在一起,分也分不开"。在《小时代》中,顾里、林萧、南湘、唐宛如四个同宿舍的女孩子组成了"小共同体",以抱团取暖的方式,扮演着"大时代"的局外人,"小时代"的剧中人。然而,这种与历史疏离的态势无法持久,纸醉金迷的"上海梦"化为灰烬,宛如幻城一梦,郭敬明写完《小时代》最后一行,也许会想起14岁时候发表的处女作《孤独》,这首预言般的小诗结束于这一句:"我们不知道要去哪里"。

金理:即便我们把郭敬明看作一种商业文化的代表,但他周围其实有着不同的"光圈"。像旗下笛安(《文艺风赏》主编)、林培源(《最小说》主办"文学之新"大赛全国12强选手之一)创作风格就偏向文学性。而当下最优秀的几位年轻的科幻作家陈楸帆、宝树、飞氘都曾是郭敬明的签约作者。我的意思是,今天面对这样复杂的文化环境,与其固守二元对立,还不如抛弃成见,勇于"入室操戈"。与其去区分市场、文学,或者再把文学划分为雅、俗,还不如去关注各种版块的缝隙间,是否存在着产生新意义与可能的空间,尽管目前这些空间也许还很暧昧、不稳定,但我想,这正是值得我们今天的文学批评去珍重的空间。

肤浅而匮乏经典意识?

黄平: 对于"80 后"文学的第二点批评,往往认为"80 后"对于经典作品与前辈作家缺乏足够的阅读,是处于文学传统之外的浅薄浮泛的写作。这种批评往往流于观感,缺乏资料的支持与对于"80 后"作家的真实了解,而是主要依据流行的青春文学的美学特征来推衍。2014 年开始,我们二人和杨庆祥在《名作欣赏》上联合主持"一个人的经典"栏目,请一些同龄的作家来谈自己的经典阅读,目的之一就在于纠正这类偏见。我们发现"80 后"作家所推崇的经典,无论陀思妥耶夫斯基还是吴承恩,和前辈作家很相似。

客观地讲,这一代人所面对的多元与丰富的文化环境,未必导致更好的阅读,"80 后"的阅读视野更开放也更芜杂。但与其争论"80 后"作家读书多不多,不如具体化讨论每个作家选择读什么,其阅读怎么构成他的写作资源。一批"80 后"作家(不是全部)比较推崇卡佛、门罗这样的作家,这倒是有意味的症候。和 1980 年代先锋文学出现在文坛上相似,"作家书单"的更迭,比如从托尔斯泰到卡夫卡的转移,往往是文学变革的先声。

金理: 一般人可能过于夸大青年作家将电影、美剧、动漫等元素编织入创作,却忽略了青年人同样在向经典致敬,所以我很看重"一个人的经典"这个栏目。"经典"也可能是一个建构性的概念,每代人都有每代人的经典谱系。我很同意你的看法,有些问题不必争论,类似"作家读书少""作家不懂外语"之类的断言都是似是而非的,因为我们可以找到很多反证;不如具体讨论作家的阅读资源。"经典"需要漫长时间的过滤,所以我选择用"阅读资源"这个词,阅读资源的代际更迭意味着什么?

这一代际更迭在今天较为显著的特征是:随着中国社会的日趋开放,资源获取的日趋便利,尤其是年轻一代外语水平的普遍提升(已有不少"80后"作家能出版译作),跟进、同步意识在增强。这其中特别值得研究的个案是上海文艺出版社引进的两卷《格兰塔》。《格兰塔》是英国历史最悠久的主题书,影响力遍及全世界。它每十年评选一次"英国最佳青年小说家",入选名单中的许多作家已经踏入了经典的门槛,比如麦克尤恩、拉什迪、大卫·米切尔……今年6月刚推出的中文版《格兰塔》第二辑,译介的正是2013年评选的英国青年小说家,其中不少是"80后"。通过这样一座座桥梁,异域的趣味是否会影响到我们自身的创作。

黄平:今天中国社会与西方社会、中国文学与西方文学的"错立"正在逐步改善,原来的"错位感"来自现代性框架下的线性思维,将所有国家糅合进现代性的单一链条中,排名榜一般的标示出"先进/落后",而文学成为这种总体性比较中的一个指标。随着我们对于现代性认识的加深,这种"追赶"式的"错位感"已经大大缓解。而且,由于现代性在1990年代以来的急剧扩张,今天的中国已经深度卷入了全球化潮流中,生活方式与情感表征高度趋同,甚至于更为激进。在今天,全球最好的奢侈品市场与好莱坞大片最好的票房往往在中国,《变形金刚》《功夫熊猫》之类电影已经接近中国订制。

故而,"80后"作家所身处的社会结构的变化,在推动他们重构自身的写作资源。现代人情绪上的无根与迷幻,内心的漂泊与孤独体验,已经变成一种跨国性的元叙事。民族国家的区隔已经渐渐失效,让位于阶级的、地域的以及与之相关的文化习得上的区隔,比如,一位上海青年作家可能更容易理解一位东京青年作家,与西北的青年作家交流起来,反而会有更多障碍。宇文所安在《他山的石头记》中举过一个形象的例子,对于传统中国知识分子而言:"一个韩国或日本或越南的知识分子,甚至一个博学的犹太人,都可能比一个没有受过教育的中国农民或商人与他们更好地分享传统文学。"

同时,我们的青年作家也要警惕将生活感受完全普世化,忽视了"中国特色"的影响。我个人看法,"80后"青年的孤独与迷茫之感,一方面是作为"现代人"的后果,一方面是作为"中国人"的后果。二者的辩证博弈,才能完整地诠释什么是现代中国,什么是现代中国的文学。形象地说,卡夫卡的文学与鲁迅的文学,对我们同样重要。

金理:我上面谈到"同步意识",想要引入的议题正是——在今天,某种跨国界的写作、阅读圈是否已经形成,共享着某种生活感受和美学趣味? 比如青山七惠在中国流行,提示出我们的年轻人在何种意义上的接受,是不是意味着面临共同困境:社会结构的稳固、生活圈的缩小,年轻人的绝望、闭塞与自我抚慰……这是我特别想强调的:选择某种阅读资源,绝不仅仅是出于文学趣味,而是生活感受在背后左右。

专业主义?

黄平:对于"80后"文学另外一个维度的批评是专业主义。这种批评主要针对"80后"批评家,也针对一部分传统文学体制中的"80后"作家。这种观点的持有者,往往强调一个道德化的现实主义立场与宗教式的知识分子精神,可谓近年来对于"纯文学"反思的一部分。

就"80后"这代人的文学批评而言,确乎是比较学院化的,但学院化并不等于脱离现实。指责"80后"批评家专业主义,其前提是一种朴素的反理论的态度,觉得文学理论尤其是学院派普遍侧重的西方文论不过是空对空的概念游戏。坦率讲这完全是缺乏文学理论训练的误读。我觉得比较客观的说法是,文学批评领域确实存在着大量对于西方文论的生硬复制,很多时候确实流于空泛的文字游戏,但这不能推出西方文论本身就是空洞无物的,以及学院派批评都是封闭的知识循环。成熟的西方文论,必然是深切地回应了理论大家创制时所面对的重大文学问题,同时在一定程度上超越具体的历史语境,提供了普遍性的思考与解读的范式。换句话讲,一流的学院派批评一定是从彼时彼地的现实出发的,专业的解读范式,是为了更深地抓牢现实,切入现实,以及最终穿透现实。相反,前理论的印象式批评,确实不那么专业主义,然而不专业,往往流于对于现实的模式化梳理与教条化感慨。故而,今后与其再讨论"80后"批评家是否专业主义,不如具体讨论其理论工具运用的是否准确合理,其理论分析是否有效地展开了文本的内在脉络,是否深入地呈现了文本的历史语境。

同样,对"80后"作家而言,和先锋文学的父辈作家相比,他们的作品反而有更多的现实主义的特征,有的时候我这个尊崇现实主义的研究者,甚至觉得太现实主义了,"故事"——带着情绪或愤怒的故事——压倒了"文学"。指责他们专业文学,我估计是完全没读过作品,只是凭借先入为主的印象,揣测他们不过是纯文学作家的徒子徒孙。

金理： 如何通过更加有效的叙事来重建与复杂现实的联系，在这一意义上，反思"纯文学"是有启发性的。但是在我这样一个以1980年代先锋小说为文学启蒙资源的读者来说，反思"纯文学"的过程中其实有不少"泼水同时倒掉孩子"的问题。当时由"纯文学"这一概念所组织出来的各种文学思潮，如现代派、"寻根文学"、先锋小说等等，极大程度地动摇了教条的文学观念，为其后的文学实践开辟了空间。1980年代的文学思潮在对抗某一种政治话语及其附属的写作方式时，往往隐匿了自身携带的意识形态特性，并将其抽象化在"文学性""纯文学""向内转""返回自身"之类的表述中；但是，当时对"形式"的追求"本身就蕴含着对现实的评价和批判"。在反思"纯文学"在1990年代之后的窘境时，如果连带着将1980年代的文学主流视作脱离现实、拒绝进入公共领域的文学，则是误解。

在上述"反思"的语境中，"80后"写作往往被视作个人化、拒绝对时代发言的代表。其实在这个时代里，无论再怎么沉湎于"个人生活"，只要作家认真地生活，真诚地感受世界，那么其文字中总会折射出时代、环境的力量，以及与这力量相碰撞、发自心灵深处的欲望与感受。这些"碎片"中的心灵信息，暗藏着向现实社会提供的、属于自己的那一份思想表达，我觉得这就是一个写作者承担时代责任的具体方式。

至于"学院化"，你之前的梳理已经表明，确实和我们这代人的出场方式有关，这样的痕迹是无法抹除的。问题在于，何种意义上的"学院化"？其实在我看来，我们还根本够不上真正的"学院派批评"，就像你说的通过专业的解读范式来"更深地抓牢现实,切入现实,以及最终穿透现实",我们心向往之却还不能至。今天我们讨论"80后"文学,之所以要以驳论的方式展开,正是因为此前我们大多都是通过娱乐新闻、粉丝心态、流行观察等渠道去认识"80后",由此积聚了大量似是而非的陈腐看法,正是因为"学院派批评"缺位或不受重视的缘故。我很佩服周作人的"十字街头的塔",在今天这样一个时代里,既要"眼观六路",也要"静得下心"。如何认真读书、提高理论素养,如何借助媒体、网络等便捷多元的传播渠道表达自己的声音,将学术研究成果转换成社会的精神能量,这几者间如何营造理想、健康的互动——这才是值得思考的问题。

无历史感?

黄平:和前面的几种说法相比,我觉得对于"80后"文学缺乏历史感的指责,倒是一个能够打开问题视域的批评,隐含着真正有力量的交锋,尽管我并不同意这种指责。李陀先生在刊于《现代中文学刊》2012年第4期的《"新小资"和文化领导权的转移》一文中,以重读北岛《波动》为契机,勾勒"小资"的历史谱系,指出当今的文化领导权控制在小资一代手中,"小资精英们占据了文化领域的所有高地,所有咽喉要道"。李陀认为,"小资文化"外在的追求是中产阶级想象,骨子里则是虚无主义,这种新文化的突出特征是"搞笑"。这篇批判文章,充满犀利的洞见,我认为应该是一场有历史重量的讨论的开始。

随即,《今天》2013年秋季号,以头条形式刊发杨庆祥《80后,怎么办》一文,将李陀先生对于小资的讨论,落实到对于"80后"与"80后"文学的具体分析之中。杨庆祥认为,"如果非要为'80后'的阶级属性作一个界定，似乎没有比'小资产阶级'更合适的了。"杨庆祥分享了李陀先生对于小资文化的中产阶级属性的批评，认为"80后"的小资产阶级之梦不过是全球化资本秩序加之于我们的一种规划和想象。在这种资本秩序的迷梦中，"80后"一代无法找到历史与个体生活之间真实有效的关联点，不能在个人生活中建构起有效的历史维度，这导致了一种普遍的历史虚无主义。在这种历史化虚无主义的宰制下，类似于李陀先生分析的"搞笑"，杨庆祥认为虚无主义的典型表征是"油滑"，认为"80后"一代日常言行的一个非常大的特点，是用一个局外人的身份和语气来嘲讽和戏谑。

　　李陀与杨庆祥的讲法，很大程度上契合我的生活实感，我也认为小资一代控制着或者极大影响着文化领导权，而且我也同意小资一代是比较虚无的，这种虚无的美学表征看起来像是"搞笑"或"油滑"，准确的说法应该是"反讽"。但我不同意对于这种生活实感的理论收纳。"80后"一代的历史性，不是"搞笑"、"油滑"这种印象式的描述可以架空的。一个关键的问题是，当杨庆祥用"局外人"来描述"80后"时，他背后隐隐可见的分析理论是西方马克思主义；而我用"局外人"来描述"80后"时，我想到的是加缪的《局外人》，以及存在主义先驱克尔恺郭尔的《论反讽概念》。"80后"一代有深刻的历史性，只是这种历史性只有从妥贴"80后"的理论框架才可以发现。

　　金理："小资"、"小资产阶级"这样的词，背后粘附着太多的概念层累与操作痕迹。在没有对概念演变与出场语境作细致梳理的前提下，我个人觉得使用这样的词语应该谨慎。再说"虚无主义"也是值得辩证讨论的，我在下面这个意义上认可"虚无"的自觉：对于今天我们青年一代来说,其实并无现成的资源可以捡拾,唯如鲁迅所言,必须"于一切眼中看见无所有;于无所希望中得救"。当然,"无中生有",通达真正生命意义的自由创造,这是至难的事情,必须出以卓绝的洞识、付出艰险的精神承担。

将"80后"一代的立场诊断为"无历史感",进而号召"重新回到历史现场",显然是有自己鲜明的反拨对象的。问题是,对这些"对象"是否有充分的把握,尤其是如何把握这些"对象"在彼时语境中的意义。到底是在什么样的历史时刻,"反讽者"登场,虚无主义重临,"地下室人"被召回?是什么样的历史动能,让喊着"世界,我不相信"的一代从历史和共同体中"回收自我"(借庆祥的用语)?如果今天"80后"的立场是"重回历史",那么:首先,我们如何看待此前那代青年人"出走"的姿态?他们在刘索拉、王朔、王小波、朱文、卫慧等人笔下不绝如缕地出现,他们心怀质疑,在主流价值观边缘徘徊,对于这些"问题青年"所呈现的意义,今天可以一笔勾销?是因为他们打开了潘多拉魔盒,选择了错误的姿态,以致我们今天要承担这笔历史性的"债务"?我们今天要重回的"历史",就是他们曾经试图告别的"历史"吗(是一个东西吗)?其次,我们如何看待今天的现实?到底是,"80后"拒绝进入世界?还是世界拒绝、闭合了"80后"的进入?

前段时间我读到一位朋友的小说,写的是一个"宅女"的故事,失业后待业在家,"不爱出门不爱动","在家待的时间越长,她对外界的兴趣就越小",逐渐变得"无欲无求"……今天的青年人在日益膨胀的社会消费面前,被鼓荡起强烈的欲望,却由于社会地位的渺小与无助,摒弃在利益集团之外,也无力与坚固的社会结构正面抗衡,由此产生无奈与积怨,这原该是种复杂的情绪。但是在"宅女"的故事里,我更多看到的是上述情绪被顺利地转化、稳妥地解决。而问题正在这里，似乎一种自我劝慰的逻辑正在掌控青年人的言行："我"和"我"的欲望投射物之间鸿沟过于巨大，算了，不要有"非分之想"……想也不要想了吧。其实从人物塑造、叙事技巧和小说完成度而言，上面提到的这篇小说没有任何问题。我略为不满的是小说主人公所指向的生活态度，那种面对社会压迫机制时的保守性——基本欲望在社会环境的高压下磨砺而成的、屈从的生存之道。某种程度上可以说，"宅"的生活态度就是一种"自我囚禁"。但仔细想想，这种"宅"何尝不是"历史感"，或者说对于具体历史境遇的一种反应，当然我们可以讨论这种"反应"是否恰当。

黄平：这种社会板结所催生的"自我囚禁"状态，导致着我所谓的"参与性危机"的出现，我们无法有效地参与到自身的生活之中。"参与性危机"视野下个体与共同体的疏离，是"80后"一代热衷于"反讽"的现实根源。克尔恺郭尔认为反讽是与"虚无"的游戏。"在反讽之中，万物被看做虚空，但主观性是自由的。万物越是虚空，主观性也就越是轻盈、越是无所牵挂、越是轻快矫健。当万物皆成虚空之时，反讽的主体却不感到自己是虚空，其实他拯救了自己的虚空。"很容易指责这种状态犬儒，但我对这种状态抱有历史的同情。值得强调一次：虚无是历史的结果，不是历史的原因；虚无也不等同于抛弃信仰后无恶不作，相反，我们所熟悉的那些历史悲剧，倒是对于信仰太过执迷。

与之对应，对于"80后"无历史感的批评，其对历史感有隐含的限定，是指向阶级反抗的历史感，大致是一种"左翼文学"视野下的认识装置。不符合这套定义的历史感就不是历史感，而是无历史感。坦率讲,反讽就是我们并不陌生的一套历史大叙事崩溃后的产物,不检讨往昔"左翼"所限定的历史感的经验教训,而在外部空间中——地缘政治与全球资本秩序——审视内在于中国当代史的"80后"一代的历史感,无法真切地进入"反讽"的脉络内部来讨论。在这个意义上,虚无之感可以追溯到"文革"期间的地下文学《波动》,并不是偶然的。比如,王朔反讽的顽主们,就是一群虚无主义者,而王朔恰恰是反中产阶级文化的。当然,我同意李陀与杨庆祥的地方在于,尽管虚无并不必然是中产阶级想象的结果,并不必然由资本秩序所催生,但是虚无却可以被资本秩序所收编,转化为对于微小的、具体的、可以在日常生活中把握的小物质与小情感的执迷。

虚无与小资是两回事。我反对虚无走向小资,但我理解虚无走向反讽。在体制闭合、社会板结的态势下,在我所谓的"参与性危机"没有根本解决之前,"80后"就是反讽者,这是一代人的精神底色。一切总体性的理论设想,必须要经过反讽的过滤。当这一代青年走上历史舞台时,迎接他们的不是悲剧的诞生,而是喜剧的诞生。没有办法回答反讽好还是不好,反讽只是中国历史的一个特别的环节,它包含各种可能性,但自身没有内容。取代反讽的可能是各种各样的精神维度,但要想超越它,必须先穿越它。毕竟,"一种真正的、名副其实的人的生活起始于反讽"(克尔恺郭尔:《论反讽概念》)。

三 什么是"80后"文学

金理:近日读到两篇文章,其中一篇说:"文坛格局上,'80后'日益占据主流中心地位,'90后'想挤进其间难度更大。"另一篇说:"'80

后'批评正在崛起,正在取代某种批评势力。"这两篇文章的发言者,一是"90后",二是前辈;发言对象,一是针对"80后"的创作,二是针对"80后"的评论。我读了之后感触很多。首先是自省:代际的命名方式确实很粗糙,当我们在为同代人摇旗呐喊之时,切勿被某种整体性的思维所格式化,切勿弄成又一轮"话语圈地运动"。其次上引两文中"占据""取代"等字眼着实让我吃惊,因为在我的理解中,"80后"文学根本还未"站稳脚跟"。除了他人的误解之外,同样我们自己还任重道远。前段时间因为一个偶然机缘,看到李敬泽、李洱、邱华栋等几位前辈在1990年代推出的一本对话录,对话围绕的主题就是他们这代"60后"人的文学。我发现,当年他们努力辨析的几个关键词,比如"个人化写作"、比如"日常生活",从今天来看,不但已经成为描述那代人美学经验的标识,而且进入了文学史成为"文学史概念"。也许有些人不屑于此,他们会认为伟大的作家都是单打独斗的,伟大的作品从不在一面旗帜下拉帮结派。但是文学史经验告诉我们:所谓"一代人有一代人之文学"的指认,往往都是通过一两个精简而有效的关键词来"落实"的。也许是因为创作所呈现的美学面貌的模糊,也许是因为评论的阐释力不够,今天讨论"80后",我就觉得很难提炼出前人那样的关键词。

黄平:准确地定义"80后"文学是十分困难的,近年来有两个概念构成了传统文学研究界的焦虑,一个是"80后"文学,一个是网络文学。其焦虑在于无法在传统的文学体系中确定这类新文学的位置,而只能以空间载体或代际区分来泛泛地标识。如果对于"本质"的讨论不仅仅是后现代视野中的神话,而是意味着让文学潮流的内在指向得以显豁,我觉得"80后"文学,意味着城市化时代的青年文学。当我们讨论"中国梦"的时候,这是一个巨大到无法言说的能指;而当我们面对"北京梦"、"上海梦"之类的城市化运动所催生的召唤性结构时,无论在话语层面还是实践层面,都构成了我们鲜活真切的体验。不必说韩寒与郭敬明对于"何谓上海"的激烈交锋,"在路上"的戏谑解构着陆家嘴的魔影;就是以《名作欣赏》2014年第9期推出的"80后文学"专号而言,吕魁、孙频、孟小书都是围绕城市化对于青年的召唤而展开,甫跃辉的"顾零洲系列",更是写出了令人震动的席卷外省青年的飓风。某种程度上,当我们将"80后"文学理解为城市化时代的青年文学时,也就意味着将其历史化,在当代中国的历史进程中予以把握。

金理:在卡尔·曼海姆看来,"经历同一具体历史问题的青年可以被视为处于同一现实代"。人们一般相信,剧烈的社会变迁和重大的历史事件给年轻人留下的印痕要比其他年龄阶段的人来得深刻,且对其一生带来具有决定意义的影响,也由此大致形成相近或更易沟通的意识结构和精神体验。与重要历史进程的关联往往成为代际命名的依据,比如美国的"越战一代"、日本的"全共斗世代"、我们自己的"五四青年"、"知青一代"等。如你所言,"城市化运动所催生的召唤性结构,无论在话语层面还是实践层面,都构成了我们鲜活真切的体验",在这一意义上,我们不妨将"80后"文学理解为"城市化时代的青年文学"。我想有几点补充:首先这个城市化是不是主要着眼于新世纪以来?因为中国城市化的初步启动其实可以追溯到19世纪下半叶,当然改革开放以后这一进程明显加快。也就是说,不独"80后",像路遥笔下的高加林也是一个城市化时代的青年故事。我们倒是可以运用文学史的考察视野,看看高加林当时如何乐观地想象城市生活,而今天的"京漂""沪漂"们如何在都市丛林中自我囚禁,通过比较才能见出这一代人的特征。这也就引出我想说的第二点,就好比"五四文学""知青文学"只是泛指某一时代、代际的文学,而"问题小说"、"伤痕文学"就大致关联着某一时代文学中较为主流的美学风貌;同样,"城市化时代的青年文学"只是某种"自然史"的命名,暂时还看不出自觉的美学反应。所以我很关注你近年来关于"反讽"的持续研究,文学提供的是一种美学的中介,我们更关注的,当是青年文学对城市化时代的一种独特的反应。这种"更上一层"的关切,"反讽"这一议题能够带出来,这里面有"形式的能动性"。当然,"80后"的美学特征并不就是"反讽"所能涵盖的,我们今天探究什么是"80后"文学,只是打开讨论的空间,这其中自然不乏构造的痕迹,我们期待"80后"的文学创作能够摇曳多姿,甚至期待这一创作未来的丰富性能够校正、超越我们今天的理论探讨。

2014年7月27日,该对谈整理稿刊发于《南方文坛》2014年第6期

后　记

　　本书讨论的对象——我的同代人及其作品,还未被文学史坐标所捕获、锚定,也有可能就此在文学长河中一闪而过。不由想起加斯东·巴什拉笔下的"孤独烛火":遐想者凝视孤独烛火,这是知与诗、理性与想象的结合,"在所有的形象中,火苗的形象——无论是朴实的还是最细腻的,乖巧的还是狂乱的——载有诗的信息。一切火苗的遐想者都是灵感丰富的诗人"(《烛之火·前言》)。凝视、遐想跃动的火苗,让人联系起萌芽的绽放、动态的现场、迎向未知的姿态……这些都与本书题旨高度吻合。

　　这番对同代人创作的跟踪、关注,缘起是导师陈思和教授的耳提面命,具体可见收入本书《做同代人的批评家》一文。近年来我在这方面的工作,除去书中各篇文章之外,还包括主持《名作欣赏》杂志"80后·新青年"专栏(与杨庆祥、黄平合作)、《名作欣赏》杂志"当下青年文化关键词"专栏,以及《芙蓉》杂志"90新生"专栏(与吴天舟合作)。

这本书的出版得到了上海文艺出版社陈征社长、胡远行主任及理论室诸位编辑的鼎力支持,一并致谢。

我在斯远的啼哭与嬉笑中完成了书稿的整理,这本书也是献给他的。

2017年11月27日　午后

图书在版编目（CIP）数据

火苗的遐想者：致我的同代人 / 金理著.
-- 上海：上海文艺出版社, 2019.4
（微光:青年批评家集丛；第二辑）
ISBN 978-7-5321-6757-9

Ⅰ.①火… Ⅱ.①金… Ⅲ.①中国文学－当代文学－文学评论－文集
Ⅳ.①I206.7-53
中国版本图书馆CIP数据核字(2019)第084460号

发 行 人：陈　徵
策 划 人：金　理
责任编辑：胡远行
封面设计：胡　斌

书　　名：火苗的遐想者：致我的同代人
作　　者：金　理
出　　版：上海世纪出版集团　上海文艺出版社
地　　址：上海绍兴路7号　200020
发　　行：上海文艺出版社发行中心发行
　　　　　上海市绍兴路50号　200020　www.ewen.co
印　　刷：崇明裕安印刷厂
开　　本：890×1240　1/32
印　　张：12.5
插　　页：3
字　　数：290,000
印　　次：2019年4月第1版　2019年4月第1次印刷
Ｉ Ｓ Ｂ Ｎ：978-7-5321-6757-9/I · 5395
定　　价：48.00元
告 读 者：如发现本书有质量问题请与印刷厂质量科联系　T:021-59404766